LARISSA IONE

STREGATA DALLA NOTTE

romanzo

Traduzione dall'inglese
di Silvia Demi

leggereditore

Della stessa autrice abbiamo pubblicato:

Serie *I vampiri del clan MoonBound*

Il fuoco della notte

Serie *Demonica*

Brivido eterno
Desiderio eterno
Passione eterna
Estasi eterna
Peccato eterno
Amore eterno

Prima edizione: marzo 2015
Titolo originale: *Chained by Night*

Il marchio Leggereditore è di proprietà
della Sergio Fanucci Communications S.r.l.
via delle Fornaci, 66 – 00165 Roma
tel. 06.39366384 – email: info@leggereditore.it
Indirizzo internet: www.leggereditore.it
Originally published by Pocket Books
A Division of Simon & Schuster, Inc.
1230 Avenue of the Americas, New York, NY 10020

Progetto grafico: Grafica Effe

LARISSA IONE

STREGATA DALLA NOTTE

Per Dough.
Sei entrato nel cuore di tutti quelli che hai incontrato,
e il mondo non è più lo stesso senza di te.
Ci manchi.

1

In un locale segreto con la musica rock e le risate a tutto volume, bicchierini colmi di whisky tintinnarono con un rintocco funebre.

«Amico, è la tua ultima notte da single. Perché non hai scatenato una rissa da ubriaco e non ti stai nemmeno sbattendo quella femmina che hai appena succhiato?»

Dalla parte opposta del tavolo graffiato, Hunter lanciò uno sguardo truce al suo biondo compagno. Non essendo un vampiro fin dalla nascita, Riker continuava a praticare alcuni strani rituali umani, come la cosa chiamata 'addio al celibato'.

«Non scopo chi non è della mia specie.» Diversamente da Riker – e dalla maggior parte dei vampiri, in quanto a quello –, Hunter non aveva mai mescolato i suoi tratti genetici con quelli del genere umano. E grazie al Grande Spirito per questo. «E non è la mia ultima notte» borbottò. «La cerimonia di unione non avverrà prima del mese prossimo.»

Riker lanciò a Hunter uno sguardo eloquente: 'Cazzate.' «La tua futura compagna arriva a MoonBound domani.»

Hunter grugnì al ricordo che tutto ciò era dovuto a un'antica usanza dei vampiri per cui è necessario un 'periodo di prova' prima che il leader di un clan si leghi alla sua compagna per sempre.

Per sempre. A Hunter sembrava un tempo maledettamente lungo.

Scolò il suo bicchierino di Jameson e cambiò argomento. «Dove sono Baddon e Jaggar?»

Riker si appoggiò con il fianco al tavolo accanto al quale erano stati nelle ultime due ore, facendo scricchiolare il suo bomber di pelle. «Stanno compensando i tuoi gusti difficili.» Con il pollice indicò verso una delle stanze private in fondo al corridoio sul retro. «Se la sono filata con la ragazza dai capelli viola e la sua amica.»

Hunter inarcò un sopracciglio in direzione del mare di esseri umani con i capelli viola che brulicava intorno a loro, tutti vittime dell'ultima moda in fatto di colore di capelli, e Riker si spiegò. «Quella con il collare. Il collare con *gli spuntoni di metallo.*»

Perché le groupie credevano che ai vampiri piacessero i collari? Con un sospiro, Hunter si staccò dalla parete a cui si era appoggiato. Non ne poteva più di quella fogna di sesso, droga e sangue. Non gli era mai piaciuto il mondo clandestino in cui si adoravano i vampiri e, sebbene quello fosse uno dei migliori locali di Seattle che accoglieva segretamente i vampiri, puzzava comunque di disperazione.

Gli umani che vi si recavano per donare il proprio sangue e il proprio corpo ai vampiri avevano un disperato desiderio di essere trasformati un giorno. I vampiri che frequentavano quel tipo di locale avevano un disperato desiderio di cibo o di ricongiungersi all'umanità che avevano perduto, ma non Hunter. Essendo nato vampiro, non era mai stato umano e, siccome era un abile guerriero e il leader di uno dei più grandi clan di vampiri del Pacifico nordoccidentale, era molto tempo che non sentiva la mancanza del cibo.

Attraversò a grandi passi il pavimento di calcestruzzo macchiato di sangue e bevande, notando a malapena il modo in cui la folla di umani e vampiri si apriva per lui. Tecnicamente, in quell'ambiente era allo stesso livello di tutti gli altri vampiri, ma, essendo il leader di un clan e uno dei più vecchi a essere nato vampiro, tutti si tenevano alla larga da lui e gli tributavano un innegabile rispetto.

Naturalmente, non guastava che fosse alto due metri e che sotto il soprabito di pelle portasse un arsenale.

Si allontanò dalla folla e aprì violentemente la prima porta che si trovò davanti. Alle sue spalle una luce bassa inondò la stanza privata, rovesciandosi su un divano macchiato e su un vecchio letto sfondato nell'angolo. Le inebrianti fragranze di sangue e sesso si levarono a ondate nel corridoio, superando gli odori persistenti di fumo di sigaretta stantio e grasso che provenivano dalla vecchia hamburgheria chiusa con assi lì accanto.

Un collare con gli spuntoni era appoggiato sopra un mucchio di vestiti sul pavimento.

«Ehi» gridò ai due sul materasso e ai due sul divano. «Sbrigatevi a finire. Me ne vado.»

La femmina umana nuda e aggrovigliata sul materasso con Baddon gemette. Baddon, con il petto appiccicato al suo e i denti affondati nella sua gola, non alzò nemmeno lo sguardo, diversamente da Jag che dal divano rispose capo con un lento cenno di approvazione.

Hunter chiuse la porta e tornò da Riker, il cui sorrisetto divertito non nascondeva abbastanza la preoccupazione negli occhi color argento.

«Smettila» grugnì Hunter. «Non mi serve una festa a base di commiserazione.»

«La tua futura compagna viene da ShadowSpawn» disse Riker, porgendogli un altro bicchiere di whisky. «Un clan che ci muove guerra da secoli. Hanno delle opere d'arte create con gli scalpi e le ossa dei MoonBound. E io ho incontrato Rasha. Fidati, la commiserazione è l'ultima cosa di cui hai bisogno.»

Hunter premette la schiena contro il muro e picchiò la testa all'indietro con una forza sufficiente a farsi male. Erano passati due mesi da quando aveva stretto un patto con il brutale leader del clan nemico per sposarne la figlia in cambio del ritorno della compagna di Riker, Nicole.

Però Hunter aveva raccontato al proprio clan dell'accordo solo due giorni prima.

Riker era ancora arrabbiato che l'avesse tenuto all'oscuro, ma Hunter aveva mantenuto il silenzio per il bene dell'amico. Riker e Nicole si sarebbero consumati nel senso di colpa, oppure avrebbero provato a fare qualcosa di stupido per rompere l'accordo.

«Mi dispiace, Hunt» disse piano Riker. «È colpa mia. Quello che hai fatto per me e Nicole...»

«Non farlo» lo interruppe Hunter. «Ho detto che non ho bisogno della tua compassione e non ho bisogno nemmeno delle tue scuse. Ho fatto una scelta e devo conviverci. Però ti dirò quello di cui ho veramente bisogno: un bel combattimento» dichiarò, concentrandosi sui propri muscoli tesi.

«Forse saremo fortunati e c'imbatteremo in qualche bracconiere mentre torniamo a casa.»

«Oppure» propose Hunter «potremmo cacciare i nostri nemici qui in città.» Il solo pensiero di assumere il ruolo di un predatore, com'era d'abitudine una volta (come avrebbe dovuto ancora essere), gli tirò fuori dal profondo del petto un brontolio di trepidazione.

Gli occhi di Riker scintillarono. «Assolutamente no. È troppo rischioso.»

Hunter svuotò il bicchiere di whisky. «È proprio questo il punto. E non è così rischioso.»

«Ho detto di no. Non possiamo permettere che il nostro capo venga ucciso. O peggio.»

Sì, c'erano cose peggiori che essere uccisi, e Hunter lo sapeva. Gli umani adoravano i loro schiavi vampiri e, se veniva catturato vivo, molto probabilmente sarebbe finito a lavare il pavimento di qualche stronzo umano dopo un anno di 'riprogrammazione e addestramento'. Anche se era più probabile che, essendo un vampiro fin dalla nascita – cosa evidente nei suoi occhi dello stesso marrone scuro di quando era nato invece che del color argento che caratterizzava i vampiri trasformati – avrebbe passato il resto della sua vita in un laboratorio della Daedalus.

Nicole, ex direttore generale della Daedalus, l'azienda che aveva rivoluzionato la schiavitù, era stata chiara a proposito di cosa succedeva ai nati vampiri nel mondo umano, e non era bello. Quei poveracci avevano davanti a sé una vita in cui sarebbero stati punti e punzecchiati, studiati, torturati, aperti e forse usati per procreare.

Hunter avrebbe preferito morire.

«Sai, vero, che posso fare quello che voglio?»

«E tu sai perché mi hai nominato tuo vice.» Con un gesto della mano, Riker allontanò una femmina umana che gli si stava avvicinando e che, con le cicatrici dei morsi e la mancanza di mutandine sotto a una corta gonna di jeans, annunciava la propria disponibilità a soddisfare qualsiasi desiderio vampiresco. «Per impedirti di fare stupide stronzate.»

Hunter sbuffò. «Per *provare* a impedirmi di fare stupide stronzate.»

«Io ho i rinforzi, sai?» Con uno scatto della testa, Riker indicò Baddon e Jaggar, che emergevano dalla camera con l'aria appagata e rinvigorita. Però erano guerrieri fino al midollo e sotto l'andatura spavalda celavano una prontezza letale che nessuna quantità di sesso o sangue poteva indebolire. Mentre andavano dritti verso Hunter, valutarono con lo sguardo ogni individuo nel locale.

«Com'è che questa è la festa di Hunt e ci diamo da fare solo noi?» disse Baddon strascicando le parole mentre si avvicinavano.

«Non io.» Riker alzò le mani in segno di smentita. «Ho mangiato, ma a casa ho una bella compagna da cui sto tornando.»

Jaggar gli tirò un pugno sulla spalla. «Fortunato bastardo.» Squadrò Hunter. «Ti ho visto con quella brunetta dal seno prosperoso. Hai avuto fortuna?»

«Dipende cosa intendi con fortuna.» Hunter si avviò fuori dalla porta senza dare spiegazioni.

Per la prima volta in assoluto, aveva effettivamente preso in considerazione l'idea di gettare al vento tutte le sue preoccupazioni e farsi la femmina che gli era strisciata in grembo e gli si stava strusciando contro mentre mangiava, ma il suo tragico destino – altrimenti detto unione – era stato un pensiero troppo gravoso nella sua mente. Detestava la femmina ShadowSpawn, e al solo pensiero gli veniva voglia di fare tutto tranne sesso.

Poi c'era la maledizione. Ah, e la possibilità che all'interno del clan ci fosse una spia che forse forniva informazioni a ShadowSpawn.

Hunter era proprio fottuto.

«Hunt!» Riker gli andò dietro. «Niente stupide stronzate.»

«Sì, sì» borbottò l'altro mentre risalivano i gradini di pietra di un ingresso in penombra che finiva in un vicolo buio.

Il locale si trovava nei sobborghi di Seattle in un quartiere chic che i poliziotti e i cacciatori di vampiri lasciavano stare. Era probabile che fossero a conoscenza dell'esistenza del locale, ma, fintanto che i benestanti umani non venivano molestati né uccisi, le forze dell'ordine tendevano a stare alla larga. Non aveva senso attirare l'attenzione su un 'problema coi vampiri' se non c'era alcun problema.

A parte il fatto che un problema *c'era*, e presto si sarebbe riversato perfino nelle zone che per decenni erano state ignorate. Si trattava di una tempesta che Hunter aveva previsto anni prima, quella che fermentava fin dal giorno in cui gli umani avevano scoperto l'esistenza dei vampiri.

Il vento trasportava l'odore di una nevicata imminente mentre attraversavano le strade a grandi passi, mescolandosi alle orde di umani che si godevano la vita notturna che ventiquattr'ore su ventiquattro manteneva viva quella parte di Seattle perfino nei freddi mesi invernali. Una sirena suonò in lontananza, così lontano che nessuno degli umani brulicanti l'avrebbe mai sentita.

Come questi deboli umani avessero conquistato e schiavizzato la razza dei vampiri continuava a sconcertarlo. Certo, per quanto riguardava le armi erano in vantaggio, ed erano enormemente più numerosi dei vampiri ma, che il Grande Spirito gli fosse testimone, erano stupidi.

Mentre si avvicinavano al parcheggio del centro commerciale dove avevano lasciato la Land Rover del clan, Baddon passò in testa, con la mano infilata sotto la giacca da motociclista, pronto a estrarre un'arma. Probabilmente *impaziente* di estrarre un'arma.

Le luci del parcheggio si spensero, grazie all'abilità di Baddon di manipolare l'elettricità, e il suv rimase avvolto nel buio. La mancanza di luce dava loro un ulteriore vantaggio sui cacciatori umani di vampiri e, sebbene trovasse la maggior prudenza su cui insisteva Riker una perdita di tempo ed energie, Hunter non discuteva mai. Rike era iperattento e, quando in ballo c'era la sicurezza dei membri del clan, la perdita di tempo ed energie era un'alternativa migliore all'essere morti.

Jag e Baddon si schierarono davanti per difendere la zona subito intorno alla Rover, mentre Rike rimase indietro, alle spalle di Hunter. Quando Bad diede il via libera, Hunter tirò fuori le chiavi dalla tasca.

«Guido io. Niente discussioni.»

Mentre si accalcavano sul veicolo, ci furono lamentele ma nessuna protesta formale. Rike prese posto sul sedile del passeggero, mise i classici Creedence Clearwater Revival e, per tutto il tragitto di cinquanta chilometri, Hunter dovette ascoltare tre grossi guerrieri vampiri che cantavano a pieni polmoni. Infine, mentre *Bad Moon Rising* finiva per la seconda volta, raggiunsero il vialetto di ghiaia privato che portava nel cuore degli oltre quaranta ettari di terra che appartenevano al clan. La proprietà veniva usata come deposito e per cacciare, e conteneva anche due piccole capanne che i membri del clan potevano usare per fuggire.

O per nascondersi.

Parcheggiò il suv nel capannone dov'erano custoditi altri veicoli, le motoslitte e i fuoristrada per tutti i terreni, la classica Corvette di Jaggar e la Harley di Baddon. Da lì, in mezz'ora, con le motoslitte o i fuoristrada si poteva attraversare la foresta fino ai terreni statali dov'era situato il loro quartier generale.

Purtroppo, a causa di un recente aumento dell'attività umana nelle foreste, i vampiri dovevano essere più cauti. Adesso Hunter e i suoi compagni si erano ridotti a spostarsi a piedi sia per essere più silenziosi sia per minimizzare le tracce che avrebbero condotto gli umani al quartier generale.

«Maledetti umani» borbottò Baddon mentre arrancavano nel bosco.

Ci fu un mormorio di approvazione da parte di Jag e Rike, poi Hunter colse una scia che gli fece drizzare i peli sulla nuca.

«Tutti... fermi.»

Già al massimo dell'allerta, estrassero le armi e si sistemarono in posizione di combattimento, mentre Hunter sollevava il viso verso la brezza. Il vento trasportava un fetore di pelle non lavata, alcol, tabacco... e sangue di vampiro stantio mescolato all'odore pungente del fumo di un lontano bivacco.

«Bracconieri» sussurrò. «Almeno una dozzina.»

«Merda.» Con un colpetto, Baddon tolse la sicura alla balestra.

Continuarono a muoversi con lentezza e senza far rumore. Però, mentre si avvicinavano al bordo del lago che d'estate il clan usava per nuotare e pescare, risuonò uno sparo. Un proiettile perforò il tronco di un albero a pochi centimetri dalla testa di Hunter.

«Gli Stake Reaper!» gridò Baddon e, cazzo, non era un bene.

Erano decenni che i vampiri venivano perseguitati dai cacciatori e dai bracconieri, ma la complicata defezione di Nicole dalla Daedalus – e dall'umanità – per unirsi ai MoonBound e diventare una vampira aveva provocato un sacco di casino. Gli umani avevano cominciato a rivendicare lo sterminio dei vampiri liberi e controlli più rigidi su quelli in schiavitù. Adesso tutti gli individui spregevoli del pianeta erano decisi a catturare un vampiro e alcuni, come il club motociclistico degli Stake Reaper, stavano approfittando della febbre di caccia per acciuffare il maggior numero di vampiri in modo da venderli prima che quelli che vivevano allo stato brado si estinguessero.

Peggio, gli Stake Reaper si erano dimostrati il gruppo organizzato più pericoloso in cui Hunter si fosse imbattuto, e l'ipotesi di Baddon che al comando di quei fuorilegge ci fosse un vampiro era ancora più inquietante.

Due grossi tizi uscirono dalla boscaglia, uno armato di un machete, l'altro di una mazza da baseball, ed entrambi avevano una pistola. Hunter si girò, eliminando con un calcio alla gola il tipo con il machete. Roteò di nuovo e per poco non si fece fracassare la testa dalla mazza. Tirò un destro e fece saltare alcuni denti al pelato che la brandiva.

Mentre afferrava il tizio per il collo, uno schiocco metallico risuonò tra gli alberi, seguito da un urlo raccapricciante.

Hunter si voltò di colpo e, con una forza sufficiente a stenderlo, gettò il pelato contro un masso ricoperto di muschio. A parecchi metri di distanza, Jaggar si lamentava atrocemente e si contorceva sul terreno: aveva la parte inferiore della gamba stretta nella morsa di una trappola enorme, costruita per gli orsi o specificatamente per i vampiri, i cui brutali spuntoni gli stavano trinciando la carne e probabilmente rompendo l'osso.

Hunter corse verso di lui, mentre Riker e Baddon facevano

fuori altri due umani. Un altro sparo echeggiò nell'aria. Riker sobbalzò e si mise una mano sulla spalla insanguinata.

«Sto bene» gridò. Con un cenno affermativo del capo, Hunter si precipitò accanto a Jag.

La trappola, ricoperta del sangue di Jaggar, era scivolosa da morire, ma Hunter riuscì ad aprirla facendo leva senza danneggiare ulteriormente la gamba dell'amico. Sibilando per il dolore, Jaggar liberò la gamba con uno strattone e, quando fu libero, Hunter lasciò che la morsa di metallo si richiudesse con uno scatto.

«Resisti, amico.» Hunter si strappò una spessa striscia di tessuto dalla maglietta e si affrettò a legarla intorno alla ferita aperta e all'osso esposto subito sotto al ginocchio di Jag.

Una volta legata la fasciatura improvvisata, prese Jaggar per le ascelle e lo tirò in piedi, ma non sarebbe stato facile riportarlo al quartier generale del clan. La gamba di Jag era maciullata, decisamente rotta.

Riker e Baddon tenevano l'ultimo umano contro un albero e, sebbene Hunter fosse consapevole che ce n'erano altri nel cuore della foresta, lui e i suoi ragazzi non avevano altra scelta che cercare di raggiungere casa.

Si gettò rapidamente Jaggar sopra la spalla. «Andiamo!» gridò. «Portate l'umano.»

«Roger» gli gridò in risposta Riker, mentre Baddon faceva girare l'umano e gli dava un pugno forte sulla testa, facendogli perdere i sensi. Il tipo si accasciò sul suolo bagnato della foresta con un tonfo appagante.

Senza alcuno sforzo, Baddon imitò Hunter e si gettò l'umano sulla spalla prima di balzare in avanti per perlustrare il sentiero. Riker si allineò dietro a Hunter, guardandogli le spalle. A un centinaio di metri dalla scena della battaglia, due guerrieri MoonBound, Takis e Aiden, li raggiunsero con le armi in pugno.

«Abbiamo sentito uno scontro» disse Takis, guardando Jaggar. «Cacciatori?»

«Stake Reaper» grugnì Baddon.

«Merda» mormorò Aiden. «Voi ragazzi state bene? Rike?»

Riker fece un rapido cenno affermativo in direzione di Aiden. «Starò bene. Jag ha bisogno d'aiuto.»

Adesso si muovevano più velocemente, con Aiden e Takis a sgombrare la strada, e non ebbero più problemi. Eppure era inquietante che gli umani avessero sistemato le loro trappole così vicino al quartier generale del clan. Il mistico di MoonBound aveva posto la zona sotto difesa in modo che, anche senza che se ne accorgessero, risultasse repellente agli umani, ma o le difese erano state distrutte o gli Stake Reaper possedevano qualche abilità che le rendeva vane.

Non era un bene. Il quartier generale del clan era nascosto da una magia antica, quindi, se le difese potevano essere neutralizzate, era possibile che potesse esserlo anche l'incantesimo dell'invisibilità.

«Baddon.» Hunter spostò il peso morto di Jaggar per attenuare la pressione che gli stava facendo perdere sensibilità al braccio destro. «Guarda se riesci a scavare più a fondo tra i Reaper. Se riescono a neutralizzare le nostre difese, la tua teoria che abbiano un vampiro tra i loro ranghi è assolutamente giusta. Riker, voglio che siano assegnati dei pattugliamenti extra nei prossimi giorni, e domani andrò personalmente ad aspettare la squadra di Rasha ai confini del nostro territorio.»

Baddon emise un risoluto 'Sì, signore', ma Riker gli lanciò uno sguardo truce. Senza dubbio avrebbe fatto una lavata di capo a Hunter su quanto fosse troppo rischioso lasciare il quartier generale, ma i suoi sforzi sarebbero stati inutili. Hunter non aveva intenzione di correre alcun rischio con la sua futura compagna. Non gli piaceva, non voleva quell'unione, ma se le succedeva qualcosa all'interno del territorio di MoonBound, suo padre avrebbe ornato le pareti con la pelle di ognuno di loro.

Quindi, sì, voleva assicurarsi che la sua futura sposa e il suo clan fossero al sicuro.

Il suo destino, però, era incerto e, mentre coprivano gli ultimi chilometri che li separavano dal quartier generale, nelle orecchie di Hunter risuonò la voce del demone che gli era apparso due mesi prima.

Prima che finisca l'inverno sarai morto.

2

La sfortuna inseguiva Aylin Redmoon come un lupo sulle tracce di un cervo ferito. A ogni passo con cui si avvicinava al territorio del clan MoonBound nell'accidentata Catena delle Cascate dello Stato di Washington, la sensazione di tragico presentimento aumentava.

Molto presto si sarebbe unita in matrimonio con un maschio brutale, che, contro il suo volere, le avrebbe sottratto la verginità per poi gettarla via come spazzatura.

Prima però si sarebbe unita in matrimonio la sua gemella e, diversamente dal futuro compagno di Aylin, quello di Rasha era bello, rispettato dai membri del suo clan e convinto che fosse cosa buona farsi il bagno più di una volta all'anno.

Aylin non aveva mai visto Hunter da vicino, ma ne aveva sentito parlare. E se le voci erano vere, doveva trattarsi di una specie di Adone vampiro.

Dopo la tempesta della notte precedente, pezzi di neve sciolta scricchiolavano sotto le scarpe da trekking di Aylin mentre con la sorella si faceva strada lungo l'argine tortuoso di un fiume. Le scarpe di Rasha non facevano alcun rumore.

Aylin lanciò un'occhiata di traverso alla sua gemella. I biondi capelli di Rasha erano legati in una coda austera, mentre i riccioli lunghi fino alla vita di Aylin erano sciolti. A parte questo, erano identiche. Perfino il loro abbigliamento era uguale, ma non per un qualche stupido gioco fra gemelle. No, Aylin era stata vestita per fare da esca in modo che Rasha, la primogenita ed erede di ShadowSpawn, avesse maggiori possibilità di fuga in caso di attacco da parte degli umani o di tradimento da parte di MoonBound.

Mentre camminavano, Aylin faceva attenzione a restare dietro e alla destra di sua sorella, la posizione sottomessa che le avevano insegnato a tenere con ogni maschio e alcune femmine del suo stesso clan. Non importava che fosse la figlia del capo del clan; il suo status di gemella secondogenita la collocava al di sotto di tutti i maschi, e il suo difetto fisico la rendeva automaticamente inferiore alle femmine sane.

Questo però non significava che a volte non 'scordasse' il suo posto. Ne pagava sempre le conseguenze, ma ne valeva la pena per quei pochi minuti in cui rispondeva male oppure la faceva in barba ai suoi 'superiori'.

A pochi metri davanti a loro, un cervo attraversò il sentiero saltellando con passi svelti che lo portarono a una corsa quasi silenziosa attraverso gli alberi. Aylin gli invidiò tantissimo la libertà e l'agilità.

Rasha si muoveva con altrettanta grazia, ogni passo era calcolato e silenzioso, con una mano guantata stretta fermamente intorno alla balestra, l'altra appoggiata sopra l'elsa del pugnale che aveva al fianco. Con gli occhi azzurri scrutava la foresta davanti a sé, catalogando ogni foglia mossa dal vento, ogni uccello che svolazzava da un ramo all'altro. Lo stato d'animo di Rasha era calmo, da fredda guerriera... anche se stava per unirsi in matrimonio con il nemico.

«Non sei nervosa?» domandò Aylin.

«Perché dovrei?» Rasha fece segno a uno dei quattro che le scortava di disporsi più avanti. Da un momento all'altro avrebbero dovuto imbattersi nei guerrieri MoonBound, e non volevano sorprese. «Sto per unirmi in matrimonio con il leader di uno dei più grandi e più vecchi clan di vampiri da questa parte delle Montagne Rocciose. Sarò una regina. E Hunter è maledettamente sexy. Avrei potuto sposare un mostro orrendo con un harem di femmine.»

«Come farò io?» Aylin alzò lo sguardo verso uno scoiattolo che le rimproverava dai rami di un albero.

Dovresti essere in letargo, amico.

Naturalmente lo scoiattolo non sentì i suoi pensieri. Ma nel profondo, come ali che nell'ombra svolazzavano contro la sua anima, il totem di Aylin, la colomba selvatica che era il suo spirito guida, si destò, preparandosi a consegnare il messaggio al piccolo roditore se ce ne fosse stato bisogno.

«Esattamente.» Con un balzo Rasha superò il fiume in una strettoia, ma Aylin dovette usare un tronco caduto. «So che non è ciò che vuoi, ma devi fare buon viso a cattivo gioco. Non è quello che mi dici sempre?» Rivolse a Aylin un largo sorriso beffardo. «È irritante, non è vero?»

Aylin lanciò alla sorella una pigna. Avevano un rapporto tranquillo quando erano da sole e Rasha non veniva trattata con disprezzo per essere stata gentile con la sua storpia e disgraziata sorella.

«Quando ti dico di fare buon viso a cattivo gioco per quanto riguarda la tua unione con Hunter è un po' diverso da quando tu me lo dici in riferimento alla mia con Tseeveyo» sottolineò Aylin. «Tu vuoi davvero unirti in matrimonio con Hunter.»

«Per il bene del nostro clan.» Con un colpo secco, Rasha si scostò un ramo dal viso. «Ma lui non mi vuole.»

«E Tseeveyo mi vuole solo perché ha bisogno di allearsi con nostro padre.»

Rasha distolse lo sguardo. Sapevano entrambe che c'era un altro motivo per cui Tseeveyo voleva Aylin, ma nessuna delle due voleva parlarne.

«Sei fortunata che Tseeveyo ti voglia, almeno in questo modo diventerai la compagna di un capoclan. Hai bisogno di qualcuno che si prenda cura di te.»

Una delle sue compagne. «So prendermi cura di me stessa.» Decisamente non aveva bisogno di un maschio le cui azioni malvagie avevano fatto nascere la leggenda hopi dell'orco che mangia i bambini noto a molti come Cheveyo.

«Davvero?» Rasha lanciò uno sguardo scettico alla storta gamba destra di Aylin, che per poco non cedette mentre lei scendeva dal tronco. «Non puoi cacciare e non puoi competere con le altre femmine. Senza di me a ShadowSpawn, non passerà molto tempo prima che tu venga spinta ai margini del clan e implori per gli scarti. E se mai dovesse succedere qualcosa a nostro padre, la tua ultima protezione sparirebbe. Il clan ti respingerebbe oppure ti ucciderebbe.»

Quello che diceva Rasha era vero, ma ciò non significava che Aylin volesse sentirselo dire. «Grazie per avermi dato la notizia» borbottò al di sopra dell'incessante squittire dello scoiattolo.

Rasha apparve assolutamente perplessa. Non aveva mai capito che non doveva dire ogni minima cosa che pensava. «Volevo solo essere onesta.»

«Mi stavi ricordando qual è il mio posto nel clan.»

«Perché non impari mai» disse Rasha, lanciando un'occhiataccia allo scoiattolo. «Non fai altro che opporti al sistema e, che tu ci creda o no, non mi piace vedere che ti puniscono. Se ti limitassi ad accettare il tuo posto nella società, la tua vita sarebbe molto migliore.»

«Se accettassi il mio posto, sarei morta, e tu lo sai.»

Quante volte aveva sentito non solo i membri del clan, ma il suo stesso padre dire che avrebbe dovuto affogarla prima che cominciasse a respirare? Aylin si domandò da cosa fossero maggiormente offesi tutti: il fatto che fosse la secondogenita, che fosse la gemella 'disgraziata', o che avesse avuto l'audacia di nascere con una gamba deforme in un mondo dove vigeva la selezione naturale?

Rasha sospirò. «Per favore, ti comporterai bene con Tseeveyo? So che è un bastardo, ma se non ti fai notare, segui gli ordini e fai quello che dice, andrà tutto bene. Limitati a fare del tuo meglio...»

«Basta!» replicò Aylin a denti stretti. «L'ultima cosa di cui voglio parlare è che sono stata venduta a un clan che, non so come, è peggio di ShadowSpawn. Quindi vuoi smettere di parlarne?»

Nessun altro al mondo avrebbe potuto rivolgersi così a Rasha. Sempre che volesse conservare tutti i denti. Però, nonostante tutti i suoi difetti, era da quando erano bambine che Rasha non faceva fisicamente male a Aylin. Perlomeno, non gravemente. No, Rasha, aveva altri modi più efficaci di mettere Aylin al suo posto, e quest'ultima aveva imparato da tempo a non far sapere a sua sorella cosa fosse importante per lei. Rasha conosceva fin troppo bene i suoi punti deboli, per così dire... come dimostrò sollevando la balestra e prendendo di mira lo scoiattolo chiassoso.

«Quella cosa deve tacere.»

«No!» Aylin scattò, colpendo violentemente l'arma che sparò. Il colpo andò a vuoto e lo scoiattolo corse dentro un buco nel tronco di un albero.

Rasha ringhiò, snudando le zanne. «Maledizione, Aylin. Gli animali sono cibo, non una compagnia.»

«Oh, ma per favore» replicò Aylin, avviandosi di nuovo verso il territorio di MoonBound. «Non lo avresti mangiato. Volevi ucciderlo per ferirmi.»

«Non per ferirti. Per aiutarti. Vedi cosa intendo quando dico che non impari le lezioni? Faccio queste cose per il tuo bene. Vorrei che lo capissi.»

Dandole una spinta, Rasha superò Aylin per passare in testa. Quest'ultima per poco non cadde, con la gamba malandata che si spostò goffamente mentre lei cercava di ritrovare l'equilibrio, ma la mano di Rasha scattò per afferrarla.

Aylin si scrollò dalla sua presa. «Oh, ho imparato molto bene a non tenere animali domestici.» A ShadowSpawn la compassione per gli animali era considerata una debolezza. «Volevo solo chiedere a quello scoiattolo cosa l'ha fatto uscire dal letargo. Credo che stesse cercando di dirci qualcosa.»

Sibilando, Rasha si rivoltò contro Aylin. «Chiudi la bocca» sibilò. «Se qualcuno dei guerrieri ti avesse sentito...»

«Non è successo.» Aylin si piegò per legare il laccio di una scarpa. «E sarei stata attenta.»

«Non ha importanza. È proibito comunicare con gli animali, e tu lo sai.»

Certo che lo sapeva. Ciascun vampiro era dotato di una o due abilità speciali, ma il talento di Aylin di usare il suo totem per parlare con gli animali era considerato tabù per ragioni che lei non aveva mai capito. Ma in fondo, quasi tutto quello che succedeva nel clan ShadowSpawn non aveva senso per lei. E per questo, perché metteva in discussione l'ideologia delle regole della cornacchia, gli altri membri del clan pensavano che fosse stupida o una piantagrane. Di solito entrambe le cose.

Continuarono ad attraversare la foresta in un silenzio privo di avvenimenti degni di nota. Poi, mentre scendevano in una valle che confinava con il territorio di MoonBound, Benito, uno dei loro giovani esploratori, uscì dalle ombre con passo malfermo, il viso striato di sangue e gli abiti neri scintillanti di chiazze bagnate.

«Maledetti... umani» ansimò.

Mentre si accasciava sul terreno coperto di felci, tossì e spruzzò una nuvoletta rosa. Tra le sue scapole si ergeva uno spesso manico di legno e al cervello di Aylin occorsero parecchi minuti preziosi per capire che aveva un'ascia piantata nella schiena.

Improvvisamente, nel bosco esplosero confusione e i suoni della battaglia.

Rasha si girò con un movimento indistinto e Aylin sentì una fitta acuta alla gamba destra. La lama di Rasha scivolò silenziosamente nel fodero; Aylin non aveva nemmeno visto la sorella che la tirava fuori.

«Aylin, corri!» Si erano preparate per quello scenario, ma ora che era vero, Aylin si bloccò, paralizzata dal terrore e dal dolore. «Maledizione, Aylin, vai!»

Il sangue le gocciolava lungo la gamba dal taglio superficiale procuratole da Rasha; anche questo faceva parte del loro piano d'emergenza. Aylin era un'esca e il taglio era stato concepito per spiegare il fatto che zoppicasse e far credere a chiunque la catturasse che fosse Rasha, ferita da una lama nemica.

Spinta da una serie di spari e urla, Aylin corse il più velocemente possibile nella direzione opposta.

I rami degli alberi le colpivano il viso e le braccia e, mentre si arrampicava sul fianco della collina, il terreno scivolava sotto i suoi piedi. I rumori della battaglia sembravano proprio dietro di lei, ma, quando si lanciò un'occhiata alle spalle, vide solo la foresta. Il sollievo che nessuno la stesse rincorrendo si trasformò bruscamente in terrore quando un uomo che brandiva un tubo d'acciaio sbucò dal crinale pochi metri più avanti.

Imprecando, Aylin frugò in cerca di uno dei due coltelli da lancio che aveva al fianco. La sua mano si chiuse sull'elsa, ma prima che potesse prendere posizione per lanciare la lama, un uomo corpulento sbucò dagli alberi alla sua destra. Con un movimento oscillatorio, sollevò la balestra e gliela puntò al petto.

Aylin lanciò il pugnale. Grazie alle innumerevoli ore di allenamento da bambina, riusciva a colpire una vespa in volo a trenta metri di distanza, ma l'occhio di quel tipo era un bersaglio molto migliore. Lui andò giù con un grugnito.

«Puttana di una vampira!» Il pazzo con il tubo in mano si avventò su di lei, sbattendoglielo contro le gambe.

Aylin fu attraversata da un dolore atroce e cadde a terra. Il bastardo le diede un calcio nelle costole, facendola cadere sulla schiena. L'aria le esplose dolorosamente dai polmoni. Lo stivale dell'uomo le finì sulla gola, immobilizzandola a terra.

Mentre gli afferrava la caviglia in un futile tentativo di spostargli il piede, la brutta faccia con la barba grigia la fissava dall'alto. La poca aria che riusciva a inspirare sembrava una sferzata di fuoco rovente.

«Sei carina» disse. «E anche una purosangue. Frutterai una fortuna nel mercato delle schiave sessuali.»

Il terrore la rese goffa, ma miracolosamente le sue dita trovarono la seconda lama che portava al fianco. *Sbrigati... sbrigati...*

Il coltello le scivolò di mano. *Maledizione!*

L'uomo con il tubo aumentò la pressione del piede e punti neri galleggiarono nel campo visivo di Aylin.

Concentrati. Sai come maneggiare una lama.

Con tutta la forza che riusciva a raccogliere nella schifosa posizione in cui si trovava, conficcò il pugnale a fondo nel polpaccio ricoperto dai jeans dell'uomo, che urlò e cadde all'indietro. Però, mentre Aylin si metteva faticosamente a quattro zampe, qualcosa le trafisse la spalla, e all'istante ogni muscolo del suo corpo fu preso da crampi dolorosissimi.

Una freccia paralizzante.

I suoi pensieri confusi capirono con cosa era stata immobilizzata, ma il suo corpo non funzionava più e, mentre giaceva a terra, tremando in preda alle convulsioni, non poté far altro che pregare che Rasha fosse fuggita e venisse a cercarla.

Ti prego, salvami, Rasha, per favore.

Perché, come ben sapevano gli spiriti, non l'avrebbe fatto nessun altro.

3

Il prigioniero era insolente.

Una qualità che Hunter avrebbe potuto apprezzare in un vampiro, ma che da parte di un umano... non faceva altro che dimostrare quanto fossero stupidi.

«Sei in una fortezza dei vampiri, incatenato in una stanza delle prede, eppure non sai dire nient'altro che vaffanculo.»

«Vaffanculo» ringhiò l'umano. «Non ho paura di voi.»

«Il tuo odore dice tutt'altro.»

L'umano, rimasto solo con i boxer Harley Davidson, sputò un grumo di sangue sul pavimento sporco. «Ho detto che non ho paura.»

Così. Maledettamente. Stupidi.

«Non hai paura?» Aiden, i cui soliti modi gentili nascondevano un'oscura predisposizione alla tortura, fece scorrere il pollice sul bordo affilato della sua lama per scuoiare preferita. «Vediamo cosa possiamo fare in proposito.»

Hunter calpestò la catena legata intorno ai polsi dell'uomo, strattonandogli con forza le braccia dietro la schiena e lussandogli le spalle. La canaglia digrignò i denti ma non emise alcun suono.

«Quanti Stake Reaper ci sono?» domandò Hunter. «Chi vi ingaggia per darci la caccia?»

Il membro della banda, che aveva una targhetta d'identificazione con scritto CHIM sulla giacca di pelle nera, snudò i denti striati di rosso. «Non abbiamo bisogno di soldi del cazzo. Appenderemmo a una corda la vostra specie anche gratis.»

Hunter diede un calcio alla borsa che gli avevano trovato a tracolla sotto la giacca. «Quindi le zanne e gli scalpi di vampiro qui dentro non dovevano essere venduti?»

Chim fece una smorfia. «Non è detto che non ci si arricchisca facendo quello che ci piace.»

Hunter fu preso da una rabbia impetuosa, rapida e intensa, e con la mano scattò ad afferrare quel maledetto per la gola. «Stammi a sentire, pezzo di merda. Possiamo farla facile o difficile. Aiden preferisce il secondo modo. Prova un amore assurdo per i suoi coltelli. Io? Ho cose migliori da fare.» Come prepararsi per la sua compagna, che sarebbe arrivata in mattinata. «Quindi perché non risparmi a entrambi un sacco di tempo e sofferenza e mi dici quello che sai? Perché alla fine parlerai. Te lo assicuro.»

«Vaffanculo.» Chim sogghignò. «Voi sanguisughe non avete idea di quello che sta per succedere, vero? Un attacco, caro mio. Un maledetto massacro e, quando sarà finito, i parassiti come voi che vivono allo stato brado si saranno estinti. Gli altri saranno degli schiavi... proprio come quella cosa giovane e carina che ci passiamo l'un l'altro al nostro club.»

Come faceva la gente che disprezzava i vampiri a giustificarsi di usarli per il sesso? Maledetti idioti.

Un basso ringhio risalì fremendo dal petto di Hunter e la sua mano si strinse sulla gola di Chim. Nel profondo, il desiderio di non limitarsi a uccidere quel delinquente, ma di farlo nel modo più crudele che potesse immaginare, si dimenò come un demone che cercava di evadere. Il padre di Hunter avrebbe esposto Chim nella sala comune e fatto vedere a tutti mentre gli spingeva oggetti appuntiti dentro orifizi sensibili.

Poi, nei giorni seguenti, l'avrebbe privato di parti del corpo, a cominciare dalle palle e dall'uccello.

Un'ondata di eccitazione si rovesciò addosso a Hunter mentre quel demone malvagio si agitava nei suoi ceppi.

No.

Il sudore gli comparve sulla fronte e, sotto il palmo, le sue dita strinsero più forte. Il viso di Chim divenne di un'accesa tonalità di viola, reso ancora più vivace dal velo di rosso che attraversò il campo visivo di Hunter.

No!

Hunter si rifiutava di trasformarsi in suo padre, ma l'oscurità gli scorreva nelle vene come una melma maligna che gli infettava i pensieri. *Fallo. Trincialo. Aprilo dall'inforcatura allo sterno e lascia che i bambini giochino con le sue interiora. Fallo!*

La nausea gli agitò lo stomaco. Lasciò andare l'umano e fece un passo indietro, costringendosi a calmarsi.

«Gesù Cristo» gracchiò Chim, con gli occhi iniettati di sangue e spalancati mentre guardava Hunter a bocca aperta. Una macchia di umido fiorì sul davanti dei suoi boxer. «Che... cazzo...?»

Aiden aveva lo sguardo fisso e attento come l'umano, ma in un attimo sbatté gli occhi, tornò padrone di sé e gli vibrò un pugno contro la mascella. «Cosa c'è? Non hai mai visto esplodere la rabbia di un vampiro purosangue? Gli occhi rossi e le zanne di dieci centimetri sono solo l'inizio, stronzo.»

«Maledetti mostri!» Il puzzo del terrore di Chim bruciò le narici di Hunter e fece eccitare di nuovo il mostro che aveva dentro di sé. «Morirete tutti!»

Hunter aveva bisogno di uscire da lì prima che duecento anni di autocontrollo, durante i quali aveva attentamente preso le distanze dal tipo di maschio che era stato suo padre, volassero fuori dalla finestra. Mai e poi mai sarebbe stato questo fetente e ignobile bracconiere a rovinare una vita di moderazione.

«È tutto tuo, Aiden.» Hunter colpì leggermente la porta della cella e Katina l'aprì; alla vista del bracconiere tutto legato come un pezzo di carne i suoi occhi color argento scintillarono per la sete di sangue. «Scopri quello che sa. Non m'importa come lo fai o quanto ci metti. Manderò Baddon ad aiutarti.» Baddon era il loro esperto in fatto di club o bande di motociclisti, e senza dubbio sapeva più di quanto potesse piacere a Chim.

Inoltre Baddon era bravo con la tortura quanto Aiden. Solo che non lo nascondeva altrettanto bene.

Il freddo sorriso di Aiden fece abbassare la temperatura nella cella. «Sì, signore. Non preoccuparti, in men che non si dica farò cantare questo bastardo come un canarino.»

Hunter non disse nient'altro per la paura che se lo avesse fatto, avrebbe detto a Aiden di uscire, maledizione, e poi non ci sarebbe stato niente a impedirgli di cedere ai desideri che suo padre aveva incoraggiato.

Desideri che, una volta liberati, non potevano più essere controllati.

4

Quello era il giorno del giudizio.

D'accordo, forse non sarebbe stato proprio così brutto, ma se Hunter avesse dovuto fare una lista delle cinque cose che temeva di più, in cima ci sarebbe stato unirsi in matrimonio con una femmina che odiava. Subito sotto perdere un bambino ed essere schiavizzato. E come se portare la sua futura compagna e attuale nemica nella sede del suo clan non fosse stato abbastanza, stava per arrivare un'altra tempesta subito dopo la bufera di neve della notte precedente. La percepiva come un basso ronzio nelle ossa e un peso nell'anima.

Questa tempesta non riguardava solo il meteo, e Hunter si chiese se, come aveva suggerito il loro prigioniero, avesse qualcosa a che fare con gli umani. Non appena avesse finito di controllare come stava Jaggar, sarebbe andato a trovare Aiden. Magari avrebbe ricavato qualcosa di utile da quella canaglia.

Imprecando fra sé e sé, con una spinta aprì la porta dell'infermeria, una stanza ampliata di recente accanto al laboratorio. Grant, un maschio con i capelli brizzolati che da umano era stato un microbiologo, alzò lo sguardo dal punto in cui si trovava accanto al letto di Jaggar. Nicole, una studiosa della fisiologia dei vampiri e la cosa più vicina a un medico che avessero, aveva lavorato fino a tarda notte per riparare la tibia rotta di Jag. Adesso il vampiro ferito era seduto sul letto, con la parte inferiore della gamba fasciata e il cipiglio che era più di un'allusione a quanto fosse irritato per il fatto di dover restare immobile.

Su un carrello delle apparecchiature accanto a lui c'erano un sandwich intatto e una sacca mezza vuota di sangue umano. Era molto probabile che fosse stato Jaggar stesso a rubare il sangue da un camion per le consegne diretto a un negozio di Seattle che riforniva gli schiavi vampiri.

Grant appese un portablocco ai piedi del letto di Jag. «Salve, capo. Il tuo ragazzo farebbe bene a darsi una calmata.»

Indicò Jaggar, che ringhiò. «Di' al Dr Horrible di lasciare che mi riprenda nella mia camera.» Jag lanciò un'occhiataccia a Grant. «Continua a provare a iniettarmi qualche schifezza.»

Hunter attraversò la stanza per raggiungere Grant, mentre gli acri prodotti chimici usati insistentemente da Nicole per mantenere il laboratorio e l'infermeria puliti gli pungevano le narici. Non che Hunter si lamentasse. L'ossessione di Nicole per la pulizia era di gran lunga migliore del disordine e della confusione che con Grant rasentavano il caos.

«Stai provando a dargli gli antibiotici?»

Grant scosse la testa. «La maggior parte degli antibiotici non funziona su di noi, come ho scoperto, piuttosto tragicamente, alcuni anni fa.» Schiarendosi la gola, cacciò le mani nelle tasche del camice e ne tirò fuori un paio di siringhe. «Volevo sperimentare gli effetti dell'argento colloidale sulle ossa rotte. Le analisi indicano che con l'argento le nostre ossa potrebbero guarire più in fretta e in maniera più intensa.»

«Fanculo» disse Jaggar. «Non diventerò il tipo che si è trasformato in Hulk a causa di un incidente di laboratorio.»

«Ma per favore» disse Grant, strascicando le parole. «Al massimo finiresti come Wolverine. Sarebbe figo. Smetti di lagnarti.»

«Quello sì che sarebbe figo» si disse d'accordo Hunter. Jaggar borbottò qualcosa sottovoce e si allungò a prendere la sacca di sangue. «Cosa dice Nicole del tuo trattamento sperimentale?»

Grant scrollò le spalle. «Non crede che farà male.» Ci pensò un secondo. «Be', non per molto. Probabilmente le iniezioni saranno lancinanti, ecco perché non le ho mai provate su di me. È il motivo per cui ho bisogno di volontari.»

Jaggar imprecò sia in inglese che in tedesco, la sua madrelingua, poi se ne uscì alla grande con uno degli insulti dei Nasi Forati preferiti da Myne, dando a Grant del pazzo scroto di alce.

«Sì?» Grant si afferrò l'inforcatura attraverso i pantaloni cachi. «Puoi succhiare il mio pazzo scroto di...»

La porta del laboratorio si aprì con una violenza sufficiente ad ammaccare la parete. Myne irruppe nella stanza e si fiondò da Hunter. I suoi occhi scuri scintillavano ferocemente quanto le sue zanne in titanio, e Hunter si allarmò all'istante. Per un tacito e reciproco accordo, Myne non trattava mai direttamente con Hunter a meno che non fosse una cosa importante.

«Gli umani stanno attaccando la sposa ShadowSpawn e il suo seguito.» Myne aveva le guance e il collo striati di sangue, ma non era suo. Nel sangue che Myne indossava come una pittura di guerra, Hunter distinse il fetore di tre umani diversi. «Stanno facendo casino ovunque. Takis e io ne abbiamo fatti fuori alcuni, ma non siamo riusciti ad aiutare Rasha e sua sorella.»

Rasha aveva portato Aylin? Hunter non aveva mai visto la gemella di Rasha, che, stando alle voci, era orrendamente deforme. Però Aylin aveva aiutato Riker e Nicole quando erano stati tenuti prigionieri da ShadowSpawn, quindi a Hunter non importava se era un troll infestato dal vaiolo. MoonBound l'avrebbe salvata insieme a Rasha.

«Andiamo.» Hunter si avviò verso la porta, ma Riker entrò

a grandi passi, da sotto la maglia nera si vedevano gli spessi strati di bende per la ferita d'arma da fuoco della notte precedente.

«Resta qui» abbaiò Riker accanto al vano della porta. «Ce ne occuperemo noi.»

«Col cazzo» grugnì Hunter mentre superava con una spinta sia Myne che Riker. «È con la mia futura compagna che gli umani si sono immischiati.»

Riker lo raggiunse nel corridoio. «È troppo pericoloso.»

Hunter lanciò un'occhiata caustica al suo secondo. «Sarebbe troppo pericoloso per te se fosse la tua compagna a essere stata catturata dagli umani?»

Era un colpo basso, dato che, decenni prima, Riker aveva perso la sua prima compagna per mano degli umani che l'avevano catturata e costretta in schiavitù, ma Hunter non disdegnò di ricordargli quanto potesse essere disperata la situazione.

«Fottiti, Hunt. Questo è diverso. Io non sono il leader di un clan e tu non hai l'imprinting con Rasha. Non è certo un matrimonio d'amore.»

No, non lo era. Semmai, si trattava di due nemici con niente in comune che condividevano il letto mentre avevano una pistola puntata alla testa. Ciononostante, Rasha sarebbe diventata la sua compagna e nessuno doveva intromettersi con ciò che apparteneva a Hunter.

«Io vado» disse Hunter con il suo tono della serie 'Sono il capo' che chiudeva ogni discussione.

Riker si sfogò con una litania d'imprecazioni, ma a parte questo tenne la bocca chiusa mentre attraversavano di corsa la garenna, dando l'allarme e svegliando i combattenti. Occorsero pochi minuti per mettere insieme un primo gruppo di sei elementi. In dieci minuti, Myne li avrebbe seguiti con una seconda squadra più grande.

Una volta raggiunta l'aria fredda all'esterno, Hunter e i suoi partirono a velocità vampiresca e corsero verso il luogo dell'agguato. Lo raggiunsero in poche ore, mentre agli umani sarebbero occorsi giorni, ma era comunque troppo tardi. Sul campo di battaglia insanguinato non c'erano più nemmeno i morti.

Questo significava o che ShadowSpawn avesse ripulito... oppure che l'avessero fatto gli umani. Mentre faceva una carrellata sulla battaglia, studiando le orme e il sangue, a Hunter si formò un nodo freddo nel petto. Gli umani erano stati più numerosi della squadra ShadowSpawn e, sebbene quasi tutto il sangue fosse degli umani, in definitiva erano stati loro a portare via i vampiri... morti o privi di sensi.

Se Rasha e Aylin erano morte, in quel preciso momento sarebbero state sottoposte a macellazione per essere venduta al mercato nero. Se erano vive, stavano soffrendo alla mercé di barbari che le avrebbero usate per divertirsi finché non fosse giunto il momento di venderle al mercato, legale o illegale, di schiavi.

«Dividetevi» abbaiò. «Trovate Rasha e sua sorella. Stiamo cercando un paio di dozzine di maschi umani, quindi non attaccate finché non arriva Myne con i rinforzi.» Preparandosi, snudò le zanne. «E poi saranno tutti vostri.»

Mentre seguivano le orme e le tracce di sangue, Riker era al fianco di Hunter. Gli umani non avevano nemmeno provato a nascondere i loro movimenti, a un certo punto si erano perfino trascinati dietro uno dei maschi ShadowSpawn. Di tanto in tanto, Hunter si fermava a fiutare l'aria e, quando finalmente colse l'inconfondibile odore di una femmina ferita, ringhiò. Stava sanguinando moltissimo, e lui l'avrebbe fatta pagare a ogni umano che trovava.

«Merda.» Riker scattò avanti, fermandosi in cima a un crinale che dominava sulla valle di un fiume ricca di boschi. Il fumo saliva a spirale dagli alberi e con esso arrivavano risate rozze. «Il loro accampamento è laggiù. Non è la terra degli indiani Yakima?»

«Sì.» La cosa quadrava, no?

Le riserve dei nativi americani erano off limits per i vampiri. Non importava che Hunter fosse un Cherokee purosangue. Fin da quando gli scienziati avevano scoperto che i vampiri erano nati da un virus che aveva avuto origine nelle tribù dei nativi americani, questi ultimi avevano sempre cercato di prendere le distanze dai vampiri e di liberarsi del marchio negativo. Ora, ai vampiri si sparava a vista sulle terre dei nativi americani.

I bracconieri umani erano ben consapevoli di questo fatto e non si facevano scrupoli a trarne vantaggio.

Un vero peccato.

Nascondendosi nel fitto sottobosco e tra i grossi tronchi d'albero, Hunter e Riker strisciarono proprio fino al limitare dell'accampamento sorprendentemente organizzato. Un cane da caccia legato a un palo balzò in piedi, ma Riker lo fissò intensamente e il cane, cadendo vittima dell'abilità ipnotica di Riker, si accovacciò e ansimò tranquillamente.

Hunter udì da dietro il sussurro di Myne, che un attimo dopo li raggiunse con Baddon e Takis. «Ho tre guerrieri che li stanno circondando da ovest» disse piano Myne. «Aiden, Tena e Harleigh arriveranno dietro di noi.»

Riker indicò dalla parte opposta del sentiero, dove avevano preso posizione i quattro guerrieri che erano venuti con Hunter e Riker.

Hunter scrutò l'accampamento in basso; gli odori che ne provenivano indicavano la presenza di almeno venti umani e cinque vampiri, due dei quali erano femmine. I tre maschi erano appesi a testa in giù dai rami degli alberi, con il sangue che gli colava da uno squarcio alla gola. Nelle vicinanze, parecchi umani stavano tracannando birra e raccontando barzellette mentre affilavano i coltelli da macellaio.

Hunter vide rosso dalla rabbia. Per quanto disprezzasse ciascun membro esistente del clan ShadowSpawn, odiava di più gli umani. Nessun vampiro, ShadowSpawn o no, avrebbe dovuto essere trattato come un pezzo di carne.

«Hunt» sussurrò Riker. «Siamo in inferiorità numerica. Ti suggerisco vivamente di restare indietro.»

Erano di meno e meno armati. Gli umani erano decisamente in vantaggio. Oh, i suoi guerrieri li avrebbero sconfitti, ma i cacciatori erano pesantemente armati di dispositivi letali per i vampiri. La possibilità che uno dei suoi guerrieri fosse ferito o ucciso era reale. E Hunter non li avrebbe mai e poi mai mandati in battaglia senza di lui.

Stava per dirlo a Riker quando un uomo corpulento emerse da sotto il riparo di una rete mimetica, con la mano carnosa stretta intorno al collo di una femmina bionda, che aveva i polsi legati con il nastro adesivo e il sangue che gocciolava da una brutta ferita alla gamba destra. Ciononostante, teneva la testa alta mentre il bracconiere la spingeva, zoppicando e inciampando, verso una gabbia di ferro abbastanza grande da contenere un orso.

«Liberatemi» sbottò. «Sapete chi sono?»

«Puttana, non m'importa chi sei.» L'uomo le diede un manrovescio e la mandò barcollando a sbattere contro un albero. Il sangue le zampillò dal naso e la rabbia di Hunter divenne fredda come il nodo che gli stringeva il petto.

Ringhiando, la femmina fece roteare le braccia legate e riuscì a colpire con entrambi i pugni il ventre gonfio di birra del tipo. L'uomo sbuffò e la prese per il collo con una forza sufficiente a farla trasalire.

«Mio padre è il più potente capoclan della costa occidentale» disse e, sebbene sembrasse calma, aveva un lieve tremore nella voce. La paura non era qualcosa che si sarebbe aspettato da parte di Rasha, una guerriera esperta e una fredda assassina... quindi era Aylin? «Vi pagherà tre volte quello che vi frutterei al mercato clandestino.»

L'umano si fermò, spostandola in modo che vedesse i corpi dei suoi compagni maschi. «Davvero?»

«Sì.» Nauseata, deglutì e distolse gli occhi mentre gli uomini con il coltello da macellaio cominciavano il loro raccapricciante lavoro. «Se mandate Aylin con un messaggio, lui vi farà avere il pagamento. Ve lo assicuro. Come sua erede, valgo molto per lui.»

Allora quella era davvero Rasha, quindi valeva molto più per Hunter che per suo padre. Rasha avrebbe portato la pace al suo clan e quella feccia umana non si sarebbe intromessa.

L'uomo le lanciò uno sguardo malizioso. «Il tuo paparino non ti rivorrà dopo che avremo finito con te.» Le palpeggiò il sedere con la mano libera e Hunter decise che era giunto il momento di far smettere di respirare quello scarafaggio.

«Andiamo, ragazzi» mormorò Hunter con asprezza. «È il momento di far scorrere il sangue dei bracconieri.» Afferrando dal fodero che aveva intorno al collo il suo coltello preferito con il manico d'osso, si fece strada nel sottobosco, con lo sguardo fisso sul figlio di puttana che trascinava Rasha verso la gabbia.

Colpì il bracconiere con un pugno alla gola, mentre tutto intorno a lui i suoi guerrieri uccidevano molti più umani con il loro attacco a sorpresa. Il bracconiere di Hunter si accasciò al suolo, con la trachea irrimediabilmente schiacciata. Hunter avrebbe voluto farlo soffrire di più, ma con gli umani che stavano uscendo a frotte dalle tende, si sarebbe ritenuto soddisfatto che quello stronzo passasse un paio di minuti a soffocare lentamente.

Rasha si appoggiò a un albero, la gamba ferita la reggeva a malapena. Con rapidità, Hunter tagliò il nastro che le legava i polsi.

«Stai bene?»

«Merda!» Il grido di Riker proveniva da dietro Hunter. «Gli umani stanno arrivando da ogni parte. Ce ne sono troppi.»

Hunter lanciò la lama a un bracconiere che stava prendendo di mira Katina con un fucile. Il coltello lo trafisse alla tempia, facendolo cadere come un mattone.

Poi Hunter afferrò il braccio di Rasha e la fece voltare verso di sé. «Dov'è tua sorella?»

Rasha sbatté le palpebre nella sua direzione come se non capisse la domanda. Gli umani l'avevano drogata oppure colpita in testa? Maledizione, non aveva tempo per questo. Grida e spari provenivano da tutte le direzioni, e Hunter evitò a malapena che una chiave di ferro uscita dal nulla gli spaccasse la testa.

Trascinò Rasha dietro un albero. «Rispondimi» sbottò. «Dov'è tua sorella?»

«La... la tenda più lontana, credo» disse lei infine.

«Rike!» Hunter gli indicò di conseguenza. «Prendi la femmina e vattene.»

«Roger.» Riker gli diede una pacca sulla spalla. «Buona caccia.»

Per quanto Hunter odiasse lasciare indietro i suoi guerrieri, al momento Rasha era la priorità. Se le succedeva qualcosa, ShadowSpawn avrebbe dato la colpa a MoonBound e la guerra che Hunter aveva cercato con tanta tenacia di prevenire avrebbe distrutto il suo clan. Non aveva intenzione di lasciare che qualcosa mettesse a repentaglio l'unione che doveva avvenire. Prendendo Rasha per mano e chinandosi, la portò via dall'accampamento.

La fortuna fu dalla loro parte e riuscirono a scivolare accanto agli umani, ma la gamba ferita di Rasha la rendeva impacciata e lenta e, peggio ancora, rumorosa. Un orso alla carica faceva meno confusione.

Usando un roveto di more come copertura, la fece fermare. I lunghi capelli di Rasha erano una massa aggrovigliata, tutto l'opposto di come Hunter li aveva visti in passato, quando li aveva portati raccolti in una coda talmente austera che lui immaginò dovesse essere pelata. Il vampiro non ricordava neanche che fosse così... carina.

Né così pallida.

«Ehi.» Le sventolò una mano davanti al viso, ma gli occhi vitrei di Rasha non la seguirono. «Stai bene?»

«Credo...» Deglutì nauseata e il sudore le imperlò la fronte. «Sto di nuovo sanguinando.»

Proprio mentre lo diceva, le narici di Hunter furono inondate dall'odore del sangue e lui si sentì mancare quando vide un getto abbondante correrle lungo la gamba. Rasha era sotto shock, non avrebbe resistito per molto e, tra gli umani che strisciavano per la foresta come locuste e la tormenta che sentiva che si stava avvicinando, il vampiro capì che non sarebbero riusciti a tornare al quartier generale.

Alla svelta, l'afferrò per le spalle e l'appoggiò contro l'albero più vicino. Mentre la teneva ferma, al rumore sordo di passi che correvano in lontananza, il suo battito cardiaco accelerò fino a un ritmo insistente.

«Arresterò l'emorragia. Stai ferma.»

Non aspettò il permesso. Si buttò in ginocchio e tirò via il tessuto strappato dei jeans di Rasha dalla zona ferita. La lacerazione sembrava essere stata fatta con una lama, ma un impatto di qualche genere aveva lacerato la carne e ampliato lo squarcio. Stranamente la ferita non era profonda, quindi perché stava sanguinando così tanto?

Un grido in lontananza rese la perdita di sangue un problema da rimandare.

Le zanne di Hunter si allungarono e gli venne l'acquolina in bocca mentre si piegava e le passava la lingua sui bordi frastagliati del taglio; istantaneamente un piacere rovente gli scosse ogni terminazione nervosa. Non importava che fossero in una situazione critica e che Rasha non fosse esattamente dell'umore di avere la bocca di un maschio sulla carne; era nata vampira e la purezza del suo sangue era una droga potente come nient'altro.

Rasha ansimò sommessamente, mentre la sua gamba tremava sotto i palmi di Hunter. Quest'ultimo ne percepì la sorpresa e l'ansia, ma lei non protestò.

Mentre passava di nuovo la lingua sulla lacerazione, il vampiro trattenne un gemito. Il suo corpo risuonava d'energia e, d'accordo, immaginò che cibarsi da lei sarebbe stata l'unica cosa positiva della loro unione. Niente era invitante come il sangue di una vampira che lo era fin dalla nascita, ma, come i maschi nati vampiri, erano rare quasi quanto i cervi albini.

Hunter si arrischiò a prendersi il tempo per un'altra leccata guaritrice, poi, con il sapore dolce e affumicato di Rasha che gli turbinava in bocca, balzò in piedi.

«Pensi di riuscire a correre?»

Lei si limitò a fissarlo, spalancando gli occhi azzurri screziati d'oro.

«Pronto, ci sei?» Le agitò una mano davanti al viso. «Ce la fai a correre?»

«S... sì.» Fece un unico passo... e svenne.

«Porca p...»

La prese prima che toccasse terra, se la mise in spalla e pregò il Grande Spirito affinché facessero un viaggio sicuro. Dovevano percorrere molta strada senza alcuna garanzia di arrivare.

5

Aylin si svegliò con la sensazione dell'acqua fresca che le accarezzava la fronte. Aprì gli occhi e per poco non gridò alla vista del grosso vampiro che indugiava sopra di lei, ma dopo una frazione di secondo riconobbe il viso straordinariamente bello del maschio MoonBound che l'aveva salvata dagli umani.

I suoi tratti scolpiti e marcati, combinati con una pelle del colore dell'arenaria scura, ne annunciavano il retaggio amerindio, ed emanava un'aura letale anche se addosso non gli si vedevano armi. Be', quelle zanne enormi erano armi e, da un punto di vista femminile, lo era anche la sua lingua.

Quella lingua aveva lenito il taglio sulla sua gamba.

Al ricordo fu attraversata da un brivido intenso e accalorato. Aveva le vertigini e la nausea a causa della perdita di sangue e del trauma, eppure, quando le aveva accarezzato la pelle con la lingua calda, il vampiro aveva contemporaneamente alleviato il suo dolore e risvegliato qualcosa di peccaminoso dentro di lei. Era rimasta sia impaurita che affascinata, e per un attimo non si era preoccupata né del suo futuro né del suo passato. Non si era nemmeno preoccupata del presente, in cui gli umani stavano dando loro la caccia. Importava solo il fatto che, per la prima volta in assoluto, un maschio aveva assaggiato il suo sangue.

Come l'aveva chiamato Riker? Roland? Aylin aggrottò le sopracciglia. Non le sembrava esatto.

«Roger.» Riker gli diede una pacca sulla spalla. «Buona caccia.»

D'accordo, quindi... Roger non era molto meglio. Un nome strano per un vampiro che lo era fin dalla nascita, con un retaggio amerindio.

«Ehi» le disse con voce rauca. «Cominciavo a preoccuparmi. Sei rimasta priva di sensi per ore.»

Ore? Erano passate ore da quando erano fuggiti dagli umani? Si mise seduta con un sussulto e per poco non sbatté la testa contro la struttura di legno del letto a castello sopra di sé. Dove si trovavano? Dov'era Rasha?

«Mia sorella...»

«Sta bene.» Mentre reggeva il cellulare, la voce profonda di Roger rimbombò attraverso di lei con un'ondata di puro piacere. Sullo schermo acceso c'era un messaggio da parte di qualcuno di nome Takis.

'La femmina è salva. Recuperati anche i loro effetti personali. Abbiamo perso George, ma abbiamo il cuore del maledetto che l'ha ucciso. Per il momento ci siamo rifugiati nelle grotte. Resta dove sei finché non passa la tormenta.'

«Grazie. Per entrambe.» Sollevata che Rasha fosse salva, Aylin rilasciò il respiro teso che aveva trattenuto. «Mi dispiace per George.»

Roger sbuffò. «Davvero? Quindici anni fa il tuo clan l'ha torturato quasi a morte. Abbiamo dovuto barattare l'equivalente di un mese di sangue confezionato per riaverlo indietro, e la sua mascella non è mai guarita per bene.»

Adesso Aylin se lo ricordava. Il dolore del vampiro era stato l'intrattenimento a cena per settimane, e lei aveva avuto gli incubi per mesi. Siccome non c'era un buon modo per rispondere a quello che aveva detto Roger, la vampira cambiò argomento. Rapidamente.

«Dove siamo?»

«Questa è una baita da caccia di MoonBound.» Il vampiro si

affrettò a spostarsi sul bordo del materasso e fece un gesto che comprendeva tutta l'intima costruzione con una sola stanza.

Scarsamente decorata, la baita conteneva il letto a castello con una struttura di ciocchi di legno su cui al momento si trovava lei, un futon malridotto, un contenitore del ghiaccio, una stufa a legna e, sulle pareti, dozzine di armi che andavano da archi e frecce ad asce e pugnali.

Passò una mano sul copriletto di pelliccia. «Non vi preoccupa che gli umani la trovino?»

«Le baite sono difese da una magia che tiene lontani gli umani, ma è più che altro una precauzione dovuta alla paranoia. Questa è proprietà privata.»

Lei lo guardò con diffidenza. Stava cercando d'imbrogliarla? «I vampiri non possono avere proprietà private.»

«No,» replicò lui con amarezza «perché per gli umani siamo noi proprietà.» Si appoggiò con la schiena al supporto di legno del letto e incrociò i piedi che calzavano stivali. Accidenti, aveva le gambe lunghe! «La terra è a nome di una società fittizia. È lì che teniamo i nostri mezzi di trasporto e incontriamo il nostro corriere umano.»

«Corriere... umano?»

Il vampiro annuì. «Ci porta le cose che non possiamo procurarci da soli e ci fornisce i servizi tipo l'attivazione dei cellulari.»

Completamente al tappeto, Aylin si limitò a fissarlo. «Quindi avete dei mezzi di trasporto e un servitore umano?»

Ne aveva già sentito parlare, ma seguendo le regole di vita della cornacchia, a ShadowSpawn non credevano a quasi nessuna delle comodità umane e di certo non avrebbero lavorato con gli umani.

«Il nostro agente umano viene da una famiglia che ci aiuta da secoli, fin da prima che gli umani scoprissero la nostra esistenza.»

«Oh.» Interessante. E pratico. Suo padre disprezzava i vampiri che contavano sugli umani per cose diverse dal sangue, ma Aylin immaginava che stare al passo con i modi delle persone che erano assai più numerose dei vampiri fosse furbo. Una volta l'aveva perfino detto.

Una volta.

Riusciva ancora a sentire il pizzicore del manrovescio di suo padre per quell'errore di giudizio.

Roger sbatté la mano contro la fasciatura che doveva averle avvolto intorno alla coscia mentre dormiva e Aylin trasalì fortemente. I maschi non la toccavano mai. Specialmente non la sua gamba. Perfino un tocco accidentale provocava reazioni estreme, come se la sua malformazione congenita fosse contagiosa. Però questa era la seconda volta che lui la toccava, e senza andare fuori di testa.

«Scusa» disse, ritraendo la mano. «Ti fa male?»

«No» mentì. Oh, la ferita in sé stava bene e, grazie a Roger, probabilmente ormai era quasi guarita.

Ma un dolore profondo le si era stabilito nelle ossa. Le tempeste invernali avevano sempre questo effetto sulla sua gamba. Nei giorni più freddi a volte non riusciva nemmeno a camminare. Siccome la legge del clan stabiliva che chiunque non riuscisse ad arrivare da solo a tavola non poteva mangiare, avrebbe sofferto la fame se Rasha non le avesse portato di nascosto il cibo in camera da letto.

Lui le indicò la gamba. «Sanguinava molto per una ferita così superficiale. Ti ricordi Nicole? La nostra vampira che il tuo clan minacciava di tenere prigioniera? Quando torneremo a MoonBound, voglio che le dia un'occhiata.»

Sì, Aylin non era proprio orgogliosa di come il suo clan aveva trattato quella vampira, ma dubitava che scusarsi servisse a qualcosa. «Non è necessario. Sto bene.»

«Non è una richiesta.»

La rabbia divampò, accesa e rovente. A ShadowSpawn Aylin era abituata a non avere libertà di scelta, ma, subito dopo l'unione di Rasha e Hunter, sarebbe diventata una prigioniera in un harem. Quindi, per il mese successivo, non aveva intenzione di sopportare che le venissero dati ordini.

«Senti,» disse con fermezza «ti sono grata per tutto quello che hai fatto per salvarci, ma questo non ti dà il diritto di prendere decisioni al posto mio. MoonBound non è il mio clan.»

Gli occhi neri di Roger divennero del tutto inespressivi. «Allora è così che andrà? Per te la vita a MoonBound farà schifo se manterrai l'atteggiamento da principessa ShadowSpawn.»

Principessa ShadowSpawn? Aylin trattenne a malapena una risata isterica. Invece, quando dal suo addome si levò un brontolio di fame, vi portò in fretta una mano.

Roger perse un po' della sua acrimonia e lanciò un'occhiata al ventre di Aylin. «Qui teniamo scorte di cibo per le emergenze. Ho messo l'acqua calda sulla stufa... Penso che ci siano scatole di zuppa e anche cioccolata calda.» Si mise in piedi e fece saltare il coperchio di una cassapanca ai piedi del letto. «E abbiamo abbastanza alcol per avviare il nostro personale locale vampiresco.»

Non essendo abituata a tali attenzioni, Aylin riuscì solo a scuotere la testa, anche se il suo stomaco brontolava.

Lui tirò fuori una bottiglia di whisky dalla cassapanca e ne svitò il tappo. «Le nostre scorte per le emergenze non sono abbastanza per gli standard di una principessa ShadowSpawn?»

«Sì» rispose lei seccamente. «È proprio questo il problema: mancano il caviale e lo champagne.»

«Forse dovresti mangiare.» Roger prese una bella sorsata dalla bottiglia e, mentre lui deglutiva, Aylin non riuscì a distogliere lo sguardo dal movimento dei muscoli della sua gola. «Hai perso molto sangue. Ti aiuterà a guarire.»

Le zanne di Aylin cominciarono a scendere pungendo e le venne un'intensa acquolina in bocca. Nessuno le aveva mai offerto il proprio sangue. Diamine, durante la febbre lunare, i maschi tiravano a sorte per vedere chi doveva nutrirla. Chi prendeva la pagliuzza più corta perdeva ed era la persona che doveva offrirle il polso. Era umiliante. Lei aveva sempre temuto quel giorno di luna nuova, quando la sete per il sangue dei vampiri maschi diventava un bisogno impellente e vitale.

L'unico lato positivo era che lei non doveva mai partecipare alle notti di luna piena, quando i maschi dovevano cibarsi da una vampira. I maschi ShadowSpawn avrebbero preferito morire di fame piuttosto che conficcare le zanne nella sua carne.

«Bere il sangue degli storpi porta male.»

«La Grande Cornacchia l'ha maledetta in grembo. Chi si ciberà da lei patirà la stessa sorte.»

«Non si dovrebbe toccare il suo sangue, figuriamoci berlo.»

Sì, Aylin aveva sentito tutto quanto.

«Io... ah... sto bene.» Decisa a dimostrarlo, mise le gambe fuori dal letto e si alzò. Fin lì tutto bene. Ma quando fece il primo passo, con il piede destro prese il bordo di un asse irregolare nel pavimento e la gamba, già compromessa per il freddo e la ferita, cedette.

Le braccia di lui la circondarono e, in un baleno da capogiro, Roger l'appoggiò sul futon e s'inginocchiò sul pavimento davanti a lei. Accidenti, era stupendo. Era meravigliosamente maschio, fatto di muscoli agili e ossa robuste, una miscela perfetta di atleta slanciato e guerriero potente.

E i suoi capelli... oddio, Aylin non aveva mai visto capelli così neri e lucenti che, nella debole luce della lampada nell'angolo, brillavano di blu. I suoi occhi erano quasi altrettanto neri, ma risplendevano di rabbia.

«Non stai bene e sei un'idiota se lasci che l'orgoglio t'impedisca di accettare il mio aiuto.»

Non era orgoglio, ma lei non aveva intenzione di raccontare a un perfetto sconosciuto che non sapeva come gestire il suo approccio. Di solito, quando era al centro dell'attenzione, lo era in senso negativo.

«Non sono un'idiota.»

«Sei una guerriera» replicò lui in modo burbero «e, nel mio clan, qualsiasi guerriero che rifiuta l'aiuto di altri quando ne ha bisogno per un mese si occupa dei lavori in cucina e salta un pasto della luna. Perché è stato un idiota.»

La credeva una guerriera? Evidentemente Roger non aveva sentito dire che Aylin era una disgrazia per la sua famiglia e la vergogna di ShadowSpawn. E la punizione dei lavori in cucina? *Tsé*. Sgobbare in cucina era il suo lavoro a tempo pieno. Le punizioni a ShadowSpawn erano rapide e brutali, e Aylin non ricordava un solo anno che fosse passato senza un'esecuzione.

«Ho detto...»

«Sì, sì» disse lui con una pronuncia strascicata. «Hai detto che non sei un'idiota. Dimostralo.» Inclinò la testa di lato, mettendo in mostra la vena. «Mangia.»

Ogni cellula del corpo di Aylin fremeva d'eccitazione alla prospettiva di mangiare e guarire. «Bene» disse stancamente. «Dammi il polso.»

Un sopracciglio nero scattò verso l'alto. «Io non uso i polsi.»

Le prese la nuca con la grossa mano calda e, mentre con gentilezza ma fermamente le portava la testa verso di sé, un piacevole pizzicore le si diffuse nella pelle. Lo sguardo del vampiro la immobilizzava ancora più efficacemente della sua presa, e Aylin giurò di avere visto perfino un bagliore di trepidazione nei suoi occhi color ebano.

«Prendilo.» La voce del vampiro era dolce, ma aveva un sottofondo gutturale che la fece tremare di femmineo apprezzamento.

Mentre si avvicinava, il cuore di Aylin batteva, sempre più forte. Pensò di ribellarsi... ma le venne in mente che non ce n'era proprio motivo. Solo l'orgoglio, come aveva detto lui. E la verità era che aveva fame, non solo di sangue, ma di conoscere la sensazione del corpo vigoroso di un maschio contro il suo, anche se era solo perché stava bevendo da lui.

Piegandosi in avanti, gli prese timidamente le spalle per stabilizzarsi. Lui fece scivolare la mano verso l'alto stringendole i capelli nel pugno, mentre lei gli metteva le labbra sulla pelle liscia. Le zanne della vampira fremettero e, quando lei aprì la bocca sopra la vena di lui, palpitarono al ritmo delle pulsazioni del vampiro.

Stava veramente per farlo, vero? Per la prima volta in vita sua, si sarebbe nutrita come erano destinati a fare i vampiri. Lo aspettava da così tanto tempo che non era sicura che sarebbe mai successo. Non quando ogni maschio da cui si era nutrita l'aveva tenuta a distanza.

All'improvviso scattò indietro. «Perché?» disse aspramente. «Perché lo fai? Sono tua nemica. E sono... disgraziata.»

«Disgraziata?» Il vampiro sorrise in modo controllato. «Quando torneremo a MoonBound, ci racconteremo alcune storie di disgrazie. Per il resto, possiamo essere nemici, ma ora sono responsabile per te. Per quando la bufera sarà passata e ci metteremo in viaggio verso il quartier generale, dovrai avere riacquistato tutte le forze.» Le spinse di nuovo la bocca sulla sua gola. «Non deluderò il mio clan.»

Aylin si chiese se un maschio ShadowSpawn avrebbe detto una cosa simile, a proposito di non deludere il suo clan. Poi si rese conto che non le importava. Non mentre uno dei maschi più generosi e belli che avesse mai visto la teneva contro di sé, spronandola ad affondare le zanne nella sua vena.

Non aveva bisogno di ulteriori stimoli. Quello era il suo momento. Chiudendo gli occhi, colpì leggermente ciascuna zanna con la punta della lingua, rilasciando una sostanza chimica che eliminava il dolore del morso e intensificava il piacere. Con la punta delle zanne gli perforò la pelle, e lui sibilò. Il sibilo del vampiro si trasformò in un gemito che si unì a quello di lei mentre la sua essenza le fluiva sulla lingua.

Grande Spirito, Aylin non aveva mai assaggiato niente di simile. Sapeva di fumo, era intenso ed elettrico, come se nelle vene gli scorresse la corrente invece del sangue. Una scossa di pura energia risuonò dentro di lei, facendole ronzare il corpo di vita vibrante. Le pizzicava la pelle, le facevano male i seni e una certa umidità le sbocciò tra le gambe.

Più vicino. Doveva andargli più vicino.

Gemendo, gli affondò le unghie nelle spalle e gli strinse le cosce intorno alla vita. Lui s'irrigidì e, per una frazione di secondo, lei credette che si sarebbe allontanato.

Affondò ancora di più le unghie. Assolutamente no! Forse non era una guerriera, ma poteva comunque portare a casa un bottino. Era una femmina che era stata liberata dalle catene per la prima volta in vita sua e aveva intenzione di prendersi tutto quello che poteva nel poco tempo che aveva.

Tutto.

6

Accidenti, quella femmina non era come Hunter si era aspettato. Aveva visto Rasha un paio di volte, era stato anche vittima della sua lingua tagliente. L'aveva odiata all'istante e il sentimento era stato decisamente reciproco, perciò, quando l'aveva afferrata nell'accampamento degli umani e portata alla baita, si era aspettato che litigasse con lui su qualunque cosa. Diamine, si era aspettato che si svegliasse pronta a tirare pugni. Aveva immaginato di doversi guardare le spalle per mesi. Forse anni.

Invece, fino a quel momento era stata quasi... piacevole.

Doveva essere un trucco.

O forse, ora che era lontana dal suo clan – e da suo padre –, era una persona diversa.

Hunter lo capiva più di quanto volesse. Il rapporto che aveva avuto con i suoi genitori era stato difficoltoso nel migliore dei casi, pieno d'odio nel peggiore.

Lei inarcò la schiena, spingendo il bacino contro quello del vampiro, e improvvisamente a lui non importò se fosse un trucco o no. Sarebbe stato felice di non farci mai sesso, ma, be', se lei voleva cominciare subito quella relazione, lui poteva starci. Scopare era una cosa e gli affari del clan un'altra. Si era preparato a tenere separate le due cose per il resto della sua vita con Rasha, ma forse... forse non avrebbero dovuto vivere come due gatti arrabbiati in una gabbia.

Mentre gli succhiava il collo, la carezza della bocca della vampira sembrava collegata al suo membro, che dietro la patta dei jeans gli divenne durissimo. La fragranza dolce e muschiata dell'eccitazione di Rasha gli si levò intorno, facendo aumentare il desiderio che aveva di buttarla sul futon e spingersi dentro di lei fino a riscaldare la piccola baita con la furia del loro desiderio.

Con una mano ancora impigliata nei morbidi capelli della vampira, le abbassò l'altra sul sedere e la strinse più saldamente a sé. Mentre trasportava entrambi sul futon, facendo attenzione a non spostarle la bocca dalla sua gola, la sua erezione incontrò il centro della vampira. Voleva che prendesse più che poteva, quanto ne aveva bisogno, e non c'era niente di meglio del sesso durante il nutrimento. Quando due vampiri erano connessi in quel modo, si creava una specie di circuito chiuso che liberava orgasmi intensi come nient'altro.

«Continua a mangiare» le sussurrò.

Lei gemette in risposta e spostò il corpo in modo che fossero sdraiati sul materasso duro, con lui che sopra di lei strusciava il sesso contro il suo al ritmo delle sorsate sulla vena. Il calore lo attraversò ruggendo, bruciandolo da dentro e, quando la vampira gli affondò le unghie nelle spalle, Hunter grugnì in segno di approvazione.

Non avrebbe mai creduto che fosse così gentile. Rasha l'aveva sempre colpito come il tipo di vampira per cui il sesso è una battaglia, una femmina che non avrebbe mai lasciato a un maschio un centimetro di vantaggio, nemmeno a letto.

Specialmente non a letto.

Reggendole con delicatezza la testa contro la sua gola, Hunter le fece scorrere la mano su per la vita stretta e sopra la cassa toracica. Lei emanava calore attraverso la maglia e desiderio da tutto il corpo mentre lui le passava il pollice sulle rotondità del seno.

Ansimò, staccandosi dalla gola di lui, e una scia umida gli scorse sulla pelle. Lei tirò fuori la lingua per raccogliere il rivolo, dando una lenta e sensuale leccata verso l'alto. Quando raggiunse la puntura del suo morso, vi richiuse sopra la bocca, succhiando come se stesse morendo di fame. Lui gridò per l'estasi di tutto ciò e spinse contro la vampira come se fosse già dentro di lei.

«Continua così.» La sua voce era un suono aspro e gutturale che il vampiro sentiva a malapena al di sopra del rumore delle pulsazioni che gli tamburellavano nelle orecchie. «Più forte. Succhiami più forte.»

Dalla gola di lei salì un piccolo ringhio grazioso e, se prima aveva pensato che gli era diventato duro, ora Hunter sentì che gli si era fatto dolorosamente rigido come una verga. I suoi testicoli si unirono alla festa, pulsando e facendogli male nella prigione dei jeans.

«Ecco, Rasha.» Le chiuse il palmo sul seno. «Sì, cazzo, proprio... così.»

Lei s'irrigidì. Le sue labbra tremarono contro la gola di lui e poi all'improvviso infilò le mani tra i loro corpi e lo spinse via. «Toglimi le mani di dosso.»

Sconcertato, con il cervello offuscato dal desiderio, Hunter sbatté le palpebre. «Cosa?»

«Toglimi le mani di dosso!» urlò la vampira e, wow, cos'aveva innescato il suo interruttore della follia?

Hunter si mise in ginocchio e lei uscì affannosamente da sotto di lui fino a ritrovarsi con la schiena contro la parete di tronchi. Panico e paura e... dolore?... resero cupo l'azzurro dei suoi occhi.

«Che problema c'è? Ti ho fatto male?» Il vampiro allungò una mano verso di lei, che però rotolò giù dal futon e atterrò goffamente in piedi.

Mentre ansimava e lo fissava come se fosse un grizzly e non il maschio che le aveva salvato la vita e presto sarebbe diventato il suo compagno, aveva i capelli selvaggi e lo sguardo ferino.

«Maledizione, di' qualcosa.» Hunter si alzò e il suo movimento brusco la indusse a precipitarsi di lato verso il letto, il più lontano possibile da lui. Il fatto che zoppicasse lo indusse a imprecare fra sé e sé. Le aveva fatto male. Era proprio un idiota. «Provi ancora dolore. Pensavo che, mangiando, la tua ferita ormai fosse quasi del tutto guarita.»

«Non è la ferita.» Deglutì con forza e, inaspettatamente, lui ebbe una sensazione molto brutta. «Sono io.»

La brutta sensazione si allargò fino a diventare una fredda e buia caverna spalancata e il suo umore, alimentato dal desiderio insoddisfatto, saltò dentro a riempire il vuoto.

«Spiegati» abbaiò. «Cosa c'è che non va in te?»

«Cosa c'è che non va in me?» La vampira emise un suono aspro che era a metà tra una risata e un singulto. «È sempre la stessa cosa: non sono Rasha. Ti stavi facendo la gemella sbagliata.» Si conficcò un dito nello sterno. «Io sono Aylin.»

Aylin non riusciva a ricordare l'ultima volta che si era sentita così umiliata. L'ultima volta che si era sentita così stupida.

Si era sempre vantata di essere la più istruita di ShadowSpawn. Quasi tutti gli altri membri del clan, perfino quelli nati umani, erano troppo vecchi per avere beneficiato di un'istruzione moderna. Ma perfino coloro che avevano avuto un'istruzione decente non avevano la possibilità di mantenere la mente allenata. Suo padre permetteva che all'interno del clan arrivasse solo la letteratura di base.

Solo a Aylin era concesso avere dei libri, e solo perché suo padre non sapeva leggere oltre il livello di scuola elementare e voleva che lei fosse utile. Ma quando lei aveva cominciato a mettere in discussione le sue decisioni, la dipendenza del clan dalle regole della cornacchia e il mondo che li circondava, all'improvviso le aveva proibito di leggere.

Per fortuna Rasha le aveva portato dei libri di nascosto ogni volta che era andata in un insediamento umano. Era sempre valsa la pena farsi picchiare per essere stata sorpresa con un libro, che fosse uno spaghetti western o un testo universitario di fisica. Forse Aylin non capiva tutto tra le pagine dei libri tecnici, ma leggeva ogni parola. In definitiva, anche solo sfogliarli le procurava piacere.

Quindi no, non si era mai considerata stupida.

Fino a quel momento.

Era stata così felice di trovare un maschio che non fosse totalmente disgustato da lei. In effetti, era stata talmente elettrizzata da essere pronta a spingersi fin dove avrebbe voluto Roger. In special modo perché, se perdeva la verginità, c'era una possibilità – lieve, ma comunque una possibilità – che la sua unione con il capo di NightShade venisse annullata.

«Aylin?» Roger la fissò, ovviamente inorridito. «Sei Aylin?»

Poi l'orrore e la sorpresa mutarono bruscamente in rabbia e, con un movimento tanto veloce che lei riuscì a malapena a seguire, figuriamoci a schivare, la prese per la gola e l'appoggiò contro il muro.

«Che gioco è questo? Un piano di ShadowSpawn per sabotare l'unione? O un bizzarro scherzo fra gemelle?» Strinse così forte che lei tossì, poi allentò la presa, concedendole una grossa boccata di dolce aria fresca. «Rispondimi.»

«Come osi?» replicò la vampira a denti stretti. «Come osi accusare me di averti ingannato? Pensavo che sapessi chi ero. Ma tu...» Sogghignò. «Credevi che fossi Rasha. Dunque a che gioco stai giocando? O sei sleale verso il tuo clan e desideri portarti a letto la femmina che sta per diventare la compagna di Hunter, oppure Hunter voleva che la scopassi in modo da poter annullare l'unione e salvare la faccia. Quindi, Roger, stavi rischiando la morte tradendo il tuo leader con la sua futura compagna, oppure stai seguendo gli ordini di un codardo senza onore?»

«Codardo? Senza onore?» La lasciò e fece un passo indietro, la sua espressione era una maschera mortale di fredda collera. «Forse c'è un'altra spiegazione.»

«Tipo?»

«Tipo il fatto che credevo che fossi Rasha... e io sono Hunter, cazzo!»

Oh.

Oh, merda.

«Ma ho sentito...» Aylin s'interruppe. A quel punto controbattere era inutile.

Aveva appena fatto una cosa che non aveva mai fatto prima e con l'unico maschio del pianeta con cui non avrebbe dovuto farla. Il maschio che, dopo poche settimane, sarebbe appartenuto a sua sorella.

Non importava che la loro fosse un'unione di convenienza e che a Rasha lui nemmeno piacesse. Diamine, Aylin per caso l'aveva sentita pianificare con il padre il futuro di MoonBound dopo la morte di Hunter – e non sembrava che stessero pensando a un futuro molto lontano.

No, niente di tutto questo aveva importanza. A Rasha poteva anche non importare che Aylin fosse arrivata maledettamente vicina a scopare con il suo futuro compagno, ma il loro padre... se mai l'avesse scoperto, l'avrebbe uccisa. Letteralmente. Senza Rasha a moderare le sue punizioni, poteva benissimo finirla.

«Mi dispiace» disse. «Non lo sapevo. Pensavo che ti chiamassi Roger.»

Lui aggrottò le sopracciglia, e non era giusto che fosse bello anche in questo caso. «Perché mai l'avresti pensato?»

Faceva sembrare che avesse tirato il nome fuori dal nulla. «Ho sentito Riker che ti chiamava Roger» disse, un po' irritata.

«Non Roger. *Roger*. Nel senso di 'affermativo'.» Hunter si

portò una mano sul viso. «Mi stava dando una risposta affermativa al mio ordine.»

Be', certo, adesso tutto aveva senso. Adesso che erano lontani dagli umani che l'avevano rapita e non temeva più per la propria vita.

Hunter cambiò posizione e Aylin fece l'errore di abbassare lo sguardo. Era impossibile lasciarsi sfuggire l'impressionante protuberanza dietro la patta dei suoi jeans. Una parte di lei avrebbe voluto gemere d'imbarazzo, ma una molto più grande avrebbe voluto gonfiarsi d'orgoglio per esserne stata la causa.

«Perché hai detto a quella canaglia umana che ti chiamavi Rasha?»

Ah, dunque era per quello che lui l'aveva creduta la sua gemella. «Speravo che, se mi avesse creduto abbastanza preziosa, avrebbe lasciato andare mia sorella perché organizzasse il pagamento di un riscatto.»

«E poi tuo padre sarebbe venuto a salvarti.»

«Esatto.» Anche se, onestamente, non era sicura che Kars l'avrebbe fatto. Se l'avesse fatto, non sarebbe stato per salvare la sua preziosa figlia, ma per l'opportunità di massacrare gli umani e punire le persone che avevano preso qualcosa di suo. Anche se quel qualcosa era Aylin.

«È per questo che viaggiavi con Rasha? Per fare da esca?»

Sì, ma non gliel'avrebbe detto. Chi voleva ammettere di essere sacrificabile? «L'assisterò fino alla cerimonia ufficiale della vostra unione.»

«Cazzo.» Hunter prese con rabbia la bottiglia di whisky che aveva lasciato aperta sul tavolo. Scolò un quarto abbondante dello scuro liquido ambrato, per poi infine abbassarla da quelle labbra piene e sensuali. Gliela porse. «Ne vuoi?»

Con gli effetti elettrizzanti del sangue del vampiro che le scorreva nell'apparato circolatorio, Aylin non aveva bisogno dell'alcol, però gli carpì la bottiglia e prese un sorso.

Grosso errore.

Tanto valeva che mandasse giù il cherosene. Tossì e ansimò, gli occhi le lacrimavano tantissimo. Quando la sua vista annebbiata si schiarì, la vampira fu sorpresa di vedere che Hunter sorrideva.

«Non sei abituata a bere, eh?» Le prese la bottiglia di mano.

«Da cosa l'hai capito?» gracchiò. «Dalla tosse o dalle lacrime?»

Lui rise, un suono profondo e virile che fece vibrare l'aria e il sangue di Aylin. «La faccia da whisky. La migliore di sempre.»

«Non sono abituata al whisky» disse. «A ShadowSpawn tutti bevono liquore d'agrifoglio.»

Tutti a parte lei. Già così aveva talmente poco controllo sulla sua vita che non aveva bisogno di perderne altro affogando i sensi nell'alcol.

La risata di Hunter languì. «Liquore d'agrifoglio?» Scosse la testa. «Quella merda fa male.»

Sì, era vero. Ricavato dalle bacche di agrifoglio che per gli umani erano tossiche, quel liquore colpiva i vampiri alla svelta e con forza. E, anche se aveva l'effetto di trasmettere una massiccia dose di euforia e intensificare gli appetiti e le performance sessuali, rendeva furiosi alcuni vampiri. Aylin era piuttosto sicura che quel liquore fosse responsabile di avere fatto impazzire alcuni membri del loro clan.

«Quindi MoonBound non lo fa?»

«Diamine, no.» Hunter tracannò dalla bottiglia e lei si chiese se si rendesse conto dell'ironia del fatto che stava disprezzando un tipo di alcol mentre ne faceva fuori un altro. «Devi starne alla larga.»

La vampira incrociò le braccia sul petto. «Ed ecco che mi dai di nuovo degli ordini.»

Lui abbassò lo sguardo e rapidamente lo riportò sugli occhi di lei, ma Aylin avrebbe giurato che le avesse guardato i seni. E, accidenti, al solo pensiero li sentì di nuovo tutti indolenziti.

«Non è cambiato niente» replicò Hunter con voce rauca. «Anche se non sei Rasha, sono comunque responsabile per te finché sei ospite nel mio clan.»

«Sì, be', dato che hai già detto che nel tuo clan il liquore d'agrifoglio non viene servito, è inutile che mi ordini di non berlo, no?» Inarcò un sopracciglio. «A meno che tu non creda che il tuo ordine varrà anche dopo che me ne sarò andata. Sarebbe alquanto arrogante.»

Lui ridusse gli occhi a due fessure nella direzione di Aylin, che si chiese se non l'avesse provocato troppo. «Non m'importa di cosa farai quando te ne sarai andata, ma finché starai con il mio clan, farai come facciamo noi.»

Lei sprofondò di nuovo sul futon, nella speranza di alleviare le pulsazioni alla gamba. «E cos'è che fate voi?»

Il vampiro scrollò le spalle con disinvoltura. «Cacciamo, mangiamo, ci alleniamo, giochiamo... facciamo quello che fanno tutti.»

'Giocare' era quello che i membri di ShadowSpawn facevano con il loro cibo. «Non mi piace giocare.»

Hunter aggrottò le sopracciglia, la luce bassa creava ombre profonde sulle superfici ben cesellate del suo volto. «Com'è possibile che non ti piaccia giocare?»

La vampira si strinse nelle spalle. «È così e basta.» Era meglio non dare spiegazioni sul fatto che non le piaceva vedere soffrire niente e nessuno. Nemmeno gli umani. Troppi anni passati alla mercé degli altri le avevano fatto comprendere fin troppo bene quanto fosse terrificante.

Era una vampira terribile.

«Allora lo fai nel modo sbagliato.» Girando su sé stesso, Hunter aprì un armadietto che conteneva una piccola televisione e una cosa chiamata Nintendo 5ª dimensione. Le passò un aggeggio detto controller. «Spacchiamo qualche culo in un classico Super Mario.»

Videogiochi? Era questo che intendeva con 'giocare'? Aylin non poté fare a meno di ridere.

Oh, Rasha, odierai parecchio questo vampiro.

E non faceva una piega che a Aylin piacesse parecchio.

7

Nella caverna illuminata da una candela, Myne camminava a grandi passi e con risolutezza pensando che l'unico modo in cui nella grotta ci sarebbe potuta essere più tensione sarebbe stato se l'avessero condivisa con un orso. E, in effetti, Myne avrebbe preferito avere a che fare con un orso che con la donzella ShadowSpawn.

Riker e Katina avevano tirato fuori le provviste da una delle svariate scorte nascoste dappertutto nel sistema di tunnel di cui molto tempo prima MoonBound si era appropriato per usarli durante le emergenze. E, sebbene una bufera di neve non fosse proprio una crisi, Myne immaginò che non fosse niente in confronto al caos che avrebbe portato l'unione di Hunter con Rasha. Il vampiro non sapeva se la sua abilità di percepire una catastrofe imminente fosse un dono, una maledizione, o solo la sua fantasia, però era sicuro che la pressione nel petto fosse un avvertimento. Di cosa, non ne aveva idea.

Lei era accucciata a terra sul retro della caverna e frugava dentro uno zaino. Come sempre, alla vista della vampira, in Myne scattò un riflesso pavloviano e gli venne l'acquolina in bocca. Odiava questa cosa di sé stesso, che il suo corpo potesse tradirlo così platealmente.

«Ciao, Rasha.»

Alzandosi in piedi, lei sorrise. O almeno così Myne avrebbe definito la lieve esposizione dei denti della vampira. «Mi stavo chiedendo quando ti saresti accorto di me.»

«Doveva succedere prima o poi.»

«E meglio non davanti a Hunter, giusto?» La vampira si portò una mano alla gola, dove passò il dito lungo la vena che le pulsava nel collo. «A proposito, come ti senti? Stai per arrivare al quarto mese senza un pasto della luna, vero?» Con un'unghia si diede un colpetto sulla gola e una goccia di sangue le sgorgò sulla pelle leggermente abbronzata. «La privazione del sangue durante una fase lunare comincia a farsi sentire, non è così? Scommetto che di notte ti vengono i crampi e la tua vista comincia a offuscarsi. Ti sembra che il tuo corpo stia crollando su sé stesso.» Esatto. E, porca puttana, quanto avrebbe voluto leccare quella goccia! «Non hai ancora paura? Paura di diventare talmente folle durante la notte di luna piena da attaccare qualsiasi femmina vedrai?»

In effetti, sì, ce l'aveva.

«Sai perché ho rotto la storia, vero?» gli domandò.

«Presumo sia perché hai scoperto che saresti diventata la compagna di Hunter.» Di fronte al cenno d'assenso della vampira, Myne s'infilò i pollici nelle tasche dei jeans. «Ho intenzione di dirgli di noi.»

Rasha sbuffò. «E dirgli cosa? Che per anni, ogni due mesi ci siamo incontrati segretamente durante la notte di luna piena? Che tu hai... bisogni speciali che solo io posso soddisfare?»

«Più o meno, sì.»

Il ghiaccio velò gli occhi della vampira. «Non penso proprio.»

«Non te l'ho detto per avere la tua benedizione» replicò Myne. «Te l'ho detto perché, come minimo, ti dovevo un avvertimento.»

Con un colpo secco, Rasha spostò i lunghi capelli biondi sulla spalla. «Mi devi più di questo.»

«Col cazzo» ringhiò il vampiro. «Il nostro accordo è stato tanto vantaggioso per me quanto per te.»

«Sì, ma io volevo quello che mi hai dato. Tu avevi bisogno di quello che ti ho dato.»

Era proprio da lei sottolinearlo. «Ed ecco perché ti sto facendo sapere che lo dirò a Hunter. Ho deciso. Quindi passate una bella vita. Sono sicuro che sarete molto infelici insieme.» E ve lo meritate.

Cominciò a voltarsi, ma Rasha gli affondò le unghie nell'avambraccio e lo fece girare di scatto con un sibilo. «Non gli dirai di noi, altrimenti dirò a tutti nel clan del tuo periodo come schiavo degli umani.»

«Bella mossa.» Con uno strattone il vampiro si liberò dalla presa, lasciando dei solchi profondi nella pelle per via delle unghie affilatissime. «Ma non sai proprio un bel niente.» Voltandole le spalle, si avviò sul davanti della grotta.

«Signor Pritchard.»

Myne s'immobilizzò. Una calda ondata di adrenalina gli si riversò nelle vene proprio mentre veniva attraversato da un brivido di freddo. «Cos'hai detto?»

«Mi hai sentito.»

Myne girò lentamente su sé stesso, per paura che, se si fosse mosso troppo in fretta, non sarebbe riuscito a fermarsi finché Rasha non fosse morta. «Come sai del signor... lui.» L'umano che aveva chiamato Myne così.

«Sei mio, cagnaccio maledetto. Da ora in poi il tuo nome sarà Myne, che suona come mio *in inglese.»*

Lo sguardo di Rasha era risoluto, traboccante del tipo di sicurezza che deriva dalla consapevolezza di avere vinto. «Quando ho saputo che mi sarei unita a Hunter, la mia missione è diventata quella di scoprire tutto il possibile su chiunque facesse parte della sua cerchia ristretta.»

«Se fosse vero,» replicò l'altro a denti stretti «sapresti che non faccio parte della sua cerchia ristretta.»

La vampira indicò il davanti della grotta, dove Aiden e Takis stavano ridendo di qualcosa. «So che sono amanti, ma a volte Aiden inzuppa l'uccello in una femmina. No, no. Povero Takis.» Indicò Katina. «E so che lei è stata rapita quando era una piccola umana e cresciuta da persone facoltose che hanno pagato un sacco di soldi per lei. Quando ha visto la propria faccia su un cartone del latte, è scappata, ma, prima di poter andare alla polizia, è stata trasformata in una vampira.» Rasha sorrise. «Devo dirti cosa so che ti hanno fatto in quel laboratorio della Daedalus? Gli esperimenti che hanno eseguito su di te? Come ti hanno tolto un rene da sveglio? Come ti hanno tolto le zanne? Sottoposto a ricerche umilianti? Costretto a scopare...»

«Basta!» abbaiò Myne. All'interno della grotta tutti si girarono a guardare. Abbassando la voce e digrignando i denti, disse: «Ho capito. Non dirò niente a Hunter. Ma non tirare mai più fuori quella merda e, se userai le tue informazioni ottenute disonestamente contro qualcuno del clan, ti spezzerò le gambe e ti lascerò sulla porta della Daedalus, così potrai avere un'esperienza in prima persona di quello che credi di sapere su di me.» Le conficcò un dito nello sterno. «Stammi lontana, cazzo.»

All'improvviso la grotta gli sembrò priva di ossigeno. Uscì quasi di corsa e, quando arrivò sulla sporgenza esterna, inspirò grosse boccate d'aria gelida mentre la neve e il vento gli sferzavano il viso. Si sbrigò a spostarsi di lato, dove un interstizio e un aggetto riparavano una nicchia abbastanza grande per cinque persone. Ma era solo, grazie agli spiriti. Appoggiando la schiena alla roccia, chiuse gli occhi e si concentrò per riprendersi.

Non passava giorno senza che pensasse al suo periodo di schiavitù con gli umani, ma di solito succedeva in concomitanza con i ricordi di suo fratello. Erano stati entrambi catturati e mandati alla Daedalus per le tre T: 'Test, Trattamento e Training' come diceva lo staff. Myne preferiva la definizione più accurata di 'Tatuaggio, Tormento e Tortura'.

Alla fine, Myne e suo fratello, Cloud Walker, alias Soggetto 212NP, scapparono, ma Cloud fu ricatturato e Myne ferito così gravemente che, se non fosse stato per Riker, sarebbe morto.

Quindi, sì, il periodo che Myne aveva passato in schiavitù era sempre con lui, ma Rasha aveva riesumato uno schifo che lui pensava di avere seppellito molto tempo prima.

Un rumore di passi lo mise in allerta, ma si rilassò quando Riker abbassò la testa per entrare nella piccola nicchia con lui.

«Ehi.»

Myne lo salutò con un cenno del capo. «Vuoi sapere cos'è successo con Rasha.»

«Presumo che non abbia gradito l'idea che tu dica a Hunter dei vostri incontri durante la luna piena.» Riker era l'unico a saperlo oltre a Rasha e Myne, e solo perché li aveva beccati.

«Non glielo dirò. Lei nemmeno. Quindi, finché tieni la bocca chiusa, siamo a posto.»

Gli occhi di Riker sfavillarono. «A condizione che non ti nutra più da lei, il tuo segreto è al sicuro con me. Ma perché hai cambiato idea?»

«Estorsione» ringhiò Myne. «Sa delle cose che non dovrebbe sapere. A proposito del tempo che ho passato prigioniero. Del mio rene. Del mio... fanculo. È solo che sa delle cose schifose, va bene?»

Rike aggrottò le sopracciglia. «Il tuo rene?»

«Non farmi domande. Però, amico, guardati le spalle, perché sostiene di aver pescato nel torbido di tutti.»

«Conosci il nemico» borbottò Rike. «È una stronza, ma non è stupida. Come facciamo ora con i tuoi pasti della luna?»

Facciamo? Davanti al modo in cui Rike aveva espresso la domanda, una sensazione di disagio si fece strada dentro Myne. Il vampiro era un amico, il migliore che Myne avesse mai avuto, e il clan era diventata la cosa migliore che gli fosse mai capitata.

Questo significava che a breve sarebbe andato tutto a puttane.

Guardò in lontananza la parete di neve al di là del riparo. «Ho preso accordi per una femmina in città.»

«Ci sei mai stato prima?»

Myne scosse la testa. Le femmine che l'avevano lasciato mangiare più di una volta si contavano sulle dita di una mano. «Pensa che il dolore le piaccia.»

Che roba. Ci voleva qualcuno mentalmente disturbato, con un danno ai nervi, o entrambe le cose, per riuscire a sopportare il dolore delle zanne in titanio di Myne.

Era stato fantastico, all'inizio. Perforavano la carne umana come chiodi nell'acqua. Ma poi aveva scoperto che il dolore che provocavano ai vampiri era addirittura atroce. Aveva provato a farsele togliere, ma il titanio si era fuso con l'osso e il dentista simpatizzante dei vampiri che gliele aveva impiantate non sapeva perché causassero dolore agli altri ma non a lui. Solo quando era arrivata Nicole, Myne aveva ottenuto la sua risposta.

In conclusione, i vampiri che una volta erano stati umani erano allergici anche a una minima esposizione del loro sangue al titanio. Anche circa la metà di quelli che lo erano fin dalla nascita era sensibile. Quindi Myne, per nutrirsi da una vampira durante la notte della luna piena, doveva trovare una femmina purosangue immune, oppure una che fosse stata trasformata a cui non dispiacesse un po' di dolore della serie 'Oh, mio dio, sto per morire'. Purtroppo ne esistevano poche di entrambi i tipi.

Rasha era una delle poche. Un incontro casuale in un locale per vampiri in città si era trasformato in anni di appuntamenti ogni due o tre mesi nelle notti di luna piena. Lei non era immune al dolore del morso di titanio, ma trovava che portasse anche una scarica erotica, talmente intensa che, se lui glielo avesse chiesto, si sarebbero incontrati anche tutti i mesi. Ma col cazzo; l'unico motivo per cui Myne sopportava di stare con lei era che non gradiva l'idea di morire.

«Per quel che vale,» disse Riker «non penso che a Hunter importerebbe del tuo passato con Rasha.»

«Oh, sì, che gli importerebbe» borbottò l'altro.

Rike sbatté la testa all'indietro contro la parete rocciosa. «Accidenti, Myne, limitati a dirmi cosa cazzo è successo fra voi due.»

«È una cosa fra me e Hunter.»

«Sai che puoi fidarti di me, vero?»

Lo sapeva. Aprì la bocca per dirglielo quando un grido di rabbia, un urlo e un certo fracasso si aprirono un varco nella tormenta. Myne e Riker si lanciarono nella grotta, fermandosi di colpo quando il coperchio di una pentola volò sopra le loro teste.

Rasha era vicino alla parete più lontana, armata della pentola che Riker presuppose andasse insieme al coperchio. Aiden, Takis e Katina la stavano fissando.

«Che cazzo c'è, stronza?» urlò quest'ultima.

«Vi ho detto di stare lontani dalle mie borse» strillò in risposta Rasha.

Aiden sollevò una mano nel gesto di mandarla a quel paese e si girò verso Riker. «La pollastra è matta. Non abbiamo rovistato nella sua roba. Sta delirando.»

Myne si limitò a scuotere la testa. Hunter non gli piaceva, ma nemmeno lui si meritava Rasha. Poi ripensò a quasi duecento anni prima e cambiò idea. Hunter se la meritava.

Purtroppo, il clan no.

8

Hunter e Aylin avevano giocato ai videogiochi per due ore prima che lei si addormentasse, e lui non si vergognava di ammettere che era rimasto deluso quando lei si era appisolata. Aveva pianificato di usare il gioco per farle abbassare le difese e magari cominciare a guadagnare la sua fiducia. Essendo la sorella di Rasha e la figlia del capo del clan ShadowSpawn, era, potenzialmente, una fonte inestimabile d'informazioni. Però non si era aspettato di apprezzare la sua compagnia.

Dopo pochi minuti con l'allegra musica di Super Mario di quando si raccolgono le monete d'oro, Hunter si era sentito attratto dai suoi sorrisi disinvolti. Lei aveva imparato alla svelta e, quando le aveva assicurato che, finché fosse rimasta a MoonBound avrebbe potuto giocare ogni volta che lo voleva, di fatto era sobbalzata sulla sedia.

Ma quanto di tutto ciò era una recita? Nicole le aveva attribuito il merito di averla aiutata a scappare dalle grinfie di ShadowSpawn, ma perfino quella poteva essere stata una montatura. L'evasione di Nicole aveva innescato una battaglia che era finita solo perché Hunter aveva acconsentito a prendere Rasha come compagna e lui, più di una volta, si era domandato se l'intera vicenda fosse stata orchestrata da Kars per ottenere quello che voleva da tanto: esercitare influenza all'interno di MoonBound.

Così Hunter aveva giocato ai videogiochi con Aylin, usando il tempo per adescarla e creare un qualche tipo di legame. Ma ora che la tempesta era passata e stavano faticosamente tornando a MoonBound nella neve, immaginò che fosse giunto il momento di ficcanasare. Di vedere quanto stesse funzionando il suo piano per persuaderla. Penetrare nella mente di Rasha e Kars sarebbe stato utile.

Specialmente da quando aveva ricevuto un messaggio da Takis con scritto: 'C'incontreremo davanti al quartier generale. Sbrigati. Non vedo l'ora di consegnarti Rasha. Lei non è... come tutti gli altri.'

'Come tutti gli altri?' aveva risposto Hunter.

'Già, non è civile come tutti gli altri.'

Hunter imprecò tra sé e sé. Non poteva credere di avere davvero pensato che Aylin fosse Rasha. Forse nel profondo lo sperava. Perché Aylin... lo intrigava. Era una combinazione impossibile di diffidenza e impeto, come se non si fidasse degli altri ma volesse che loro si fidassero di lei. Il suo spirito sembrava pronto a tutto per scoppiare con un'esplosione di energia, ma qualcosa lo tratteneva. Gli ricordava un uccello con le ali spezzate o un lupo a una catena, che desiderava essere libero ma era incapace di realizzare il suo desiderio.

Naturalmente poteva essere tutta una recita. Una volta suo padre aveva azzoppato uno dei propri giovani guerrieri, un maschio non ancora adulto, e l'aveva mandato a chiedere asilo a MoonBound. Hunter aveva accolto il giovane e il clan l'aveva assistito finché non era stato meglio, solo per poi farsi avvelenare le scorte d'acqua.

Sette membri del clan erano morti e adesso, quarant'anni dopo, tre soffrivano ancora per le conseguenze del veleno. Il ragazzo era riuscito a scappare prima che MoonBound lo catturasse, ma non gli era andata meglio quando era tornato a

ShadowSpawn. A quel che si dice, Kars non aveva perso tempo e aveva ucciso il vampiro, le cui ferite lo rendevano incapace di cacciare o combattere.

No, Hunter non era pronto a fidarsi di nessun membro di ShadowSpawn, compresa Aylin.

«Ho davvero bisogno che tu veda Nicole quando torniamo a MoonBound» le disse. «Continui a zoppicare.»

Camminavano a fatica nella neve con più lentezza di quanta Hunter volesse, dato che il bosco era pieno di umani, ma evidentemente la ferita le dava ancora fastidio.

Gli era stata dietro, ma ora gli era scivolata accanto, con il viso parzialmente coperto dal cappuccio della giacca che il vampiro aveva rimediato da un armadio nella baita. Lui sentiva a malapena il freddo, lei invece tremava fin da quando si era svegliata.

«Non è la ferita» disse. «Cioè, a me le ferite impiegano più tempo a guarire rispetto a tutti gli altri, ma ho sempre sanguinato tanto.» Arrossì e Hunter si chiese se fosse per via del freddo o dell'argomento. «È tutta la vita che zoppico. Sono nata con l'osso della coscia storto.»

«L'osso della coscia storto?» Hunter rise e Aylin si fermò di colpo nella neve.

«Lo trovi divertente?»

«Nient'affatto. Rido per i pettegolezzi su di te.»

Lei s'irrigidì. «E cosa dicono i pettegolezzi?»

«Che sei un'orribile gobba deforme.»

Una raffica di vento le tolse il cappuccio e lei lo rimise a posto con un gesto irritato. «Molto shakespeariano.» Hunter aveva sentito parlare di Shakespeare, ma non aveva idea di cosa intendesse Aylin. Doveva essere sembrato perplesso, perché lei aggiunse: «Shakespeare fece credere che Riccardo III d'Inghilterra fosse un gobbo deforme, ma non era vero. Aveva un po' di scoliosi, ma non era Quasimodo.»

Eccola che lo sorprendeva ancora. «Leggere deve piacerti molto.»

«Sì.» Rimboccandosi nel cappuccio ciocche di capelli dorati scompigliate dal vento, lei riprese a camminare. «A te?»

Lui scosse la testa. «So leggere, ma sono più un tipo da videogiochi e film.» Le offrì la mano per saltare un torrente stretto, ma lei lo scansò e con cautela attraversò passando sopra ad alcune pietre. «Ti piacciono i film?»

«Non ne ho visti molti. Rasha ha portato al clan un attrezzo degli umani per guardare i film, ma mio padre l'ha rotto.» La sua voce assunse un accento amaro. «A quanto pare, faceva venire alla gente troppe idee pericolose.»

Sfruttando l'occasione di scavare un po' più a fondo, Hunter domandò: «E tu non sei d'accordo?»

Aylin parve prendere in considerazione l'idea. Poi lentamente disse: «Penso che, quando i leader controllano quello che vede, sente e fa la loro gente, si aprano la strada ai problemi. I cani alla catena diventano cattivi non a caso.»

O Aylin era molto più intelligente di suo padre, oppure stava dicendo a Hunter quello che voleva sentirsi dire. In ogni caso, sarebbe stato saggio da parte del vampiro non sottovalutare quella femmina.

«Questo modo di pensare non segue certo le regole della cornacchia» sottolineò il vampiro.

«Il mio clan segue le regole della cornacchia. Io no.» Gli lanciò un'occhiata. «Tu segui le regole della cornacchia o del corvo?»

«Del corvo» rispose, ma erano entrambe cazzate.

Il mito della cornacchia e del corvo era stato inventato dai dodici vampiri originari per spiegare la loro genesi e nascondere la verità. Ancora oggi molti credevano alla storia di come una cornacchia e un corvo avessero lottato sopra i corpi di due defunti capi indiani finché il sangue di tutti e quattro si era mescolato e i capitribù si erano risvegliati sotto forma di vampiri.

Ma coloro che ritenevano la leggenda della cornacchia e del corvo un mucchio di stronzate cercarono risposte nella teoria scientifica che riguardava un virus mutato all'interno della comunità dei nativi americani. Ed era la verità. Quello che gli scienziati non sapevano era che il virus aveva avuto origine da un demone di nome Samnult.

«A Rasha questo non piacerà» mormorò Aylin. «Lei, come mio padre, è strettamente conforme ai principi della cornacchia.»

Non era una sorpresa. Il fatto che Aylin non provasse gli stessi sentimenti lo era. A meno che, naturalmente, non si stesse prendendo gioco di lui.

«Cosa puoi dirmi di tua sorella?» le domandò.

Aylin si ficcò le mani nelle tasche del cappotto. «Ha sette minuti più di me.»

«Non è quello che volevo sapere, ma va bene.»

La vampira sospirò. «Perché non mi fai domande specifiche invece di andare a tentoni?»

Be', lo invitava a nozze. Hunter non era comunque a suo agio a menare il can per l'aia, non era nemmeno sicuro del perché avesse intrapreso quella strada.

«Questa unione l'amareggia?» le domandò, mettendo tutte le carte in tavola. «Lascia un amante a ShadowSpawn?»

Aylin si prese un bel po' di tempo per valutare la sua risposta, il che non prometteva bene. «L'amareggia? No. Per quanto riguarda gli amanti... non lo so.»

Stava mentendo, ma Hunter non poteva aspettarsi niente di meno da una sorella che cercava di proteggere la gemella. O da un membro del clan ShadowSpawn.

«Tu sei amareggiato?» Aylin raccolse una manciata di neve e vi diede un morso. «O stai rinunciando a un'amante?»

Cazzo, sì, era estremamente amareggiato. «Sto facendo il mio dovere per proteggere il mio clan.» Il che significava rinunciare a tutte le sue amanti.

Conosceva molti capi, compreso suo padre, che avevano molte compagne oppure una compagna e diverse amanti, ma

Hunter aveva sempre creduto che un leader sposato fosse più forte se concentrava le sue attenzioni su una sola compagna. E siccome non avrebbe mai sopportato un altro maschio con la sua femmina, non poteva fare l'ipocrita.

Non importava quanto disprezzasse Rasha.

Né quanto si scoprisse ad avere simpatia per Aylin.

9

«Ci siamo quasi.»

«Splendido.» All'annuncio di Hunter, Aylin finse di sorridere. L'idea di non stare più al freddo avrebbe dovuto entusiasmarla, ma per qualche motivo temeva il loro arrivo a MoonBound.

«Devi essere ansiosa di vedere tua sorella.»

«Certo» disse, ma la sua risposta fu più automatica che sincera. Si preoccupava per Rasha, ma il pensiero di vedere sua sorella con Hunter le faceva venire l'acidità di stomaco.

Scesero in una valle stretta e più avanti, in un gruppo di persone vicino a un dirupo di rocce ricoperte di muschio, c'erano parecchi guerrieri MoonBound, compreso Riker. Avvolta in sontuose pellicce, Rasha stava in disparte come una regina di ghiaccio, con un'espressione attentamente neutra e la postura rigida.

Riker salutò Aylin con un lievissimo cenno del capo e lei si chiese se le rinfacciasse il brutale trattamento a cui era stato sottoposto due mesi prima, anche se la vampira non aveva fatto niente per provocargli dolore. Anzi, aveva aiutato la sua femmina, Nicole, a scappare.

Aylin rimase indietro mentre Hunter si staccava per incontrare Rasha. Quest'ultima lo guardò mentre si avvicinava e a Aylin non piacque la luce calcolatrice – e affamata – negli occhi di sua sorella.

«Rasha.» Il vampiro si fermò a mezzo metro di distanza e Aylin provò un ignobile guizzo di gioia nel vedere che Hunter non guardava Rasha nello stesso modo in cui lo guardava lei; come se non vedesse l'ora di scorgerlo nudo.

Rasha inclinò la testa in segno di saluto. «Hunter.»

Quando lui indicò Aylin, grossi fiocchi di neve cominciarono a cadere dalle nuvole senza forma sopra di loro. «Chiaramente ho fatto la conoscenza di tua sorella.»

Rasha fece un gesto sprezzante. «La *secondogenita.*»

Le labbra piene di Hunter s'incurvarono in un sorriso tirato. «Ti ringrazio per esserti assicurata che non la scambi per la primogenita. Sarebbe stato un disastro.»

Rasha non colse il suo sarcasmo e annuì come se l'avesse appena salvato dal commettere una gaffe irrimediabile.

«Ti ha detto che resterà fin dopo la cerimonia di unione?» domandò Rasha.

«Sì.» Hunter fece loro segno di seguirlo. «Andiamo. L'entrata della nostra garenna è pochi metri più avanti. Faremo preparare un pranzo per festeggiare il vostro arrivo.»

Rasha si mise al passo accanto a lui e Aylin prese posto dietro sua sorella, mentre si dirigevano verso un'enorme parete rocciosa che lei immaginò nascondesse l'ingresso al quartier generale di MoonBound. Tre guerrieri rimasero all'esterno, dileguandosi nella foresta, mentre gli altri tre costituirono la retroguardia, con le mani sospese sulle lame che avevano al fianco come se si aspettassero che Aylin o Rasha attaccassero Hunter.

«Ci saranno degli umani?» Aylin trasalì per il tono bramoso di Rasha.

Hunter aggrottò le sopracciglia. «Umani?»

«Al pranzo.»

«Ah, sangue fresco. Sul menu è prevista carne di cervo.»

«Che delusione.» Rasha fece una smorfia di disapprovazione. «Ma confido che durante i festeggiamenti per la nostra unione ci saranno degli umani.»

«Perché non ne fai richiesta al nostro capocuoco. È molto accomodante.» Hunter accelerò il passo, ma se pensava di poter andare più veloce di Rasha, si sbagliava di grosso. Aylin aveva imparato la lezione dopo più di un secolo vissuto con sua sorella.

Dopo un attimo,il vampiro rallentò e indicò una lastra di pietra coperta di muschio e rampicanti ben nascosta nel fianco della montagna. «Non potete vederla, ma qui c'è un'apertura. L'entrata è difesa con la magia, perciò, anche se si sa dov'è, risulta invisibile a chiunque non abbia un tatuaggio di MoonBound.» Lanciò un'occhiata a Aylin, con uno sguardo molto più dolce di quello che riservava a Rasha, e il cuore della vampira palpitò scioccamente. «Presumo che a ShadowSpawn abbiate un sistema simile.»

«Sì» lo interruppe Rasha. «Se avrai fortuna, ben presto vedrai il mio simbolo d'accesso.»

A Aylin venne voglia di vomitare. Rasha aveva il tatuaggio sull'interno coscia, quindi se Hunter lo vedeva... già. Aylin non voleva nemmeno pensarci.

Lei non era stata audace come Rasha. O meglio, non le era stata data la possibilità di scelta né sulla zona né sul metodo d'incisione in modo permanente del simbolo sulla pelle. Suo padre l'aveva tenuta giù e le aveva scolpito il teschio di cornacchia sulla schiena con una lama spuntata immersa nell'acido.

Aylin si sorprese che Hunter non rispondesse all'offerta provocante di Rasha se non per dire: «Dovrai farti incidere un'immagine di MoonBound. Ne incaricherò il nostro mistico il giorno della cerimonia di unione.»

Dall'improvviso irrigidimento della mascella di Rasha s'intuì lievemente la sua irritazione per la mancanza d'interesse che Hunter aveva dimostrato per la posizione del suo tatuaggio. Lui li condusse attraverso corridoi che diventavano sempre più ampi, più illuminati e più puliti mano a mano che avanzavano. Il terreno duro lasciò il posto a un pavimento di pietra e legno, e le pareti passarono dall'essere poco più che roccia tagliata grossolanamente e fango a superfici lisce fatte di travi smerigliate e pietre levigate. Sulle pareti erano allineate opere d'arte e incisioni amerindie, così come schizzi con i gessetti colorati che sembravano essere stati disegnati da bambini.

Aylin passò le dita su una pelle di daino che era stata usata come tela per il dipinto di un bisonte selvaggio. «È straordinario» mormorò.

Rasha sbuffò, perché senza dubbio preferiva l'arredamento più scarso e macabro di ShadowSpawn, che, nella maggior parte dei casi, comprendeva le ossa e i teschi delle loro vittime – animali, umane e vampire.

«Ti piace l'arte?» Hunter diede uno sguardo a Aylin e quest'ultima non poté fare a meno di essere lieta che usasse un tono di voce diverso quando parlava con lei rispetto a quando parlava con Rasha.

«No» sbottò Rasha, bloccando Aylin ancora prima che potesse anche solo aprire bocca.

«Chissà perché me lo aspettavo da te, ma la domanda era per Aylin.» Hunter non girò nemmeno gli occhi nella direzione di Rasha, il suo sguardo era saldamente fisso su Aylin, che si chiese se il vampiro percepisse lo sguardo in cagnesco che Rasha gli rivolgeva alle spalle.

«Adoro l'arte» rispose Aylin, senza aggiungere altro. Rasha sembrava già sul punto di esplodere come un vulcano. Odiava essere ignorata, ancora di più quando era Aylin a ottenere l'attenzione che riteneva dovesse essere sua.

A un bivio una femmina che Aylin riconobbe come Lucy, una giovane che ShadowSpawn aveva catturato e tenuto in ostaggio insieme a Riker e Nicole, passò loro davanti. Indossava sformati pantaloni con i tasconi laterali e una felpa con cappuccio di un arancione acceso che s'intonava ai suoi corti capelli a spazzola, sorrise timidamente a Aylin, ma quando il suo cupo sguardo color argento si posò su Rasha, mostrò le zanne e scappò nell'oscurità.

All'improvviso la tensione crebbe, abbastanza da bruciare le narici di Aylin. Hunter si girò verso Rasha, con un'espressione tesa e la bocca sensuale che non era più di una spaccatura arcigna.

«Cosa le avete fatto?»

Rasha alzò gli occhi al cielo. «L'abbiamo messa al suo posto. I sempliciotti sono destinati solo ai lavori più umili e a soddisfare i guerrieri. Non può essere loro concesso di andare in giro liberamente. Per il loro bene.»

L'espressione di Hunter divenne minacciosa e un coro di brontolii bassi risuonò nei corridoi, mentre Riker e gli altri due maschi si avvicinavano lentamente. L'ansia di Aylin salì alle stelle e la vampira si domandò se gliel'avrebbero fatta pagare per quello che ShadowSpawn aveva fatto a Lucy. Aylin aveva provato ad aiutarla, ma la ragazza era sempre stata tenuta o nella prigione sotterranea o nell'appartamento dei combattenti, e il massimo che Aylin era riuscita a fare era stato passarle di nascosto del cibo in più e mandarle una delle sue logore coperte da mettere sul letto.

Con molta lentezza, Hunter si spostò verso sua sorella. Rasha non vacillò, mantenne il mento rivolto verso l'alto e le spalle dritte, ma non servì a niente quando il grosso corpo del vampiro la mandò a sbattere contro il muro, tenendole le mani ai lati della testa. Il rumore di quando le sbatté contro la parete risuonò come colpi d'arma da fuoco.

Per la prima volta a memoria d'uomo, Rasha parve spaventata.

«Lucy non ha detto una parola a proposito di quello che è successo a ShadowSpawn» disse Hunter con una voce ferma e fredda come una tomba. «Ma prima o poi lo farà e, se scoprirò che è stata violata in qualche modo, castrerò e ucciderò chiunque sia stato.»

Rasha sbatté le palpebre, tutta innocenza e dolcezza, ma Aylin conosceva abbastanza bene la sorella da distinguere un'inquietudine sincera nell'inclinazione della sua bocca. «Fai quel che devi. Adesso MoonBound è il mio clan. Le morti di ShadowSpawn non mi riguardano più.»

Sbuffando, Hunter si allontanò da lei con una spinta. «Vedremo.»

Proseguirono lungo un corridoio in un silenzio innaturale, finché Hunter non si fermò davanti a una grossa porta di quercia. «Questi sono i miei appartamenti» dichiarò, sempre come se a colazione avesse mangiato lo zolfo. «Siete entrambe le benvenute in qualsiasi momento.» Si spostò fino a una porta a pochi centimetri di distanza. «Rasha, questo appartamento sarà tuo.»

Rasha arricciò la bocca in segno di disapprovazione. «Supponevo che avremmo vissuto insieme.»

«I nostri appartamenti sono collegati da una porta tra le camere. Pensavo che volessi un po' di privacy finché non saremo sposati.» Spalancò la porta e Aylin per poco non restò senza fiato.

Sontuosi tappeti coprivano i pavimenti di legno lucidato e mobilia di pelle color caffè creava un intimo spazio abitabile o in salotto e nella sala da pranzo. La cucina era piccola ma pulita e, invece che con l'arte tradizionale, le pareti erano state decorate con pietre incastonate nell'intonaco in stravaganti motivi circolari.

Nemmeno gli appartamenti di suo padre a ShadowSpawn erano così belli.

«Andrà bene» disse Rasha, sembrando estremamente annoiata.

«Se non va incontro ai tuoi standard,» replicò Hunter, con

una voce liscia e affilata come una lama ricoperta di velluto «posso far preparare una cella nelle segrete. Sono certo che si avvicinerà di più a quello a cui sei abituata a ShadowSpawn.» Il viso di Rasha arrossì dalla rabbia e Hunter sorrise in modo compiaciuto, mentre si girava verso Riker. «Se vuoi mostrare a Aylin il suo appartamento, io farò sistemare Rasha.»

«Affermativo» replicò Riker. «Le loro borse sono già nelle stanze.»

Sollevata di sottrarsi alla tensione crescente, Aylin seguì volentieri Riker fino a un appartamento a qualche porta di distanza dietro un angolo. Si aspettava che lui la lasciasse lì e si allontanasse da lei il più velocemente possibile, perciò rimase scioccata quando entrò dentro.

«Volevo ringraziarti per aver aiutato Nicole quando eravate a ShadowSpawn» disse, inclinando la testa bionda. «Ti è riconoscente per la tua amicizia.»

Succedeva molto di rado che le fossero riconoscenti per qualcosa, e nessuno l'aveva mai considerata un'amica. Rimasta senza parole, Aylin si limitò ad annuire.

Con un gesto che comprendeva tutta la stanza, Riker dichiarò: «Nicole stava qui prima che ci unissimo in matrimonio. Dovresti sentirti a tuo agio.»

Fu allora che Aylin si decise a dare un'occhiata alla sistemazione che le era stata riservata. Non era una piccola cella sporca con un materassino sul pavimento come quella che aveva a casa. Questa era una suite, con un salotto piccolo ma pratico in cui c'erano un divano, un tavolo per due e un congegno umano che le sembrava si chiamasse televisione, e in un'altra stanza vide il bordo di un letto e un cassettone. Era più bella di qualsiasi altro posto in cui avesse mai sperato di dormire, perfino nei suoi sogni più ottimistici.

«Io... sì, vi ringrazio.»

Riker si avviò fuori della stanza, poi si fermò sul vano della porta. «A Nicole farebbe molto piacere vederti. Di solito sta in laboratorio. Se nel frattempo hai bisogno di qualcosa, limitati a chiederlo. Ti assicuro che siamo tutti ben disposti.»

Era tutto talmente bizzarro che Aylin non sapeva bene cosa dire. Non poté far altro che pronunciare uno svelto: «Grazie.»

«Prego. La cena sarà fra un'ora.»

10

Se Hunter aveva avuto anche solo un minimo dubbio che la sua futura compagna non gli sarebbe piaciuta, adesso era completamente, al cento percento convinto che l'avrebbe uccisa entro un anno. Salvo che, con la sua fortuna, forse avrebbe avuto l'imprinting con lei e non sarebbe riuscito a strangolarla come desiderava fare in quel preciso istante.

Ma se scopriva che a Lucy era stato fatto del male e Rasha era coinvolta, avrebbe superato il vincolo dell'imprinting e messo fine alle sofferenze di lei e di chiunque l'avesse intorno.

L'aveva lasciata a sistemarsi nel suo appartamento e, dopo cinque minuti, la vampira aveva fatto irruzione dalla porta che collegava le camere annunciando che avrebbe preferito stare nella stanza di Hunter. Nel suo letto. Con lui.

E... no.

Non aveva discusso la sua decisione, però sembrava che il fumo le uscisse ronzando dalle orecchie mentre girava per gli appartamenti privati e l'ufficio del vampiro, emettendo suoni di disapprovazione ogni volta che s'imbatteva in qualcosa che non le piaceva. A quanto pareva, riteneva i libri, le opere d'arte, i film e le riviste sportive una perdita di tempo. Aveva anche rivolto un grugnito sprezzante ai Monty Python. Diamine, chi non apprezzava i *Monty Python*, cazzo? Poi, mentre guardava i videogiochi, sbuffò disgustata.

«Le console non sono accettate a ShadowSpawn» disse. «Mio padre pensa che un guerriero farebbe meglio a passare il tempo cacciando oppure allenandosi per la battaglia.»

Tuo padre è una testa di cazzo.

In qualche modo Hunter riuscì a non dire quello che stava pensando. «Tutti abbiamo bisogno di tempo libero. Serve a ricaricare le batterie.»

«Noi ricarichiamo le batterie con i combattimenti.» Rasha fece scorrere audacemente lo sguardo su di lui, in modo molto diverso dalle occhiate furtive che gli lanciava Aylin. «Oppure scopando.»

D'accordo, Hunter non disdegnava riposarsi e rilassarsi con una femmina o due, e di certo un bel combattimento poteva liberare molta tensione, ma a volte un divertimento sciocco era esso stesso una liberazione.

Ma soprattutto, il divertimento sciocco non aveva complicazioni.

Rasha gli si avvicinò con passo noncurante, ondeggiando i fianchi e con il seno che rimbalzava liberamente contro la canotta verde oliva che indossava. «Scommetto che ti stai domandando se avrai una compagna vergine.»

Nient'affatto. Hunter la guardava mentre il calore impudente negli occhi azzurri della vampira diventava un inferno mano a mano che si avvicinava. No, quello era il passo di una femmina che sapeva maledettamente bene come prendere ciò che voleva da un maschio.

Il vampiro non indietreggiò, ma si chiese se il tocco di Rasha l'avrebbe acceso come aveva fatto quello di Aylin. Se gli avrebbe scaldato e fatto formicolare la pelle, e mandato il sangue a pulsare nelle sue vene come un fiume che ha rotto gli argini. Quando la vampira gli mise la mano sul petto, Hunter ebbe la risposta.

Gli si accapponò la pelle e gelò il sangue.
«Non sono vergine» disse lei con una voce roca e sensuale. «Spero che non sia una delusione per te.»
«L'esperienza ha i suoi vantaggi» replicò il vampiro, lasciando a Rasha l'interpretazione delle sue parole.
Hunter si chiese quanta esperienza avesse Aylin. Il modo in cui si era aggrappata a lui nella baita mentre si nutriva, il modo in cui i loro corpi si erano adattati mentre si arcuava contro di lui... merda, era stata appassionata e senza freni, e avrebbe scommesso che a letto era una furia. Ma quel flusso di pensieri non era completamente fuori luogo?
«Mi piace il tuo modo di pensare.» Rasha fece scorrere la mano verso il basso e agganciò le dita sotto la cintura di Hunter. «Perché ti sbalordirò.» Sbatté le ciglia in modo civettuolo. «E non in una maniera sola.»
Le sue parole bastarono a fargli raggrinzire i testicoli. «Fantastico. Non vedo l'ora che ci sposiamo.» Afferrandole il polso, le spostò la mano e ignorò il suo sguardo furioso. «Ora, se tu volessi...»
«Mostrami il resto di MoonBound» disse la vampira con tono secco, e il suo ordine portò la pazienza di Hunter al limite.
«Ho delle cose da fare» replicò, costringendosi a disserrare i denti in modo da far uscire le parole abbastanza chiaramente perché lei capisse che non la stava prendendo per il culo. Doveva allontanarsi da Rasha prima di ucciderla o buttarla fuori a calci. Entrambe le cose avrebbero dato inizio a una guerra con ShadowSpawn che non potevano permettersi. «Dirò a qualcun altro di farti fare un giro.»
Lei assunse un'espressione inacidita, ma, con grande sorpresa di Hunter, annuì. «Certo. Sei un capo e hai un sacco di responsabilità.» Fece un sorriso tirato. «Non vedo l'ora di condividerle con te quando saremo sposati.»
Col cazzo. Non si sarebbe avvicinata alle sue responsabilità. Lui tirò il cellulare fuori dalla tasca, ma quando lo schermo

si accese, esitò. A chi avrebbe dovuto chiedere di far fare il giro completo a Rasha? Forse a qualcuno che lo odiava già.

Sogghignando, mandò un messaggio a Myne, che doveva essere lì fuori, perché dopo trenta secondi Hunter riconobbe il colpo pesante e rapido del vampiro alla porta. Solo Myne poteva trasmettere impazienza e irritazione con un solo colpo secco sul legno.

«Ecco la tua guida.» Hunter cercò di non sembrare troppo impaziente che lei se ne andasse mentre spalancava la porta, felice, forse per la prima volta in vita sua, di vedere Myne lì in jeans e una maglia serafino nera. «Myne, questa è Rasha.» Con un gesto della mano, passò dall'uno all'altra. «Rasha, Myne.»

Myne era sempre il solito astioso e si limitò a guardare fissamente, con il labbro incurvato per mostrare un cenno di zanna in titanio.

Rasha almeno abbassò la testa in segno di saluto. «Ci siamo già conosciuti.»

«Ottimo.» Con un colpetto del gomito, Hunter la spinse verso il vano della porta. «Myne, falle fare un giro. Ci rincontreremo nella sala da pranzo.»

«Come comandi» replicò il vampiro, strascicando le parole.

Hunter chiuse la porta con più forza del necessario, lanciò uno sguardo alla catasta di pratiche sulla scrivania, e scrollò le spalle. Fanculo. Avrebbe potuto mettersi in pari con gli affari del clan più tardi. Aveva sempre avuto talento nel procrastinare e il tempo passato con Rasha aveva tirato fuori la sua parte più irrequieta.

Inoltre doveva aggiornarsi con Aiden. Ormai doveva aver ottenuto qualche buona informazione dal bracconiere umano.

Lo sperava, perché, negli angoli più oscuri della sua mente, il fantasma di suo padre lo spronava a prendere la questione nelle sue mani, a insanguinarsele.

Era molto meglio se, invece, lo faceva Aiden.

Trovò il vampiro che parlava con Baddon davanti alla cella

dell'umano. Entrambi i guerrieri sfoggiavano un'espressione cupa, ed entrambi avevano le mani insanguinate.

«Ditemi che l'umano ha parlato.»

Aiden annuì. «È una canaglia di basso livello, non sa molto, ma ha detto che parecchie bande e associazioni di motociclisti e cacciatori stanno facendo a gara per vedere chi mette nel sacco il maggior numero di vampiri.»

Baddon ringhiò, mentre apriva e chiudeva le mani tatuate. «Ho parlato con alcuni dei miei amici dei Gravedigger. Il mio vicepresidente, Tag, ha detto che ieri è stato contattato da qualcuno che voleva sapere se i Gravedigger erano interessati a prendere parte a un'azione di bracconaggio. Non ha detto chi era, ma Tag ha avuto l'impressione che fosse un tipo del governo. Chiunque fosse, ha offerto diecimila bigliettoni per ogni scalpo di vampiro e serie di zanne consegnati.»

Hunter imprecò. Non era maledettamente fantastico? Attenti ai cappelli e ai denti, ragazzi e ragazze, perché gli umani cominciavano a fare sul serio.

«È peggio di quel che pensassi.» Hunter si passò una mano sul volto, domandandosi perché i problemi non venivano mai da soli. «Avete ricavato nient'altro da quel bastardo?»

Aiden scosse la testa. «Il tizio non è molto aperto, però ci ha detto da cosa deriva il suo nome.»

Baddon emise un sibilo e un'imprecazione. «Chim. Oh, è proprio fottuto.» Lanciò uno sguardo torvo alla porta della cella come se immaginasse di squarciare l'umano dall'altra parte. «A quanto pare, è una specie di chimico amatoriale. Era solito sviluppare droghe sintetiche che potessero essere vendute nel suo locale. Quando è diventato più proficuo dare la caccia ai vampiri, ha cominciato a usare il suo talento per creare prodotti chimici che ci stordissero, ci avvelenassero e perfino che ci sciogliessero, maledizione.»

«Uccidetelo» ringhiò Hunter. «Non voglio che quell'immondizia appesti ulteriormente l'aria.» Non restò in attesa dello spettacolo, ma si diresse verso il magazzino delle armi per controllare il bottino che i suoi guerrieri avevano raccattato dai bracconieri morti che avevano rapito Rasha e Aylin. Passare il tempo con oggetti affilati lo calmava sempre.

Percependo una presenza più avanti, svoltò l'angolo e, alla vista di Aylin, gli si bloccò il respiro. Si era appena fatta una doccia e i capelli le ricadevano in una cortina umida su una camicia di flanella verde e bianca che era abbastanza lunga da coprirle il sedere rivestito di jeans.

A malapena.

Da sotto l'orlo della camicia, ne faceva capolino un accenno a forma di cuore, e Hunter piegò le dita nel palmo al ricordo di quando, nella baita la notte precedente, aveva afferrato quelle sode rotondità. Com'era possibile che una gemella gli scaldasse così facilmente il sangue mentre l'altra glielo gelava?

Il vampiro si avvicinò mentre lei studiava le incisioni sulle pareti, passando le dita sottili sui motivi che da bambino avevano affascinato Hunter.

«Ero solito passare ore a creare storie su quelle figure» disse.

Aylin sobbalzò e fu allora che l'idea che in realtà non era una guerriera colpì il vampiro. Ad ogni modo, non come sua sorella. Avrebbe scommesso la sua Xbox che Rasha non si sarebbe mai fatta cogliere di sorpresa in una roccaforte nemica. Però solo perché Aylin non era stata addestrata ai combattimenti non significava che non potesse giocare un ruolo concreto in una cospirazione contro il clan MoonBound, e Hunter non era ancora pronto ad abbassare la guardia con lei. E forse non lo sarebbe mai stato.

«Non dovresti avvicinarti alla gente così di soppiatto» disse la vampira senza fiato.

Nonostante i suoi dubbi, Hunter fece un largo sorriso. «Proverò a non camminare più.»

Quando tornò a guardare la parete, un lievissimo accenno di sorriso le increspò l'angolo della bocca. «Molto tempo fa ho visto un libro illustrato di disegni come questi. C'era scritto che erano stati incisi da popoli antichi.»

«È così» le rispose. «Questi disegni erano qui molto prima che il nostro clan vi si trasferisse.»

«A quando risalgono?»

Si avvicinò a lei con tranquillità, inspirando il fresco profumo della pelle pulita e dello shampoo alla mela. Grande Spirito, aveva un odore... commestibile. «Centinaia di anni fa.»

«Da quanto tempo sei un capo?»

«Quasi due secoli» rispose. «Prima lo era stato mio padre.»

Aylin si voltò verso di lui, i suoi occhi azzurri brillavano di curiosità. «Cosa gli è successo?»

«L'ho ucciso.» Di fronte alle sopracciglia inarcate della vampira, lui abbassò la testa. «Non hai imparato tutto questo crescendo? Non posso credere che tuo padre non ti abbia insegnato la storia dei vampiri e le vicende di ogni clan.»

«Oh, abbiamo imparato tutto ciò» ammise. «Mio padre crede che sia importante conoscere il proprio nemico.»

«Allora, se conosci le vicende del mio clan, perché mi fai queste domande?»

La secca risposta della vampira fu: «Perché è raro che la storia sia scritta senza pregiudizi e di solito ci sono sempre due versioni. Ho imparato il passato di MoonBound dal punto di vista del mio clan. La vostra versione degli eventi potrebbe essere molto diversa.»

Ragazza intelligente. Hunter si chiese se Rasha fosse altrettanto astuta e di mentalità aperta. Chissà perché, ne dubitava. L'aveva colpito come il tipo che non mette mai in dubbio il sistema di credenze nel quale è cresciuta.

«C'è qualcosa che non ti risulta in quello che ti ho detto?» le domandò.

«Finora, no.» Per un attimo lo guardò con aria pensierosa. «Ma non mi hai detto molto.»

Quella femmina era tanto affascinante quanto bella. E molto diversa da sua sorella. Sul viso Rasha portava il segno della durezza degli anni, che le dava un aspetto severo, ma i lineamenti di Aylin erano più dolci. Più raffinati. E i loro occhi... se quelli di Rasha brillavano di un'intelligenza scaltra e perspicace, quelli di Aylin erano guardinghi, come se non sprecasse il suo quoziente intellettivo portandosi un passo avanti agli altri, ma invece aspettasse che loro cadessero da soli.

Rasha era una guerriera, ma Hunter avrebbe scommesso che Aylin fosse la più intelligente delle due. Controllò l'orologio. «È quasi ora di mangiare. Ti va di accompagnarmi? Posso farti fare un giro nel frattempo.»

Aylin si prese il labbro inferiore tra i denti. Le punte delle zanne di un bianco immacolato le affondarono nella carne piena, e il corpo di Hunter s'irrigidì al ricordo di quelle zanne nella gola.

«Dov'è Rasha?»

«La troveremo in sala da pranzo.» Quando Aylin non rispose, le chiese: «Sei preoccupata che s'ingelosisca?»

Aylin sbuffò. «Rasha non è mai stata gelosa di me, e mai lo sarà.»

Rasha era una sciocca. Avrebbe dovuto essere gelosa di tutto ciò che riguardava la sua gemella. «Allora a cos'è dovuta l'esitazione?»

La vampira parve valutare la propria risposta. Alla fine si lasciò sfuggire: «Perché non mi fido di te.»

Risposta interessante. E intelligente. «Cos'ho fatto per indurti a non fidarti di me?»

«Niente.» Si strinse nelle spalle. «Però non ho mai conosciuto un capoclan che non fosse uno spietato figlio di puttana.»

Hunter sbatté le palpebre. Poi rise. «Dici sempre quello che pensi?»

«Quasi mai.»

«Allora sono io che tiro fuori il peggio di te?» Le si avvicinò di un passo, attratto dal suo odore, dal suo sorriso... diamine, tutto in lei lo attraeva. «Oppure ti sembra di poter essere esplicita con un capo e farla franca perché tua sorella ti proteggerà?»

Nel profondo della gola di Aylin rimbombò un brontolio a malapena udibile. «Non mi nasconderei mai dietro mia sorella.»

«Allora tiro fuori il peggio di te.»

«Presumo sia così» replicò, e questa volta il suo brontolio fu un po' più forte. Un po' più gutturale. Molto più sexy.

Il vampiro si fermò a pochi centimetri di distanza, abbastanza vicino perché il calore della vampira lo bruciasse proprio nei punti giusti. «Non hai paura di me?»

Aylin alzò lo sguardo su di lui, trapassandolo con gli occhi grandi. «Sì, ma non ho mai avuto niente da perdere.» Fece un passo indietro e indicò lungo il corridoio. «Andiamo?»

Niente da perdere? Era la figlia di un capo e, perfino come secondogenita, doveva avere un grado alto all'interno del clan. A parte che... i clan che seguivano le regole della cornacchia spesso annegavano i gemelli secondogeniti alla nascita, e in generale non tolleravano difetti genetici in nessun bambino. Hunter si chiese quanto venisse trattata male all'interno del clan, anche se suo padre ne era il leader. Forse il fatto che Kars fosse il leader era proprio ciò che la teneva in vita.

Non è un problema tuo. Lascia perdere. Per come stanno le cose, è già abbastanza avere a che fare con Rasha.

Dopo essersi fatto il discorsetto d'esortazione, Hunter fece segno a Aylin di seguirlo. Lei gli rimase dietro per alcuni passi, perciò il vampiro rallentò per adattarsi alla sua andatura zoppicante, ma la vampira si limitò a rallentare ulteriormente.

Infine lui si fermò in mezzo al corridoio. «Vado troppo veloce per te? Posso rallentare.»

Sbigottita, lei sbatté le palpebre. «Posso tenere il passo.»

«Allora cammina al mio fianco.»

Lei aprì la bocca come per controbattere, poi, dopo un'occhiata furtiva lungo il corridoio, fece un passo accanto a lui.

Eppure, mentre camminavano, sembrava a disagio e rallentava ogni volta che qualcuno guardava nella sua direzione. Si aspettava davvero che qualcuno la rimproverasse? Davanti a lui? Cosa diavolo succedeva tra le fila di ShadowSpawn che l'aveva resa così?

Forse lo stesso schifo che succedeva a MoonBound quando il padre di Hunter, Bear Roar, governava il clan. Il ricordo lo innervosì. Non voleva assolutamente essere associato a quel genere di brutalità verso il suo popolo, e aveva lavorato sodo per sradicare ogni traccia di quell'eredità.

'Sei sangue del mio sangue' gli aveva detto una volta suo padre. 'A questo non potrai mai sottrarti.'

Forse no, ma sicuramente poteva provarci.

«Te lo dirò una volta sola» dichiarò, con lo sguardo fisso sulla palestra più avanti, perché temeva che, se avesse guardato Aylin, la sua rabbia l'avrebbe spaventata. «Nel mio clan siamo tutti uguali. Quando cammini, non devi guardare la schiena di nessuno.»

Lei non rispose, ma lui la sentì emanare inquietudine, come se non gli credesse ma volesse farlo.

Hunter lasciò che le sue parole facessero presa mentre le mostrava la palestra, gli alloggi principali e l'armeria. Quando arrivò alla biblioteca, pensò che le venisse un colpo.

«Una biblioteca» sussurrò Aylin entrando. «Una vera biblioteca.»

«Non ce l'avete a ShadowSpawn?»

Mentre girovagava per la stanza, la vampira faceva scorrere le dita lungo il dorso dei libri. «Mio padre pensa che leggere sia uno spreco di tempo.»

Hunter pensò che suo padre fosse uno spreco di spazio. E adesso capiva da dove proveniva l'atteggiamento di Rasha. «Quindi non avete libri di nessun tipo?»

«Abbiamo dei libri per insegnare ai bambini a leggere a un livello elementare, ma a parte pochi libri di storia e di guerra che mio padre tiene in camera sua, no.» Prese un libro di Harry Potter dallo scaffale e, mentre ne accarezzava la copertina, sorrise. «A volte, quando Rasha va in città, mi porta qualche libro, che nascondo sotto il materasso.»

«Devi nasconderli?»

Annuì. «Solo ai guerrieri più anziani è permesso tenere dei libri. Libri autorizzati.»

«Tuo padre è un leader di merda.» Hunter si aspettò che facesse obiezioni, ma Aylin si limitò a spostarsi verso un'altra sezione di libri.

«È straordinario» disse. «Posso prendere in prestito un libro mentre sto qui?»

«Prendi quello che vuoi. La biblioteca è fatta per questo.» Lui la osservò passare velocemente lo sguardo per la stanza e si chiese cosa rendesse i libri tanto magici per qualcuno. «Chi sono i tuoi autori preferiti?»

Chiudendo gli occhi, lei si portò il libro di Harry Potter al naso e inspirò. «Tutti quanti. E i tuoi?»

«Come ti ho detto, non leggo molto» rispose. «Ma di tanto in tanto mi piace un thriller politico o un romanzo dell'orrore. Non può battere i vecchi successi come Stephen King, Tom Clancy, Steve Berry, Brad Thor... ma c'è quel nuovo tipo, Croft, che scrive thriller che hanno come protagonista un vampiro, che combatte la schiavitù mentre finge di essere lo schiavo del suo partner umano. Ho sentito dire che sta per uscire anche il film.»

Nicole diceva che la popolarità dei libri di Croft era un buon segno. Era convinta che nella società umana stesse cambiando il vento visto che sempre più persone si dichiaravano apertamente a favore dei diritti dei vampiri. Hunter sperava che avesse ragione, ma la storia dimostrava non solo che gli umani erano lenti a cambiare, ma anche che dimenticavano rapidamente gli errori del passato.

Aylin annusò di nuovo il libro. «Preferisco la narrativa dei tempi passati, quando gli umani non sapevano ancora che e-sistiamo.»

Anche per Hunter era così, ma era chiaro che Aylin apprezzava davvero tutto. Sembrava un bambino in un negozio di caramelle, mentre passava velocemente da una sezione all'altra e tirava fuori i libri per sfogliarli o anche solo toccarli. Quest'ultimo caso era il peggiore. Ogni volta che le sue dita sottili accarezzavano le pagine fragili, la pelle del vampiro si tendeva e si scaldava come se ricordasse la loro sensazione sul corpo.

Infine, mentre rimetteva attentamente sullo scaffale una copia parecchio vissuta dei *Pilastri della terra,* Aylin sospirò. «Suppongo che dovremmo andare o ci perderemo la cena.»

«Non comincia senza di me» sottolineò il vampiro. «Possiamo fare tardi.»

Lo fissò a lungo come se fosse un grosso puzzle di cui cercava di mettere insieme i pezzi. Le augurò buona fortuna, perché lui non c'era mai riuscito.

«Non sei come mi aspettavo.» Prese un romanzo giallo dallo scaffale e se lo portò al naso. Mentre inspirava a fondo, sul suo volto si allargò un sorriso. Per le persone come lei, avrebbero dovuto inventare un deodorante per ambienti all'odore di 'puzza di chiuso di biblioteca'.

«Cosa ti aspettavi?»

«Un orrendo tiranno simile a un troll.»

«Orrendo?» Hunter si finse offeso. «Pensavi che fossi orrendo?»

Lei rise, una melodia allegra e piacevole che gli ricordò la primavera, cosa strana visto che raramente i vampiri evocavano immagini di luce solare, farfalle e uccellini cinguettanti.

«Va bene, no, mentivo. I racconti della tua virilità e della tua bellezza da Adone hanno raggiunto perfino le mie orecchie.» Mise il segno alla pagina di un libro. «Ma si presume che tu sia un tiranno imprevedibile con le manie di grandezza.»

«Fanculo le stronzate delle grandezze da tiranno» sbuffò

Hunter. «Fintanto che tutti sanno della mia virilità e bellezza, posso sopportare il resto.»

Lei alzò gli occhi al cielo, ma continuò a sorridere. «Immagino che tutti abbiano le loro priorità.»

«E quali sono le tue?»

«Forse le stesse di chiunque altro.» Guardò le file di libri come un vampiro che muore di fame fissa una gola scoperta. «Restare viva.»

Che risposta strana. Per lui restare vivo non era una priorità; era un dato di fatto che si facesse il necessario per non morire. Concentrarvisi significava che si era attualmente in pericolo o ci si aspettava di esserlo. Quindi quale dei due casi riguardava Aylin?

Lei rimise il libro sullo scaffale e si girò verso di lui. «A proposito di restare viva, andiamo a mangiare? Sto morendo di fame.»

Per quanto adorasse trattenersi ancora un po', Hunter non aveva intenzione di affamarla. La condusse verso la sala da pranzo, deviando per salire una rampa e attraversare un corridoio aperto che dava su un salotto enorme con divani e tavoli, una televisione con una grossa collezione di film, un tavolo da ping-pong e un angolo cottura.

«È qui che quasi tutti passano il tempo quando non sono nei loro alloggi.» Indicò una via d'accesso aperta sulla parete opposta. C'è anche una sala giochi, con tavoli da biliardo, un biliardino e, grazie ai collegamenti di Baddon con la rete criminale, quattro classici videogiochi da sala. Pacman ti piacerà.»

Aylin parve del tutto smarrita. Forse non aveva mai sentito parlare di Pacman. «Dov'è la vostra arena per i combattimenti?»

«Arena per i combattimenti?»

Lo guardò come se fosse un idiota. «Sai, la stanza dove avvengono i combattimenti?»

«Abbiamo una sala per gli allenamenti di pugilato. È vicina alla palestra.»

«No, intendo *combattimenti*. Nella nostra arena si dirimono le controversie, si decide chi è innocente e chi colpevole, e a volte vi viene portato un cacciatore o un bracconiere per una speciale battaglia mortale fra gladiatori.»

Ricordi bui passarono rapidamente ai margini della mente del vampiro. «Non ce l'abbiamo più da molto tempo.»

«Bene. È incivile, e ridicolo, pensare che chi vince un combattimento sia automaticamente assolto da qualsiasi crimine di cui sia stato accusato.» La vampira sbuffò. «È per questo che mio padre ha messo al bando quasi tutti i libri. Preferisce tenere il suo gregge ignorante e nell'oscurità.»

Sì, ricordi molto bui. Prima che Hunter prendesse il posto di suo padre, il clan era stato un luogo violento e pericoloso. Suo padre, un vampiro di prima generazione che discendeva direttamente dagli Originali, aveva guidato MoonBound secondo le regole della cornacchia. Aveva creduto, come tantissimi capi, che regole più ferree e stili di vita più severi avrebbero tenuto al sicuro e in riga i membri del clan.

Erano state proprio le opinioni di Bear Roar a costituire la sua rovina, e Hunter colui che aveva rovesciato il bastardo.

«Mio padre ha governato MoonBound nello stesso modo» affermò Hunter, senza riuscire a non far trapelare l'amarezza nella voce. «Perfino mia madre approvava.»

«Cos'è successo a tua madre?» domandò Aylin.

Lui sollevò le sopracciglia. «Non lo sai?»

Lei fece scorrere un palmo sulla balaustra di legno resa liscia da innumerevoli altre mani nel corso dei decenni. «Secondo la storia che ho sentito, l'hai barattata con gli umani in cambio della tua vita.»

«È questo che hai sentito dire?» L'odore di cervo arrostito che veniva dalla cucina lo indusse a rimettersi in moto. «È un po' da codardi. Pensi che sia vero?»

«Pensavo che potesse esserlo, ma ora non ne sono tanto sicura.» Superarono una coppia di giovani vampire che venivano da fuori, avevano i soprabiti coperti di neve. «Be'?»

«Be' cosa?»

«È vero?»

Prima di quel giorno, era talmente tanto tempo che Hunter non pensava ai suoi genitori che il loro ricordo si era praticamente coperto di polvere e ragnatele. Per quel che lo riguardava, poteva restare così. Sbottò con un secco: «No, l'ho esiliata e, se ce l'hanno gli umani, sono liberi di tenersela.»

11

Più tempo Aylin passava con Hunter, meno le sembrava di conoscerlo. Tanto di ciò che aveva imparato come vangelo era sbagliato e, mentre entravano nella sala da pranzo, si chiese quante altre sorprese avesse in serbo per lei.

Lanciò un'occhiata in giro per la stanza cavernosa ma ben illuminata ai lunghi tavoli stracolmi di cibo e persone, ma c'era qualcosa che non tornava. Dove avrebbe dovuto sedersi?

Hunter la condusse a un tavolo dove fu sollevata di vedere due facce amiche: Nicole e Riker. Rasha era già seduta, con una postura rigida e inflessibile. Aylin avrebbe scommesso che il calice di legno che aveva in mano era pieno d'alcol oppure già svuotato del suo contenuto.

«Qui» dichiarò Hunter, indicando la sedia accanto a Nicole e davanti a Rasha, che all'improvviso sembrò avesse il bicchiere pieno di succo di limone.

«Non capisco» replicò Aylin a bassa voce. «Dov'è il tavolo per le persone come me?»

Hunter aggrottò le sopracciglia. «Le persone come te?»

«Difettose» replicò la vampira, odiando doverlo dire ad alta voce mentre avrebbe dovuto essere ovvio.

Un'ombra passò sul viso di Hunter prima che lui si costringesse a sorridere. «Tu siedi qui.»

Lei esitò finché non si rese conto che a quello stesso tavolo c'era un vampiro con un occhio solo. A un altro, Lucy, con indosso le orecchie da Topolino, stava chiacchierando animatamente con un'altra vampira, e davanti a loro c'era un maschio senza una mano.

«È un'occasione speciale?» domandò Rasha. «È per questo che non c'è un tavolo per... loro?»

L'ombra tornò di nuovo, ma questa volta fu accompagnata da uno scintillio di zanne. «Siediti» disse Hunter a Aylin. Poi si girò verso Rasha. «Noi mangiamo sempre così. Nessuno viene emarginato.»

Rasha sollevò il mento, con un'espressione inacidita. «Capisco.»

«Dubito che tu capisca.» Hunter aspettò che Aylin si sedesse poi affondò sulla grossa sedia di quercia a capotavola. «Non gestisco le cose come fa tuo padre.» Guardò la stanza piena di gente. «E sono sicuro che tutti qui ne sono felici.»

«Davvero?» Rasha bevve un sorso. «Quelli che erano qui anche sotto il dominio di tuo padre sono d'accordo con te?»

Hunter s'irrigidì e Aylin si preparò alla sua collera. Se le storie su Bear Roar, erano vere, era stato un leader molto simile al padre di Aylin, con un carattere che lasciava le persone storpie o morte.

«Coloro che avevano problemi con il mio tipo di dirigenza se ne sono andati da tempo.»

«Sì» disse Rasha con soddisfazione. «Si sono rifugiati da ShadowSpawn.»

«E sono stati liberi di farlo.» Hunter prese in mano il calice e tutti all'interno della stanza fecero altrettanto. «Oggi festeggiamo l'arrivo della mia futura compagna, Rasha. La nostra unione assicurerà la pace tra i nostri clan e mi aspetto che tutti la facciate sentire la benvenuta. Lo stesso vale per sua sorella,

Aylin.» Lanciò un'occhiata a Rasha, il cui sorriso freddo raggelò perfino Aylin. «Alla pace.»

Rasha urtò con il proprio calice quello di lui. «Alla pace e alla confluenza dei nostri clan.»

Una vena pulsò sulla tempia di Hunter, ma lui sollevò di nuovo il calice e il resto del clan gridò: «Alla pace!»

Hunter si piegò verso Rasha e, a bassa voce, disse: «I nostri clan non confluiranno. Non lo faranno mai.»

«Certo che no» replicò Rasha. «Ho scelto male le parole. Volevo dire 'unione'. Adesso, invece di combatterci a vicenda, possiamo combattere contro gli umani.»

Siccome le sembrava di origliare, Aylin si girò verso Nicole, la cui pelle chiara era luminosa per via della gravidanza. «È bello vederti.» Prese il vassoio di carne di cervo tagliata che Nicole le porgeva. «Comincia giusto a vedersi.»

Riker, dalla parte opposta di Nicole, appoggiò la mano sulla pancia della compagna. «Sta succedendo troppo in fretta.»

«Troppo in fretta?» Aylin fece cadere un pezzo di carne ben cotta nel piatto.

Nicole diede un colpetto alla mano di Riker con fare rassicurante. «È preoccupato perché non abbiamo una levatrice esperta e non ho ancora trovato un modo per rendere il travaglio e la nascita meno pericolosi. Però ci sto lavorando e ho ancora sei mesi per farlo.»

Di solito le gravidanze nei vampiri erano rare, ma Nicole, con la sua formazione in fisiologia vampiresca, aveva scoperto un modo per cambiare la cosa. Purtroppo, il parto spesso finiva con la morte della madre o del bambino – a volte di entrambi.

«Potresti fare come gli umani e tirare fuori il bambino con la chirurgia?» Aylin passò il vassoio di carne a Hunter e cercò disperatamente d'ignorare la corrente elettrica che le sfrigolò lungo il braccio quando le loro mani si sfiorarono.

Sospirando, Nicole scosse la testa. «Purtroppo il taglio cesareo non è praticabile nei vampiri. Non si conosce un'anestesia che metta fuori combattimento un vampiro e non sia fatale per il bambino, e l'epidurale non serve a eliminare il dolore dell'operazione.» Strinse la mano di Riker. «Ma troverò una soluzione.»

Riker imprecò a bassa voce e trafisse con la forchetta la fetta di carne che aveva nel piatto quando una risata esplose in fondo alla stanza.

Hunter diede un colpetto sulla spalla di Aylin e a bassa voce disse: «Guarda questo. È un piccolo spettacolo durante la cena.»

«Adoro i combattimenti sanguinosi a cena.» Rasha fece un largo sorriso. «Stuzzicano l'appetito.»

Lo stomaco di Aylin si contorse. Aveva sempre pensato che ci fosse qualcosa di sbagliato in lei visto che non riusciva ad appassionarsi alle battaglie brutali durante i pasti, perciò fece un sospiro di sollievo quando Hunter aggrottò le sopracciglia in direzione di Rasha e disse: «Abbiamo smesso di farlo molto tempo fa.»

«Che delusione.»

Hunter guardò Rasha da sopra il bordo del bicchiere. «Ho la sensazione che troverai parecchie cose deludenti qui.»

«Comincio ad accorgermene.»

Hunter non ebbe modo di dire nient'altro. Qualcuno lanciò una mela da una parte all'altra della stanza e, in un istante, un giovane vampiro balzò fuori dal nulla per afferrare il frutto con una mano.

Aylin restò a bocca aperta, sicura che gli occhi le stessero facendo un brutto scherzo. «Da dov'è venuto?»

«Guarda e basta.» L'espressione di Nicole ardeva d'orgoglio. «Bastien è straordinario.»

Un'altra persona scagliò una ciotola vuota nella direzione opposta e Aylin riuscì a malapena a credere ai suoi occhi quando Bastien con un lampo divenne invisibile e poi ricomparve dalla parte opposta della stanza per prendere la ciotola prima che colpisse la parete.

Completamente incredula, Rasha fissò Bastien. «Ma come...»

Hunter interruppe Rasha con un gesto quando un vampiro che lo era fin dalla nascita con i capelli neri e vestito da capo a piedi di pelle si alzò dal suo posto per incontrare Bastien in mezzo alla stanza. Quando tirò fuori da sotto la giacca una lama enorme, il cuore di Aylin si bloccò.

«Quello è Baddon» affermò Hunter. «È uno dei nostri guerrieri più veloci e un combattente straordinario. Insanguinò quella spada quando aveva otto anni. Sconfisse due umani che stavano attaccando sua madre.»

Il tipo era grosso il doppio del ragazzo e a Aylin non importava che Hunter in precedenza avesse detto che non ci sarebbero stati combattimenti sanguinosi. Sembrava che Baddon potesse schiacciare Bastien con il mignolo.

Riker si allungò oltre Nicole, con un sorriso orgoglioso sul volto. «Bastien è mio figlio. Sono solo un paio di mesi che si allena, ma impara alla svelta.»

Solo un paio di mesi? Aylin lanciò un'occhiata alla forma corpulenta di Baddon. E lo facevano misurare con... quello?

Tutti tacquero e Baddon attaccò il giovane vampiro. La lama squarciò proprio il punto in cui avrebbe dovuto trovarsi il collo di Bastien, ma il ragazzo era sparito e, quando sentì un coro di applausi, Aylin seguì il suono fino a un altro tavolo, su cui Bastien era in piedi a gambe divaricate sopra una gigantesca ciotola di pane.

Altri due maschi, entrambi con una diversa sfumatura di biondo, e una femmina dalla pelle scura si unirono alla caccia con le loro armi, e subito Bastien scomparve e si materializzò per tutta la stanza. Aylin non riusciva nemmeno a seguirlo. Guardava affascinata il ragazzo che evitava attacchi di coltelli e pugni semplicemente scomparendo. Per due volte si materializzò dietro i suoi aggressori e li colpì sulla testa con il pollice e l'indice per poi ridere e sparire di nuovo.

«Non credevo che esistesse più un talento del genere» disse Rasha, con la voce piena di stupore come Aylin non l'aveva mai sentita. «Dobbiamo farlo riprodurre. Il più possibile. Subito.»

Da Riker provenne un brontolio basso. «Non ci saranno riproduzioni. Specialmente non subito.»

«È evidente che è abbastanza grande...»

«Ho detto di no» sbottò Riker.

Il sorriso tutto denti di Rasha era troppo calcolatore per piacere a Aylin. «Sta ai vostri capi decidere, non è vero, Hunter?»

«Capo» replicò freddamente lui. «Non capi. E Riker ha ragione. Noi non facciamo riprodurre le persone, e Bastien ha ancora molta strada da fare prima di essere pronto per un qualsiasi tipo di relazione.»

Rasha emise un suono disgustato e Aylin capì che non era finita. Però si chiese cosa intendesse Hunter dicendo che Bastien non era pronto per una relazione. Era giovane, ma doveva avere almeno una ventina d'anni. Siccome l'invecchiamento dei vampiri procedeva a rilento intorno a quell'età, avrebbe potuto averne anche quaranta. Forse perfino cinquanta.

Lo spettacolo andò avanti per un altro paio di minuti, poi, dopo uno scroscio di applausi, tutti si sistemarono per mangiare. Bastien prese posto accanto a Lucy, che lo baciò sulla guancia e lo fece diventare del colore di una mela matura.

La tensione fra Hunter e Rasha rese imbarazzante l'inizio del pasto, ma non passò molto tempo prima che i guerrieri alla tavola si mettessero a raccontare barzellette e a declamare storie, e Aylin si scoprì a godere sia del cibo che della compagnia.

Quando abbassò la forchetta e fece un pesante sospiro di appagamento, Hunter si alzò.

«So che alcuni di voi si stanno chiedendo cosa succede fuori delle mura» disse, mentre la sua voce arrivava come se stesse usando un altoparlante. «Improvvisamente i cacciatori umani sono ovunque e l'attenzione non sembra più concentrata sul catturarci quanto sull'ucciderci. Gli umani sono diecimila volte più di noi e le loro armi stanno diventando più sofisticate ed efficaci. Ma noi non siamo impotenti e non ce ne staremo seduti a lasciare che ci sterminino o ci schiavizzino. La nostra unione con ShadowSpawn ci aprirà la strada a trattare la pace con gli altri clan e spero che, invece di combattere gli uni contro gli altri, ci concentreremo per affrontare gli umani.»

Guardò tutti i membri del clan e Aylin si chiese se fossero ipnotizzati quanto lei dal suo aspetto imponente e dalla sua voce profonda e autorevole. Avrebbe potuto ascoltarlo per tutta la notte. Naturalmente, quella riflessione la fece pensare all'idea di parlare tutta la notte... a letto, e dovette prendere un sorso d'acqua fredda per allontanare quei pensieri erranti.

«Ci saremo dentro tutti insieme,» proseguì Hunter «e tutti abbiamo abilità e formazioni diverse che potranno essere utili nei mesi e negli anni a venire. Vi invito tutti a proporre a me o a uno dei miei guerrieri più anziani le vostre idee.» Si allontanò dal tavolo. «Ora, se volete scusarmi, devo occuparmi degli affari del clan.»

Due grossi vampiri, compreso quello che Aylin aveva temuto uccidesse Bastien, si alzarono e si unirono a Hunter, che uscì a grandi passi dalla stanza. Non appena se ne fu andato, l'atmosfera divenne carica di tensione quando Riker si appoggiò con gli avambracci sul tavolo e si rivolse a Rasha, emanando odio da tutto il corpo.

«Mi sono comportato bene perché rispetto Hunter e non voglio che tutto questo diventi più difficile di quanto non sia già,» ringhiò «ma non dimenticherò quello che tu e il tuo clan avete fatto a me, Nicole e Lucy. E non ti permetterò di fare di nuovo del male a qualcuno di questo clan.»

Le labbra di Rasha si piegarono in un sorriso crudele che Aylin conosceva fin troppo bene. Merda, la situazione stava per diventare spiacevole. Afferrando il bordo del tavolo con entrambe le mani, Rasha si spostò in avanti in modo da essere quasi con il naso contro quello di Riker.

«Mi piacevi di più quando eri incatenato nella nostra prigione sotterranea, mentre sanguinavi e ci pregavi di non fare del male alla tua preziosa Nicole.»

«Rasha!» sibilò Aylin, proprio mentre Nicole balzava in piedi, rovesciando la sedia con un fragore che ridusse al silenzio l'intera sala da pranzo.

«Rike si sarà anche comportato bene» urlò rabbiosa Nicole. «Ma io non lo farò.»

Con il cuore che martellava, Aylin saltò in piedi, pronta a tutto per fermare lo scontro prima che prendesse una piega violenta. «È stata una lunga giornata» si affrettò a dire. «Rasha, dovremmo sistemarci.» Afferrò il braccio di sua sorella e la trascinò via dal tavolo, lanciando nel frattempo sguardi di scusa a Riker e Nicole.

Sorprendentemente, Rasha andò via senza discussioni, drizzando le spalle e sollevando il mento come se fosse una regina che comanda a bacchetta i sudditi.

Quando furono nel corridoio, Rasha si liberò con uno strattone dalla presa di Aylin. «Odio questo posto.»

Aylin l'adorava. I pavimenti erano puliti, il cibo era buono e la gente era... felice. Oh, e si lavavano. Il che non guastava.

«Forse, se smettessi di fare la stronza, ti piacerebbe di più» suggerì Aylin.

Rasha sobbalzò sorpresa. «Cos'hai appena detto?»

Sì, in un certo senso Aylin aveva stupito anche sé stessa con quella uscita. Ma c'era qualcosa in quel posto che la faceva sentire più al sicuro di quanto si fosse mai sentita da tempo. «Mi hai sentito. E non essere così scioccata. Sai che ho ragione. Sarai la compagna del capo di questo clan per molto tempo, quindi tanto vale che provi a farti degli amici.» Ci ripensò. Trovare un amico lì non sarebbe stato facile per Rasha. «O almeno che cerchi di non farti altri nemici.»

Aylin sperò che l'amarezza nella sua voce fosse percepibile solo alle proprie orecchie. Rasha stava ottenendo tutto quello che voleva Aylin, ma era maledettamente troppo testarda e impantanata nel modo di vita di ShadowSpawn per apprezzarlo.

Rasha si avviò lungo il corridoio verso i loro alloggi. «Sciocca e ingenua Aylin.» Le diede un colpetto sulla spalla come se fosse una bambina piccola. «Lascia la politica a me e torna a fare la carina. Gestirò Hunter e il clan a modo mio.»

Un'inquietante sensazione di catastrofe avvolse Aylin come un sudario. Il modo di Rasha era sempre quello violento. Aylin si trovava a MoonBound solo da poche ore, ma sapeva già che Rasha non sarebbe mai andata d'accordo con quelle persone.

A meno che... e se Rasha non avesse avuto in programma di andarci d'accordo? Mentre nel suo cervello si formava un pensiero tremendo, il sudario invisibile si chiuse intorno a Aylin come una pellicola. L'unico motivo per cui a Rasha non sarebbe importato creare dei legami era che avesse in mente qualcos'altro.

Rasha non voleva andare d'accordo con MoonBound. Voleva assumerne il comando.

12

In vita sua, Hunter non era mai stato così contento di avere finito una cena. Rasha era la femmina più odiosa e cattiva che avesse mai incontrato. Come avrebbe fatto a vivere tutta la vita con lei se sopportava a malapena di passarci un'ora?

Si era arrabbiato sempre di più ogni volta che la vampira aveva aperto bocca e rivelato i suoi pensieri sulla confluenza dei clan, la disposizione dei posti a sedere per 'le persone difettose', e l'idea di fare riprodurre Bastien. Sembrava che non avrebbero mai trovato un terreno comune e Hunter si chiese quanto sarebbero stati inutili gli sforzi per annullare il modo in cui le erano state inculcate certe idee. Forse Riker, che aveva esperienza come militare, o Jaggar, che da umano aveva passato del tempo con la CIA portando grossi benefici al clan, avrebbero avuto qualche intuizione su come avvicinare Rasha al loro modo di pensare. Hunter lo sperava, perché, per come stavano le cose attualmente, lei era del tutto fuori dalla realtà.

Ammetteva che i clan dovessero elaborare un qualche tipo di relazione, e il pensiero che il figlio di Riker potesse passare ai discendenti il suo estremamente raro dono dell'invisibilità aveva attraversato la mente di Hunter, ma sperare che dei bambini avessero il suo dono era diverso dal farlo riprodurre appositamente. Così facendo, MoonBound non sarebbe stato diverso dalla Daedalus, che stando a Nicole aveva in programma di fare proprio questo con Bastien.

Bastardi.

Perfino in quel momento quei bastardi stavano progettando altri modi per distruggere i vampiri e, mentre si trovava nel suo ufficio con Riker e Nicole, Hunter li rese partecipi delle ultime notizie.

«Dovete vedere questo.» Premette il pulsante del telecomando della televisione e partì il video di un'emittente televisiva di Seattle, con l'immagine di un reporter e un altro umano davanti a un edificio moderno con una vetrata enorme che, francamente, sembrava una scocciatura tenere pulita.

«Sono qui davanti alla sede centrale della Daedalus con il direttore generale, Charles Martin.» Il reporter si girò verso l'uomo dai capelli di stoppa che sembrava sulla quarantina. «Signor Martin, lei è fra i promotori dell'iniziativa per eliminare i vampiri allo stato brado nonostante le resistenze dei gruppi per i diritti dei vampiri. Può dire ai nostri ascoltatori perché è così importante per lei?»

«Decenni di ricerche e di sperimentazioni hanno dimostrato che i vampiri non sono capaci di coesistere con gli umani a meno che non siano addomesticati e provvisti di collare» affermò Martin. «Quello che questi sciocchi difensori dei diritti dei vampiri non capiscono è che i vampiri ci mangiano. Sono più forti, più veloci e non hanno alcun senso morale. Per loro, siamo solo cibo. Immaginate se i leoni e gli orsi potessero scorrazzare liberamente per le strade. I vampiri sono cento volte peggiori. Non possiamo permettere che predatori di quel calibro passeggino fra di noi. Hanno ucciso mia sorella e distrutto uno dei nostri laboratori, ammazzando dozzine di umani e anche di vampiri.»

Nicole grugnì. «Non è vero. Mente, quel bastardo.»

Hunter annuì. «La sua crociata comincia a coprire la voce

dei gruppi per i diritti dei vampiri. C'è un'incitazione crescente a sterminarci. Il bracconiere umano nella stanza delle prede ha detto la stessa cosa.»

Nicole increspò le labbra e, per un lungo momento, si limitò a guardare la televisione mentre il reporter faceva a Charles altre domande prima di spostarsi verso rappresentanti dello Stato che, a quanto pareva, stavano prendendo in considerazione l'idea di ampliare le misure per 'ridurre la popolazione dei vampiri', il che comprendeva individuare i clan, aprire la stagione di caccia in tutte le foreste statali e federali, e la diffusione della DAV nei quartieri poveri e nelle fognature cittadine. Se quello che diceva lo Stake Reaper era vero e le informazioni di Baddon erano attendibili, sembrava che il governo stesse già lavorando per ridurre la popolazione dei vampiri... però lo stava facendo segretamente, sotto il naso dei civili.

«Non possiamo combattere a lungo questa modalità d'individuazione dei target» ammise Riker. «Se sanno come distruggere le nostre difese magiche, prima o poi ci localizzeranno.»

Nicole emise un lungo sospiro. «E se prendessimo una strada diversa? E se sabotassimo Chuck con le stesse procedure della Daedalus.»

«Non sono sicuro di seguirti» affermò Hunter.

Nicole fece un largo sorriso. «Facciamo trapelare ai media le procedure della Daedalus.»

«Non ti crederà nessuno» replicò Riker. «Sei una vampira. Diranno che ti stai inventando tutto e nessuno incolperà loro.»

«Ma abbiamo gli archivi» disse la vampira. «Ricordate i raccoglitori che abbiamo rubato nel laboratorio? Grant e io non li abbiamo ancora passati in rassegna tutti, ma abbiamo un sacco d'informazioni che sono sicura i media adoreranno e il pubblico troverà raccapriccianti. Esperimenti sulla riproduzione, dissezioni di vampiri coscienti, cruenti sperimentazioni finite con la morte del soggetto... Se riusciremo a informarne il grande pubblico, forse potremo creare una certa compassione per la nostra causa.»

Hunter guardò la femmina che, fino a solo tre mesi prima, era stata umana. E, come direttore generale della Daedalus, il nemico numero uno dei vampiri. Adesso era il medico del clan e una grossa risorsa per la razza dei vampiri.

«Fatelo» disse. «Solleviamo un polverone.»

Nicole fece un largo sorriso, ma l'espressione di Riker rimase quella pronta al combattimento. «C'è dell'altro» dichiarò, e Hunter si sentì gelare. «Rasha sa delle cose che non dovrebbe sapere, e sostiene di sapere delle indiscrezioni su quasi tutti coloro che ti sono vicini.»

«Tipo?»

Rike snudò i denti. «Conosce il passato di Katina e i... pettegolezzi su Aiden e le femmine. E, non si sa come, ma ha scoperto i particolari di quando Myne era prigioniero degli umani.»

Nicole aggrottò le sopracciglia. «A chi l'ha raccontato Myne? Hai detto che non ne aveva parlato nemmeno con te.»

«Esatto» disse Riker. «Non l'ha raccontato a nessuno. Quindi lei ha ottenuto le informazioni dalla Daedalus.»

Per quanto la notizia fosse inquietante, era positiva. «ShadowSpawn deve avere qualcuno all'interno» affermò Hunter. «Quindi, forse, non abbiamo una spia fra di noi.»

«Perché?» domandò Nicole.

Riker si girò verso di lei. «Ti ricordi la levatrice che prendemmo in prestito da ShadowSpawn?»

«Come posso dimenticarlo» replicò Nicole in modo sarcastico. «La Daedalus la catturò e quello fu il motivo per cui mi avete rapito.»

Purtroppo, anche con l'aiuto di Nicole nel piano di salvataggio, erano arrivati troppo tardi e Neriya era morta in un laboratorio della Daedalus.

«ShadowSpawn ha scoperto che era stata catturata» dichiarò Hunter. «E noi non glielo abbiamo detto. Sapevamo che avevano una spia all'interno del nostro clan oppure dentro la Daedalus. Queste nuove informazioni potrebbero confermare la teoria della Daedalus.»

Riker annuì. «È una buona notizia. E chissà... forse, in effetti, Rasha potrebbe aiutarci a colpire gli umani dall'interno.»

Forse. Ma Hunter non aveva intenzione di contare su di lei riguardo a nessuna questione. E decisamente non aveva intenzione di fidarsi di lei.

Che bel modo di cominciare un'unione forzata.

13

All'interno del teepee cerimoniale fuori del quartier generale di MoonBound, Hunter inspirò a fondo. Myne e Baddon l'avevano accompagnato per eseguire il rituale necessario a evocare il suo totem e, mentre il sangue proveniente dai loro tagli gli scorreva lungo il petto, il vampiro si chiese se avessero qualche sospetto del vero motivo per cui era andato lì.

Non era per chiacchierare con il suo spirito orso. No, era lì per parlare chiaro con il demone che aveva creato la specie dei vampiri. Un demone che molto tempo prima aveva chiarito che, se qualcuno diceva la verità sulle loro origini ai vampiri che non fossero né degli Originali né di prima o seconda generazione, avrebbe distrutto tutta la loro razza.

Messaggio ricevuto e, sebbene odiasse farlo, sebbene odiasse fingere di credere all'assurda storia della cornacchia e del corvo, Hunter aveva passato tutta la vita a zittire le dicerie che anche solo accennavano a un coinvolgimento demoniaco nella creazione dei vampiri.

Il fumo che proveniva dal fuoco al centro del teepee turbinava intorno a Hunter, che, mentre si apriva al mondo degli spiriti, veniva avvolto da un calore fremente. Un velo di grigio gli annebbiò la mente e si sentì opprimere il petto da una forte pressione finché non gli parve di collassare su sé stesso.

«Samnult» chiamò un attimo prima che la pressione diventasse insopportabile. «Ehi, Sam, ci sei?»

Un'esplosione di calore gli ustionò la schiena. «Sei in ritardo.»

Girandosi, Hunter fissò l'essere che era apparso nella sua tenda. Quel giorno niente aspetto umano per il demone. No, pulsanti vene cremisi gli ricoprivano la pelle grigio piombo come una ragnatela. Le contorte corna annerite sporgevano di quasi cinquanta centimetri nell'aria e le dita bizzarramente lunghe finivano con artigli sporchi.

«Solo di una notte» replicò Hunter. «Perché è importante?»

Samnult ringhiò e le sue labbra screpolate e squamose rivelarono una bocca piena di acuminati denti grigi. «Non puoi contestarmi. Sono il tuo dio.»

«Sei il nostro creatore» si lasciò sfuggire Hunter. «Non è la stessa cosa.» Idiota arrogante.

Gli artigli del demone lo colpirono sul petto, aggiungendo altri quattro sfregi irregolari che gli andavano dalla spalla sinistra al fianco destro. Il dolore scoppiò dentro il vampiro, che però strinse i denti e riuscì a non attaccare per ritorsione.

«Vuoi sostenere le prove o no?» grugnì Sam. «Per me non fa differenza. Sarò felice di prendere il tuo primogenito.»

Hunter inspirò a fondo, costringendosi a rimanere calmo. Se il demone decideva che non voleva permettergli di provare a fare il test, il vampiro era fottuto. Era il momento d'inghiottire ogni cosa.

Ma non troppo.

«Voglio provarci. Speravo che potessimo farlo dopo la luna piena.» Soprattutto voleva più tempo per assicurarsi che Rasha fosse d'accordo a sostenere il test con lui. Non poteva farlo da solo, e non poteva rischiare che Rasha rifiutasse.

«No.»

Hunter lo fissò. «No? Semplicemente no?»

Con nonchalance, Sam si stuzzicò i denti con gli artigli affilati e dalle punte nere. «Sei duro d'orecchi?»

«Fanculo» borbottò il vampiro.

Hunter desiderò dare un pugno sul brutto viso di Sam.

Con un colpetto delle dita, il demone gettò a terra lo schifo che aveva tra i denti. Disgustoso. «Ricordati che puoi portare con te l'una o l'altra delle gemelle.»

Aylin sarebbe stata decisamente una compagna di viaggio più piacevole, ma lui aveva bisogno delle abilità di combattente di Rasha. Inoltre, molto probabilmente, quest'ultima sarebbe stata più disposta a combattere per il proprio figlio.

«Quando abbiamo parlato la prima volta, hai detto che entrambe le gemelle avrebbero decretato la mia morte» disse con cautela Hunter. «Ma una sceglierà di salvarmi. Cosa significa?»

«Dovrai capirlo da solo.»

Tutti i demoni erano così criptici? Che stronzi. «Puoi darmi un suggerimento su quale mi salverà?»

«No, ma guarderei quale delle due ha più da perdere dalla tua morte. O dalla tua sopravvivenza.» Sam si strinse nelle spalle. «Ma in fondo, forse non hai scelta. Se fossi Aylin, ti direi di andare a farti un giro. Non è lei che metterà al mondo il tuo primogenito.»

Questo era in linea con i pensieri di Hunter. «Quindi, quando vuoi che succeda?»

«Dopodomani. C'è un portale vicino al lago Chelan. Tu e la vampira mi troverete lì.»

Hunter si affrettò a calcolare il tempo che avrebbe impiegato ad arrivarci in macchina, ma Samnult infranse le sue speranze di saltare sulla Rover aggiungendo: «Verrete a piedi.»

Fantastico. Un ulteriore elemento di pericolo. «Dovremo partire domani.»

«Allora farai meglio a prepararti.»

«Come saprò dove andare?»

Con un movimento rapido, Samnult colpì la fronte di Hunter con il palmo della mano. Un tintinnio pulsò nel cranio del vampiro. «Lo percepirai.»

Il demone fece un passo indietro, mostrò un largo sorriso

pieno di denti aguzzi e scomparve, lasciando Hunter con una vaga consapevolezza del portale in lontananza, un intenso mal di testa e un'angosciante sensazione di catastrofe nelle viscere.

Aveva fatto un patto con un demone, e ora doveva farne un altro.

14

Aylin trovò il laboratorio proprio dove le aveva detto Hunter. Dopo cena era tornata nella sua stanza, ma poi, dopo essere andata avanti e indietro nervosamente per dieci minuti, aveva deciso di vedere se Nicole stava lavorando.

Per fortuna, la bella vampira dai capelli ramati era in laboratorio, curva su una fila di provette. Quando vide entrare Aylin, le rivolse un largo sorriso. «È bello rivederti. Non siamo riuscite a parlare molto a cena. Come stai? La stanza ti va bene? Ti trattano tutti bene? È possibile che continui a bombardarti di domande?»

La preoccupazione dell'altra vampira per il suo benessere lasciò Aylin momentaneamente confusa. «Ah, sì. È tutto meraviglioso.» Il suo sorriso vacillò. «Troppo, credo.»

Nicole lanciò a Aylin uno sguardo preoccupato. «Ora non vuoi più tornare a ShadowSpawn, vero?»

Lo sguardo di Aylin fu attratto da un luccicante bisturi affilato su un vassoio accanto a un microscopio e, per abitudine, mancò poco che lo sgraffignasse per nasconderlo sotto il materasso. Ma non era a ShadowSpawn, non aveva bisogno di mettere da parte gli oggetti solo per poter dire di possedere qualcosa. Eppure la tentazione la indusse a piegare le dita finché non superò il tavolo.

«Tu vorresti tornarci?»

Sapevano entrambe che non era necessario che Nicole rispondesse. «Forse puoi rimanere. Hunter potrebbe trattare con tuo padre perché ti permetta di trasferirti qui. Oppure potresti diventare la compagna di un membro del clan.»

«Sono buone idee.» Aylin girellò per il laboratorio, meravigliandosi delle apparecchiature e del mobilio. Il 'laboratorio' che Nicole aveva usato mentre era a ShadowSpawn era stato poco più di uno stanzino pieno di ragnatele. «Ma nessuna è realizzabile.»

«Perché no?»

Aylin valutò se raccontare o no a Nicole la verità sul suo fidanzamento con Tseeveyo. Si vergognava molto di essere stata promessa in quel modo, senza il suo consenso e a un mostro la cui brutalità era leggendaria. Però Nicole non aveva fatto altro che sostenerla fin dal loro primo incontro e non l'aveva mai trattata come una nemica. Forse era giunto il momento che finalmente Aylin avesse fiducia in qualcuno da chiamare amico.

Amici. Non ne aveva mai avuti. «Mio padre ha già organizzato un'unione per me. Sarò data al mio compagno dopo il matrimonio di Hunter e Rasha.»

Nicole si lasciò cadere su uno sgabello con le ruote e invitò Aylin a fare lo stesso. Anche se un'energia irrequieta le vibrava in ogni cellula del corpo, quest'ultima scostò una sedia accanto all'altra vampira.

«Chi è?» domandò Nicole.

«È un capoclan.»

«Come Hunter?»

Da quel che poteva dire Aylin, nessuno era come Hunter. «Come mio padre.»

«Oh, Gesù.» Nicole si allungò a prendere la mano della vampira. «Mi dispiace tanto.»

Quella compassione era proprio il motivo per cui Aylin non aveva voluto dirlo a nessuno, ma allo stesso tempo, la gentilezza di Nicole le fece bruciare gli occhi di gratitudine. «Può rimanere fra noi? Non m'importa se lo confidi a Riker, ma preferirei che non lo sapesse nessun altro.»

«Certo.» Nicole strinse gentilmente la mano di Aylin e poi la lasciò andare. «Ma non c'è un modo in cui potresti uscirne?»

Impossibile. Aylin era rimasta sveglia molte notti a pensarci, e il risultato erano state decisamente troppe poche opzioni. «Potrebbero esserci un paio di modi, ma uno è incerto e l'altro troppo pericoloso.»

«Dopo avere visto cosa devi affrontare a ShadowSpawn, credo che sarei disposta a provare qualsiasi cosa.» Nicole si mise le mani sulla pancia con fare protettivo e Aylin si chiese se si rendesse minimamente conto di quello che stava facendo. «Qual è l'idea pericolosa?»

«MoonBound potrebbe offrirmi asilo» disse Aylin. «Il problema è che mio padre potrebbe non rispettarlo e, anche se lo facesse, una volta sposato Hunter, Rasha potrebbe revocare il mio status di rifugiata.»

«Rasha non lo farebbe.» Nicole aggrottò le sopracciglia. «O sì?»

«Ne dubito» rispose Aylin, ma non ne era tanto sicura. Rasha avrebbe fatto qualsiasi cosa per proteggere il suo status di Prima Femmina e, se questo significava liberarsi di Aylin, non avrebbe esitato, indipendentemente dal fatto che fosse sua sorella. «Ma con lei non si sa mai e, se mio padre non rispettasse l'asilo o Rasha lo revocasse, mio padre sarebbe molto... implacabile. Potrebbe perfino uccidermi.»

«Figlio di puttana.» Gli occhi di Nicole s'illuminarono di un fuoco argenteo, e all'improvviso Aylin si chiese di che colore fossero stati quando era umana. «E se ti dessimo come compagna a un maschio di MoonBound?»

Aylin apprezzò l'indignazione di Nicole, ma non era così semplice. «Senza prima rompere il mio fidanzamento con il capo del clan NightShade?» Rise amaramente. «Allora sia ShadowSpawn che NightShade muoverebbero guerra a MoonBound finché il mio compagno non fosse morto. Alla festa per l'unione con Tseeveyo, sarei costretta a bere il vino da una coppa fatta con il teschio del mio compagno morto.»

«Bleah.»

«Già.» I clan che seguivano le regole della cornacchia avevano queste belle tradizioni.

«D'accordo, allora qual è il modo incerto?» domandò Nicole.

Le guance di Aylin s'infiammarono. «Io... ah... perdo la verginità e ho il mio primo, ehm...»

«Orgasmo?» Le sopracciglia ramate di Nicole scattarono verso l'alto. «Non ne hai mai avuti neanche da sola?»

Davvero, tutto ciò non sarebbe potuto diventare più imbarazzante. «Sei una studiosa di fisiologia vampiresca,» sottolineò Aylin «non sai che chi è nato vampiro necessita di una specie di risveglio sessuale con un membro del sesso opposto prima di potere provare piacere? Lo chiamiamo *salisheye*.»

«Accidenti» mormorò Nicole. «Questa mi è nuova. Ma è talmente difficile vedere in cattività i vampiri che lo sono fin dalla nascita che gli umani non li hanno studiati molto. È per questo che sono tanto preziosi per la Daedalus.» Scosse la testa come per schiarirsi le idee. «Spero che non sia una domanda sgarbata, ma quanti anni hai?»

«Sono nata nel 1910.»

«Wow. Mi rendo conto che possa essere una domanda delicata, ma...»

«Perché sono ancora vergine?» Di fronte al cenno affermativo di Nicole, Aylin sospirò. «Hai visto i maschi a ShadowSpawn.»

Nicole storse la bocca. «Capito. Eppure, in tutto questo tempo non c'è stato nemmeno uno lievemente decente da cui fossi attratta?»

Certo che c'era stato. Una volta Aylin aveva preso una bella cotta per un giovane guerriero che era stato mandato a ShadowSpawn da un altro clan. Lui aveva perfino flirtato con lei – finché suo padre non aveva inflitto a entrambi una pena esemplare. Aylin sentiva ancora i grugniti del vampiro mentre veniva picchiato dai più brutali guerrieri del clan, sentiva ancora le frustate che le avevano dato a cena.

«Mio padre ha minacciato tutti i maschi di un destino peggiore della morte se qualcuno mi avesse toccato. Ricordi quando ti ho detto che non mi è permesso procreare?»

Il computer accanto a Nicole fece *bip*, ma lei lo fermò con pochi *clic* sulla tastiera. «Perché tuo padre dice che sei difettosa.»

«In parte è per questo» ammise Aylin. «Ma anche perché la mia verginità è l'unica cosa che posso portare in un'unione.»

Nicole balzò in piedi. «Stronzate. Che mi dici di Rasha? Anche lei è vergine?»

Rasha vergine? Esilarante. «È la primogenita. È più preziosa se ha esperienza. Ancora di più se ha partorito.» Lanciò un'occhiata alle provette. «Grazie a te, però, la rarità delle gravidanze non è più un problema.» Negli ultimi tre mesi, quattro femmine ShadowSpawn avevano annunciato di essere incinte. In passato, non l'aveva fatto più di una all'anno.

«Sapevo che non avrei dovuto dare la formula a tuo padre, ma non è che avessi molta scelta.» Lo sguardo di Nicole ribollì di rabbia. «È una stronzata. Ti troveremo un maschio. Ti tireremo fuori da tutto questo.»

Per quanto l'accanimento di Nicole le piacesse, Aylin non riusciva a eguagliarlo. Troppe volte aveva provato a fuggire dalla vita in cui era nata e, ogni volta che falliva, perdeva fiducia che potesse mai accadere.

«Apprezzo l'offerta, Nicole, ma ricordi la parte incerta? T-seeveyo sarà furioso, ma potrebbe prendermi lo stesso, solo per mantenere un'alleanza pacifica con mio padre. Potrebbe gettarmi in una camera con il resto del suo harem e dimenticarsi di me.» Il che in effetti sarebbe stata una buona cosa. «Oppure potrebbe torturarmi ogni giorno perché gli ho negato il mio *salisheye*. E se mi rifiuta, non fa altro che rimettermi nelle mani di mio padre.»

«È disgustoso» sputò Nicole. «E so cosa significa. Quindi cos'hai intenzione di fare?»

Hunter. Il nome le balenò in testa come se quello fosse il suo posto, ma era ridicolo. Stava per unirsi a sua sorella e, anche se non fosse stato così, non avrebbe mai preso una come lei come Prima Femmina.

«Non so cosa posso fare, ma so che devo essere sana per avere la possibilità di fare qualcosa» disse. «È per questo che sono qui. Hunter ha detto che potresti aiutarmi con una cosa.»

Nicole aggrottò le sopracciglia. «Va tutto bene?»

«Per il momento. Sono stata ferita durante l'attacco al nostro gruppo e non smettevo di sanguinare. Hunter era preoccupato.»

Nicole si allungò a prendere una confezione di guanti sanitari. «Fammi dare un'occhiata.»

«Ora è tutto a posto. Hunter ha... sistemato tutto.» Con la lingua. Perfino in quel momento, al ricordo Aylin si contorse sulla sedia. «Però ha continuato a lungo. A sanguinare, intendo. È come se il mio sangue non coagulasse.»

Abbandonando i guanti, Nicole prese un blocco di carta e una penna. «Ti sei nutrita recentemente?»

Aylin si contorse ancora. Questa volta le venne anche l'acquolina in bocca. Il sangue di Hunter era stato la cosa più straordinaria che avesse mai assaggiato. «Sì.»

«Quando?»

Aylin si schiarì la gola. «La notte scorsa.»

Sul viso di Nicole guizzò un lampo di sorpresa. «Mentre eri con Hunter?» Di fronte al cenno di assenso di Aylin, Nicole si piegò sul taccuino e scrisse qualcosa sul foglio. «Ti nutri regolarmente durante le notti di luna nuova?»

«Sì.» Se succhiare il polso che ti porgeva un coglione riluttante poteva essere considerato nutrimento. In effetti, era carità e Aylin ne odiava ogni secondo.

«Quando è stata l'ultima volta che hai nutrito un maschio durante la luna piena?»

«Non l'ho mai fatto.»

Nicole alzò la testa di scatto. «Mai? Cioè, in tutta la tua vita?»

Il calore formicolò sulle guance di Aylin. «Mai.» Nessuno voleva il suo 'sangue di storpia' contaminato.

«Gesù» sussurrò Nicole.

«Non farlo.» Aylin si alzò, all'improvviso molto a disagio a discutere della sua privata vergogna. «Non commiserarmi. È così che stanno le cose. Non mi piace, ma lo sopporto.»

«Scusa.» La voce di Nicole era dolce ma decisa, curiosamente bilanciata tra la compassione e la professionalità. «Non voglio commiserarti. So cosa significa sentirsi diversi.» Lanciò un'occhiata furtiva per il laboratorio, ma erano da sole. «Non ho un potere come gli altri vampiri. Riker dice che a volte impiega un po' di tempo a manifestarsi, specialmente nei vampiri che sono stati trasformati» si affrettò ad aggiungere. «Ma fa comunque schifo quando tutti si chiedono cosa sai fare, hai presente?»

«Sì» borbottò Aylin, pensando che tutti a ShadowSpawn si chiedevano quale fosse il suo contributo. «Ho presente.»

«Be', ho buone notizie.» Nicole si schiarì la gola. «A proposito dell'emorragia, intendo. Non è colpa tua. Abbiamo scoperto una reazione chimica nei vampiri che avviene quando si nutrono dal sesso opposto durante le fasi lunari. Queste reazioni chimiche sono vitali per la sopravvivenza. Se i maschi non si sono nutriti del tuo sangue, questo influisce sulla chimica del tuo corpo e uno degli effetti è una ridotta abilità del sangue di coagularsi.»

Oh. Questo spiegava molte cose. *Non sanguini nemmeno come un vampiro normale, mostro.* Aveva sentito queste parole un milione di volte da suo padre e dagli altri membri del clan.

Ora avrebbe voluto ributtarle loro in faccia. La sua condizione era stata causata dai loro pregiudizi, e c'era sempre stata una soluzione semplice.

«Potrei morire a causa di questa storia della reazione chimica?»

«Non per il fatto di essere, ehm, nubile – non trovo una parola migliore – durante una delle fasi lunari» replicò Nicole. «Di per sé, non ti ucciderà, però compromette il tuo sistema circolatorio e, se subisci una ferita abbastanza brutta, potresti morire dissanguata. Fondamentalmente, durante la prossima luna piena, avrai bisogno di un partner.»

Più facile a dirsi che a farsi. «Nessuno vorrà nutrirsi da me.»

Sbuffando, Nicole tirò la penna sul bancone. «MoonBound non è come ShadowSpawn. Fidati di me, se spargi la voce che sei disposta a nutrire un maschio, ci sarà la fila alla tua porta.»

Aylin ne dubitava, ma, se anche fosse stato così, riusciva a immaginare un solo vampiro alla sua gola.

Ed era l'unico che non poteva avere.

15

Aylin non era pronta a tornare nelle sue stanze. In vita sua aveva già passato troppo tempo da sola e adesso desiderava compagnia. Le sarebbe piaciuto molto passare più tempo con Nicole, ma Riker era entrato impetuosamente come una tempesta erotica e aveva portato via Nicole in un turbine di promesse sussurrate. Nicole si era offerta di restare a parlare, ma Aylin non avrebbe mai e poi mai interferito con quello che chiaramente era un momento privato indispensabile per la coppia.

Era la cosa migliore comunque. Aylin aveva alcune domande per la sua cara sorella.

Trovò Rasha dove l'aveva lasciata, in camera sua che camminava avanti e indietro come una pazza, mentre i suoi stivali colpivano il pavimento di legno duro con tonfi simili a quelli di un martello. Forse anche lei aveva appena scoperto di avere un problema di salute evitabile provocato dai suoi ignoranti compagni di clan.

Spudoratamente rallegrata da quel pensiero, Aylin cinguettò: «Cosa c'è?»

Rasha si girò verso di lei con un ringhio. «Hunter è con un'altra femmina.»

Un'inaspettata fitta di tradimento le trafisse il petto, il che era assurdo visto che Hunter non le doveva niente. Di certo non apparteneva a lei. Avevano passato una breve notte insieme in una fredda baita e condiviso un po' di sangue. Niente di che.

Non dimenticare la bollente sessione mentre ci davate dentro. Non dimenticare come ti si è spinto fra le gambe, con l'erezione che scivolava su punti dove i maschi non sono mai stati.

Lui l'aveva creduta Rasha.

Come se le avessero tirato addosso un secchio d'acqua gelida, Aylin si schiarì la testa da pensieri inappropriati. «Cosa te lo fa dire?»

«Non riesco a trovarlo.» Rasha spazzò via dal tavolo una tazza di ceramica, che si ruppe in mille pezzi, schizzando sul pavimento un liquido chiaro dall'odore pungente. «Dicono che ha lasciato la garenna, ma non dov'è andato.»

«Ci sono un sacco di motivi per cui potrebbe essersene andato.»

«Non quando dovrebbe stare con me.»

Aylin alzò gli occhi al cielo. «Tanto non lo vuoi.»

«Certo che lo voglio.»

Come aveva fatto Rasha a dirlo restando seria? «Sì, ma vuoi lo status e il potere che ti procurerà. Non vuoi lui.» Non come lo voleva lei.

Rasha diede un calcio ai resti distrutti della tazza, mandando i pezzi a rimbalzare contro le pareti e il mobilio. «Non importa. Io non condivido. Devo essere la sola femmina a influenzarlo. Ci sono da cambiare molte cose qui. Hai visto come gestisce questo clan? Non è un covo ben fornito di guerrieri robusti e con ferite di guerra» ringhiò. «È un parco giochi per bambini coccolati e con la pelle morbida.»

«È così?» La voce profonda di Hunter rimbombò nello spazio ristretto e, mentre Aylin si girava con un sibilo di sorpresa, la stanza divenne ancora più piccola.

La sua presenza virile riempì ogni angolo e cantuccio, mentre Hunter restava nel vano della porta, con i capelli color ebano tenuti indietro da una striscia di cuoio che scopriva gli zigomi affilati e l'implacabile mascella squadrata. Indossava solo un paio di jeans e un grosso mantello di pelliccia nera che gli copriva le spalle ampie. La pelliccia cerimoniale si apriva sul davanti, rivelando un petto pieno di muscoli e addominali duramente scolpiti. Aveva il petto squarciato da due tagli sottili a forma di X e da quattro lacerazioni a distanza regolare che gli andavano in diagonale dalla spalla al fianco. Aveva la pelle e i pantaloni ricoperti da dense macchie di sangue.

Per tutti gli spiriti, Hunter avrebbe potuto essere appena tornato da una battaglia dei tempi antichi. Il maschio che giocava ai videogiochi e tracannava whisky con uno splendido sorriso era sparito. Al suo posto c'era un vampiro che era un capo dalla testa ai piedi, e dal freddo luccichio di ghiaccio nei suoi occhi si capiva che era a suo agio in quel ruolo.

«Sì» rispose Rasha, con uno strano nodo in gola. «È così.»

Hunter sbatté la porta dietro di sé, trasformando la stanza in una tomba. «Qualche esempio.»

Rasha esitò, una cosa che Aylin le aveva visto fare solo quando affrontava il padre. Dopo un attimo, il suo complesso di superiorità entrò in funzione e lei incrociò lo sguardo arrabbiato di Hunter con uno sprezzante dei suoi.

«Avete una biblioteca e una sala giochi.» Fece un gesto che comprendeva tutta la stanza. «Le vostre abitazioni sono eleganti e calde, tutto ciò favorisce la pigrizia e la debolezza nei guerrieri. Permettete ai feriti e ai deboli di sedere al tavolo con le persone che sono sane e meritevoli. Concedete che abbiano porzioni abbondanti e la stessa scelta di cibi che mangiano tutti gli altri.»

Il volto di Hunter era completamente inespressivo. «E non sei d'accordo con tutto questo?»

«I guerrieri non dovrebbero essere coccolati o perderanno

la loro acrimonia.» Rasha lanciò un'occhiata a Aylin. «I deboli hanno bisogno d'incentivi per superare le loro fragilità.»

«Qui ognuno fa il suo» disse Hunter. «Senza la paura di essere punito per cose su cui non ha il controllo.»

Rasha sbuffò e fece un gesto di chiusura con la mano, era chiaro che per il momento rinunciava a convincere Hunter di essere nel torto. «Dove sei stato?»

Se la domanda lo irritò, il vampiro non lo diede a vedere. Ma in fondo era già irritato. «Ho visto una persona per parlare del nostro futuro.»

Mentre si avvicinava con un movimento che gli aprì la veste di pelliccia, i suoi stivali scricchiolarono sui pezzi della tazza rotta e Aylin vide di sfuggita che aveva una lama cerimoniale infilata nella cintura. Il manico d'osso era appoggiato contro gli addominali guizzanti striati di sangue e le zanne di Aylin pulsarono. Ma voleva il suo sangue... o il suo corpo? E aveva importanza? Non poteva avere nessuno dei due. Entrambe quelle cose presto sarebbero appartenute a Rasha. Era giunto il momento di smettere di ossessionarsi. Inoltre non aveva alcun desiderio di ascoltare sua sorella progettare il futuro con un vampiro che nemmeno le piaceva.

Si avvicinò alla porta. «Stavo giusto andando...»

«Resta.» Tanto valeva che il profondo e rimbombante ordine di Hunter fosse un invito ad andare a letto, perché improvvisamente Aylin sentì le pulsazioni nelle orecchie, nel petto e per tutto il tragitto fino al bacino.

Come se avesse capito, il vampiro girò di scatto lo sguardo su di lei, bloccandola sul posto con l'efficacia di una freccia nello sterno. «Questo riguarda anche te.»

«Me?» domandò Aylin con voce rauca. «Perché? Cosa succede?»

Con una scrollata di spalle, Hunter si tolse le pellicce e le appoggiò con cura sul bracciolo del divano, con i potenti muscoli della schiena che si piegavano sotto la sua pelle liscia che sembravano fatti apposta perché una femmina ci conficcasse le unghie. «Cosa sai delle nostre origini?»

«Il vampirismo è causato da un virus» rispose Aylin, chiedendosi dove andasse a parare quella serie di domande mirate e desiderando che lui si coprisse di nuovo. Quelle spalle ampie e quelle braccia piene di muscoli erano una distrazione fin troppo grossa. Perfino Rasha gli lanciava occhiate di nascosto.

E questo infastidiva Aylin più di quanto avrebbe dovuto.

«Un virus che fu creato quando il sangue di una cornacchia e di un corvo si mescolò con quello di due capi caduti» aggiunse Rasha, come se Aylin non conoscesse la tradizione che veniva inculcata in ogni vampiro fin da quando nasceva o veniva trasformato.

Aylin scrollò le spalle. «Gli scienziati ritengono che il virus sia una mutazione di uno che esisteva già fra le tribù degli antichi nativi americani.»

Rasha lanciò a Aylin uno sguardo esasperato. «Chi diavolo te l'ha detto?»

«Io leggo» fu la secca risposta di Aylin. «Qualche volta dovresti provarci.»

«Entrambe le teorie sono stronzate» asserì Hunter in modo burbero. «Il vampirismo è causato da un virus, che non è comparso naturalmente con una mutazione o con gli uccelli. È stato creato da un demone stronzo di nome Samnult. È proibito parlarne ed è una cosa che sanno solo i vampiri Originali e quelli di prima e seconda generazione. Ve lo sto dicendo perché lui mi ha dato il permesso.»

Demoni? Dunque... Hunter era pazzo. Forse, dopotutto, Rasha era adatta a lui.

«Non mi aspetto che mi crediate su due piedi» proseguì. «Ma ho comunque bisogno che mi ascoltiate.» Inspirando a fondo, alzò gli occhi al soffitto come se cercasse fra le travi le parole da dire. «Centinaia di anni fa, dodici capitribù si riunirono in un vertice di pace. L'uomo bianco aveva invaso e profanato le terre e i capi volevano che questo avesse fine. Evocarono Samnult, un demone degli incroci, che promise loro una forza e una velocità maggiori e doni speciali per lottare contro i loro nemici. In compenso, per due generazioni, il primogenito di tutti i capi sposati doveva essere dato al demone.»

Hunter fece una pausa, forse per dare a Rasha e a Aylin il tempo di afferrare il concetto, ma quest'ultima non riteneva che potesse succedere molto presto.

«Tutto questo è folle» borbottò.

Lo sguardo intenso di Hunter incontrò quello della vampira. Forse era pazzo, ma credeva in quello che stava dicendo. «L'ho pensato anch'io, finché non ho incontrato Samnult in persona.»

Quindi credeva veramente di essersi trovato faccia a faccia con un demone? «Che erbe ti eri fumato?»

Rasha fissò Aylin sciocata che avesse parlato in quel modo a un capo, visto il suo umile status a ShadowSpawn, ma qualcosa in Hunter... e forse in quel clan... le tirava fuori la voce. Hunter era pericoloso; di questo era certa. Ma lo era anche del fatto che non l'avrebbe ferita. Nel breve periodo che aveva trascorso a MoonBound, aveva avuto troppe prove che non era un leader brutale.

E di sicuro era stata franca anche con suo padre, ma aveva imparato da tempo a scegliere con molta cura le proprie battaglie. Aveva imparato anche che, quando non si detiene molto potere o forza fisica, bisogna usare la pazienza e il cervello per ottenere quello che si vuole.

In quel preciso momento, però, era a corto di pazienza e, mentre aspettava che Hunter rispondesse, batteva il piede.

Lui la studiò, con gli occhi che diventavano sempre più cupi in segno d'avvertimento. Che si fosse sbagliata pensando che non le avrebbe fatto del male? «Mi stai dando del bugiardo? Oppure stai dicendo che avevo le allucinazioni indotte da droghe?»

«Eh... ignorala.» Rasha si frappose tra loro come faceva sempre quando Aylin litigava con il padre. «Non capisce le responsabilità e i rituali di un capo.» Rasha lanciò uno sguardo truce a Aylin. «E a volte dimentica il suo posto.»

Be', i metodi di Rasha per proteggere Aylin avrebbero avuto bisogno di più raffinatezza. La storia 'mia sorella è un'idiota quindi dateci un taglio' poteva funzionare, ma cominciava a essere davvero vecchia.

«Non ho bisogno del tuo aiuto, Rasha.» Aylin sbucò da dietro la sorella per affrontare di nuovo Hunter. «Se quello che dici è vero, allora spiegami perché Rasha non è con questo demone Samnult. È la primogenita. Perché non l'ha presa tanto tempo fa?»

«C'è una clausola che Samnult chiama 'il valore di un guerriero'» affermò Hunter. «Se il capo supera una serie di test, lui e la sua compagna possono tenere il bambino.»

Le venne il mal di stomaco per l'orrore e il disgusto mentre le passavano per la testa infiniti scenari in cui erano coinvolti demoni e bambini innocenti. Grande Spirito, non sarebbe bastato un demone per strapparle suo figlio dalle mani.

«È rivoltante» sibilò Aylin. «Digli di andare a farsi fottere.»

«Aylin!» ansimò Rasha. «Mai parlare così di un demone. Potrebbe essere in ascolto.»

«Allora non dovrebbe origliare» fu la sua secca risposta.

Hunter imprecò. «Non importa quello che dico di fare a Samnult. Prenderà comunque il mio bambino. Non lascerò che accada.» Spostò l'attenzione su Rasha. «Ma c'è un intoppo. Ho bisogno che tu mi accompagni.»

Il suo annuncio cadde come una scure, insieme a un lungo silenzio teso. Alla fine Rasha rispose: «Devo pensarci.»

«Pensarci?» domandò Hunter, incredulo quanto Aylin. «Hai bisogno di pensarci per assicurarti che tuo figlio sia al sicuro?»

«È quello che ho detto.» Lo sguardo di Rasha divenne freddo come il ghiaccio. «Puoi darmi un minuto?»

L'espressione di Hunter diventò minacciosa, strinse i pugni lungo i fianchi, fece un lieve e brusco cenno di assenso e se ne andò. Nell'attimo stesso in cui la porta si chiuse con un sommesso scatto minaccioso, Aylin si girò verso sua sorella.

«Stai scherzando, vero?» sbottò. «Dimmi che lo fai solo per creargli problemi.» Non che non fosse crudele, ma almeno Rasha non sarebbe stata un mostro assoluto.

«No» fu la sbrigativa risposta di sua sorella. «Devo davvero pensarci.»

Se Rasha avesse spontaneamente messo le ali, Aylin non avrebbe potuto essere più sbigottita. «Cosa c'è da pensare? Se quello che dice Hunter è vero, un demone vuole il vostro primogenito.»

«È vero» borbottò Rasha.

Allora... Aylin si sbagliava quando pensava che non avrebbe potuto essere più sbigottita. «Tu... tu lo sapevi?»

«Nostro padre mi ha detto tutto prima che partissi» disse lentamente Rasha. «Si aspettava che Hunter mi chiedesse una cosa del genere.»

Aylin si sfregò le tempie come se così potesse cancellare tutto. Diamine, le sarebbe bastato che almeno avesse senso. «Va bene, allora hai avuto tempo per pensarci. Digli di sì.»

Rasha si mise seduta sullo schienale del divano con un sospiro. Come se la conversazione a proposito di salvare la vita di suo figlio fosse estenuante. «Non è così semplice.»

«Ma non starai pensando di rifiutare, vero? Voglio dire, ovviamente i nostri genitori hanno superato le prove anche se nostra madre era una vampira giovane...»

«Non hanno fatto proprio un bel niente» la interruppe Rasha. Fece una pausa prima di dire in tono smozzicato: «Avevamo un fratello.»

Aylin si sentì mancare, perse l'equilibrio e allungò una mano alla cieca per sorreggersi alla parete. «Stai mentendo.»

«È nato tre anni prima di noi.» Rasha si piegò per slacciarsi gli stivali con movimenti convulsi che sembrarono decisamente arrabbiati. «Samnult è venuto a prenderlo quando era ancora sporco del sangue del parto.»

Oh, Grande Spirito, no. «Te l'ha raccontato nostro padre?»

«Sì» rispose Rasha, mentre si toglieva uno stivale con un calcio. «Quando mi spiegava di Samnult e delle nostre origini.»

Figlio di puttana. «Quindi i nostri genitori hanno ceduto spontaneamente nostro fratello a un demone? Hanno fallito la prova o cosa?»

Sbuffando, Rasha si mise a lavoro sull'altro stivale. «Non hanno intrapreso la prova. Nostro padre non pensava che nostra madre sarebbe sopravvissuta.»

Quindi lui non l'aveva creduta abbastanza forte. Tale madre tale figlia, suppose Aylin.

«Eppure non riesco a credere che nostra madre sia stata d'accordo con tutto questo.»

«Che scelta aveva? Lui disse al clan che il bambino era nato morto e lei l'assecondò, forse per paura.»

Quello aveva senso. Da tutto ciò che aveva sentito Aylin, la loro madre era stata poco più che una prigioniera dell'ossessione di Kars.

«Continuo a non capire perché devi pensarci» disse. «Non sei una vampira da poco come nostra madre. Sei una guerriera, nata e cresciuta come tale. Tu e Hunter potete completare la prova. So che potete farlo.»

Rasha si strinse nelle spalle. «Forse, ma non ci andrò.»

Aylin restò a bocca aperta. «Maledizione, Rasha! Devi farlo. Chissà cosa farà il demone al vostro bambino. Per quanto ne sai, potrebbe mangiarlo!»

Rasha sibilò. «Credi che non lo capisca? Ma devo fare il mio dovere per la nostra razza e questo significa non morire durante una qualche stupida prova demoniaca. La tua debolezza... e quella di Hunter... non vi fa vedere l'aspetto pratico di tutta questa storia.»

Una rabbia irrazionale si abbatté su Aylin, come una frana su un passo di montagna. «Sei una stronza senza cuore.»

All'improvviso, Rasha fu addosso a sua sorella e la sbatté contro la parete, stringendole una mano intorno alla gola. «Come osi contestare la mia decisione? Io sono stata preparata a comandare fin dalla nascita, mentre tu... il tuo lavoro è di tenere la bocca e le gambe chiuse finché non te ne sarai andata come compagna di qualcuno e non sarai più un nostro problema.»

Aylin fu percorsa da una fitta di dolore, che però fu subito sommersa dalla frana di rabbia. «Credimi, non vedo l'ora quanto te che arrivi quel giorno.» Be', sarebbe stato così se non fosse dovuta diventare la compagna di Tseeveyo.

«Non hai idea di cos'ho sacrificato per te, quindi stai attenta a quello che dici.» Rasha spinse da parte Aylin, che inciampò di lato nel tavolino da caffè. La sua gamba cedette e lei crollò a terra. Credeva di avere superato l'umiliazione di cadere in continuazione, ma no. Restare a terra in modo scomposto come un cervo sul ghiaccio era sempre imbarazzante. «Cazzo.» Rasha le corse accanto e si rannicchiò vicino a lei. «Scusa, Aylin. È solo che... non mi preoccupa. Non dovrò rinunciare a mio figlio. Nostro padre crede che ci sia una scappatoia.»

Mentre si metteva seduta, Aylin dimenticò la rabbia e l'indignazione. «Una scappatoia?»

Rasha esitò, come se stesse cercando di decidere se Aylin meritasse di sapere di questa misteriosa scappatoia.

«Rasha?» la spronò Aylin. «Qual è questa scappatoia?»

«Devi promettermi di non dire una parola di tutto questo» l'ammonì Rasha.

Offesa, Aylin serrò i denti. «Quando mai ti ho tradito?»

«Mai» ammise Rasha. «Ma questo potrebbe metterci entrambe in pericolo.»

«Allora ho davvero bisogno di sapere» insistette Aylin. «Dimmelo.»

Rasha si passò una mano sul viso e all'improvviso parve esausta. «Se Hunter muore prima che nasca il bambino, quest'ultimo sarà al sicuro» sussurrò.

A Aylin si gelò il sangue nelle vene. «Non vorrai...»

«No,» disse Rasha «non lo farei. Una compagna che uccide un capoclan infrange le regole della cornacchia. E del corvo, se è per questo.»

«Penserei che le 'regole dei grossi uccelli neri' siano discutibili se la storia del corvo e della cornacchia è tutta una cazzata.»

«I clan hanno bisogno di ordine. L'ideologia, perfino quella falsa, fornisce un'organizzazione e tiene le persone in riga.» Rasha porse la mano a Aylin. «Sei tu la patita di storia. Sai come funziona. I leader religiosi lo fanno dalla notte dei tempi.»

Aylin spinse via la mano di sua sorella. Non aveva dubbi che Rasha credesse a quello che diceva, ma, se assassinava Hunter nel sonno o qualcosa del genere, il punto non era solo il fatto di assicurarsi che i vampiri non perdessero la loro fede. Doveva esserci dell'altro.

«Penso che sia ancora più importante che non ti sporchi le mani, in modo che i membri del clan MoonBound ti accettino come reggente finché tuo figlio non sarà grande. Quindi non puoi uccidere Hunter, ma immagino che, se avesse un incidente fatale mentre sei incinta, non resteresti troppo sconvolta.»

Rasha si alzò. «Puoi immaginare ciò che vuoi, ma tienitelo per te.»

Di fronte allo strano tono nella voce di Rasha, Aylin scosse la testa. «No, c'è qualcosa che non torna.» Rasha le porse di nuovo la mano e questa volta Aylin permise a sua sorella di aiutarla a rimettersi in piedi. «Adori i combattimenti e anche le sfide. Non penso che rifiuteresti l'occasione di avere la meglio su un demone e dimostrare a Hunter che sei una valida compagna.»

«Lascia perdere, Aylin.»

Sì, c'era decisamente qualcosa che non tornava. «Ricordi quando stavamo imparando a usare i nostri doni di vampire e la tua abilità di avvolgerti nel silenzio continuava a venire meno?»

«No» rispose Rasha. «Non ricordo affatto quel periodo umiliante.»

Ignorando il sarcasmo di sua sorella, Aylin proseguì. «Avevi sempre un piano di riserva. Non fai mai niente senza una strategia a cui affidarti. Sbarazzarti di Hunter mentre sei incinta è il tuo piano di riserva, non è vero? Ti ho visto con i bambini e non credo che rischieresti la vita di tuo figlio se non vi fossi costretta. Quindi qual è il vero motivo per cui non parteciperai a questa prova con Hunter?»

«Maledizione, Aylin, sei come un cane con l'osso, non è vero?»

«Sono tua sorella» replicò semplicemente. «Non mi piaci sempre, ma ti voglio bene. Puoi dirmelo.»

Rasha alzò le mani, sconfitta. «D'accordo. Non posso viaggiare attraverso i portali, va bene? Ricordi quando sono andata con papà a incontrare gli Anziani? Passare attraverso il vortice mi ha quasi ucciso. Gli Anziani hanno detto che la prossima volta che ci proverò, morirò. E naturalmente si può accedere al regno di Samnult solo attraverso un portale.»

«Oh, merda» sussurrò Aylin. Non riusciva a immaginare di essere bloccata in una situazione che la lasciava incapace di salvare la vita di suo figlio. «Dev'esserci un modo per affrontare questo demone o il test che vuole che facciate.»

«Non c'è.» Chiudendo gli occhi, Rasha inspirò a fondo. «Quindi sì, ho un modo alternativo di gestire la nascita del mio primogenito con Hunter. Non consegnerò mai il mio bambino a un demone, né a nessun altro e, se questo significa che Hunter deve morire, così sia.» Attraversò la stanza diretta verso la porta, ma si fermò con la mano sul pomello. «Di' solo una parola di tutto questo e desidererai essere rimasta a ShadowSpawn.»

Non sarebbe mai successo, qualsiasi cosa Rasha potesse fare a Aylin; ma quest'ultima tenne per sé il pensiero, mentre sua sorella apriva la porta con un gesto rapido.

Hunter aspettava nel corridoio e, quando entrò, Aylin avrebbe giurato che nella stanza la temperatura fosse calata di dieci gradi. Il suo sguardo burrascoso si posò su Rasha e non vacillò. «La tua decisione?»

«Non verrò con te.» Rasha raddrizzò le spalle con aria di sfida, ma dal lievissimo spostamento del suo peso si capiva che temeva una reazione violenta. Voleva essere pronta a difendersi e Aylin non la biasimava.

Un misto di rabbia, shock e dolore attraversò il viso di Hunter. «Capisci che nostro figlio o nostra figlia saranno presi da un maledetto demone? Se cercheremo di nasconderli, moriranno di una morte terribile. Non sono stato chiaro?»

Rasha sollevò il mento. «Sei stato chiaro.»

«Allora non avremo figli» ringhiò lui. «Non ti toccherò nemmeno.»

Probabilmente non fu bello da parte di Aylin esserne felice.

Rasha rise. «Samnult lo saprà e posso solo immaginare come ne sarà seccato.»

«Lo saprà solo se glielo dici. Rasha,» disse Hunter a denti stretti «io non... non posso perdere un altro figlio.»

Un altro figlio? Quando ne aveva perso uno? Aylin riusciva a percepire il suo dolore dal punto in cui si trovava, una soffocante coltre di agonia che la indusse ad allungare una mano verso di lui. Come poteva Rasha lasciare che soffrisse così? Senza pensarci, fece un passo avanti.

«E io?» si lasciò sfuggire. «Posso venire con te al posto di Rasha?»

Hunter e Rasha si voltarono entrambi verso di lei, ma Aylin non riusciva a distogliere lo sguardo da Hunter. I suoi occhi scuri la scrutarono, bloccandola con la loro intensità.

«È impossibile» dichiarò Rasha. «Solo la promessa compagna del capo può accompagnarlo nella prova.»

«A meno che la compagna non abbia una gemella identica.» Hunter si avvicinò a Aylin, e a lei si seccò la gola. «Sarà pericoloso.»

«Non mi aspettavo che fosse una passeggiata nel bosco» replicò. «Ma dev'essere fatto, e sono più capace di quel che pensa la gente.» Mai e poi mai avrebbe permesso che un demone prendesse i suoi nipoti appena nati, e non le andava bene nemmeno l'idea che Hunter potesse morire in un 'incidente'.

«Questo è ridicolo» affermò Rasha. «Saresti un peso.» Si girò verso di lui. «Non lo stai prendendo sul serio in considerazione, vero? Non ha esperienza di combattimento ed è zoppa. A volte riesce a malapena a stare in piedi, figuriamoci a correre o a camminare su un terreno accidentato.»

Grazie per la fiducia, sorellina. L'unica cosa che impedì a Aylin di dirlo ad alta voce fu il fatto che Rasha non si stava intenzionalmente comportando in modo meschino. Stava cercando di tenere Aylin al sicuro.

«Eppure,» disse lentamente Hunter «è disposta a combattere per un bambino che non è nemmeno suo. Questo tipo di forza non è un peso. Ma tu non puoi saperne niente, vero?»

Rasha ansimò per l'indignazione e Hunter si girò verso Aylin, valutandola da capo a piedi, e lei si sentì bruciare la pelle per la vergogna. Riusciva a vedere come il vampiro stesse soppesando i pro e i contro e, proprio mentre stava per peggiorare le cose perorando la propria causa, lui annuì.

«Partiamo fra un'ora.»

16

Hunter sperava tantissimo di non avere fatto un errore enorme, ma, se anche così fosse stato, non poteva che essere grato a Aylin per aver accettato d'intraprendere il viaggio. Il motivo per cui l'avesse fatto lo sconcertava. Era chiaro che era per sua sorella, ma era una scelta fatta per amore, dovere, paura o qualcosa di più sinistro?

Perché il fatto era che Rasha sarebbe rimasta a MoonBound, dove forse c'era una spia, mentre Hunter ben presto sarebbe stato molto lontano.

Decisamente non era una situazione ideale, resa ancora più esasperante dal fatto che Rasha non era disposta ad alzare un dito per tenere al sicuro suo figlio. E lui come diavolo avrebbe fatto a passare il resto della vita con una persona del genere?

Il lato positivo era che probabilmente non avrebbe dovuto preoccuparsi di avere dei bambini con lei, perché riusciva a malapena a guardarla e, quando lo faceva, provava solo repulsione. Forse il sesso non sarebbe stato nemmeno possibile.

A meno che non pensi a Aylin.

Ragazzi, era fottuto.

Si girò a guardarla mentre percorreva con prudenza il sentiero da lui tracciato nella neve e si scoprì a sperare che fosse abbastanza forte per quello che stava per succedere. Era difficile trattare con Rasha, ma lei era agile e svelta e combatteva bene come un qualsiasi guerriero MoonBound.

Erano partiti subito invece che il mattino seguente, come avrebbe previsto il piano originale se Rasha fosse stata disposta ad andare. Ma a causa della gamba di Aylin, avevano bisogno di un tempo maggiore per il viaggio, oltre agli extra per le pause.

Rasha era andata su tutte le furie, ma siccome non si era offerta di prendere il posto di Aylin, Hunter se l'era lasciata alle spalle e aveva dato a Jaggar e Myne ordini rigorosi di tenerla d'occhio. Baddon, Riker, Katina, Takis, Tena e Aiden avevano accompagnato Hunter e Aylin, ma nessuno conosceva il motivo del viaggio fino al vortice. Riker l'aveva chiesto, ma il capoclan gli aveva detto solo che dovevano fare un viaggio per vedere gli Anziani. Era una bugia, ma Hunter non aveva avuto altra scelta.

Avevano viaggiato al massimo della velocità di Aylin per trentasei ore, facendo solo delle piccole pause per mangiare e riposarsi. Avevano dovuto deviare dal loro itinerario per ben sei volte per aggirare i gruppi di umani. Gradualmente la neve aveva ceduto il posto alla pioggia e al terreno fangoso e, quando arrivarono a circa un chilometro e mezzo dal luogo di ritrovo designato, Aylin era esausta, con le labbra pallide per il freddo e gli occhi segnati da cerchi scuri. E Hunter non aveva dubbi che sotto i vestiti fosse coperta di lividi e graffi per tutte le volte che era caduta.

Ma non si era lamentata nemmeno una volta, né aveva chiesto aiuto.

Mentre scendevano lungo il pendio della valle di un fiume, il vampiro sentì in testa una forte sensazione di consapevolezza. Erano vicini. Samnult gli aveva detto che avrebbe percepito il vortice, e infatti era come se qualcosa gli tirasse il cervello, conducendolo verso un gruppo di alberi a sud.

«Da questa parte.» Aiutò Aylin a scendere lungo un sentiero roccioso e, mentre la forza d'attrazione diventava sempre più forte, altrettanto facevano i suoi dubbi. Era evidente che Aylin era coraggiosa e intelligente, ma con la sua mancanza d'esperienza nei combattimenti e la gamba difettosa, il tutto era rischioso da morire.

«Lo sento» mormorò. «È qui.»

Dando le spalle a un gruppo di alberi antichi, Hunter si girò verso i suoi guerrieri. «È una cosa che dobbiamo fare da soli.» Riker aprì la bocca per obiettare, ma Hunter lo interruppe con un gesto. «Non accetto repliche. Aspettateci, ma se non saremo di ritorno entro la vigilia della luna piena, tornate a MoonBound.»

«Hunt...»

«Non insistere.»

Il suo sguardo duro e di sfida fruttò a Riker uno più duro da parte di Hunter. Riker era suo amico, ma anche un suo sottoposto e, quando Hunter dava un ordine, si aspettava che venisse eseguito. Senza domande.

Cosa su cui Riker spesso aveva dei problemi.

Per fortuna, quest'ultimo non insistette. «Dopo la febbre lunare, torneremo a prendervi.»

«No. Andrete avanti come abbiamo pianificato. Tu hai il comando e Baddon è il tuo secondo.»

«Ma io sono un vampiro trasformato. La legge...»

«So cosa dice la legge a proposito del fatto che i leader dei clan siano nati vampiri» replicò Hunter in modo aspro. «Ma a MoonBound ti rispettano tutti e, con Baddon al tuo fianco, anche i più accaniti sostenitori della tradizione dovranno darsi una calmata.»

«Riuscirai a tornare» disse Riker. «Quindi la leadership non sarà un problema.»

«Lo so.»

«Signore?» Mentre si avvicinava, Aiden si schiarì la gola. «Posso parlarti in privato?»

Incuriosito, Hunter annuì e portò Aiden a qualche metro di distanza fra gli alberi. «Cosa c'è?»

Aiden esitò, come se avesse cambiato idea.

«Sputa il rospo, amico.»

«Non mi fido di lei.» Aiden non aveva bisogno d'indicare Aylin perché Hunter capisse a chi si riferiva. «So che viaggerai attraverso un vortice con lei per andare da qualche parte, e non so perché, ma non mi piace. E se ti trascinasse in una trappola, oppure tutto questo facesse parte di un complotto di ShadowSpawn per assassinarti?»

«E perché dovrebbe prendersi tutto questo disturbo quando a quest'ora Rasha avrebbe potuto uccidermi una dozzina di volte?»

«Perché sarebbe stato troppo ovvio, e Rasha è troppo preziosa perché ShadowSpawn la metta a repentaglio. Ma Aylin è come un vuoto a perdere per loro.»

Anche Hunter aveva avuto gli stessi pensieri una volta o due, però non riusciva a trovare un motivo per cui Aylin dovesse volerlo morto. Ma in fondo, non riusciva nemmeno a capire perché fosse disposta a rischiare la vita per un bambino che non solo non era suo, ma non era ancora nemmeno stato concepito.

Una sorella decreterebbe la tua morte. L'altra ti salverebbe.

L'avvertimento di Samnult di un paio di mesi prima gli risuonò in testa per la milionesima volta. L'istinto gli diceva che Aylin non era una minaccia, ma secoli di vita – e di tradimenti – erano la prova che a volte l'istinto non bastava. Hunter poteva anche essere disposto a dare a Aylin il beneficio del dubbio, ma non era un idiota. Prendeva sempre in considerazione le opinioni dei suoi guerrieri.

«Quindi cosa pensi che avrebbe da guadagnare Aylin eseguendo l'ordine di ShadowSpawn?»

«Cosa non avrebbe da guadagnare?» chiese Aiden, con voce grave. «A quel che si dice, la sua vita a ShadowSpawn è stata un inferno. E se le avessero promesso un posto importante all'interno del clan? Oppure un compagno potente?»

«ShadowSpawn non ha niente da guadagnare dalla mia morte. La mia unione con Rasha sarà più proficua di quanto sarebbe il mio funerale.»

Aiden scosse la testa. «Non se ti rifiuti di dividere il potere con lei. Se sta dentro il nostro quartier generale, potrebbe sabotare il clan. Con te fuori dai piedi, potrebbe approfittare della confusione e del caos, e potrebbe portare dentro i guerrieri ShadowSpawn. Non ho tutte le risposte, ma ti dico che tutto questo non mi piace.»

Nemmeno a Hunter piaceva, ma non aveva intenzione di agire in base a congetture e generiche 'brutte sensazioni'.

«Apprezzo l'interesse» dichiarò, mentre si avviava di nuovo verso il resto del gruppo. «Starò attento. E confido che tu e gli altri sarete i miei occhi e le mie orecchie mentre non ci sono.»

«Non ti deluderemo.»

«Lo so.» Si fermò a pochi metri di distanza da dove si erano riuniti gli altri e Aylin lo raggiunse. «Non so quando torneremo, ma se non ci saremo per la vigilia della luna piena, Riker sa cosa fare.»

Uno a uno, si augurarono l'un l'altro buona fortuna. Riker fu l'ultimo, la sua espressione era torva mentre Hunter gli passava virtualmente la fiaccola del comando.

«Buona caccia, amico.» Riker gli diede una pacca sulla spalla con la mano ricoperta dal guanto. «Saremo qui quando tornerai.»

«Possa l'Aquila nostra sorella indicarti la strada e il Coyote nostro cugino guardarti le spalle.» Hunter si allontanò da Riker prima che facessero qualcosa di sciocco, tipo abbracciarsi. Quando prese Aylin per mano per guidarla fino al cromlech nella piccola radura, Riker e gli altri si dileguarono nella foresta.

Si fermarono fuori del cerchio e lui si girò a guardarla. «È la tua ultima occasione di ripensarci.»

Una brezza le scompigliò i capelli, creando morbide onde

dorate intorno al suo viso. «E questa è la tua ultima occasione per capire che non sono fragile come sembro. Ho una gamba malandata, ma non c'è niente che non va nella mia testa.»

La determinazione negli occhi di Aylin lo demoralizzò. Lei non aveva una posta in gioco in tutto ciò, eppure era disposta a rischiare la vita per salvare quella del futuro figlio, o figlia, di Hunter... mentre Rasha no. Notevole.

«Va bene, allora.» Il vampiro alzò lo sguardo verso le nuvole infinitamente grigie e si chiese se avrebbero riempito il cielo anche dall'altra parte del portale. «Facciamolo.»

«Esattamente, cosa?»

«Ci nutriamo a vicenda.» Al solo pensiero delle zanne di Aylin nella sua gola, gli divenne istantaneamente e dolorosamente duro.

Aylin sbatté le palpebre. «Perché?»

«Perché i demoni sono degli stronzi» borbottò. «Samnult ha detto che dobbiamo prendere il sangue l'uno dell'altra qui sul posto e così saremo trasportati nel suo regno.»

«Oh.» La vampira si guardò attorno e poi si strinse nelle spalle. «Tanto vale togliersi il pensiero, non credi? A meno che...»

«A meno che cosa?»

Lei drizzò le spalle come se si preparasse alla battaglia. Il guaio era che si preparava a lottare con lui.

«A meno che tu non abbia paura che il mio sangue sia contaminato dalla mia deformità.»

«Un orso zoppo non è meno orso.» E decisamente Aylin non era meno femmina. Allungando una mano, le fece scorrere la punta del dito lungo la vena che le pulsava sulla gola. «C'è un'altra cosa. Dobbiamo essere nudi.»

Con un intenso sospiro, Aylin si scostò da lui. Il vampiro si preparò a un rifiuto, ma rimase scioccato da morire quando lei entrò dentro il cromlech e si tolse il soprabito, lasciandolo cadere sull'erba bagnata. Prima che Hunter avesse il tempo di elaborare quello che stava facendo, lei si sfilò anche la maglia.

Ma fu quando lasciò cadere a terra il reggiseno, svelando seni color crema con la punta rosso fragola, che il vampiro capì quanto sarebbe stata difficile quella prova. Che andassero a farsi fottere le sfide e il pericolo e il demone.

Hunter aveva la sensazione che la vera minaccia per il suo futuro sarebbe stata Aylin.

Aylin era già stata nuda davanti ai maschi in precedenza, ma solo per punizione, e nessuno di loro l'aveva mai guardata come la stava guardando Hunter. In passato aveva visto solo disprezzo e disgusto sul viso di chi la guardava.

Ora vedeva la fame.

Lo sguardo di Hunter era caldo quanto l'aria era fredda e, mentre le scrutava il corpo, la bruciava. Il ricordo di quando era con lui nella baita la sommerse, facendole agitare lo stomaco e tremare le ginocchia, ma la rese anche audace.

Allora Hunter l'aveva creduta Rasha. Questa volta non c'erano dubbi. Questa volta era ben consapevole di stare guardando Aylin.

Ed era lei che gli aveva provocato il rigonfiamento estremamente grosso dietro la patta dei jeans.

Carica di fiducia, si tolse i jeans e gli slip ondeggiando i fianchi. Lanciò di sfuggita qualche sguardo in direzione di Hunter e quello che vide le tolse il fiato.

Non si stava spogliando. Lei avrebbe dovuto sentirsi inorridita di essere nuda mentre lui era completamente vestito, ma il modo in cui la stava osservando, i suoi occhi scuri, i denti serrati, le mani chiuse a pugno... era come se fosse ipnotizzato.

La sicurezza di Aylin sbocciò ancora di più, e all'improvviso lei capì come doveva sentirsi sua sorella quando camminava per i corridoi di ShadowSpawn nei suoi abiti succinti e ondeggiando i fianchi con ulteriore eleganza quando vedeva arrivare un maschio.

Tutto ciò era... esilarante.

Finché non ricordò quanto fosse brutta e storta la sua gamba. Ma Hunter non era concentrato su quella. Aveva lo sguardo fisso sul suo, inchiodandola sul posto mentre anche lui si toglieva i vestiti.

Aylin non sentiva l'aria fredda che le vorticava intorno, né i fiocchi di neve che cominciavano a cadere. Sentiva solo il calore che le si diffondeva nei muscoli e il battito che le martellava nelle vene. In quel preciso momento avrebbe adorato che un vento artico fischiasse da nord e lenisse il dolore rovente che le pulsava nel bacino.

La pila di abiti ai piedi di Hunter cresceva mentre lui si toglieva l'imbracatura per le armi, la felpa nera, la maglietta dello stesso colore e gli stivali. Poi, con una lentezza penosa, spinse i jeans alle caviglie e ne uscì fuori.

Quando si raddrizzò, a Aylin sfuggì un gemito di pura ammirazione. La sovrastava in tutta la sua altezza e, con le spalle ampie, bloccava il paesaggio dietro di sé. Sul suo petto nudo guizzavano muscoli ben definiti sotto una pelle liscia e scura che la supplicava di essere toccata. Era meravigliosamente virile, una bestia selvaggia, legata alla foresta quanto i lupi e i cervi, che apparteneva a quella landa desolata.

Aylin sapeva che non avrebbe dovuto abbassare gli occhi, ma non aveva così tanta forza di volontà. Fece scorrere lo sguardo sulle colline e sulle valli dei suoi addominali ed emise un altro gemito. Il suo membro era duro in un modo splendido e sporgeva verso l'alto in una grossa colonna scura, marmorizzata di vene pulsanti.

Le si chiuse la gola, le fecero male i seni, e all'improvviso s'immaginò mentre glielo prendeva in bocca. Fra tutti gli atti sessuali di cui era stata testimone negli stretti confini della vita all'interno del clan, per lei quello era il più incredibilmente disgustoso, in particolare il modo in cui i maschi sembravano usarlo per dominare le femmine. Il piacere e il potere sembravano decisamente da una parte sola, ma con Hunter lì, un guerriero valoroso con un membro duro come una roccia, Aylin capì che, se una femmina era disponibile, il potere poteva essere tutto suo.

«Sei pronta?» La soddisfazione vellutata nella voce del vampiro fu una botta di pura estasi.

«Sì» sussurrò. E non importava nemmeno per cosa le chiedeva di essere pronta. Anche se le avesse chiesto se era pronta a farsi tagliare la gola, lei sarebbe stata troppo presa dalla lussuria per preoccuparsi.

Nudo e completamente in erezione, la raggiunse. Lei non indietreggiò, aspettando il suo tocco con così tanta impazienza da tremare.

Lui entrò nel cerchio e si fermò a un soffio da lei, i loro corpi non si toccavano, ma erano talmente vicini che una foglia non vi sarebbe passata in mezzo. Aylin dovette girare il collo per incontrare lo sguardo del vampiro.

Hunter sollevò la mano per prenderle la guancia e, sotto la pelle della vampira, si formò un'immediata pressione esasperante. Buon dio, se poteva farle una cosa del genere con una semplice carezza sul viso, cosa le sarebbe successo se la toccava in modo intimo?

Negli occhi del vampiro comparve un bagliore minaccioso che non s'intonava al sottofondo sensuale nella sua voce. «Prima che metta a rischio le nostre vite, devo sapere se la tua offerta di venire con me era sincera, o se fa parte di un complotto di ShadowSpawn.»

Di fronte all'accusa il suo primo istinto fu di arrabbiarsi, ma quasi istantaneamente Aylin si rese conto che il sospetto di Hunter era giustificato. ShadowSpawn non giocava secondo le regole, e non l'aveva mai fatto. Un MoonBound avrebbe come minimo sospettato che lei potesse essere la nemica.

«Giuro sul mio onore» dichiarò sommessamente «che voglio solo essere d'aiuto.»

Lo sguardo cupo di Hunter la ispezionò in volto e Aylin tremò di fronte alla fredda determinazione che vi vide in agguato. All'improvviso fu molto felice di stare dicendo la verità, perché non aveva dubbi che, se avesse imbrogliato quel vampiro, sarebbe finita molto male per lei. E peggio per Rasha.

Alla fine, lui annuì. «Allora grazie, Aylin» mormorò mentre abbassava la testa. Le sue labbra di seta le graffiarono l'orecchio, provocandole un brivido di puro desiderio. «Sei bella dentro quanto lo sei fuori.»

In gola le si formò un singulto, che però non oltrepassò mai le sue labbra, bloccato lì dalle zanne di Hunter, che le affondarono nel collo.

Di fronte al piacere cocente, Aylin ansimò e le sue zanne spinsero forte verso il basso con una fame così intensa che le venne l'acquolina in bocca. Girandosi si diede un colpetto di lingua sulle ghiandole del piacere in cima alle zanne e aprì la bocca sulla spalla del vampiro. Un sangue caldo e delizioso le riempì la bocca mentre Hunter gemeva e s'inarcava contro di lei, premendole l'erezione sul ventre.

Un fluido caldo le si sciolse fra le gambe e si diffuse all'esterno in formicolii elettrici. Era come se tutto il suo corpo fosse collegato a una gigantesca batteria erotica. Ogni cellula vibrava e pulsava in una coordinata onda di euforia che le cominciava dalla testa e finiva alle dita dei piedi contratte. Era questo che sarebbe successo quando erano nella baita con Hunter se non si fossero fermati?

Grande Spirito, ora capiva l'ossessione per il sesso. Se era così, avrebbe voluto farlo in continuazione.

Stringendo la presa, si avvolse intorno a Hunter, con il corpo che si muoveva da solo, si strusciava contro di lui, aveva bisogno di qualcosa di più, anche se lei non era sicura di cosa potesse essere. Questo era un orgasmo, non è vero?

Hunter abbassò la mano sul suo sedere e la sollevò in modo che il membro le scivolasse tra le pieghe. Non la penetrò, ma nella mente di Aylin lui era dentro di lei e spingeva a fondo, facendo scivolare il membro in posti talmente sensibili che lei si contorceva a ogni carezza deliziosa.

Al centro del suo essere qualcosa si tese, un bisogno incandescente che avanzava al limite del tormento. Lei si agitò e urlò per il dolore e il piacere insieme, mentre il suo corpo gridava in cerca di... non ne era sicura. Sapeva solo che non poteva smettere di contorcersi, non poteva concentrarsi su niente che non fosse l'implacabile pressione che le cresceva nel sesso.

Cosa stava succedendo? Aveva già avuto un orgasmo... almeno così credeva. Quindi cos'era questa nuova tortura? Sentì crescere il panico, ma non poteva smettere di muoversi, né di mangiare, né...

La pressione raggiunse il massimo e, senza preavviso, Aylin fu attraversata da un'intensissima esplosione di beatitudine, che mandò in frantumi i suoi pensieri. Distruggendola. Devastandola.

Con aria sbalordita, si rese conto che questo era un orgasmo. Si arrese al *salisheye*, gemendo e stringendosi a Hunter mentre il culmine del piacere continuava a pulsarle tra le gambe, che cominciarono a tremarle quando scemò. Però il vampiro serrò le braccia forti per tenerla stretta a sé.

Ma perfino mentre le ultime meravigliose ondate di piacere calavano, Aylin notò che qualcosa non tornava. Il calore dei raggi del sole le picchiava sulla pelle nuda e un'erba morbida e calda le faceva il solletico ai piedi. E a un certo punto aveva liberato le zanne e nascosto il viso nella gola di Hunter. Anche lui aveva smesso di nutrirsi da lei.

Esausta, con pensieri a malapena coerenti, aprì appena gli occhi, per poi strizzarli di fronte alla splendente luce del sole.

«Hunter?» disse con voce rauca.

«Sì. Lo so. Siamo dall'altra parte.» Il vampiro si scostò, con il respiro irregolare quanto quello di lei, e Aylin sentì sul ventre qualcosa di caldo e appiccicoso.

Anche Hunter aveva avuto un orgasmo.

Gustandosi l'ondata di orgoglio femminile che l'attraversò, alzò lo sguardo su di lui. La sua sensazione di appagamento morì bruscamente. Non era sicura di cosa si aspettasse di trovare nell'espressione del vampiro, ma quello che vide chiarì perfettamente che Hunter non era contento di ciò che era appena successo. Non lo era affatto.

17

Be', era umiliante da morire.

Da quando da giovincello era stato con la sua prima femmina, una seduttrice che suo padre gli aveva dato per il suo *salisheye,* Hunter non si era più eccitato così tanto da venire senza preavviso. E fuori della femmina.

Ora doveva riconciliare la cosa con il fatto che era stato l'orgasmo più straordinario della sua vita.

Ma così... maledettamente... imbarazzante.

Fece un passo indietro, rabbrividendo di fronte all'evidenza del suo orgasmo sul ventre di Aylin. Naturalmente i loro abiti non avevano viaggiato attraverso il portale, quindi non poteva nemmeno offrirle una maglietta per pulire quel casino. E non quadrava che in terra non ci fossero nemmeno delle foglie del cazzo? Perché, a quanto pareva, quel regno non era nient'altro che sconfinati prati verdi e un'accecante luce solare.

«Io... ah...» Oh, grandioso, sembrava un giovincello con la sua prima femmina. Facendo appello alla sua voce da comandante, ricominciò. «Io sono... ehm...»

Ottimo. Ora sì che era parso agitato e autorevole. Non sembravi certo molto sicuro quando non riuscivi a mettere insieme una frase coerente. Cazzo. Per fortuna, Samnult li salvò entrambi da un ulteriore imbarazzo comparendo dal nulla.

Hunter non avrebbe mai creduto di essere contento di vedere un demone. Aylin, invece, non era altrettanto entusiasta, emise uno strillo di sorpresa e fece uno sforzo inutile per coprirsi. Hunter le si piazzò davanti, sia per concederle un po' di protezione che perché, egoisticamente non voleva che il demone le lanciasse sguardi languidi. Se qualcuno doveva lanciare sguardi languidi a Aylin, sarebbe stato lui.

Quel giorno Samnult sembrava quasi umano, con i capelli corti e neri, la pelle scura, i denti bianchi e un paio di jeans neri con una specie di camicia di pelle. Poi c'erano le corna da ariete che gli spuntavano dalla fronte e gli si piegavano sulla testa fin dietro le orecchie.

Quindi, sì, quasi umano.

«Forse» suggerì Hunter «avresti potuto citare gli effetti collaterali dell'uso del portale?»

Una delle corna di Samnult si contrasse. «Se l'avessi saputo, avresti cambiato idea?»

«No, ma...»

«Allora smetti di lagnarti. È un'esperienza che serve a legare le due persone che sono venute per attraversare le prove e, che tu ci creda o no, voglio che tutte le coppie abbiano successo. Però questa è la prima volta che la femmina che affronta la sfida non è la promessa sposa del maschio. Dovrebbe essere interessante.» Piegò la testa per sbirciare Aylin e Hunter si spostò per bloccargli la vista proprio mentre un brontolio gli rimbombava nel petto. Vinto, Samnult scrollò le spalle e indicò in terra, dove due pile di vestiti, una ciotola di legno piena d'acqua e due asciugamani si erano materializzati dal nulla. «Vestitevi e cominceremo.»

Scomparve dietro una macchia di alberi che un secondo prima non c'era.

Hunter si girò verso Aylin e fece del suo meglio per non

fissarla. Gesù, era stupenda. Era sexy in un modo seducente e involontario, con i seni alti e pieni, la vita stretta che si allargava in fianchi rotondi fatti apposta perché un uomo li afferrasse e tra le cosce delicati riccioli rossicci che stuzzicavano il suo sguardo. La maggior parte di coloro che erano nati vampiri non aveva i peli del corpo, ma non sempre, se uno dei genitori era stato trasformato.

A Hunter non dispiaceva affatto, e le sue dita fremettero dalla voglia di sapere quanto fossero morbidi al tatto i riccioli di Aylin.

Ben lungi dal non fissarla.

Con le guance in fiamme, si accucciò sui talloni, immerse un asciugamano nell'acqua calda e con delicatezza pulì il ventre teso di Aylin. Quando lei ansimò e fece un passo indietro, l'afferrò per la coscia e la tenne ferma per poterle passare il panno sulla pelle.

Il viso della vampira divenne del colore di una mela matura. «Non è necessario che tu lo faccia.»

«Sì, invece» mormorò lui.

In quella posizione aveva gli occhi al livello dell'ombelico di Aylin, vicini ai capezzoli rosei in modo così allettante che gli venne l'acquolina in bocca. Si attardò più del necessario, pulendo le sue ultime tracce, mentre ammirava l'elasticità della pelle della vampira e i muscoli sodi che guizzavano sotto il suo tocco. Con le dita le sfiorò la parte inferiore del seno e, come se non le fosse appena venuto addosso, il suo membro ritornò in vita agitandosi.

Prima che il suo pene errante imbarazzasse entrambi, porse a Aylin l'abito di pelle di cervo morbido come il burro e decorato di frange e i mocassini alti fino al ginocchio che era chiaro fossero per lei, lasciando per sé il perizoma, la cintura, i gambali di pelle di daino e i mocassini. Erano decenni che non indossava i tradizionali abiti indiani se non per le cerimonie e si chiese cosa ci fosse, esattamente, in serbo per loro.

Mentre s'infilava i mocassini, lanciò un'occhiata a Aylin, che si stava legando i capelli in una coda alta. Fino a quel momento, quando la guardava, vedeva nei suoi capelli biondi, negli occhi azzurri e nella pelle chiara la stirpe di sua madre che, a quanto si diceva, era scandinava. Ma mentre era lì con il vestito marrone chiaro che le ricadeva fino a metà della coscia e gli stivali alti fino al ginocchio che enfatizzavano la curva dei suoi polpacci magri, era in tutto e per tutto la Comanche dei suoi antenati. Tra le labbra leggermente separate, le punte scintillanti delle sue zanne riconciliavano il suo retaggio misto in una combinazione appetitosa.

Il vampiro abbassò lo sguardo e osservò il pezzo di gamba nuda che si vedeva tra gli stivali e l'abito, e che gli fece prudere la mano dalla voglia di accarezzarlo. E di continuare ad andare verso l'alto, perché sapeva che sotto il vestito Aylin non indossava gli slip.

Ricordando con veemenza che non era sua, si girò di scatto verso il boschetto in cui era sparito Samnult, e fortuna volle che il demone stesse andando loro incontro.

«Ora,» esordì Samnult «la prima sfida metterà alla prova il vostro autocontrollo e la vostra forza di volontà.»

Hunter sbuffò. «Ne ho a palate.»

«Vedremo.» Un lento sorriso pieno di denti si allargò sul viso del demone e i suoi occhi scivolarono su Aylin. «Ma ricorda, Hunter MoonBound, che non sarai solo tu a essere messo alla prova.»

18

Non sarai solo tu a essere messo alla prova.

Oh, merda.

Tanto valeva che Samnult la chiamasse 'Aylin dei ripensamenti', perché alternava respiri rapidi e superficiali a momenti di apnea. Prima che potesse svenire per l'eccesso di ossigeno oppure per la sua mancanza, il demone schioccò le dita e all'improvviso non furono più in un prato verdeggiante sotto il sole.

Si trovavano sul bordo di un canyon stretto che tagliava un sentiero su un terreno arido e rosso che da entrambe le parti s'innalzava fino ad altopiani enormi. Erano passati da una regione lussureggiante a un deserto senza vegetazione. In lontananza, ampi cerchi di sabbia turbinavano mossi da una brezza leggera; a parte questo era tutto immobile.

Proprio davanti a loro, un ponte naturale di pietre attraversava il canyon, che era talmente profondo che Aylin non riusciva a vederne la fine. Dalla parte opposta della spaccatura, come una sentinella solitaria, s'innalzava un liscio pilastro color avorio, alto circa un metro e mezzo e con una circonferenza di quindici centimetri.

Ossa e teschi erano sparsi sul ponte. Alcuni con l'età si erano sbiancati e incrinati, altri avevano un aspetto fin troppo recente.

Appartenevano tutti a vampiri.

«Cos'è questo posto?» domandò Aylin.

La pelle di Samnult era diventata nera come l'inchiostro e gli occhi, invece, rossi. Prima, salvo che per le corna, sarebbe potuto passare per un essere umano.

Adesso non più.

«Questa è la regione desertica del mio regno. Come potete vedere, di giorno non si muove niente. Di notte...» Sorrise, e un brivido le corse lungo la schiena. «Diciamo solo che dovete finire prima che faccia buio.»

Dal punto in cui si trovava vicino al bordo del canyon, Hunter si girò di scatto e, vestito com'era con gli abiti nativi, con la pelle profondamente abbronzata che metteva in risalto i suoi occhi e i suoi capelli scuri, sembrava a casa in quella landa accidentata. Buon dio, era affascinante, con un aspetto imponente che perfino Samnult, mentre lo scrutava, sembrava apprezzare.

«Le ossa appartengono a chi non ha superato la prova?» domandò Hunter.

«Non questa prova» rispose il demone. «Oltre quello di lottare per i loro primogeniti, ci sono altri motivi per cui i miei figli devono prendere parte a queste sfide.»

I suoi occhi luccicarono di quella che Aylin non poté decifrare che come eccitazione. Forse voleva che avessero successo, ma il pericolo di morte lo entusiasmava come entusiasmava gli umani che guardavano una persona camminare su una fune senza rete.

«Hunter, attraversa per primo.» La voce del demone era profonda come il canyon e rimbombava in modo lugubre, persistendo troppo a lungo nell'aria immobile. «Una volta che avrai raggiunto la parte opposta, afferrerai il palo e aspetterai che Aylin sia dall'altra parte.»

Hunter ridusse gli occhi a due fessure. «Tutto qui? Attraversiamo un ponte?»

«Certo che non è tutto qui» replicò Sam. «Se lasci andare il palo prima che Aylin metta piede sull'altra sponda, non avrete superato la prova. Sarete immediatamente trasportati fuori dal mio regno e mi darai il primogenito della tua unione con Rasha. E se, in qualsiasi momento di una qualsiasi di queste prove, Aylin muore o è ferita in modo grave, puoi scegliere di continuare senza di lei. Se muori tu, lei verrà rimandata indietro attraverso il portale da sola.»

«E cosa mi dici delle armi?» domandò Hunter. «Ne avremo bisogno?»

Samnult si strinse nelle spalle. «Forse.» Scomparve, dissolvendosi in una spirale di fumo, lasciando Aylin e Hunter da soli sul bordo del dirupo.

«Stronzo» borbottò Hunter, e Aylin non avrebbe potuto essere più d'accordo.

«Be'» disse, scrutando dalla parte opposta «non sembra troppo male.»

«Certo.» Hunter abbassò lo sguardo sul baratro infinito sotto di sé. «Finché qualcosa non sbuca fuori dal canyon e prova a mangiarci.» Le lanciò un'occhiata. «Ti va bene?»

«Abbiamo scelta?»

Il vampiro assunse un'espressione arcigna. «Tu, sì. Questa non è la tua battaglia, Aylin.»

Lei pensò a sua madre, e no, Hunter si sbagliava. Questa era la sua battaglia. Suo padre aveva ritenuto che sua madre non fosse abbastanza forte da superare le prove, e aveva sempre creduto che Aylin ne seguisse le orme. La differenza era che lui aveva amato sua madre... anche se nel suo modo contorto.

Ma disprezzava Aylin... sotto ogni aspetto.

Sei una storpia. Di nessun valore. Troppo debole perfino per cacciarti il cibo, cazzo.

Gli aveva creduto per molto tempo, ma era giunto il momento di dimostrargli che si sbagliava.

«Ho intenzione di fare questa cosa» dichiarò. «Forza. Togliamoci il pensiero.»

Cadde un lungo silenzio mentre Hunter la fissava. Niente nell'espressione del vampiro ne rivelava i pensieri, perciò Aylin rimase scioccata quando lui sollevò una mano verso il suo volto. Le sfiorò una guancia con il dorso delle dita e qualcosa si agitò nel profondo del petto della vampira.

«Non sei come mi aspettavo.» Con queste parole, Hunter si avviò a grandi passi verso il ponte.

«Stai attento» si lasciò sfuggire Aylin, come se lui avesse avuto bisogno che qualcuno glielo ricordasse. Fece un passo, si fermò e le lanciò un'occhiata che grondava una fiducia così intensa che le tolse il fiato, e all'improvviso Aylin non ebbe più dubbi che ce l'avrebbero fatta.

Hunter avanzò sul ponte, con i mocassini di pelle che quasi non facevano rumore. A parte alcuni ciottoli che caddero dalla sporgenza mentre camminava, il suo tragitto da una parte all'altra del canyon fu tranquillo.

E questo significava che la traversata di Aylin non sarebbe stata altrettanto semplice. O forse la sfida consisteva nel palo che Hunter era tenuto a stringere mentre lei attraversava.

«Aspetta» gridò la vampira, mentre lui si allungava verso di esso. «E se ti dà la scossa o qualcosa del genere?»

Hunter osservò il palo e scrollò le spalle. «Allora corri» le urlò di rimando.

«Oh, Gesù, buona idea.» Aylin alzò gli occhi al cielo. «Non ci avrei mai pensato.»

Nell'aria silenziosa risuonò la risata del vampiro. Mentre il rumore svaniva, così fece anche il suo sorriso, e di colpo si ricordarono di essere nel regno di un demone, disarmati, a lottare per la vita.

Quando si dice il ritorno alla realtà!

Aylin trattenne il fiato mentre la mano di Hunter si librava vicino al palo. Quest'ultimo vi chiuse le dita intorno e, quando non crollò a terra e nessun mostro gigantesco comparve dal nulla, lei si rilassò. Almeno si rilassò finché non fu il suo turno di attraversare il ponte.

«Non andare finché non sei pronta» disse, ma la vampira non vedeva alcun motivo per rimandare. Come poteva prepararsi all'ignoto?

Fece un passo sul ponte. Non successe niente. Un altro passo. Niente. Calmandosi abbastanza da disserrare i denti, fece un altro passo e all'improvviso, sotto i suoi piedi, cominciò un brontolio.

Oh, merda, oh, merda...

Più avanti, al centro del ponte, comparve una frattura che lo divise a metà.

«Corri!» Nella voce di Hunter l'urgenza risuonò come uno sparo.

Aylin non discusse. Corse più veloce che poteva. La gamba destra la intralciava e, mentre il piede cadeva sulla superficie irregolare e tremolante, parecchie volte rischiò di cedere. Mentre si avvicinava al punto centrale, il ponte s'inarcò e la buttò in terra. Più avanti la fessura divenne una spaccatura frastagliata di quasi mezzo metro, che si espandeva rapidamente mentre pezzi di terra e pietra cadevano nell'abisso al di sotto.

Mentre cercava di mettersi faticosamente in piedi, rocce taglienti le ferivano le ginocchia e i palmi delle mani, ma il terreno ondeggiante continuava a gettarla a terra e il vestito limitava i suoi movimenti. La voce di Hunter divenne un ronzio che si mescolava al battito del suo cuore che le martellava nelle orecchie e al ruggito assordante del terremoto che la circondava.

Pronta a tutto pur di attraversare la divisione prima che diventasse insuperabile, Aylin camminò carponi; a volte trascinandosi sul ventre quando l'ondulazione diventava troppo intensa anche solo per rimanere a quattro zampe.

«Posso farcela» mormorò a sé stessa.

Sei una storpia.

La vampira borbottò un ansimante: «Fanculo, papà» e si trascinò fino al limite della spaccatura. Sotto di lei un gigantesco pezzo di pietra si ruppe e Aylin urlò mentre rotolava via, evitando a malapena di precipitare nel vuoto.

«Aylin!»

«Sto bene» gracchiò, anche se non era certa che Hunter la sentisse. Riusciva a malapena a sentire sé stessa.

«Si sta allargando!»

Ne era ben consapevole. Inspirando a fondo, raccolse i piedi sotto di sé e si lanciò. La sua gamba destra, molto più debole della sinistra, avrebbe potuto essere di gomma, perché il suo corpo uscì dalla traiettoria. Si contorse goffamente in aria e colpì l'altro lato del ponte con la parte sinistra. Il colpo violento si concentrò sul suo fianco e Aylin gridò mentre cercava di trovare un appiglio, con le gambe che penzolavano dal bordo.

«No!» Il grido profondo di Hunter superò la confusione e, mentre con grande sforzo si tirava sulla terraferma, la vampira si azzardò a lanciargli un'occhiata.

Hunter stava reggendo a malapena il palo, era allungato al limite per tendere inutilmente la mano verso di lei.

«Non mollare» protestò la vampira vigorosamente.

Che andasse al diavolo, stava per farlo. Negli occhi scuri gli scintillava il bisogno di salvarla, ma lei non poteva essere il motivo per cui lui e Rasha avrebbero ceduto il loro figlio a Samnult – o il motivo per cui lui, in primo luogo, si sarebbe rifiutato di avere figli.

Digrignando i denti, Aylin raccolse ogni singola goccia di energia e determinazione e, con un grido, si tirò su e ricadde pesantemente sul ponte. Il terreno si sbriciolò sotto di lei e, prima che capitolasse, la vampira si trascinò lontano dalla spaccatura. La sua gamba destra urlò di dolore, ma lei la ignorò, avanzando sulle braccia tremanti finché non crollò.

«Aylin!»

«Sto bene.» Deglutì a vuoto... e si rese conto che il terreno non si stava più muovendo sotto di lei. Che la parte peggiore della sfida fosse passata? Mettendosi goffamente in ginocchio, si girò a guardare il percorso che aveva fatto fino a quel momento e, porca puttana, l'intera metà del ponte che aveva appena attraversato era sparita.

Con le nocche bianche, Hunter allentò la presa sul palo e, anche se non allungava più le ossa al limite per stendere la mano verso di lei, era ancora teso, con il corpo pronto a liberarsi.

«Forza» la spronò. «Mancano solo una ventina di metri.»

Mentre studiava la distanza rimanente, a Aylin venti metri parvero venti chilometri. Con il viso contratto per il dolore alla gamba, si tirò in piedi e si avviò verso Hunter.

Il terreno irregolare e i sassi in giro la facevano incespicare con una frequenza umiliante. Rasha sarebbe riuscita a saltare agilmente sui cumuli di terra ammucchiati sul ponte, e non avrebbe avuto problemi a zigzagare tra le pietre che spuntavano da sole dal ponte di terra senza altra ragione apparente se non quella di spaventarla a morte e farla cadere nel sottostante baratro infinito.

Quella sfida sembrava quasi fatta su misura per causare problemi a Aylin, che pronunciò alcune brutte imprecazioni mentre attraversava frettolosamente ma con prudenza il resto del ponte.

Uno stridio aspro fece uscire con un sobbalzo Aylin dalle sue riflessioni intime, e la vampira alzò lo sguardo per vedere una cosa di un rosso acceso simile a una lucertola che correva velocemente sulla rupe che si profilava dietro a Hunter. Grande quanto un beagle, restò impigliata in un groviglio di radici d'albero e schioccò l'aculeo di quindici centimetri che aveva in fondo alla coda. Il piccolo animale sembrava decisamente fuori posto in quella strana desolazione.

Cau-uap.

Che suono strano faceva. Aylin si aprì al suo dono, preparandosi a lasciare volare la sua colomba selvatica, ma la lucertola strillò con un'improvvisa insistenza.

Cau-uap!

Non aveva idea di cosa stesse dicendo la creatura, ma la sua preoccupazione urlò dentro la vampira come se le avesse conficcato l'aculeo della coda nella spina dorsale. Aylin fece uno scatto, ma quando mise il piede destro su quello che sembrava un terreno stabile, il suolo cedette e lei cadde sulle ginocchia in un ammasso di dolore.

Cau-squik!

Figlio di...

Aylin gridò quando una mano con gli artigli, annerita e trasudante pus e sangue, uscì dal terreno e le intrappolò la caviglia. La mano gigantesca tirò con violenza e lei sentì uno schiocco e il tormento delle ossa che si rompono. Udì anche un grido, capì troppo tardi che era il suo e, mentre il mondo le girava intorno e la vista le si velava, riuscì a pensare solo a Hunter.

Non mollare il palo. Non... mollare...

Hunter si sentì mancare quando Aylin sbiancò per lo shock e il suo grido di dolore cessò.

«Aylin!» Stringendo il palo con una mano, fece un affondo, mentre la ridicola futilità della sua azione lo fece sentire un inutile idiota.

No, non inutile. Poteva mollare il palo e andare da lei. Mentre la chiamava di nuovo, le sue dita rese sdrucciolevoli dal sudore per poco non scivolarono dal palo color avorio.

«Parlami, Aylin!»

«Non...» farfugliò la vampira. «Non mollare la presa.»

Lei diede un calcio al braccio gigantesco con la gamba buona, ma la cosa la teneva stretta. A chi diavolo apparteneva quella gigantesca mano con gli artigli? Hunter non era sicuro se dovesse essere grato o inquieto che la creatura non fosse salita tutta in superficie. Ma in fondo, immaginò che non importasse, perché, mentre lui guardava inorridito, cominciò a trascinare Aylin nella dolina. Il sangue che le grondava dalla gamba trasformava la terra in fango.

«La roccia accanto a te» urlò. «Usala! Schiaccia quel bastardo!»

Continuando a tirare calci alla creatura ma impacciata dall'abito stretto, Aylin cercò di raggiungere a tentoni la pietra della grandezza di un pallone da calcio. Alla fine riuscì a prenderla per bene e, con una velocità che sorprese Hunter, la picchiò forte sul dorso della mano della creatura. Il colpo della roccia che incontrava la carne risuonò sordo. Aylin colpì ancora e nell'aria vibrò un brontolio terribile, che parve avere origine da qualche parte nel profondo del canyon.

La mano si scagliò all'indietro, portando la vampira con sé e lanciandola come una bambola di pezza rotta. La sbatté a terra e il suo cranio che si schiantava contro il terreno duro fu come una botta che colpì fisicamente anche la testa di Hunter. Di fronte alla propria incapacità di aiutarla, il vampiro ruggì per la frustrazione e la rabbia.

A parte che *poteva* aiutarla. Poteva lasciare morire Aylin, continuare la prova e proteggere il suo primogenito. Oppure poteva salvare Aylin, non superare la prova e non avere mai figli con la sua compagna.

Non si sarebbe mai perdonato nemmeno per avere lasciato morire Aylin.

«Sto arrivando...»

«No!» La vampira ringhiò, le sue zanne balenarono e i suoi occhi azzurri fiammeggiarono. «Devo... farcela.»

Il sangue le colava lungo il viso da un taglio alla tempia e Hunter era abbastanza sicuro che avesse il braccio sinistro rotto, ma lei riuscì a chiudere le dita sull'estremità appuntita di un osso sbiancato dal tempo. Con un ruggito, girò il corpo e conficcò l'osso sotto l'unghia della creatura, che le stava chiudendo la mano sulla caviglia.

Uno strillo inquietante squarciò l'aria. La mano lasciò andare Aylin, ma un'altra uscì violentemente dalla roccia, e poi un muso enorme si spinse verso l'alto. Quasi al rallentatore, una creatura scheletrica con la testa di pipistrello vampiro cominciò a tirarsi su per salire sul ponte.

«Aylin, scappa!»

La creatura scattò in avanti e afferrò il piede della vampira con le fauci spalancate. Il sangue le colò lungo il mento mentre lei urlava di dolore. Un altro grido aspro si unì a quello di Aylin e Hunter si rese conto che proveniva da lui.

Il vampiro si era già sentito impotente in precedenza... quando da bambino assisteva alle dure punizioni che suo padre impartiva ai nemici, ai membri del clan e perfino alla madre di Hunter. In seguito, da adulto, aveva imparato che c'erano tante cose su cui non poteva avere il controllo, ma non aveva mai accettato bene l'impotenza.

Ma questo... questo era peggiore di qualsiasi cosa avesse mai subìto e, mentre si preparava a lasciare andare il palo e a non superare la prova, accettò con riluttanza il fatto che non avrebbe avuto figli. Non avrebbe sacrificato la vita di Aylin... né quella di alcun bambino.

«Resisti» gridò, ma avrebbe anche potuto non sprecare il fiato.

In un modo o nell'altro, Aylin raccolse le forze e la volontà per sbattere il piede buono contro il muso della bestia, che si spostò indietro sorpresa, tirandola con sé. La vampira usò l'impeto per affondare l'osso affilato nell'occhio inespressivo della creatura.

Di sicuro, il suono che emise la bestia emergeva dalle cavità più profonde dell'inferno, e Hunter giurò di avere sentito tremare l'aria intorno a sé. Aylin, con il braccio che le pendeva con un'angolazione strana ed entrambi i piedi straziati così malamente che il vampiro non capiva come facesse a camminare, figuriamoci a correre, riuscì a saltare lontano dalla bestia e a precipitarsi, inciampando, fino alla fine del ponte. Nell'attimo in cui entrambi i suoi piedi ne superarono la soglia raggiungendo la terraferma, Aylin cadde. Hunter gridò sia di sollievo che di paura, mollò la pietra e corse verso di lei.

Il terrore gli incrinò la voce mentre si gettava a terra in ginocchio e prendeva il corpo tremante della vampira fra le braccia. «Ce l'hai fatta. Porca puttana, hai spaccato il culo a quella cosa.»

«Te l'avevo detto» gemette lei.

«Accidenti, saresti potuta morire.» Le tolse i capelli dagli occhi, facendo particolare attenzione dov'erano appiccicati alla pelle con il sangue – un po' apparteneva alla creatura, ma la maggior parte era di lei.

«Sarei dovuta morire alla nascita» gracchiò Aylin. «Ogni giorno da allora è un dono. Se morissi oggi, avrei comunque vissuto decenni più del previsto.»

Il cuore di Hunter fremette. C'era qualcosa di molto speciale in questa vampira e, più tempo passava con lei, più voleva passarcene.

Non era affatto come Rasha.

Simile a un'eruzione cutanea, un formicolio si diffuse sulla nuca di Hunter e, una frazione di secondo dopo, Samnult si materializzò a pochi centimetri di distanza.

«Congratulazioni» disse, allegro e falsissimo. «Quasi un quinto di coloro che accettano questa sfida falliscono.»

Hunter dovette serrare i denti per impedirsi di aggredire verbalmente il demone per la sua indifferenza. «Falliscono perché mollano il palo o perché il mostro uccide la femmina?»

«Non sempre c'è un mostro.» Sam si strinse nelle spalle. «Ciascuna prova è diversa. Si adattano tutte a ciò che la vampira teme di più.»

«Davvero?» Attraverso il dolore che le illuminava gli occhi,

Aylin gli lanciò uno sguardo truce. «Perché prima d'ora non ho mai avuto paura che una mano gigantesca saltasse fuori dal terreno per agguantarmi. Ma, ehi, grazie, ora ce l'ho.»

Di fronte alla risposta sfrontata di Aylin, Hunter si spostò con aria indifferente per proteggerla dal demone, ma, con suo sommo stupore, Sam si limitò a ridere. «Ero scettico sulla compagna che Hunter aveva scelto per questa prova, ma vedo che forse mi sono sbagliato.» Tornò serio e parve perso nei suoi pensieri. «Oppure no. Vedremo. Passiamo al test successivo.»

«Lei non è in condizioni di proseguire.» Hunter sondò con gentilezza il braccio storto della vampira, facendo del suo meglio per non farle del male. Aylin tremò, ma non emise alcun suono mentre lui le esaminava il rigonfiamento da metà omero in giù. Aveva quella che Nicole avrebbe definito una frattura chiusa, ma sarebbe bastato un solo movimento sbagliato e un'estremità dell'osso rotto avrebbe perforato la pelle. E i suoi piedi... accidenti, come aveva fatto a camminarci? Il piede destro doveva essere frantumato e la caviglia sinistra era rimasta sbriciolata insieme allo stivale, maledizione! «Ha bisogno di tempo per guarire.»

«Tempo?» Sam scosse la testa. «Non c'è tempo. Gli umani stanno bussando alle vostre porte.»

Hunter si sentì attraversare da una preoccupazione acuta e pungente. «Siamo qui solo da un paio d'ore.»

«Non nel mondo degli umani. Sono passati giorni.»

Hunter inspirò a denti stretti. Giorni? Merda. «Manda me alla prossima prova e lascia riposare Aylin.»

«Un alce ferito si riposa quando ha il lupo alle costole?»

Come faceva il demone a sapere che di tanto in tanto a Hunter piaceva declamare quel pezzo di saggezza Cherokee? Non l'avrebbe fatto più. Era terribilmente irritante.

«Allora lasciaci qualche minuto in modo che possa nutrirsi.» Strinse ulteriormente Aylin nel tentativo di calmare il suo corpo tremante. Emanava dolore in ondate tangibili e lui moriva dalla voglia di darle il tipo di sollievo che poteva derivare solo dal prendere il suo sangue. Senza riposo non sarebbe guarita completamente, ma a quel punto meglio di niente...

«No.» Samnult schioccò le dita e in un baleno Hunter fu strappato via da Aylin e lanciato ad alcuni centimetri di distanza, mentre lei buttava indietro la testa e urlava.

19

Aylin si sentì sventrare dal dolore mentre le ossa del braccio, della caviglia e del piede si contorcevano, stridendo come se qualcuno le stesse arrotando l'una con l'altra. Un dolore rovente le dilaniò muscoli e pelle e, per un breve secondo, la vampira si chiese se la stessero scorticando viva.

In lontananza sentiva la voce di Hunter che la chiamava, ma non riusciva a vederlo... non riusciva a vedere niente. Il mondo era un buco nero di sofferenza e lei era in caduta libera.

Non sapeva quanto fosse durato il tormento, ma gradualmente il dolore svanì e il suo campo visivo fu riempito da una luce luminosa e dal bel viso di Hunter. Mentre la terra sotto di lei si solidificava, Aylin vacillò. Hunter allungò una mano per sostenerla, ma non fu necessario che la raggiungesse, perché la vampira ritrovò subito l'equilibrio e, sorprendentemente, senza provare dolore. In effetti, nessuna delle sue ferite le faceva male.

«Sei guarita.» Hunter la guardò attonito. «Tutte le tue ferite sono scomparse.»

Lei abbassò lo sguardo su di sé e, com'era prevedibile, era scomparsa ogni prova che fosse stata assalita da una gigantesca mano artigliata. Ogni taglio, graffio e osso rotto era guarito, e perfino i suoi abiti erano stati riparati. Non era rimasta nemmeno una traccia di sangue.

«Come ti senti?» Hunter si trattenne dal toccarla, perché non era sicuro di quello che vedeva e temeva che Aylin crollasse da un momento all'altro.

«Sto bene.» Si sentiva davvero in gran forma, quasi come se avesse dormito per dodici ore di fila. «Dov'è Samnult?»

«Non ne ho idea. Dev'essersene andato mentre attraversavi il processo di guarigione.» Hunter osservò il paesaggio sabbioso che era più giallo dell'ultimo luogo dov'erano stati. Dalla sabbia spuntava un'oasi verde, al cui centro si trovava un lago con l'acqua più blu che Aylin avesse mai visto. «Ora, se solo potessimo capire cosa vuole che facciamo in questa prova, saremmo a posto.»

Hunter si avviò verso l'acqua, ma la vampira aveva fatto solo una dozzina di passi quando si rese conto che qualcosa non andava. L'onnipresente dolore sordo che provava alla gamba destra era sparito. Si fermò. Si palpò la gamba dal fianco al ginocchio. Nessuna fragilità, né muscoli contratti sotto la pelle della coscia. Le sue dita tastarono più a fondo e il suo cuore perse un battito.

Il femore... Per tutti gli spiriti grandi e potenti... l'osso... era dritto.

Per paura che le dita la ingannassero, distese la gamba e ne osservò il nuovo profilo. Aveva gli occhi spalancati e il cuore che batteva forte per l'ansia ed era convinta che, se avesse sbattuto le palpebre, avrebbe visto la curva dell'osso della coscia e la torsione al ginocchio.

«Hunter» ansimò.

Lui si girò bruscamente, con il corpo teso e i pugni serrati; era pronto a colpire qualsiasi cosa l'avesse allarmata. «Cosa c'è?»

«Io...» Aylin deglutì con le lacrime agli occhi. «Sono guarita.» Si mosse verso di lui e, per la prima volta in vita sua, non zoppicò. Per la prima volta, camminò senza dolore.

Il vampiro le si avvicinò come se temesse che avesse perso il senno. «Sì, lo so.»

«No, cioè... sono *guarita*. La mia gamba è dritta. Non mi fa male. Non zoppico.»

Hunter sbatté le palpebre, abbassò lo sguardo sulla gamba di Aylin e un grosso sorriso smagliante gli attraversò il volto. Gesù, com'era bello! «È straordinario.»

L'emozione le serrò la gola. Nella prima metà della sua vita, aveva pregato tutti gli dei possibili per diventare sana. Alla fine si era resa conto che le sue preghiere non sarebbero state esaudite e aveva rinunciato anche solo a fantasticare su una vita in cui avrebbe potuto essere normale. In cui sarebbe potuta sfuggire ai vincoli dell'esistenza all'interno di un clan selvaggiamente conforme ai dettami della cornacchia. Era passata dal desiderare una gamba completamente funzionante a desiderare semplicemente di sopravvivere.

Adesso... adesso poteva tornare a sognare.

Dentro di lei vibrò una gioia pura e assoluta e, senza pensarci, si lanciò addosso a Hunter in un fervente abbraccio.

«Non posso crederci.» La sua voce rauca era poco più di un sussurro. «Da ragazzina, ero solita fantasticare su una cosa del genere, ma non avevo mai pensato che succedesse.» E certamente non avrebbe mai pensato poi di ritrovarsi tra le braccia di un vampiro bello e potente.

Hunter si scostò e la scrutò con gli occhi neri, che si fecero più intensi mentre loro restavano immobili. Il corpo di Aylin divenne sempre più consapevole del fatto che erano appiccicati e, come se qualcuno avesse acceso un fiammifero, scattò una tensione dello stesso tipo di quando erano stati nella baita e, in seguito, al portale.

Oh, non era bello.

O forse era troppo bello.

«Hunter?»

«Sì?» La voce del vampiro era bassa. Rauca. Sexy da morire.

«Grazie.»

Le labbra di Hunter erano talmente vicine alle sue che quest'ultima riusciva a percepirne il calore e si rese conto di essersi messa in punta di piedi per avvicinarsi. Si sentiva molto sciocca, ma era al culmine della felicità e voleva condividere quella gioia con il vampiro che ne era responsabile.

«Grazie?» Hunter piegò la testa di lato, come se fosse confuso. «Per cosa?»

«Per avermi portato qui» rispose Aylin. «Anche se non riuscirò a tornare nel nostro mondo, avrò comunque sperimentato per un po' com'è sentirsi completi.»

Aveva anche sperimentato cosa si provava a stare con un maschio, a raggiungere quel massimo picco di piacere che per tutta la vita le era stato negato.

Hunter le aveva dato tutto ciò.

Aylin non rifletté. Non esitò. Per una volta, si lasciò dominare dall'impulso. Allungandosi verso l'alto, lo baciò. Se il vampiro era rimasto minimamente sbigottito, non lo diede a vedere. Rispose al bacio, prendendo il controllo con consumata disinvoltura. Era gentile con lei, non era certo il vampiro che Aylin aveva visto sconfiggere i bracconieri con una soddisfazione tranquilla e sinistra. Lei seguì il suo esempio, baciandolo con imbarazzo ma con ardore e aprendosi quando lui le premette la punta della lingua tra le labbra.

La sua lingua le frugò dentro la bocca e il calore la lambì tra le gambe. Non essendo abituata a una sensazione così improvvisa ed esigente, inspirò bruscamente. Però ne desiderò di più. Molto di più.

E, invece, non poteva averne affatto.

Da tutta la vita sapeva che il suo dovere verso il clan era di unirsi a qualsiasi vampiro con cui suo padre avesse preso accordi, e Hunter non era quel vampiro. Peggio, Hunter apparteneva a Rasha.

Era tutto sbagliato e non importava che sembrasse giusto. Sembrava giusto fin nel profondo della sua anima solitaria.

All'improvviso, lei si scostò dal vampiro. Vedendolo lì, ansimante per l'intensità del bacio che si erano scambiati e con il petto nudo che scintillava al sole, desiderò solo incollarsi di nuovo a lui. Moriva dalla voglia di spogliarsi completamente e lasciare che le abili mani di Hunter la toccassero ovunque. Anche se il vampiro non aveva preso la sua verginità, aveva preso il suo *salisheye* e aveva risvegliato in lei desideri che Aylin non sapeva nemmeno di possedere.

«Cosa c'è che non va?» La preoccupazione gli indurì i lineamenti e le sue labbra, luccicanti per il bacio, si strinsero in una linea severa.

«Cosa c'è che non va?» Lei gettò le braccia in alto per la frustrazione. «Appartieni a mia sorella.»

Hunter sbuffò. «Disprezzo tua sorella.»

«Ma questo non cambia niente. Sei comunque suo.»

Allungando una mano dietro di sé, lui si massaggiò la nuca. «Allora perché mi hai baciato?»

«Ero eccitata. Sono stata presa dal momento.» Ragazzi, se era così! Ma il bacio non era stato a senso unico, e lei ridusse gli occhi a due fessure nella direzione di Hunter. «Perché hai risposto al bacio?»

«Onestamente?» Lui lasciò cadere la mano lungo il fianco. «Non lo so.»

Il gelo le riempì il petto. Non era esattamente quello che una femmina voleva sentirsi dire. Ma in fondo, a Aylin non veniva in mente una sola risposta che potesse metterla a suo agio. Però sarebbe stato carino sentirsi dire che era attratto da lei. Anche se fosse stata una bugia, le sarebbe piaciuto sentirselo dire. Solo per una volta.

«Be',» replicò freddamente «non accadrà più.»

La brutta imprecazione del vampiro le infiammò le orecchie, ma, anche se avesse avuto in mente di dire qualcos'altro, l'improvvisa comparsa di Samnult non lo rese possibile.

«Che bella coppia che siete» dichiarò Sam, mentre si avvicinava a loro, con i jeans neri che sfregavano insieme e gli stivali da cowboy che sollevavano la terra.

Una volta tanto aveva un aspetto completamente umano dalla testa ai piedi, e non era strano che in effetti lei lo preferisse quando sfoggiava corna e artigli? C'era qualcosa di veramente sconvolgente in un demone che non aveva l'aspetto di un demone.

«Cosa vuoi?» grugnì Hunter.

Le sopracciglia di Samnult scattarono verso l'alto. «Bel ringraziamento per avere riparato la gamba di Aylin.»

«Grazie» si lasciò sfuggire la vampira. «È...»

«Permanente?» finì lui. «Sì. Avrai bisogno di essere in piena forma per sopravvivere alle prossime due prove.»

Hunter contemplò il paesaggio sabbioso. «Che sono?»

Samnult fece un gesto e il terreno fu scosso da un brontolio. Di fronte agli occhi di Aylin, un muro enorme si alzò da terra e si allungò fin dove si spingeva lo sguardo. Lungo le mura erano disposte svariate aperture, da cui si vedevano altre mura e altre aperture.

«È un labirinto» mormorò la vampira. Direttamente dai libri per bambini che tanto spesso aveva letto.

Samnult annuì. «Tu e Hunter dovete trovare la via d'uscita.»

«Sembra facile» disse il vampiro. «Quindi dov'è il tranello?»

«Ce ne sono molti» ammise Samnult, con un po' troppo gusto. «Una volta che sarete entrati, i cancelli si chiuderanno dietro di voi. L'unico modo per andarsene è trovare l'uscita. Avete quarantotto ore per farlo e, naturalmente, lì dentro ci sono creature che cercheranno di fermarvi.»

«Continua a sembrare troppo facile.»

«Sì,» disse Sam soddisfatto «è così.» Indicò uno degli archi. «Dentro troverete una scatola piena di provviste. Il vostro tempo comincia ora, perciò mi sbrigherei. Giusto per vostra informazione, quarantotto ore non bastano quasi a nessuno.»

Samnult si smaterializzò in una nuvola di fumo. Hunter si girò verso Aylin.

«Sei pronta?»

Lo era. Anche se avesse perso la vita in quel labirinto, sarebbe morta con una gamba funzionante e quello, pensò, era un modo di andarsene di gran lunga migliore di qualsiasi altro in cui avesse mai sperato.

«Appartieni a mia sorella.»

«Disprezzo tua sorella.»

«Ma questo non cambia niente. Sei comunque suo.»

Mentre Hunter e Aylin si dirigevano verso la nuova sfida, nella testa del vampiro risuonava la conversazione di pochi minuti prima. Probabilmente avrebbe dovuto pensare ai pericoli che aveva davanti, ma – accidenti! – non si era ancora ripreso dal bacio. Era stato spontaneo. Puro. Un incontro non solo di bocche.

Con tutte le altre femmine prima di lei, baciarsi era stata una questione di lussuria. Il primo passo nel tragitto verso la pura e semplice beatitudine. Ma quello che gli aveva fatto Aylin in quegli intensi minuti prima che Samnult si presentasse aveva cambiato tutto.

L'aveva baciato perché era felice, non perché voleva fare sesso. All'inizio era rimasto stupito, e poi era stato entusiasta di permetterle di dimostrargli la vera gioia. Lui le aveva insegnato a baciare; lei gli aveva insegnato a gioire del miracolo della vita.

Maledizione, era stato il miglior bacio dei suoi duecento anni di vita.

Aylin gli aveva chiesto perché l'avesse baciata e lui le aveva detto di non saperlo, ed era vero. Trovava sempre più difficile credere che la vampira facesse parte di un complotto di ShadowSpawn, ma sapeva comunque di non potersi affezionare a lei.

«Appartieni a mia sorella.»

Porca. Puttana. Aveva approvato l'unione con Rasha... o almeno era stato risoluto nel portarla avanti. Ma Aylin gli era entrata nell'anima e, nonostante tutta la sua esperienza nel combattere i nemici, non aveva difese contro una vampira la cui forza lo faceva sentire piccolo, la cui voce lo rassicurava e il cui tocco lo faceva impazzire.

Accidenti a Samnult e al suo 'Portale degli orgasmi che favorivano i legami affettivi'.

Bel modo d'incolpare qualcun altro per l'attrazione che provi per Aylin. Ti struggi per lei fin da quando si è nutrita col tuo sangue alla baita.

Sì, be'... è uguale. Samnult e il suo portale facevano schifo lo stesso.

Davvero maturo, Hunt. Davvero, maledettamente, maturo.

Imprecando fra sé e sé, Hunter fece un passo sotto l'arco del labirinto. Aylin si fermò accanto a lui, ma invece di controllare le mura infinite che avevano davanti, lanciava occhiate di nascosto alla propria gamba.

«Non ti fa male, vero?» le domandò.

Ciocche di capelli biondi le sferzarono le guance mentre scuoteva la testa. «Continuo solo ad assicurarmi che tutto sia ancora dritto. È sciocco, lo so.»

«Nient'affatto.» Lui poteva solo immaginare quanto fosse stata orribile la vita di Aylin per colpa del suo difetto genetico e questo era un progresso enorme, che poteva influenzare il suo futuro in modi che non potevano che essere positivi.

Ora lui doveva soltanto assicurarsi che lei vivesse abbastanza a lungo da goderselo.

La vampira lo osservò e a Hunter non piacque la freddezza che persisteva nei suoi occhi. L'aveva ferita quando le aveva detto che non sapeva perché l'aveva baciata, ma forse era quello di cui avevano bisogno per spegnere fiamme che non avrebbero dovuto bruciare.

«Andiamo?» domandò Aylin.

«Aspetta. Dobbiamo rendere il tuo abbigliamento più pratico per il combattimento.» Si abbassò su un ginocchio accanto a lei e le strappò l'orlo laterale fino a metà coscia. Con le nocche le sfiorò la pelle liscia e morbida, e fu attraversato da un brivido di consapevolezza. «Girati.» La sua voce era rauca in un modo avvilente, ma lei accondiscese e il vampiro fece la stessa cosa all'altro orlo.

Che il Grande Spirito avesse pietà, le gambe di Aylin erano spettacolari. Erano state belle perfino prima che Samnult guarisse quella storta... lunghe e magre, la sinistra un po' più sviluppata della destra perché doveva fare più lavoro. Ora s'intonavano alla perfezione, e Hunter moriva dalla voglia di accarezzare quelle cosce mentre si faceva strada verso le parti intime.

Solo per un attimo, lasciò vagare le dita sulla parte esterna della coscia di Aylin, i cui muscoli tonici si contrassero e tremarono sotto i suoi polpastrelli. Come un lenzuolo di raso, lo avvolsero fantasie spontanee e indulgenti di piegarsi in avanti e sostituire le mani con le labbra.

L'avrebbe baciata, proprio nel punto in cui la superficie scoperta di carne faceva capolino attraverso lo squarcio nel vestito strappato. Lentamente e in modo seducente, si sarebbe fatto strada leccando finché il tessuto non avesse dato fastidio, poi con i denti gliel'avrebbe strappato fino in vita.

Smettila. Non è tua.

Di fronte a queste parole, qualcosa di selvaggio e primitivo ringhiò. *Mia.*

Non tua.

Fanculo.

Con rabbia e riluttanza, Hunter si alzò, stringendo i pugni lungo i fianchi per impedirsi di allungare di nuovo la mano verso di lei. Era un frutto proibito e lui non osava assaggiarlo.

Almeno non più di quanto avesse già fatto.

Mentre superava la soglia dell'entrata nel labirinto, Hunter non incrociò lo sguardo di Aylin. Lei lo raggiunse e, quando furono entrambi dentro il labirinto, un sibilo smorzato agitò l'aria. Il labirinto era stato sigillato. Così bene che nelle mura non c'erano solchi a indicare che ci fosse mai stata un'apertura.

«Maledizione» borbottò il vampiro. «Presumo che adesso staremo dentro a lungo.»

Aylin gli rivolse uno sguardo strano. «Avevi forse qualche dubbio?»

«No, ma speravo che avessimo almeno una via d'uscita in caso di bisogno.» Studiò le mura alte più di dieci metri che li circondavano e capì che non c'era modo di scavalcarle. A meno che non crescessero di cinque metri entrambi e sviluppassero le molle al posto delle gambe. Dalla sommità delle mura pendevano come tentacoli alcuni rampicanti grotteschi e pulsanti, ma le spine che avvolgevano i rampicanti promettevano dolore. O peggio.

«Ehi.» Aylin lo tirò per un braccio. «Laggiù.»

Hunter ridusse gli occhi a due fessure nella direzione che gli aveva indicato la vampira e, vicino a una curva del labirinto, scorse il profilo di quello che sembrava il vano di una porta. Mentre si avvicinavano, i contorni divennero più chiari. Era decisamente una porta, alla cui base si trovava una borsa di cuoio. Immaginò che fossero le provviste di cui aveva parlato Samnult.

«Ci arrischiamo ad aprire la porta?» domandò Aylin mentre Hunter si accucciava per ispezionare il contenuto della borsa. «O è meglio se restiamo sulla via principale?»

«Questa è la domanda da un milione di dollari, non è vero?» Frugò nella borsa e trovò quattro sacche di sangue umano da mezzo litro: due di zero positivo, una di AB positivo e una rarissima di B negativo. Perlomeno, Samnult aveva buon gusto in fatto di sangue. C'erano anche due bottiglie d'acqua, sei barrette di carne essiccata e due fette di carne di cervo essiccata. «Cosa ti dice l'istinto?»

«Di aprirla.» Aylin si morse il labbro inferiore, dubbiosa. «O forse è un trucco. Forse dovremmo restare su questo sentiero.»

Hunter si alzò in piedi e si mise la borsa in spalla. Immaginava che in entrambi i casi le probabilità di sopravvivenza fossero le stesse, quindi tanto valeva che seguissero l'istinto di Aylin. Preparandosi a qualsiasi cosa, appoggiò i palmi al centro del rettangolo tracciato con grandi linee e spinse. L'apertura della porta fu accompagnata da uno stridore di pietra, che divenne oscenamente forte nel paesaggio altrimenti silenzioso.

Prima che la porta si aprisse completamente, Hunter appoggiò la schiena contro il muro e piegò la testa per vedere cosa vi si nascondeva dietro. Niente. Soltanto altro labirinto, rampicanti striscianti e la carcassa in putrefazione di uno di quegli esseri simili a lucertole che avevano visto durante la prima sfida al ponte di pietra.

Si mossero con cautela lungo la serpeggiante strada di pietra e terra, su cui i loro mocassini facevano poco rumore. Il terreno era cosparso di ossa, alcune di animali, alcune di vampiri e altre umane, come Hunter scoprì quando si accovacciò accanto a un femore e a una tibia collegati da fibre avvizzite di tendini.

«Direi che è raccapricciante,» mormorò Aylin mentre giravano intorno a una tagliola con gli spuntoni affilati come rasoi in cui era rimasto infilzato un vampiro «ma ho già visto quasi tutto a ShadowSpawn.»

Sperando di evitare un destino simile a quello del povero vampiro, Hunter si fermò per studiare il meccanismo della trappola. Gli spuntoni erano scattati verso l'alto da terra, chiudendosi sulla vittima come le fauci di una venere acchiappamosche. Almeno una dozzina di punte ricurve avevano infilzato il vampiro, che sembrava morto da poche settimane.

«Hai mai visto una trappola come questa?»

Aylin si strofinò le braccia come se fosse infreddolita. «No. Mio padre userebbe meno spuntoni. Sai, per provocare una maggiore quantità di sofferenza.»

Un uccello verde grande quanto un'aquila dalla testa bianca, con le penne più adatte a un istrice che a un volatile, atterrò in alto su un muro. I suoi occhi dorati parvero valutarli e Hunter avrebbe giurato che il suo cinguettio fosse rivolto a Aylin.

«Aylin?»

Lei lo ignorò, concentratissima sulla creatura. L'uccello piegò la testa come se ascoltasse qualcosa e, un attimo dopo, Hunter sentì il sussurro di un paio d'ali che gli sfioravano l'orecchio.

Ma nell'aria non c'era nessun altro uccello. Eppure l'aquila-istrice cominciò a chiacchierare, seguendo con lo sguardo qualcosa d'invisibile che sembrava volarle intorno. Aylin stava in silenzio, spostando velocemente lo sguardo dall'uccello all'aria vuota. Il volatile emetteva strida rauche verso di lei, che annuiva come se lo capisse.

Poi Hunter si rese conto che la vampira capiva davvero la creatura. Quindi era una sussurratrice. Gli venne la nausea.

I sussurratori sono pericolosi. Uccidili. Uccidili tutti.

La voce di suo padre risuonò con fragore in testa a Hunter. Lui non seguiva le regole della cornacchia, ma anche quelle del corvo sostenevano di diffidare di chi aveva l'abilità di diventare un animale, o comunicarci. I seguaci della cornacchia credevano che i doni che avevano a che fare con gli animali fossero malefici e, sebbene i seguaci del corvo non fossero rigidissimi nelle loro vedute, ritenevano comunque che i sussurratori e i mutaforma fossero individui ad alto rischio, qualsiasi posizione assumessero all'interno del clan. Nei doni che riguardavano gli animali erano compresi potenti istinti animaleschi che spesso prendevano il sopravvento sul pensiero razionale. Hunter l'aveva visto succedere, e non era stato bello.

Aylin si girò verso di lui, ma non incrociò il suo sguardo. «Dovremmo andare. Ma non subito dritto. Penso che la nostra scelta migliore sia tornare indietro fino all'incrocio che abbiamo appena superato.»

«Cosa te lo fa dire?»

Continuando a non incrociare lo sguardo di Hunter, la vampira si strinse nelle spalle. «È un'ipotesi»

«Un'ipotesi su ciò che aveva da dire quell'uccello?»

Lei trasalì appena, ma fu sufficiente perché lui capisse di avere colpito nel segno. «Come faccio a sapere cos'ha detto quell'uccello?»

«Perché sei una sussurratrice.»

Lei sibilò. «È proibito...»

«Fanculo i divieti» sbottò il vampiro, infastidito e imbarazzato dal modo in cui aveva inizialmente reagito quando si era reso conto che Aylin era una che sussurrava agli animali. «Ormai dovresti sapere che non dirigo il mio clan come tuo padre fa con il suo. Ho bandito una sola persona a causa del suo dono riguardante gli animali e non è stato necessariamente quello a metterla nei guai; è stato il modo in cui lo ha usato.»

Il sussurratore, Lobo, una volta era appartenuto al clan ma ora vagava per la foresta con il suo lupo. Era stato talmente in armonia con il mondo animale che aveva preso le distanze dagli altri vampiri e, infine, era diventato violento, non era più possibile fidarsi di lui.

«Qual era il suo dono?»

«Era un mutaforma, talmente potente che riusciva a trasformarsi in altre persone invece che solo in animali.»

Aylin ansimò. «È... Non ho mai nemmeno incontrato un mutaforma, figuriamoci se ho sentito parlare di qualcuno che sa assumere forme umanoidi.»

«Esatto. Usò la sua abilità per trasformarsi in un altro membro del clan e sedurne la compagna. Se non l'avessi mandato via, il compagno della vampira l'avrebbe ucciso.»

«Parlare con gli animali sembra piuttosto banale adesso» borbottò Aylin.

Forse, ma più la conosceva, più Hunter si rendeva conto che Aylin non era banale come sembrava. Era tenace, ma in modo scaltro, era cocciutamente determinata a sopravvivere e questo si vedeva in ogni fibra del suo essere.

«Non avere mai paura di mostrarti a me, Aylin. Non sono un tuo nemico.»

«Lo so.»

Il vampiro alzò lo sguardo verso l'aquila-istrice e tornò indietro per la strada da cui erano venuti. «Non credo che sia così.»

Lei si mise al passo con lui, e Hunter resistette all'impulso di sorridere. Non lo seguiva più, non esitava più a camminare accanto a lui come una sua pari.

«Le cose sarebbero molto più facili se fossi uno stronzo» disse.

A queste parole, il vampiro rise, ma lei aveva ragione. Poteva essere uno stronzo di prima categoria, ma a volte desiderava poterlo essere ancora di più. Non gli avrebbe dato fastidio niente. I rimorsi non l'avrebbero tormentato. E avrebbe potuto togliersi dalla testa Aylin e fingere che l'imminente unione con Rasha non gli devastasse l'anima.

«Fidati» dichiarò. «So essere bastardo quando è necessario.»

«Non ho dubbi» disse lei con un sorriso ironico. «Ma credo che succeda di rado. Sei troppo intelligente per essere un bastardo.»

«Un vecchio detto cheyenne sostiene che, quando un uomo è saggio come un serpente, può permettersi di essere innocuo come una colomba.»

Lei sbuffò. «Direi che 'innocuo' è l'ultimo aggettivo applicabile a te. Però mi piace questo modo di pensare. Ho sempre creduto che più forza e potenza uno ha, meno dovrebbe usarne.»

Ah, maledizione. Lei gli piaceva. Gli piaceva davvero molto. «Purtroppo, di solito funziona nel modo opposto. Troppo spesso il potere e la forza sono dati a chi meno li merita... o a chi meno sa gestirli.»

Lo sguardo di Aylin divenne distante e Hunter si chiese se stesse pensando a suo padre. O a Rasha. Erano due delle persone meno meritevoli che avesse mai conosciuto, l'abuso di potere da parte di Kars era sconcertante.

«Spero che questo non sia un argomento penoso,» cominciò la vampira «ma ho sentito dire che tuo padre era crudele quanto il mio. È vero?»

Sì, l'argomento non era solo penoso; era una ferita aperta e pungente. «Lo era, ma in un modo diverso. Quando era calmo, era severo ma ragionevole. Però il suo caratteraccio...»

Hunter inspirò, inalando aria fresca nel tentativo di pulire vecchi ricordi. Non funzionò. Ricordava ogni crudo dettaglio degli scatti di rabbia omicida di suo padre che potevano durare giorni e, quando gli passavano, spesso Bear Roar era sciocCato dalla serie di distruzioni che si era lasciato alle spalle. Ora, Hunter lottava ogni giorno con il suo stesso caratteraccio, evitando provocazioni come parlare l'antica lingua degli anziani e affogando la tendenza alla violenza nell'alcol e nei videogiochi. Non poteva trasformarsi in suo padre, non l'avrebbe fatto.

«Il suo caratteraccio era leggendario» proseguì Hunter. «Era il motivo per cui gli umani ci temono.»

«Sono contenta che tu non abbia seguito le sue orme.» Aylin alzò lo sguardo sul cielo infinitamente blu, con le punte dei capelli che frusciavano sommessamente nella brezza. «Sei piuttosto ragionevole.»

«Posso esserlo» si disse d'accordo Hunter. «Almeno, quasi sempre.» E quando non lo era, Riker lo rimetteva al suo posto. A volte con gentilezza, a volte no. Però di solito riusciva a farlo uscire da qualsiasi stato d'animo malevolo in cui si trovasse.

Di solito.

Hunter aveva fatto cose che continuavano a perseguitarlo, che continuavano a farlo vergognare. E non aveva dubbi che avrebbe intrapreso molte altre azioni che avrebbero avuto lo stesso risultato.

E mentre guardava Aylin che alzava il viso verso il sole e una brezza che odorava di ginepro e salvia, sperò che averla portata in quel viaggio non fosse una di esse.

20

Con grande sorpresa di Aylin, lei e Hunter percorsero per ore il labirinto senza incidenti, ma già questo di per sé fu una sfida estenuante. Chi l'avrebbe mai detto che occorresse così tanta energia per sopportare la paranoia di non sapere cosa possa essere in agguato dietro l'angolo?

A onore di Hunter, va detto che non si abbandonò mai all'autocompiacimento né si rilassò. Tenne d'occhio davanti e dietro di sé e, prima di girare un angolo, insisteva che si mettessero con la schiena contro la parete e controllassero la strada prima di proseguire.

Quando il sole fu basso all'orizzonte lanciando lunghe ombre nel labirinto, erano entrambi talmente tesi che vedevano mostri in ogni oscura porzione d'ombra. La mancanza di attività, unita ai numerosi resti di animali, vampiri e umani, era un vero e proprio inferno.

«C'è qualcosa che non torna.» Mentre svoltavano con cautela un angolo, Hunter si tirò il borsone di pelle ancora più in alto sulla spalla bruciata dal sole. «Preferirei combattere con dei veri nemici piuttosto che sobbalzare a ogni rumore.»

Esagerava; Aylin non l'aveva visto sobbalzare nemmeno una volta. Però era d'accordo con lui, perché lei alcune volte aveva sobbalzato. L'ansia di cosa potesse essere in agguato la faceva impazzire.

«Samnult è un sadico.» La vampira allentò la presa troppo forte sul femore che poco prima aveva raccolto per usarlo come un bastone. Anche Hunter ne aveva uno, ma con una roccia ne aveva affilato un'estremità trasformandola in una punta tagliente. «Non so per quanto tempo ancora il mio cuore potrà continuare a pulsare a mille battiti al minuto. Sono abbastanza sicura che esploderà.»

Hunter si girò verso di lei e, nella luce calante, Aylin avrebbe giurato che gli occhi del vampiro fossero incandescenti mentre le lanciava un lungo sguardo prolungato. Lei si sentì avvampare e, proprio quando aveva creduto che non potesse battere più velocemente, nel suo petto il cuore impazzì del tutto. Quando Hunter si voltò, fu una benedizione, perché Aylin non era sicura che il suo corpo potesse sopportare altri sbalzi improvvisi.

Di tanto in tanto l'uccello verde ricompariva, di solito quando arrivavano a un incrocio del labirinto. Hunter la osservava mentre mandava a parlarci la sua colomba, che era visibile ai nati vampiri come Hunter e a pochi altri; pur non essendo a suo agio con quell'abilità, il vampiro non la condannava. Perfino mentre l'uccello con le penne da istrice si alzava in volo e la colomba tornava da Aylin, Hunter si limitava a scuotere la testa.

«Impressionante. Le probabilità che il mio orso mangi quell'uccello sono uguali a quelle che si metta a parlarci.» Girò intorno a un cespuglio viola della grandezza di un pallone da calcio che cresceva in mezzo al sentiero e aspettò che anche lei lo oltrepassasse. Gli arbusti potevano saltare a un metro da terra e sputare acido, come attestava il buco nel gambale dello stivale di Aylin. «È uno scontroso figlio di puttana.»

Lei lo fissò stupita. Tendenzialmente le abilità speciali e gli animali totem erano cose private, di cui si discuteva di rado, ma Aylin stava imparando che Hunter non era proprio il classico nato vampiro con una perfetta formazione amerindia. Diversamente da lei, una vampira purosangue con un retaggio misto, in Hunter gli istinti avrebbero dovuto essere profondamente radicati, intrecciati nella struttura stessa della sua anima. Eppure il suo background non lo definiva in alcun modo.

Era una cosa... rinfrescante. Aylin si chiese se l'apertura di Hunter si estendesse fino al parlare dei suoi doni.

Più avanti c'era un campo minato di arbusti acidi e lei rimase indietro per seguirlo mentre s'insinuavano tra le piante. Avanzavano con decisione e Aylin non poté fare a meno di ammirare la schiena nuda del vampiro e il gioco dei muscoli potenti sotto la sua pelle. Poi c'era il panorama del suo sedere, con le natiche nude che si vedevano da sotto il perizoma di pelle di daino ogni volta che si accovacciava per esaminare una tagliola... o qualcosa che sospettava fosse una tagliola.

«Hunter?» La vampira evitò di fare sentire la lussuria che aveva albergato nella sua gola. «Posso chiederti una cosa?»

«Spara.»

La strada era bloccata da una fila di arbusti acidi, che vibravano e tintinnavano per l'eccitazione mentre lei e Hunter si avvicinavano. Il vampiro conficcò la lancia d'osso nel mezzo a uno, che stridette e poi si avvizzì riducendosi a una palla di paglia grande come un pugno. Si affrettarono a scavalcarlo e Hunter evitò per un pelo di essere schizzato da un'altra pianta in agitazione.

«Va bene.» Aylin si schiarì di nuovo la gola, preparandosi a entrare in un territorio proibito. «Sai qual è il mio dono, ma io non so niente del tuo.»

Lui irrigidì le spalle e lei sperò di non avere fatto un errore. «Sai che la maggior parte di noi non ne parla. Non vogliamo rivelare la nostra arma segreta.» Le lanciò uno sguardo caustico da sopra la spalla. «Né la nostra abilità proibita.»

«Fidati, ne sono consapevole» borbottò.

Lui fece ruotare la mazza d'osso e colpì rumorosamente un rampicante che strisciava sul sentiero. «A parte me, e presumo Rasha, chi sa che riesci a comunicare con gli animali?»

«Mio padre probabilmente lo sospetta, ma non ha mai detto niente.» Con un balzo, Aylin superò il rampicante che si contorceva, meravigliandosi di come la sua gamba una volta storta non tremasse, né le facesse male. Era strano, ma aveva la tentazione di stare iperattenta, per paura che farsi male potesse ridurla nello stesso stato vergognoso in cui aveva passato tutta la vita. Non poteva tornare com'era prima. Avrebbe preferito morire. «Mi dispiace se ti ho offeso. Non sei obbligato a parlarne.»

Hunter si strinse nelle spalle. «So indovinare le condizioni atmosferiche e, se mi sforzo abbastanza, posso manipolarle. Non su vasta scala, ma riesco a far alzare una brezza forte o a impedire alla pioggia di cadere in un raggio di quasi cinquanta metri.»

«Dev'essere utile» osservò Aylin, un po' delusa. Con il suo background, Hunter avrebbe dovuto possedere poteri molto più forti, come Kars, che riusciva a proiettare la sua voce nella mente dei membri del clan per dare ordini a distanza. Un dono che aveva dato a ShadowSpawn un grosso vantaggio durante parecchie battaglie che altrimenti avrebbero potuto perdere.

«A volte» disse il vampiro con una scrollata di spalle. «Ma io... cazzo!»

Il sangue divampò dal terreno in un grosso spruzzo; o almeno Aylin pensava che provenisse dal terreno finché non vide lo spuntone di legno che aveva perforato la punta del piede di Hunter. Con un balzo, il vampiro tirò via il piede e cadde a terra.

«Hunter!» Lasciando cadere la mazza d'osso, Aylin si buttò in ginocchio accanto a lui, mise le mani su entrambi i lati della ferita e gli tenne la gamba in grembo perché stesse sollevata. «Resta sdraiato. Dobbiamo fermare l'emorragia.»

Hunter sibilò e con cautela si appoggiò sulla schiena. «Figlio di puttana» esclamò a denti stretti. «Non me ne sono accorto.»

«Il sangue» disse Aylin, indicando con un cenno della testa il borsone appoggiato a fianco del vampiro. «Devi berlo.»

Lui scosse la testa. «Dopo. Non voglio sprecare...»

«Ora» sbottò lei. «Non ho un buon rapporto con le stronzate da macho. Devi guarire e il sangue ti sarà d'aiuto. Quindi apri la confezione e scòlati una sacca di zero positivo.»

Negli occhi neri carichi di dolore del vampiro balenò la sorpresa, seguita dall'ombra di un sorriso. «Sì, signora.»

Quando si mise ad armeggiare con la chiusura della confezione, fu il turno di Aylin di stupirsi. Forse di tanto in tanto Hunter soffriva di machismo, ma evidentemente era abbastanza intelligente da farselo passare quando era necessario. O quando veniva rimproverato. Buono a sapersi.

Lui ficcò le mani nella confezione, ma prima di riuscire a recuperare una sacca di sangue, s'immobilizzò. A Aylin si drizzarono i capelli sulla nuca e, una frazione di secondo dopo, le sue orecchie captarono un suono che la riempì di terrore.

In lontananza, ma sempre più forte a ogni secondo che passava, si sentiva il rumore di qualcosa che sbuffava: era chiaramente il verso di un grosso animale che fiutava gli odori. Stava seguendo le loro tracce, forse.

Il suono sembrava provenire da ogni direzione, riducendo le loro opzioni a un tiro di dadi. Potevano tornare da dov'erano venuti e scontrarsi con la creatura, potevano prendere il sentiero a sinistra e scontrarsi con essa, oppure potevano percorrere il sentiero tortuoso a destra e imbattersi comunque nella creatura.

All'improvviso, un battito d'ali accompagnò uno spostamento d'aria sulle guance di Aylin. L'uccello verde coperto di spine scese in picchiata per atterrare sul muro, reggendosi con gli artigli affilati. Oh, maledizione, non poteva essere un bene!

La vampira si sbrigò a mandare la sua colomba a parlare con la creatura e, quando tornò, fondendosi di nuovo con lei, le immagini che trasmise la spaventarono a morte.

«Aylin.» La voce di Hunter divenne bassa e aspra. «Cosa c'è?»

«È grosso» sussurrò l'altra. «Molto grosso.» Lanciò un'occhiata al piede ferito del vampiro, il cui sangue continuava a colarle tra le dita. «Ce la fai a correre?»

Hunter non esitò. Con un unico movimento fluido, afferrò il borsone e l'osso e balzò in piedi con l'agile grazia di un atleta. Anche se grugnì quando mise a terra il piede trafitto, non gli diede minimamente peso.

«Da che parte?»

Aylin impugnò la mazza, ma se le immagini che le aveva offerto la sua colomba erano accurate, quell'arma sarebbe stata efficace quanto uno stuzzicadenti contro una tigre. «Il sentiero a destra.»

Hunter la prese per mano e insieme corsero alla cieca lungo il sentiero tortuoso, finendo in vicoli senza uscita quando giravano dalla parte sbagliata. Naturalmente l'uccello verde non aveva fornito indicazioni se non un insistente 'scappate', che era stato abbastanza ovvio, e l'equivalente di 'tenete la destra'. Dopo di che, dovevano fare da soli.

Un ruggito fece vibrare l'aria con un'onda tangibile che li colpì da dietro.

«È vicino!» Hunter girò i tacchi e, con un movimento talmente veloce che Aylin non se ne accorse finché non fu finito, la spinse dietro di sé proprio mentre un mostro da film del terrore svoltava l'angolo.

La bestia, grossa come un carro armato, sembrava un incrocio tra un leone e un'iguana, ma i suoi denti seghettati erano quelli di uno squalo.

E stava andando proprio verso di loro.

«Ce la fai a saltare?» gridò lui.

Confusa, lei gli urlò di rimando che sì, ce la faceva a saltare, ma...

La creatura urlò come una *banshee* e saltò addosso a Hunter. Aylin fu certa che l'avrebbe ingoiato intero, ma lui si girò di lato e l'afferrò per la gola. Siccome la spinta gli aveva fatto perdere l'equilibrio, la vampira pensò che stesse per essere scagliato contro il muro, ma Hunter girò il corpo e si lanciò sulle spalle della creatura.

«Salta!»

Era impazzito? L'essere sgroppava come il cavallo selvaggio di un rodeo, saltava e ruotava mentre cercava di scacciare il vampiro che aveva attaccato al collo.

«Aylin... ora!»

«È pazzo» sussurrò fra sé e sé mentre caricava la bestia, che girò verso di lei, chiudendo di scatto le mascelle. La vampira si arrestò di colpo, gettandosi a terra ed evitando per un pelo di essere tagliata in due con un morso.

«Bastardo!»

Aylin alzò lo sguardo in tempo per vedere Hunter impugnare l'arma a due mani e conficcarla di punta tra le scapole dell'animale, che mandò uno strillo acuto e si girò, cercando di colpire Hunter con gli artigli e i denti.

Vai! Ora! Aylin si tuffò verso le zampe posteriori della bestia, trovando appiglio nei suoi peli incolti e ispidi. Mentre la creatura girava su sé stessa, scivolò, ma, quando quella si rimise a quattro zampe, riuscì ad appoggiarle il piede sul ginocchio e a issarsi sulla sua schiena. E Grande Spirito, quanto puzzava! Gli odori ripugnanti di uova marce, carne putrida e vomito le fecero venire le lacrime agli occhi e i conati. Non le importava nemmeno che il vestito le fosse salito fino ai fianchi, lasciandola nuda.

Hunter tirò via la lancia d'osso dalla carne dell'animale e gliela piantò di nuovo alla base del cranio. Il ruggito di dolore e collera del mostro lacerò l'aria, e ci mancò poco che facesse lo stesso con i timpani di Aylin. Le orecchie le pulsarono per il dolore, ma lei non poteva concedersi il lusso di arrendervisi.

«Il muro» urlò Hunter.

Di cosa diavolo stava parlando? Con le dita conficcate a fondo nella pelle squamosa della creatura per reggersi mentre quella scalciava e roteava, la vampira lanciò uno sguardo verso il muro. Hunter non voleva che saltasse lassù, vero?

«Vai! Quando la creatura scalcia, salta!»

Merda. Aylin riusciva a malapena a mettersi in piedi, figuriamoci a trovare l'equilibrio. La creatura si scagliò contro la parete e Aylin sentì il grido di dolore di Hunter, che restò schiacciato tra l'animale e il muro.

«Hunter!» La vampira andò carponi verso di lui, che però la scacciò con un gesto.

«Salta!»

Maledizione. Usando tutta la forza che aveva, si lanciò in piedi, per poco non scivolò dal dorso della creatura e, con un supremo colpo di una fortuna maledettamente necessaria, l'animale sgroppò con il didietro. Aylin si diede la spinta e balzò in aria per più di cinque metri. Raggiunse la sommità del muro atterrando con la vita e il colpo le tolse il fiato.

Sibilando, si tirò sul ripiano largo mezzo metro. Al di sotto, Hunter era aggrappato ai peli ispidi e alle scaglie della creatura in una lotta disperata per non essere disarcionato né stritolato tra le sue potenti mascelle. Il sangue gli colava lungo la gamba, fuoriuscendo dai tagli nei gambali strappati dove i denti e gli artigli dell'animale avevano trovato la carne.

Aylin aveva lasciato cadere la mazza e si guardò disperatamente in giro in cerca di un'arma, ma sulla butterata sommità del muro c'erano solo polvere ed escrementi di uccelli.

Andò a finire che non ne ebbe bisogno. Lasciando la lancia d'osso conficcata nella creatura, Hunter scese lungo la sua spina dorsale e, quando l'essere si girò per afferrarlo, saltò. Atterrò sul muro senza problemi, come se tutti i giorni cavalcasse animali demoniaci e si lanciasse su muri alti più di dieci metri.

Peccato solo che finì sul muro davanti a quello dove si trovava Aylin.

La bestia ruggì inferocita e fece del suo meglio per scalare la parete e raggiungerli. I suoi artigli scavarono solchi lunghi e profondi nella pietra, ma senza un vero appiglio riuscì ad arrivare solo a metà strada prima di scivolare di nuovo giù.

«Tutto a posto?» domandò Hunter.

«Sei tu che sanguini» replicò lei.

Le rivolse un sorrisetto. «È solo una ferita superficiale.» Aylin non capiva perché, ma lo disse con un accento inglese.

«No, non lo è» sbuffò. «E perché parli così?»

«Non sei una fan dei Monty Python, eh?»

Aylin non sapeva nemmeno chi fossero i Monty Python. «Mmm... presumo di no.»

«Quando torneremo a casa, preparerò i popcorn e ti farò conoscere i *Monty Python e il Sacro Graal.*» Sembrava molto disinvolto, come se non ci fossero dubbi che sarebbero riusciti a tornare, poi guardò in lontananza, la straordinaria vista dall'alto di chilometri e chilometri di mura che combaciavano fra loro come pezzi di un puzzle. Il labirinto sembrava non finire mai, e forse era così; in lontananza le mura tortuose scomparivano in un banco di nebbia. «Mettiamoci in marcia. Possiamo riunirci al prossimo vicolo cieco.»

Lei lo osservò, valutandone le ferite per quanto potesse a dieci metri di distanza. «Come sta il piede?»

«È guarito.»

«Stronzate.»

«Sono un vampiro di seconda generazione» si limitò a dire e, be', guarivano molto più velocemente degli altri. Essendo una vampira di terza generazione, se non avesse avuto il problema di coagulazione, Aylin sarebbe guarita più velocemente di chi era stato trasformato, ma anche in quel caso il suo corpo non avrebbe riparato le ferite nemmeno nel doppio del tempo impiegato da quello di Hunter.

Dopo un centinaio di metri, si riunirono a un vicolo cieco. Liberi da trappole e mostri, adesso la loro preoccupazione principale, mentre superavano le mura diretti verso l'uscita, era di evitare di ricadere nel labirinto. Per la milionesima volta quel giorno, Aylin ringraziò Samnult per averle donato l'uso della gamba destra, perché prima restare in cima al muro sarebbe stata un'impresa davvero difficile.

Ma in fondo, non sarebbero nemmeno finiti in cima al labirinto. La sua gamba non le avrebbe permesso di saltare sulla bestia, figuriamoci darsi la spinta da essa.

Superarono dozzine di orrori che si nascondevano nel labirinto sottostante, orrori che per loro sarebbero stati causa di molti problemi, tanto dolore e forse perfino della morte. Parecchi sentieri erano bloccati da pozze fumanti e gorgoglianti di quello che sembrava acido, e per il labirinto vagavano mute di canidi dal pelo folto simili a lupi, i cui ululati risuonavano sia vicini che lontani.

Dopo alcune ore, alla luce di due quarti di luna e dentro un banco di nebbia, finalmente si cominciò a scorgere la fine del labirinto. Affrettarono il passo, facendosi strada nella foschia e cercando di non abbassare lo sguardo su qualsiasi cosa avanzasse nello strato di nebbia ancora più spesso che ribolliva cinque metri più in basso.

«Ci siamo quasi» dichiarò Hunter. «Ma è stato troppo facile. Non mi piace.»

Non piaceva nemmeno a Aylin. Il territorio fuori del labirinto era passato dal deserto alla foresta, con le montagne che s'innalzavano a perdita d'occhio. Ma all'interno del labirinto, l'oscurità aveva indotto a uscire creature così orride che Aylin avrebbe avuto gli incubi per sempre. Creature con molteplici occhi luminosi. Tentacoli. Denti lunghi quanto il braccio della vampira. Quelle erano le cose in cui si sarebbero imbattuti, e

Aylin non si sarebbe sorpresa che Samnult trovasse il modo di ributtarli nell'arena.

Mentre superavano un gruppo di umanoidi con i denti aguzzi e gli artigli neri sulle mani allungate, uno strillo risuonò alle loro spalle. Aylin si voltò di scatto. Laggiù, a circa cinquanta metri dietro di loro, una sagoma prese forma. Un uomo. No, un serpente.

«Cazzo» mormorò Hunter. «Buweti.»

Aylin si sentì gelare. Era cresciuta con i racconti del leggendario uomo serpente che ogni cinquant'anni compariva per massacrare interi clan e ingozzarsi con le loro viscere, ma non aveva mai preso sul serio quella favola.

Era giunto il momento di rivalutare la fondatezza di tutte le leggende.

«È sulla sommità del muro...» Aylin non ebbe modo di dire nient'altro. Con un unico movimento fluido, Hunter la sollevò da terra e la girò in modo che si trovasse davanti mentre correvano a tutta velocità verso l'uscita del labirinto.

La vampira correva il più velocemente possibile, resistendo all'impulso di guardarsi alle spalle mentre sentiva il Buweti che si avvicinava trascinando il corpo immenso.

Il sibilo dell'uomo serpente risuonò a pochi metri di distanza. Più vicino. Aylin avrebbe giurato di sentirne il respiro affannato.

All'improvviso, Hunter grugnì. Lei azionò i freni e si girò mentre Hunter cadeva, con l'orrendo essere squamoso con il corpo di un uomo ma le scaglie, le zanne e il cappuccio da cobra di un serpente che gli finiva sopra. Le sue zanne affondarono nella spalla del vampiro e i suoi artigli gli squarciarono le braccia mentre lui lottava per evitare di cadere dal muro.

«No!» Aylin attaccò, tirando calci in faccia alla creatura con tutta la forza che aveva. Il sangue uscì a fiotti dal naso del Buweti e, dopo avergli dato un potente colpo di tacco negli occhi da rettile, la vampira sentì lo scricchiolio dell'osso.

Il Buweti mollò il suo spuntino e gridò, mentre sangue e saliva gli colavano dai denti disgustosi. Lei gli diede un altro calcio, proprio in bocca, interrompendo l'urlo e spingendolo indietro. In un baleno, Hunter fu in piedi e poi sopra la creatura, sbattendogli i pugni sulla testa fino a ridurla a una massa molle.

Con la coda dell'occhio, Aylin vide un certo movimento e, con orrore, guardò un'altra dozzina di creature serpente che prendevano forma in lontananza.

«Hunter! Dobbiamo andare!»

Avevano perso il borsone, ma a nessuno dei due importava niente mentre con un calcio Hunter gettava il corpo del Buweti nel labirinto sottostante, dove parecchi altri mostri lo squarciarono prima ancora che toccasse terra.

Avremmo potuto essere noi.

E potevano ancora esserlo se non se ne andavano da lì. Tipo, subito!

Scattarono, raggiungendo il muro esterno in fondo al labirinto con una corsa scoordinata. Il branco di uomini serpente aveva girato dalla parte sbagliata, facendo guadagnare a Hunter e Aylin qualche minuto. Il vampiro si accucciò, indicandole di fare lo stesso. Tenendo d'occhio il nemico alle loro spalle, lei si piegò sulle gambe, sbalordita di come le risultasse facile adesso. E di come non le procurasse dolore. Grande Spirito, essere normali era straordinario.

«Ecco l'uscita.» Aylin indicò un'arcata alla sua sinistra. «Dovremmo saltare nel labirinto e attraversarla, oppure saltare giù all'esterno?» Il solo fatto di prendere in considerazione l'idea di fare un salto di oltre dieci metri le avrebbe procurato le vertigini se non fossero stati in una situazione di vita o di morte.

«Non lo so» fu la burbera risposta di Hunter. «Che cosa ne pensi?»

Aylin si bloccò. Nessuno le aveva mai chiesto un parere su

una questione tattica. In effetti, nessuno, a parte Rasha, le aveva mai chiesto un'opinione su qualcosa e, anche in quel caso, sua sorella era in cerca di qualcuno che l'ascoltasse, non di un vero consiglio.

La vampira ripensò a un vecchio libro di tattica militare che una volta aveva letto e, sebbene non ricordasse l'autore, rammentava la battaglia. Una squadra di Navy SEAL era rimasta bloccata in cima a un edificio e doveva scegliere tra entrarci dentro e raggiungere l'uscita combattendo, oppure scendere con una corda lungo il fianco della struttura esponendosi al fuoco nemico proveniente dagli edifici circostanti. Avevano scelto di andare dentro ed erano rimasti intrappolati. Ne era sopravvissuto solo uno.

E se saltavano nel labirinto e poi l'uscita che in quel preciso momento era spalancata si chiudeva all'improvviso?

«Sbrigati, Aylin» disse Hunter. «Fra trenta secondi ci saranno addosso.»

«All'esterno» dichiarò lei. «Qualcosa potrebbe uscire dal bosco e attaccarci, ma lo stesso potrebbe succedere dentro il labirinto. Almeno così non resteremo intrappolati all'interno.»

Hunter inclinò la testa con un brusco cenno di assenso. «Allora facciamolo.»

Non esitò. Non la contestò. Semplicemente la prese per mano e le lanciò uno sguardo che trasudava fiducia e disponibilità.

Aylin era abbastanza sicura che, quando in futuro ci avesse ripensato, si sarebbe resa conto che quello era stato il momento in cui si era innamorata di lui.

Rasha, stronza. Non hai idea di cosa stai per avere.

«Al mio tre» disse Hunter. «Uno... due... tre!»

Saltarono. Una frazione di secondo di terrore lasciò il posto all'allegria. Mentre Aylin precipitava verso terra, l'aria fresca le vorticava intorno. Lo stomaco le salì in gola, dove restò bloccato un urlo di pura euforia. Questa era libertà. Questo era ciò che significava essere un vampiro, usare la forza, la velocità e le abilità naturali proprie di un individuo sano.

Questa era vita.

Toccarono terra con due tonfi consecutivi e, anche se l'impatto le fece vibrare ogni giuntura nel corpo, Aylin ne gioì. Voleva impatti vibranti. Voleva saltare dall'alto.

«Dobbiamo andare avanti» dichiarò il vampiro, lanciando uno sguardo in cima al muro. «I Buweti...»

«Non vi faranno del male.» La voce di Samnult risuonò e, in effetti, gli uomini serpente si erano fermati al limite del labirinto, mentre i loro sibili furiosi facevano accapponare la pelle di Aylin. «E bravi!» Il demone si materializzò dalla foresta e andò da loro camminando su due piedi muniti di zoccoli e battendo le mani con fare teatrale. La vampira si chiese se sarebbe mai apparso loro due volte nello stesso modo. Desiderò che ne scegliesse uno. Le sue personalità multiple la mandavano fuori di testa. «Nessuno ha mai risolto il labirinto così rapidamente.» Alzò lo sguardo sul muro. «Ma ritengo che non l'abbiate tanto risolto quanto bypassato.»

Il sorriso di Hunter fu in parte divertito e in parte sfacciatamente soddisfatto e, se le ferite alla spalla e alle braccia lasciate dal Buweti gli facevano minimamente male, non lo dava a vedere. «Ti secca che abbiamo vinto nella tua piccola, sfrenata competizione?»

«No.» Le labbra di Samnult si scollarono da denti ingialliti e affilati. «Mi secca che abbiate barato.»

Barato? Come potevi barare quando stavi lottando per la vita? «Non abbiamo barato» replicò la vampira. Avevano improvvisato, una cosa che lei era solita fare per compensare la sua mancanza di abilità fisica. «Non hai mai detto che non potessimo raggiungere l'uscita in cima alle mura.»

Un brontolio basso squarciò la gola di Samnult. «Un errore che in futuro non ripeterò.» Chiuse le mani a pugno e Aylin si chiede se stesse fantasticando di torcere loro il collo. «Ma il labirinto ha fatto il suo dovere. Hunter, hai dimostrato la tua intelligenza e ingegnosità.»

Il vampiro sbuffò. «Senza Aylin, non ce l'avrei fatta.»

«Usare il suo spirito guida per parlare con l'uccello è stato un bel trucco» dichiarò il demone e lei deglutì con forza. Lo sapeva? Aylin immaginò di non doversi stupire, ma tutto ciò non le piaceva. Aveva passato troppo tempo a cercare di mantenere il segreto. «Ma non l'hai condannata per questo ed è stato saggio, perché le vostre regole di quei grossi uccelli neri del cazzo sono maledettamente ridicole.» Sam fece una smorfia. «Be', avrei diffidato dei mutaforma. Ve la siete cavata bene con quella stronzata della cornacchia e del corvo.»

Ehm. Non aveva pensato che Samnult, che aveva creato la razza dei vampiri, potesse avere delle opinioni marcate sull'insieme di credenze che questi ultimi avevano sviluppato per spiegare le proprie origini. Si chiese se il dio che aveva creato gli umani vedesse i dogmi delle varie religioni nello stesso modo.

A quanto pareva, i pensieri di Hunter fecero eco a quelli di Aylin, perché il vampiro lanciò un'occhiataccia al demone e disse: «Sai, forse se ti mostrassi alla nostra razza e dicessi a tutti la verità, non vivremmo più secondo tradizioni bizzarre imperniate su una cornacchia, un corvo e due capi che nella vita reale non si sono mai nemmeno incontrati.»

Samnult sorrise, ma in un modo freddo che gelò Aylin fino alle ossa. «A tempo debito. Per il momento, continuerete a guidare il vostro gregge come avete fatto, e così farà chiunque sa la verità. Ma prima dovrete sopravvivere alla prossima sfida.»

Samnult schioccò le dita e all'improvviso si ritrovarono dentro una caverna illuminata da fumose candele di sego. L'argentea luce della luna entrava dall'apertura, portando con sé una brezza fresca. Sul pavimento della caverna c'erano coperte pulite arrotolate, confezioni di cibo, mucchi di legno e bottiglie d'acqua, e lungo la parete posteriore una pozza gorgogliava sommessamente mentre uno strato di vapore quasi ne nascondeva la superficie.

«Sorgenti termali» disse Sam. «Se desiderate fare il bagno.»

Hunter e Aylin si scambiarono occhiate confuse. «In che modo costituisce una sfida?» domandò il vampiro.

Sam rise. «Questa? Questa non è la sfida. La prova avrà inizio non appena metterete piede fuori della caverna. Ma è notte e, fidatevi, avete bisogno che sorga il sole. Ho curato le vostre ferite in vista della sfida, ma ciò di cui avrete davvero bisogno è che la fortuna sia dalla vostra parte.»

Detto ciò, scomparve. Da qualche parte all'esterno, qualcosa ringhiò. Qualcosa di grosso.

Aylin ebbe la sensazione che la luce del giorno sarebbe arrivata fin troppo presto.

21

Mentre Samnult scompariva, Hunter imprecò. Certo, una notte di riposo sarebbe stata fantastica, ma più che altro il vampiro desiderava che tutto quanto avesse fine. Prima tornava al suo clan e meglio era.

Non che temesse che i membri del suo clan non si comportassero bene mentre era via. Anzi, Riker avrebbe messo tutti in riga con una mano più ferma di quella di Hunter. Ma a quest'ultimo non piaceva chi non conosceva... e Rasha, non la conosceva. Peggio ancora, gli umani stavano invadendo le terre dei vampiri in numeri così grandi che Hunter non aveva più visto da quando l'uomo bianco aveva cacciato e ucciso i nativi americani. Se a MoonBound fosse successo qualcosa mentre lui non c'era, non se lo sarebbe mai perdonato.

Se era destino che il suo clan venisse distrutto dagli umani, voleva morire con i suoi compagni. E prima di andarsene, voleva fare fuori il maggior numero possibile di umani. Dopotutto, aveva delle priorità.

Aylin controllava le provviste sul pavimento, mentre Hunter si spostava verso l'ingresso della grotta e sbirciava fuori, facendo attenzione a non superare la soglia. Oltre l'apertura, il paesaggio era costituito da distese di terreno roccioso e colline dalla cima piatta. Accanto a strani alberi contorti con le foglie nere e scarne, c'erano piante di cactus alte il doppio di Hunter. La regione era punteggiata da arbusti di salvia e salsola, e piccole creature correvano avanti e indietro al riparo della vegetazione.

Era tutto relativamente normale... a parte la scia d'impronte di zampe artigliate davanti alla grotta. Impronte lunghe quanto il braccio di Hunter.

Non poteva certo essere una cosa positiva.

«Ehi» gridò Aylin. «Guarda cos'ho trovato!» Sollevò un'ascia e un coltello a serramanico e, accidenti, mancò davvero poco che lui urlasse per l'eccitazione.

«Passami l'ascia.» La vampira si avviò verso di lui, che però scosse la testa. «Non porgermela. Tirala.» Con le dita fece un gesto per incitarla. «Forza.»

Con una scrollata di spalle, lei sollevò l'ascia e la lanciò, ma nell'esecuzione del movimento i suoi occhi si spalancarono. «Scansati.»

Mentre l'ascia girava velocemente e con forza verso la sua testa, Hunter si mosse di lato e sentì un lieve spostamento d'aria vicino all'orecchio. Si sentì distintamente il rumore sordo del metallo che incontra l'osso e il vampiro si girò in tempo per vedere un tizio pelato con la bocca piena di denti affilati che cadeva a terra, con l'ascia piantata tra gli occhi. Impugnava il manico di un machete macchiato di sangue nuovo e rappreso.

«È entrato di soppiatto dietro di te» disse Aylin con il respiro affannato. «Stava per decapitarti.»

«Porca puttana. Grazie.» Hunter spostò lo sguardo dall'essere ripugnante e morto a Aylin. «Sei brava. Molto brava.»

«Quando hai una gamba malata, impari a eccellere nel combattimento in altri modi.» Aveva il fiatone, ma nella luce fumosa i suoi occhi azzurri brillavano di un'eccitazione predatoria, cosa che a Hunter piaceva in una femmina. «Sono contenta che ti sia scansato. Non sono abituata a non dover compensare l'instabilità della gamba destra.»

«Era un lancio maledettamente buono. Meglio di quelli che avrebbe potuto mettere a segno la maggior parte dei miei guerrieri.» Accucciandosi, prese il machete dal morto e gli tastò rapidamente i vestiti logori, che sembravano essere stati confezionati con la pelle di dozzine di creature diverse. «Me ne libererò.» Rimettendosi in piedi, tirò via con forza l'ascia dal cranio del delinquente e la buttò accanto al machete.

Mentre Aylin puliva le armi, Hunter si sbarazzò del Neanderthal. Senza attraversare la soglia, lanciò fuori il corpo, lo guardò ruzzolare lungo il pendio ricoperto di arbusti e sparire.

Essendosi liberato dell'immondizia come si deve, usò un legnetto per tracciare nella terra una linea da una parte all'altra dell'apertura della grotta. Poi, usando un semplice canto di protezione che aveva imparato dai mistici del clan, allestì un allarme elementare. Ora qualsiasi cosa cercasse di entrare nella grotta avrebbe scatenato un avviso che Hunter avrebbe percepito sulla pelle come una scossa elettrica.

Quando ebbe finito, andò verso Aylin, che era seduta con la schiena contro la parete della grotta e puliva il machete con uno straccio bagnato.

«Non avrei mai pensato di combattere – nel regno di un demone, per giunta – e pulire armi.» C'era qualcosa che non andava nella sua voce, ma Hunter non capiva cosa.

Le si avvicinò, inspirando, cercando il suo odore. La vampira emanava un'intensa ondata di amarezza che gli fece chiudere lo stomaco. Si era offerta volontaria per intraprendere quel viaggio con lui, ma Hunter non poteva biasimarla se non ne era esattamente felice.

«Mi dispiace che abbia dovuto farlo tu. Avrebbe dovuto esserci Rasha.» Avrebbe dovuto, ma una parte segreta e ignobile di lui era contenta che fosse Aylin quella con cui doveva trattare. E questo lo rendeva un vero bastardo, no?

«Pensi di doverti scusare?» Aylin mise via il machete, con la lama arrugginita e scheggiata a cui restavano appiccicati ostinati pezzetti di sangue rappreso. «Non farlo. In questo preciso momento, in questo regno che sembra uno spettacolo bizzarro e pericoloso, sono più libera e forte di quanto sia mai stata.»

Hunter non era sicuro di avere capito bene. «Stai dicendo che ti piace qui?»

«Oh, Cristo, no. Ma non mi piace nemmeno il nostro mondo.» Allungò una mano per prendere una bottiglia d'acqua e ne girò il tappo di plastica con più forza del necessario. «Cioè, mi fa schifo qui e ho paura di qualsiasi cosa dovremo affrontare domani, ma credo di temere ancora di più quando dopo dovrò tornare nel mondo reale.» Sorrise leggermente. «Quanto è folle tutto ciò?»

Hunter era in giro da secoli, sapeva che altri clan avevano costumi e valori diversi e un'altra considerazione per la vita, e aveva imparato a non interferire o, francamente, a fregarsene del tutto. Ma ormai era troppo coinvolto con Aylin e ciò che gli aveva appena detto gli aveva completamente spezzato il cuore. Com'era triste che lo schifo che stavano affrontando in quel mondo fosse migliore di quello che lei doveva affrontare a casa!

«Aylin?» Si accovacciò davanti a lei, abbracciandosi le ginocchia. «Cosa succederà dopo che saremo tornati?» *Dopo che Rasha e io ci saremo sposati.*

Il sorriso della vampira fu amaro quanto il suo odore. «Si presume che mi sposi» rispose, e una sensazione bruciante invase le viscere di Hunter, insieme a una robusta dose di rabbia.

Di sicuro non aveva alcun diritto di essere geloso. Per niente. Eppure ogni fibra del suo essere urlava di rabbia, come se lo stessero squarciando al livello cellulare.

Mia.

«Con chi?» Sperò che lei non sentisse il tono di distruzione nella sua voce.

«Nessuno in particolare» mormorò. Dal modo in cui lo disse, non sembrò molto vero, ma Hunter non capiva perché mentisse. «Però ora che la mia gamba è forte...» S'interruppe, e sia il suo sorriso che il suo odore persero l'acredine. «Ho qualche possibilità di scelta. Per la prima volta, avrò un grado più alto di ogni femmina del mio clan e di quasi tutti i maschi. Non sarò più costretta a farmi mettere i piedi in testa da nessuno.» La luce predatoria le illuminò di nuovo gli occhi, ma questa volta a Hunter non piacque quello che vide.

«Pensi di vendicarti, non è vero?» Sottovoce, imprecò. «Non perderci tempo, Aylin. Tuo padre...»

«È un mostro» sbottò, in un modo talmente malevolo che il vampiro oscillò all'indietro, sorpreso di fronte alla rabbia improvvisa che praticamente le fece vibrare il corpo. «Non hai idea di com'è stato crescere a ShadowSpawn. Essere ritenuta una disgrazia per il clan e l'assassina di mia madre. Sentirsi dire ogni giorno che avrei dovuto essere affogata alla nascita. Sentirsi ricordare che Rasha è la gemella meritevole e l'erede, mentre io non sono utile nemmeno come pezzo di ricambio.» Lanciò il tappo della bottiglia. «Be', adesso sono sana. Non dovrò più sopportare questa merda. Se voglio andarmene, posso farlo. E questa volta, potrò correre. Quando verranno a prendermi, potrò scappare dai guerrieri di mio padre.»

«Questa volta?»

Aylin emise un verso a metà tra una risata e un ringhio. «Una volta ho provato a scappare. Un paio di decenni fa.» La sua voce era sommessa, ma conteneva un sottofondo di rabbia che era come permeato di ragnatele, come se la sua ira si fosse finalmente liberata dalla scatola polverosa in cui lei l'aveva portata per così tanto tempo. «Stavo venendo da te. A MoonBound.»

Per un attimo Hunter mosse la bocca senza emettere alcun suono. «Da me? Perché?» Non appena la domanda gli fu uscita di bocca, capì. «Asilo. Volevi scappare da tuo padre.»

«Sì.» Aylin scolò metà della bottiglia d'acqua, come se potesse estinguere la sua rabbia. Invece, parve solo alimentare la sua ira. «Mia sorella e mezza dozzina di guerrieri mi catturarono dopo nemmeno quindici chilometri. Mio padre mi frustò così brutalmente che mi ci volle una settimana per guarire. Per tre giorni ho pensato di morire, ed ero contenta.» Incrociò lo sguardo del vampiro e i suoi occhi erano inespressivi per quello che gli Anziani chiamavano il 'muro del guerriero', una durezza che non poteva essere imitata né abbattuta. Quando la vedevi, capivi che la persona che stavi guardando non aveva paura di morire. «Hai mai pregato di morire, Hunter? Hai mai odiato la tua vita e quello che sei talmente tanto da ritenere la morte l'opzione migliore?»

L'aveva fatto, ma era da molto tempo che non ci pensava. Non ne aveva mai nemmeno parlato con nessuno, ma all'improvviso desiderò farlo. Forse perché lì, in quella terra dove il giorno dopo poteva morire, e senza alcol e videogiochi a distrarlo, non aveva altro modo di zittire la voce di suo padre né il pianto dei suoi bambini morti.

«Sono cresciuto con un padre che viveva secondo le regole della cornacchia. E ho perso tre bambini, per ciascuno dei quali avrei dato la vita» disse. «Quindi, so di cosa parli.»

La compassione negli occhi azzurri della vampira fu quasi troppo da sopportare. «Mi dispiace.» Ci fu una lunga pausa e poi: «Cos'è successo? Dove sono le madri?»

Un nodo di dispiacere gli serrò le viscere. «Due sono morte di parto, insieme a mio figlio e a mia figlia. Una settant'anni fa, l'altra più di centocinquanta.» Chiudendo gli occhi, Hunter si concesse di sentire tutto il dolore di quelle perdite, per la prima volta in... diamine, nemmeno lo sapeva.

Erano nate vampire e le aveva amate entrambe, ma nel profondo aveva sempre saputo che non erano compagne adatte a lui. Come capoclan, doveva sposare solo una femmina con cui avesse avuto l'imprinting, oppure doveva conservarsi per una compagna da prendere per motivi strategici; come Rasha.

«E la terza?» La voce di Aylin era come un balsamo lenitivo su quelle ferite scorticate. «Cos'è successo a lei e al bambino?»

Sollevando le palpebre, Hunter fissò il vapore creato dalle sorgenti termali in fondo alla grotta. «Tecnicamente, lei è stata la prima. Standing Willow era la femmina che, quando avevo quindici anni, mio padre mandò perché mi guidasse attraverso il mio *salisheye*.»

Si era innamorato di quella bellezza dai capelli scuri e aveva pregato suo padre perché gliela lasciasse sposare. Ma Bear Roar aveva rifiutato e aveva perfino costretto Hunter ad ascoltarla mentre faceva l'amore con altri maschi del clan, nella speranza che la sua infatuazione svanisse.

Suo padre non avrebbe dovuto preoccuparsi, il comportamento di Standing Willow dopo la morte del loro neonato aveva fatto tutto da sé.

«Partorì nove mesi dopo, ma mio figlio non superò la notte.» Gli si chiuse la gola. «Morì tra le mie braccia. Il giorno dopo lei sedusse il figlio del leader del clan DeathMist che era venuto a farci visita. Quella sera se ne andò con lui.»

«Oh, wow» mormorò Aylin. «È stato... crudele.»

«Ha fatto quello che doveva fare.» Hunter riusciva ancora a sentire il peso di suo figlio tra le braccia, a sentire le cicatrici sulla sua anima che si aprivano al ricordo di quando aveva guardato la vita del piccolo scivolare via. «Non ho potuto proteggerlo. Non ho potuto proteggere nessuno di loro. Perciò credimi, so com'è odiare la mia vita e quello che sono così tanto da desiderare di morire.»

La mano di Aylin si abbassò sulla sua e con le dita magre gli accarezzò delicatamente le nocche. «Però vuoi anche vivere, altrimenti avresti rinunciato a stare in un clan molto tempo fa.»

«Solo perché mio padre è morto e MoonBound merita un leader migliore di com'era lui.»

Hunter, a volte, si chiedeva se fosse davvero migliore. Oh, lui non infliggeva dure punizioni per trasgressioni minori e non permetteva a nessuno di maltrattare qualcun altro, però anche lui si era fatto dei nemici negli altri clan che seguivano le regole della cornacchia e molti ne avevano pagato il prezzo. La morte di ogni membro di MoonBound per mano di un altro clan pesava su Hunter quanto la morte dei suoi figli, perché quelle, almeno, avrebbero potuto essere evitate.

«Da quel che ho visto,» disse Aylin, con le dita calde sul dorso della mano di lui «sei un leader fantastico.»

Il tocco della vampira era lenitivo quanto la sua voce e Hunter si rese conto di essere molto egoista a trovare conforto in Aylin quando lei aveva più bisogno di lui. Il passato di Hunter era una tetra palude di traumi, ma la parola chiave in questo caso era 'passato'. Il futuro di Aylin poteva essere cupo quanto il suo passato.

«Vorrei avere saputo che stavi venendo da noi quando sei scappata. Avrei potuto fare qualcosa...»

«Se mi avessi aiutato, mio padre ti avrebbe annientato. È stato stupido da parte mia provarci. Sarei dovuta andare a Seattle. Avrei potuto nascondermi insieme agli altri vampiri liberi.»

«Con loro avresti vissuto come un ratto» sottolineò il vampiro. «Gli umani ti avrebbero dato la caccia e costretto a vivere nelle fogne.»

«Ma sarò libera.»

Hunter inspirò aspramente. 'Sarò libera.' Non 'Sarei stata libera'. Stava di nuovo progettando di scappare, e questa volta ne era pienamente capace.

Una soffocante sensazione di panico gli strinse il petto e il vampiro si lasciò sfuggire: «Non puoi farlo.»

«Non posso?» Aylin balzò in piedi con un movimento sorprendente. Era chiaro che si stesse abituando alla gamba nuova e migliorata. «Sai quanto sono nauseata che mi si dica che non posso fare qualcosa?»

«Non intendevo in quel senso» replicò. «Sei piena di risorse, determinata, intelligente. Non ho dubbi che tu riesca in qualsiasi cosa ti metta in testa di fare.»

Lei mise le mani sui fianchi e lo fulminò con lo sguardo. «Allora cosa intendevi dire?»

Intendevo dire che non voglio che te ne vada lontano da me.

Merda. Quello era un pensiero pericoloso, visto che tempo un mese si sarebbe unito a Rasha. Ma la verità era che desiderava Aylin. Perfino in quel momento, mentre lei abbandonava l'atteggiamento da femmina adirata e misurava a grandi passi la grotta larga una decina di metri, Hunter non riusciva a toglierle gli occhi di dosso. A ogni passo silenzioso, il suo sguardo d'apprezzamento era attratto dalla contrazione dei muscoli delle gambe della vampira, e il modo affascinante con cui lei ondeggiava i fianchi gli irrigidiva il corpo proprio nei punti giusti.

Spostò lo sguardo verso l'alto per ammirare il modo in cui i seni sussultavano sotto il cuoio cedevole dell'abito. Erano piccoli ma sodi, e il petto del vampiro bruciò al ricordo di quando gli erano stati premuti contro mentre erano entrambi nudi e si nutrivano al portale.

Quando le era venuto addosso.

«Be'?» lo spronò Aylin, mentre assumeva di nuovo la posizione con le mani sui fianchi. «Cosa intendevi?»

Maledizione. Digrignando i denti, Hunter si alzò e per sbaglio diede un calcio alle confezioni di sangue per terra. «Niente.» Il sangue si rovesciò e questo avrebbe dovuto fargli venire l'acquolina in bocca, ma in quel preciso momento tutto ciò che voleva che le sue labbra toccassero era Aylin. «Dovremmo mangiare» disse in modo burbero.

«Non ho fame» replicò lei. «L'idea che domani potremmo morire uccide il mio appetito.»

Hunter non aveva mai avuto quel problema. Riusciva sempre a mangiare. «Devi mantenerti in forze.» Raccolse una confezione di sangue e glielo porse. «Mangia.»

«Ti ho detto che non devi dirmi cosa devo fare! La gente mi ha dato ordini per tutta la vita. Lo odio.» Arrossì per la forza della rabbia che le stava montando e, anche se il primo istinto di Hunter fu di prenderla tra le braccia e stringerla forte, il vampiro intuì che lei aveva bisogno di sfogarsi. Che non si era mai veramente lasciata andare. «Odio ShadowSpawn. Odio mio padre. E in questo momento odio talmente tanto Rasha che potrei colpirla con quell'accetta.»

«In questo momento?» Era scioccato che non avesse sempre odiato sua sorella. «Perché?»

«Perché non ti merita» gridò. «E non è qui a lottare per salvare vostro figlio ma, quando sarà tutto finito, sarà lei a sposarti e a portare in grembo i tuoi bambini.» Si girò e lanciò la bottiglia d'acqua contro la parete con così tanta forza da frantumarla in una mezza dozzina di pezzi; il liquido si sparse ovunque.

Mentre la realtà della situazione faceva presa, tanto valeva che Aylin gli avesse dato un pugno nello stomaco. Lui era lì, a combattere al fianco della vampira che desiderava, ma al quartier generale lo aspettava una delle femmine più ignobili che avesse mai incontrato.

Sarà lei a sposarti e a portare in grembo i tuoi bambini.

La sola idea gli fece raggrinzire i testicoli. A breve avrebbe dovuto passare il resto della vita con Rasha, e Aylin sarebbe sparita da essa per sempre.

L'emozione e una rabbia impotente gli chiusero la gola. Si voltò prima che Aylin lo capisse, prima che potesse vedere quanto tutto ciò lo toccasse. Doveva essere forte, mantenere il più possibile la distanza tra loro. Era in gioco il futuro del suo clan e un passo falso avrebbe potuto portare MoonBound a una guerra con ShadowSpawn. Per quanto odiasse Rasha, odiava ancora di più l'idea che anche un solo membro del suo clan morisse a causa delle sue scelte.

Sentì Aylin che si avvicinava e s'irrigidì, consapevole di ogni passo in un modo straziante. Quando la vampira gli mise il palmo tra le scapole, un tremore lo sconvolse dall'interno all'esterno e lui si rese conto che il dolore di perderla sarebbe stato impossibile da sopportare. Gli venne un sudore freddo nonostante la lussuria rovente che dalla mano di Aylin s'irradiava a ogni centimetro del suo corpo.

«Non avrei dovuto dirlo.» Aylin imprecò fra sé e sé. «Di solito non mi arrabbio in questo modo e non dovrei rendere più difficile la tua unione con Rasha.»

«Non farlo» disse lui brutalmente. «Non scusarti e non toccarmi. Mai più.»

Accidenti a tutti quanti, non si fidava se lei lo toccava. Chi dice che le femmine sono il sesso debole è un maledetto idiota, perché Aylin aveva più potere su di lui di chiunque altro. Era il momento di ridurre al minimo la presa che aveva su di lui, anche se questo significava ferire entrambi. «Appartengo a Rasha.»

Quelle tre parole gli fecero venire la nausea.

Aylin ritirò la mano e il dolore della perdita fu quasi fisico. «Immagino che questo dica tutto, no? Rasha sarà entusiasta di sapere che la vuoi.»

Si allontanò a grandi passi e lui perse la testa. Completamente, assolutamente. Prima che il suo cervello riuscisse a controllare il suo corpo, Hunter sbatté violentemente contro di lei da dietro e, con una mano intorno alla sua vita e l'altra sul suo mento, la strinse a sé. Le spalle magre della vampira gli morsero il petto mentre lui le appoggiava la bocca all'orecchio.

«Io voglio te, Aylin» ringhiò. «Ti voglio così tanto che non riesco a pensare chiaramente. O credi che questo sia per tua sorella?» Le sfregò il membro rigido contro il sedere e sorrise quando lei emise un erotico brontolio d'incoraggiamento. «È per questo che non volevo che mi toccassi. Ti voglio, ma non posso averti.»

Piegando il collo, la vampira alzò lo sguardo su di lui. Nei suoi occhi turbinava un ipnotico vortice di emozioni, che lo risucchiò così completamente che vi sarebbe annegato di buon grado.

«Sì che puoi» sussurrò Aylin. «Anche se solo per stanotte, puoi avermi.»

In un attimo l'atmosfera divenne tesa. I respiri della vampira, prima superficiali per via della rabbia, divennero più profondi e rapidi. Così come quelli di Hunter. Mentre a ogni respiro lei muoveva il sedere, premuto saldamente contro il sesso del vampiro, il membro di quest'ultimo si gonfiò ancora di più, cullato tra le natiche della femmina.

«Hunter» ansimò, spingendosi contro di lui.

L'odore dell'eccitazione di Aylin riempì l'aria con il suo aroma muschiato. Lui trattenne un grugnito, mentre quello che desiderava davvero fare era sollevarle leggermente l'orlo del vestito e penetrarla. Semplicemente così. Da dietro, con le mani sui suoi fianchi e i denti affondati nel suo collo per tenerla ferma a ogni spinta.

Grande Spirito, era allettante. Condividere una notte di passione con lei, avere quell'unico ricordo a sostenerlo per tutta la vita.

«Ti prego.» Aylin alzò una mano per farla scivolare dietro la testa del vampiro, passandogli le dita tra i capelli e stringendolo mentre lui le sfiorava l'orecchio con le labbra. «Fai l'amore con me. Voglio che tu sia il primo.»

Lui si bloccò. «Sei vergine?» Avrebbe dovuto aspettarselo, ma non riusciva a immaginare come i maschi avessero potuto resisterle.

«Sì.» La voce le tremò, ma la sua mano sinistra era ferma mentre la insinuava fra loro due per afferrargli la coscia. «Prendila. Prendimi.»

Non poteva farlo, per molti motivi. Per quanto fosse allettante fare l'amore con lei, Aylin meritava di meglio che farsi depredare della verginità sul pavimento di una grotta da un maschio che presto sarebbe appartenuto a un'altra. E lui sapeva, fin nel profondo dell'anima, che il sesso con lei l'avrebbe devastato. L'avrebbe reclamata come sua, non sarebbe riuscito a lasciarla andare e il suo clan ne avrebbe pagato le conseguenze.

«Non posso» disse con un sussurro spezzato. «Meriti di più di quello che posso darti.»

Lei urlò per la frustrazione. «Ho avuto il mio *salisheye* a causa tua. Ora ho bisogno di qualcosa di più. Non mi sono mai sentita così. Aiutami, ti prego.»

Oh, maledizione, che fosse stato casuale o meno, era responsabile del risveglio sessuale della vampira, no? Aylin emanava angoscia e tutto ciò che lo rendeva un maschio esigeva che rimediasse.

Lentamente, le fece scivolare la mano sulla cassa toracica, sugli addominali piatti e duri e sempre più in basso. Fermò la punta delle dita subito sopra l'osso pubico della vampira, accarezzandola con dolcezza e facendola arcuare verso il suo tocco. «Non posso fare l'amore con te, ma posso farti stare bene. Vuoi che lo faccia?» Si fece strada verso il basso lungo la coscia fino a raggiungere l'orlo del vestito. «Lascia che ti tocchi.»

Le fece scivolare la mano sotto il vestito e lei gemette. «Sì. Oh... sì.»

Il guerriero e il maschio dentro di lui sentirono di avere vinto. Eppure entrambi riconobbero che la vittoria aveva sempre un prezzo. Il vampiro sospettò che il giorno dopo lui e Aylin avrebbero dovuto pagarlo.

22

Aylin era sovreccitata. Aveva la pelle in fiamme, i seni doloranti e fulmini che le danzavano lungo i nervi. E Hunter le stava toccando solo una gamba.

Il fatto che il vampiro non volesse prendere la sua verginità la feriva, ma la mano che stava pigramente e dolcemente spostando verso l'alto alleviava il dolore. Per il momento.

Non pensare a dopo, disse fra sé e sé. Niente ha importanza tranne... oh, accidenti, sì! Hunter accarezzò il suo centro con un dito, strappandole un gemito soffocato. Il piacere le sfrecciò nelle vene e un infuocato liquido caldo si concentrò nelle sue parti intime.

Reggendola stretta a sé, il vampiro incuneò un piede tra quelli di lei e li divaricò. Aylin trattenne il respiro mentre lui le metteva la mano a coppa sul pube e le faceva scivolare un dito tra le pieghe.

«Sei così bagnata» mormorò contro la sua gola.

La vampira si sentì a disagio, improvvisamente imbarazzata. Si presumeva che fosse così bagnata? C'era qualcosa di sbagliato in lei?

«Tranquilla, tesoro.» Con la voce colma di promesse, Hunter l'accarezzò con cerchi languidi che in qualche modo placavano il dolore ma lo peggioravano anche. «Non ti farò del male.»

No, stava facendo esattamente l'opposto, le stava facendo provare cose che non aveva mai provato, cose che potevano essere descritte solo come splendide.

Il dito del vampiro affondò dentro di lei, e le tremarono le ginocchia. «An... ancora» sussurrò. Lo voleva più dentro di sé, così tanto da sentircelo per sempre.

Hunter ubbidì, aggiungendo un dito e spingendo di più, poi sibilò e oscillò i fianchi contro il sedere della vampira. «Accidenti, come sei stretta.»

Quindi fece una cosa peccaminosa con le dita, l'accarezzò in un punto che le mandò estatiche scosse elettriche in tutto il bacino. Aylin lo strinse forte mentre lui spingeva dentro e fuori e, quando le premette il pollice sul clitoride, gridò.

«Così» disse Hunter con voce rauca. «Cavalca la mia mano. Voglio che tu venga talmente forte da urlare.»

Urlare? Riusciva a malapena a respirare, figuriamoci a urlare. Lui ritrasse le dita, e questo le fece desiderare di urlare, ma lui le affondò di nuovo dentro di lei mentre le bisbigliava all'orecchio cose roventi e sconce.

Avrebbe detto le stesse cose a Rasha? Le avrebbe detto com'era bella, come avrebbe voluto allargarle le gambe e scoparla con la lingua? Le avrebbe detto che desiderava montarla sul pavimento della foresta, nelle regioni più selvagge dove i loro istinti primari avrebbero potuto essere tutt'uno con la natura?

Senso di colpa, confusione, rabbia... l'assalirono tutti insieme, muovendo guerra al piacere che Hunter le stava dando.

Avresti dovuto pensarci prima di pregarlo di prendere la tua verginità. Forse... ma in fondo, Rasha aveva il resto della vita per godere dell'attenzione di Hunter. Aylin solo quel momento. Inoltre, Aylin era lì per sua sorella, quindi meritava qualcosa per sé stessa, giusto? E non c'erano garanzie che sarebbe sopravvissuta alla prova del giorno dopo. Non si trovavano nemmeno nel mondo reale.

Quello che accade nel regno di un demone resta nel regno di un demone.

Com'era facile giustificare il fatto di prendere una cosa che molto presto sarebbe appartenuta a sua sorella.

«Andiamo, Aylin.» La voce gutturale di Hunter la strappò con fermezza dal lago di vergogna in cui si stava dibattendo. «Resta con me. In questo momento sei da un'altra parte.» Come faceva a saperlo? Prima che potesse chiederglielo, lui si mise in ginocchio e le spinse il vestito sopra i fianchi. «Appoggiati al muro.»

Poi le infilò la lingua tra le gambe. Scioccata dalla sensazione improvvisa e stordita dall'estrema intimità, la vampira cadde in avanti e riuscì a malapena a reggersi alla parete rocciosa della grotta.

«Hunter» gridò.

Le passò la lingua dal clitoride al centro, immergendosi dentro di lei mentre con il respiro caldo l'accarezzava in posti intimissimi. Il respiro di Aylin esplose dai suoi polmoni mentre lui mimava un rapporto sessuale, spingendosi dentro e fuori e trovando un ritmo che le fece venire le vertigini.

Chiudendo gli occhi, Aylin memorizzò ogni dettaglio di quello che le stava facendo. Dal delizioso attacco di leccate al piacere quasi insopportabile della sua lingua che si tuffava dentro di lei, fino alle succhiate lievi di quando spalancava la bocca su tutto il suo sesso.

Le gambe e le braccia le tremavano talmente forte che avrebbero potuto cedere, ma all'improvviso lui si rimise in piedi e la circondò con le braccia per tenerla ferma mentre la penetrava con due dita lunghe. L'accarezzò sempre più velocemente, finché Aylin non ansimò e tremò per il bisogno di liberarsi. Adesso era lei a oscillare i fianchi, cercando di raggiungere il culmine, ma lui glielo negava, cambiando ritmo e velocità mano a mano che lei vi si avvicinava.

«Ti prego» mormorò. «Ti prego... ora.»

Con il pollice, le colpì leggermente il rigonfiamento di nervi e la vampira fu attraversata dal piacere. Poi le sfregò la carne in cima alla fenditura, con il polpastrello del pollice che le sfiorava il clitoride mentre le altre dita lavoravano al centro, e lei andò in estasi.

L'orgasmo la squarciò, molto più potente di quello che l'aveva sorpresa al portale. Il tocco di Hunter era esperto, spietato e così eccellente che, mentre il primo orgasmo svaniva, un altro si stava formando, assalendola con nuove ondate di estasi che si succedevano.

Mentre Aylin si calmava, i suoi muscoli cedettero. Hunter l'afferrò, sollevandola tra le braccia forti come se non pesasse più di un gatto domestico. Lei ne aveva a malapena l'energia, ma riuscì ad aggrapparsi a lui, affondandogli il viso nella gola mentre la portava fino alla vasca delle sorgenti termali.

«Ti farò il bagno e ti darò da mangiare, e tu non obietterai.» La voce del vampiro era sia autorevole che ironica, ma tanto lei era troppo stanca per discutere.

«E tu?»

«Non preoccuparti per me. Mangerò e mi laverò quando avrai fatto.»

«No, cioè...» Con le guance in fiamme, Aylin si schiarì la voce. «Non sei venuto. Lascia che ti aiuti.»

Hunter s'irrigidì. «Hai già fatto abbastanza.»

Lei aggrottò le sopracciglia di fronte al modo in cui lo disse, come se fosse un'accusa. «Ho detto qualcosa di sbagliato?»

«Tutt'altro» rispose Hunter in modo brusco, lasciandola ancora più confusa.

Il vampiro la mise giù vicino alla vasca e le tolse gli stivali prima di aiutarla a levarsi il vestito. Dopo quello che le aveva appena fatto, non avrebbe dovuto sentirsi nervosa che la rivedesse nuda, ma forse era proprio per questo che era in ansia. In vita sua Aylin era stata vulnerabile in moltissimi modi, ma mai così.

Cosa ancora peggiore, Hunter era diventato un robot, le

sue azioni erano brusche e misurate, come se stesse dissellando un cavallo invece che spogliando una persona a cui aveva appena fatto avere un orgasmo.

Mentre l'aiutava a entrare nella vasca calda e gorgogliante, la vampira fu grata del vapore che vorticava tra loro. Aveva appena sperimentato il momento più magico della sua vita... ma, stando alla devastazione sul suo viso, Hunter non provava affatto gli stessi sentimenti.

Nemmeno un po'.

Non c'è niente che induca un maschio a gettarsi a capofitto nei compiti di tutti i giorni come un silenzio teso.

Mentre Aylin si rilassava nelle sorgenti termali con una confezione di sangue, lui accese un fuoco, affilò le armi su una roccia spruzzata d'acqua e tracannò il proprio nutrimento. Il membro gli pulsò e i testicoli gli fecero male per tutto il tempo. Cos'avrebbe dato per lasciare che Aylin lo 'aiutasse' con quel problema...

Ma aveva già rischiato troppo cedendo al desiderio di toccarla e assaggiarla, di vederla crollare tra le sue braccia. Non poteva permettersi di creare un ulteriore legame fra loro. Era già pericolosamente vicino a nutrire stupide fantasie, tipo scappare con lei.

E passare il resto della vita braccati da ShadowSpawn.

Geniale, Hunt. Un'idea maledettamente geniale.

«Hunter?» La voce assonnata di Aylin gli arrivò mentre lanciava un ramoscello nel fuoco.

Il vampiro non guardò nella sua direzione. «Sì?»

«Raccontami di come sei cresciuto. Dei tuoi genitori. Di come sei diventato un capo.»

Non avrebbe potuto scegliere argomenti più scomodi nemmeno se ci avesse provato. Se gli avesse chiesto quelle cose qualcun altro, Hunter l'avrebbe mandato a quel paese. Ma si trattava di Aylin, la vampira che aveva rischiato la vita quando sua sorella non voleva farlo, e meritava di ottenere le risposte anche alle domande più brutte.

Sprofondando a terra, Hunter appoggiò la schiena contro la parete della grotta e si abbracciò le ginocchia mentre fissava il fuoco.

«Mia madre era un trofeo di guerra. Mio padre la prese quando uccise il suo compagno, il capo di BlackRiver.»

La sentì inspirare bruscamente sopra il crepitio del fuoco e il tenue mormorio dell'acqua. «Lei come la prese?»

«Era una guerriera e il suo clan seguiva le regole della cornacchia, quindi accettò il proprio destino.» Fece un mezzo sorriso. «Ma questo non significa che ne fosse contenta.» Le liti di cui era stato testimone tra sua madre e suo padre erano state brutali e a volte violente. In pratica come immaginava che sarebbe stata la sua unione con Rasha. «Mio padre peggiorò le cose negandole il permesso di portare nel clan i suoi due figli.»

«Mio padre avrebbe fatto la stessa cosa. Non avrebbe voluto la progenie di un altro leader nel suo clan.»

Esattamente. Per quanto fosse crudele, quei bambini sarebbero cresciuti e, con l'aiuto della madre, avrebbero potuto rovesciare il capoclan.

«Era un po' più complicato di così» ammise il vampiro. «I ragazzi non erano di mia madre. Erano di sua sorella. Sua sorella era sposata con il capoclan prima di mia madre e, quando morì dando alla luce il secondo bambino, mia madre si unì al loro padre e subentrò nel prendersi cura di loro.»

«Cos'è successo ai ragazzi? I tuoi cugini, suppongo?»

Si sentì il fruscio dell'acqua e alla fine Hunter si arrischiò a lanciare un'occhiata in direzione di Aylin. Si era spostata al limitare della vasca e aveva appoggiato le braccia sul liscio bordo di pietra. I capelli umidi le incorniciavano il viso e, nella fumosa luce del fuoco, avrebbe potuto essere una naiade che usciva dall'acqua per sedurlo fino alla morte.

Che bel modo di andarsene.

Si costrinse a distogliere lo sguardo prima di fare qualcosa di stupido, tipo raggiungerla dentro la vasca. «Furono mandati nella tribù indiana dei loro antenati. Accadde prima che i nativi americani si staccassero completamente dai vampiri.»

Dato che i bambini nati vampiri apparivano umani e avevano bisogni umani fino all'adolescenza, molte tribù li accettavano... finché il vampiro dentro di loro non dimostrava la sua presenza e gli umani diventavano cibo.

Un altro fruscio. «Quanto tempo è passato prima che nascessi?»

«Sono nato esattamente nove mesi dopo che mio padre ebbe ucciso il compagno di mia madre.»

«Non perse tempo, vero?»

«No.» E Hunter poteva solo immaginare come non fosse stato facile.

Altri spruzzi e fruscii. Cosa stava facendo Aylin lì dentro? «E tua madre...»

«Se ce l'aveva con me?» Il vampiro fissò il soffitto, odiando di dovere ricordare quel periodo della sua vita. Il clan era stato un posto molto cupo e i suoi membri poco più che uomini delle caverne. «Penso di sì. Ma non mi ha mai trattato male. Era solo... distante. Almeno finché i suoi figli non raggiunsero la pubertà e la tribù in cui si trovavano li cacciò via. Vennero a MoonBound, implorando per un posto in cui vivere.»

«Tuo padre glielo concesse?»

Hunter chiuse gli occhi. «Lasciò che prendessi io la decisione.»

Era stata una cosa crudele e spesso Hunter si chiedeva se l'avesse fatto per crudeltà o se avesse cercato d'insegnargli cosa significava prendere decisioni difficili. Forse entrambe le cose. Probabilmente entrambe le cose.

Aylin disse qualcosa sottovoce. «È terribile. Quanti anni avevi?»

«Dieci.» Un bambino, secondo gli standard dei vampiri.

«Li mandai via.» Si azzardò a guardarla, aspettandosi orrore o compassione o qualcosa di altrettanto orribile, ma vide solo curiosità e pazienza. Si mise comunque sulla difensiva, forse perché metteva ancora in dubbio la propria decisione. «Non avevo scelta. Se avessi permesso che restassero, alla fine mio padre li avrebbe uccisi.»

«Tua madre cosa fece?»

Gli si formò un groppo in gola. *Maledizione.* Credeva di avere superato quello che gli aveva fatto sua madre, invece no. A quanto pareva, il trauma era un dono che si rinnovava sempre.

«Non mi ha mai perdonato. Decenni dopo, cominciai a mettere in dubbio il modo in cui mio padre gestiva il clan. Quasi tutti i membri gli erano fedeli per paura, ma alcuni si sentivano come me, sentivano che era necessario cambiare le cose. Allora mio padre mi disse di togliermi dai piedi e di avviare un clan tutto mio. Il problema fu che molti membri del suo vollero venire con me. Ovviamente mio padre non ne fu affatto contento.»

«Cosa fece?»

«Cercò di fermarmi. Ci battemmo e lui morì.» Sembrava così semplice e chiaro, non è vero?

Ma Hunter non avrebbe mai potuto dimenticare come, mentre anni di abusi verbali, emotivi e fisici traboccavano durante la battaglia, fosse diventato proprio il mostro che aveva giurato di non diventare, né quando aveva sferrato il colpo mortale, mentre suo padre giaceva a terra sanguinante sul pavimento della foresta, avesse provato... soddisfazione. E forse un po' di gioia.

Persino in quel momento non poteva scrollarsi di dosso lo sporco piacere dell'uccisione e desiderò da morire che Samnult avesse incluso una bottiglia di vodka nel kit delle provviste. Era molto più facile annegare la vergogna che ricordarla.

«E tua madre?» domandò Aylin.

«Come ho detto, non mi ha mai perdonato. Minò la mia autorità, cercò di mettermi contro i membri del clan. Dovetti bandirla. Se ne andò durante una tempesta di neve e non l'ho più vista.»

Riportò lo sguardo su Aylin e desiderò non averlo fatto. Lei continuava a guardarlo, con le braccia che la sostenevano fuori dell'acqua dalle spalle in su, ma adesso la parte inferiore del suo corpo galleggiava mentre lei muoveva delicatamente i piedi. Il suo sedere sodo e rotondo sporgeva dalla superficie, con goccioline che le imperlavano la pelle liscia. Cos'avrebbe dato Hunter per leccare via quelle gocce!

E non si sarebbe nemmeno fermato lì. Riusciva a sentire ancora il sapore della vampira sulla lingua, e voleva di più. Molto di più, ma non poteva avere niente.

Se non usciva dall'acqua, Aylin si sarebbe trasformata in una prugna secca; ma, nonostante il fatto che fosse in una regione pericolosa e fosse già andata vicino alla morte parecchie volte, non era mai stata tanto rilassata. Sapeva che era sbagliato da parte sua godersi il tempo con Hunter, ma era la prima volta che un maschio s'interessava a lei e Aylin non voleva perdere nemmeno un attimo.

«Basta con i miei genitori» disse Hunter, mentre si girava di nuovo verso il fuoco. «Parlami di tua mamma. So che era umana quando tuo padre la reclamò e che è morta di parto, ma non ho sentito dire altro.»

D'accordo, forse il divertimento era finito. «Negli anni Sessanta del XIX secolo, il clan di mio padre assalì un accampamento per la costruzione della ferrovia. Uccisero gli uomini e rapirono le donne.» Aylin uscì dall'acqua e si avvolse in un asciugamano. «Puoi immaginarti il motivo.»

Hunter annuì, mentre le ombre che gli danzavano sul viso enfatizzavano il disgusto nella sua espressione.

«Be', mio padre s'infatuò di mia madre e le risparmiò la vita, tenendola prigioniera per molto tempo dopo che le altre donne erano morte.» Aylin aveva sentito quelle storie più e più volte, sia da suo padre che dai membri del clan che avevano nostalgia dei bei tempi andati, quando i vampiri vagavano liberamente e i loro atti efferati potevano essere imputati alle tribù dei nativi umani. «Alla fine la trasformò in una vampira, ma, stando ad alcuni, lei non fu mai veramente d'accordo. Però, a detta di tutti, è stata l'unico essere che mio padre abbia mai amato.»

Hunter alzò lo sguardo e, mentre la osservava, Aylin avrebbe giurato che i suoi occhi s'incupirono. «E tu ci credi?»

Perfino la sua voce era diventata profonda e rauca, e il calore si diffuse sulla pelle già calda della vampira. Lui aveva detto che la voleva e, ora che le aveva dimostrato che era vero, Aylin lo capiva in modo estremamente chiaro. Fu attraversata dal senso di colpa e dalla soddisfazione, che si mescolarono in modo così completo che lei non riusciva a distinguerli. Hunter apparteneva a Rasha, ma... non la voleva.

Vuole me!

Altra soddisfazione. Altro senso di colpa.

Che schifo.

«Credo che mio padre ami Rasha» disse Aylin mentre scivolava nel vestito sporco che aveva portato tutto il giorno.

«E te?»

«M'incolpa per la morte di mia madre.» La vampira sbuffò. «Sai come la pensa chi segue la cornacchia. I gemelli secondogeniti hanno un'anima cattiva. E poi, essendo nata con un difetto genetico, porto doppiamente sfortuna.»

Da dietro le sue spalle, Hunter dichiarò: «Forse è la prova che ti ama. Chi segue la cornacchia distrugge i gemelli secondogeniti e qualsiasi bambino nato con un difetto genetico. Se non l'ha fatto...»

«Non significa niente. Amava mia madre e, prima di morire, lei lo pregò di risparmiarmi. Questo è l'unico motivo per cui sono viva.»

Si girò di nuovo verso Hunter, il cui sguardo rovente non

la mollava come un predatore nella notte. Bastò a toglierle il respiro. A farla sciogliere dentro. A farle quasi dimenticare di avere una sorella che lo stava aspettando.

«Credo che ci sia dell'altro.» Hunter si alzò, con i magnifici muscoli del petto e degli addominali che si flettevano sotto la pelle che brillava alla luce del fuoco. «Risparmiandoti la vita, ha rischiato la ribellione all'interno del clan.»

«Stai dicendo che tu non rischieresti una ribellione per la femmina che ami?»

«Io rischierei tutto per la femmina che amo.» Hunter si mosse verso di lei, ipnotizzandola con la bellezza della sua figura. Si fermò a meno di mezzo metro da lei, abbastanza vicino perché sentisse l'odore di fumo e sudore sulla sua pelle. Abbastanza vicino da farle venire l'acquolina in bocca per il desiderio di assaggiarlo. «Tutto. Ecco perché non posso innamorarmi.»

«Non puoi» sussurrò lei con voce rauca. «O non vuoi?»

Per un lungo momento Hunter non disse niente, ma Aylin vide la battaglia che infuriava nei suoi occhi e si chiese se stesse pensando a Rasha. Le venne la nausea.

Proprio quando pensava che non le avrebbe risposto, il vampiro si girò e andò verso la vasca, con i capelli folti che, mentre camminava, gli frusciavano sulla schiena ampia. «Ha davvero importanza? Il clan è la mia priorità. Punto.»

«Ma questo non significa che tu non possa essere felice.»

Fermandosi di colpo, Hunter scosse la testa. «Com'è possibile che tu sia cresciuta a ShadowSpawn e sia ancora così ingenua?»

«Come avrei potuto crescere a ShadowSpawn e non sperare e sognare qualcosa di meglio?» Fantasie e desideri erano ciò che l'aveva mantenuta sana di mente. Senza la speranza e il sogno di una vita migliore, sarebbe morta di disperazione da molto tempo.

«Continui a sperare in qualcosa di meglio?»

Lei incrociò le braccia sul petto, trincerandosi sulle sue posizioni. Nessuno poteva portarle via i suoi sogni. «Sì.»

«Allora spero che tu lo ottenga, Aylin. Lo spero davvero. Ma molto tempo fa ho imparato che sperare in qualcosa è una perdita di tempo. Speravo di avere dei bambini. Speravo di unirmi a qualcuno che amavo. Ora spero solo di sopravvivere fino al giorno dopo. Vedremo come andrà.» Armeggiò con la cintura e, mentre faceva cadere gli abiti a terra, lei si girò. «Riposati. Forse i tuoi desideri avranno un esito migliore dei miei.»

Ne dubitava, dato che desiderava che Hunter potesse essere suo.

23

Hunter si svegliò con il rumore di un essere che stava morendo. Balzò fuori dalla coperta che aveva condiviso con Aylin e si fiondò verso l'ingresso della grotta. Fece nuovamente attenzione a non superare la soglia, ma non aveva bisogno di uscire per sapere cosa stava succedendo. Dal punto in cui si trovava, vedeva benissimo la carneficina.

La cosa strana era che l'ambientazione desertica era sparita, rimpiazzata da una giungla rigogliosa che sarebbe potuta provenire dalla foresta amazzonica.

«Cosa c'è?» In qualsiasi altro momento, la voce assonnata al mattino di Aylin gliel'avrebbe fatto diventare duro come una roccia. In quel preciso momento, semplicemente sottolineò quanto sarebbero stati vulnerabili una volta che avessero lasciato la sicurezza della grotta.

«Non lo so, ma una creatura veramente molto grossa ne ha dilaniata un'altra veramente molto grossa.»

La vampira lo raggiunse e, quando vide i resti di un animale peloso che dal vivo probabilmente assomigliava a un lanoso mammut carnivoro, inspirò bruscamente. Il cranio era appoggiato sul sottobosco, con il sangue che gocciolava dalle foglie grandi; gli occhi vitrei sembravano fissarli.

Hunter si girò verso Aylin, perché voleva proteggerla da tanta bruttura, ma la vampira fece un passo di lato e affrontò il sangue a testa alta.

«Non hai bisogno di proteggermi, Hunter. Sono più forte di quanto sembri.»

Lui passò lo sguardo ammirato su di lei. «Sì, è vero.» Era molto più forte di quanto avesse immaginato la prima volta che si erano incontrati.

Oh, certo, prima del viaggio in quel regno infernale, Hunter aveva capito che era forte, ma la sua forza tranquilla le veniva dal cuore. Però era cambiata da quando erano arrivati e, anche se in parte era merito della gamba guarita, c'era dell'altro.

La notte precedente, Aylin aveva inciso la ferita in suppurazione che le aveva causato vivere a ShadowSpawn. Aveva detto che non si arrabbiava mai, ma la bottiglia d'acqua mandata in frantumi forse era indice di qualcos'altro. Hunter aveva la sensazione che negli anni Aylin avesse trattenuto molta rabbia e che, per la prima volta in vita sua, si fosse sentita abbastanza forte da lasciarla uscire.

'Mio padre dovrà ingoiare il fatto che ti ho accompagnato in questa prova, e anche che non zoppico più' aveva detto. 'Spero che ci si strozzi.'

'Lo spero anch'io.' E lo sperava davvero. Hunter indicò le scorte di cibo e acqua. «Dovremmo mangiare qualcosa.» Ben presto sarebbero dovuti uscire e avrebbero dovuto affrontare qualsiasi sfida Samnult avesse in serbo per loro. Hunter avrebbe voluto temporeggiare, sarebbe voluto restare nascosto finché non avessero finito il cibo, perché, anche se superavano la prova, l'inferno non avrebbe avuto fine.

In conclusione, avrebbe dovuto dire addio a Aylin.

Quando ebbero mangiato le barrette di carne essiccata, metà di quelle al manzo e ciò che restava del sangue umano, Aylin sospirò.

«Dovremmo cominciare.»

«Lo so.»

La vampira si mise in piedi. «Immagino che un momento valga l'altro.»

«Aylin, aspetta.» Alzandosi, Hunter raccolse l'ascia dal punto in cui l'aveva lasciata cadere la notte precedente. «Prendi questa.»

Lei scosse la testa. «Sei più forte e veloce, e hai più esperienza di combattimenti. Con quella puoi fare molto più di me.»

Forse, ma era proprio per questo che lei ne aveva più bisogno di lui. «Non discuterò su questo» ringhiò Hunter.

«Bene, perché non lo farò neanch'io.» Con un sorriso luminoso, Aylin spinse via l'ascia che il vampiro cercava di metterle in mano. «Prenderò il coltello a serramanico.»

Un coltello a serramanico non era un'arma adatta. «Maledizione, Aylin...»

«Fidati, sono brava con le lame piccole» dichiarò. Ebbene, se con un coltello era brava anche solo la metà di quanto lo era con un'ascia, avrebbe spaccato il culo a metà dei guerrieri di Hunter. «Sono la migliore del mio clan. Mio padre s'incazza tantissimo quando vinco le gare di lancio. Ha imparato a non farmi mai gareggiare se non contro un altro clan.» Prese il coltello da lancio da sopra la coperta e lo aprì con un colpetto. «Non può certo permettere che faccia fare brutta figura ai maschi di ShadowSpawn.» Fece un largo sorriso. «Però mi usa sempre come arma segreta contro gli altri clan. Una volta ho umiliato NightShade colpendo le frecce dei concorrenti con solo un coltellino da burro. Tseeveyo si è arrabbiato così tanto che ha giustiziato uno dei suoi guerrieri su due piedi.»

Tirare fuori il nome di Tseeveyo portò al limite tollerabile la rabbia di Hunter. «Tseeveyo fa sembrare tuo padre un angelo» dichiarò. «Disgustoso bastardo. Mi dispiace per il suo harem di compagne. Non capisco come possano volerlo sposare.»

«La maggior parte non ha scelta» replicò Aylin, infilandosi la lama nello stivale.

Hunter annuì. «È disposto a prendere praticamente qualsiasi giovane femmina che gli altri clan non vogliono. Più sono giovani meglio è.» Il vampiro imprecò. «Per quelle povere vampire sarebbe meglio morire.»

Lei serrò le labbra come se cercasse di decidere cosa dire. «Immagino che anche questa sia un'opzione.» Si avviò verso l'uscita, e il panico gorgogliò nel petto di Hunter.

«Aspetta.» Precipitandosi verso di lei, l'afferrò per il gomito e la fece girare.

Non era ancora pronto a rinunciare al tempo da solo con lei. Non era pronto a mettere fine al periodo passato insieme. Quella sarebbe stata l'ultima volta insieme, senza complicazioni come la vita all'interno di un clan, Rasha, o qualche mostro gigantesco che voleva mangiarli.

Aylin alzò lo sguardo su di lui, i suoi occhi color zaffiro scoppiavano di vitalità. Nell'ultimo paio di giorni si era davvero fatta valere e, se prima Hunter ne era stato attratto, ora sentiva di non potere sfuggire al suo fascino. Era una bella rosa a cui erano cresciute le spine, e lui sarebbe stato ben contento di lasciarsi ferire.

«Ti prego, non tirarla per le lunghe» replicò la vampira. «A meno che tu non mi dica che vuoi rompere il patto con mio padre e unirti a me invece che a Rasha, non dire niente.»

Il dolore gli trafisse il cuore. Voleva farlo, Grande Spirito, ma aveva firmato un contratto, con il suo stesso sangue, in cui affermava che avrebbe sposato Rasha. A meno che quest'ultima non commettesse un crimine atroce o ShadowSpawn venisse distrutto dagli umani o da un altro clan, era fregato.

«Questo non posso dirtelo.» La sua voce sembrava passata sulla carta vetrata. «Ma devi sapere che, prima di te, non ho mai conosciuto una vampira che desiderassi prendere come compagna.»

Gli occhi di Aylin balenarono d'indignazione. «Ti ho detto di non dire niente. Questo dovrebbe farmi sentire meglio di notte, quando so che sei a letto con Rasha invece che con me? Il fatto che, mentre scopi lei, desideri che sia io ad avvolgerti le gambe intorno alla vita dovrebbe confortarmi? Be', buon per te, perché Rasha e io abbiamo la stessa faccia. Almeno tu puoi fare finta.»

Con uno strattone, si staccò da lui, che però l'afferrò prima che potesse fare un solo passo. «Non fingerò» giurò. «E voi non avete la stessa faccia. Gemelle o no, lei è brutta quanto tu sei bella.»

Per parecchi secondi, Hunter non riuscì a decifrarla. Aylin, la vampira a cui le emozioni sembravano passare sul viso come su un'insegna al neon, era inespressiva quanto un foglio di carta. E poi i suoi occhi si ghiacciarono in un modo così assoluto che Hunter sentì una raffica d'aria fredda soffiargli sulla pelle.

«Possiamo andare adesso?» La vampira si girò, dandogli la schiena e respingendolo. «Sono pronta a lasciarci la notte scorsa alle spalle.»

Sì, le sue spine decisamente ferivano.

Mentre a grandi passi usciva dalla grotta, Aylin si sentiva una vera stronza. Evidentemente, lei e Rasha non avevano solo l'aspetto fisico in comune.

Ma forse era giunto il momento che si tutelasse più di quanto aveva fatto in passato... un passato in cui si era difesa in modo debole e da dietro le quinte. Le era accaduto qualcosa da quando era arrivata in quello strano regno, aveva sviluppato una nuova fiducia in sé stessa che le aveva dato una voce che aveva sempre tenuto incatenata. La notte precedente era stata straordinaria, ma quella mattina la realtà era sorta insieme al sole. Lei e Hunter non sarebbero mai più stati insieme e il dolore era talmente crudo che le emozioni vi si scorticavano, bruciando ogni volta che si azzardava a guardarlo. Avrebbe potuto dirle qualsiasi cosa, Aylin avrebbe comunque perso la testa.

Era proprio giunto il momento, cazzo.

Peccato che probabilmente sarebbe morta nei minuti seguenti e che la realtà attenuasse la sua rabbia residua abbastanza da farla girare quando Hunter mormorò il suo nome.

«Cosa c'è?» domandò stancamente. E accidenti a lui perché aveva in tutto e per tutto l'aspetto del guerriero, come se niente di quello che lei gli aveva detto l'avesse minimamente turbato.

Ma in fondo, se non fosse riuscito a mettere da parte i problemi personali quando era in pericolo di vita, non sarebbe stato un bravo guerriero, figuriamoci un bravo capo, no?

«Andiamo fino alla collina più vicina. Gli alberi dovrebbero assicurarci una certa copertura finché non troveremo una posizione vantaggiosa e capiremo cosa fare.»

Siccome non aveva un'idea migliore, Aylin annuì e uscirono dalla grotta. Come se fossero passati attraverso un velo atmosferico, entrarono in un'aria calda e umida che per poco non la soffocava a ogni respiro. Avanzarono con prudenza attraverso un sottobosco spugnoso, facendo attenzione a evitare pozze di sangue e schizzi di pezzi di carne di animali che erano stati sbranati.

Strane urla filtravano dalla volta sopra le loro teste, ma ogni volta che Aylin alzava lo sguardo, le creature in alto si zittivano e restava solo il rumore dell'acqua che gocciolava dalle foglie. Mentre superavano un canale di scolo poco profondo, Hunter s'inginocchiò, con l'ascia in mano, per studiare un'orma che, a quanto pareva, era stata lasciata dall'incrocio tra un orso e, a giudizio di Aylin, uno pterodattilo.

«Accidenti, quest'essere è enorme.» Hunter disse qualcosa a bassa voce che suonò come 'Maledetto Samnult', ma non ne era sicura.

Soprattutto perché proprio mentre lo diceva, qualcosa ruggì. Qualcosa di vicino.

«Cosa diavolo...?» Hunter si alzò agilmente in piedi mentre Aylin prendeva in mano il coltello a serramanico. «Dov'è? Non vedo niente.»

Non lo vedeva nemmeno Aylin, ma lo sentiva. L'inconfondibile battito di ali. Alzò lo sguardo proprio quando l'essere tra lo pterodattilo e l'orso squarciava la spessa volta verde, disperdendo le piccole creature e facendo piovere frammenti di rami e foglie.

Grande come un aereo, la creatura aveva il corpo ricoperto di pelo marrone, ma le ali di un nero lucente che avrebbero potuto sollevare in aria un 747 che gli fosse spuntato da dietro. Simili a laser, due occhi rossi si concentrarono su Aylin, e a lei sembrò che il becco, bordato di denti orribili, si piegasse in un sorriso.

Era una macchina mortale volante.

Nel petto della vampira, la sua colomba svolazzò, pronta all'azione. Non l'aveva mai liberata per comunicare con qualcosa che sembrava volesse mangiarsela a colazione, ma la creatura che li stava raggiungendo, con le fauci enormi spalancate e gli artigli allungati grandi come un machete, la convinse a provarci.

Aylin liberò la colomba proprio quando Hunter la sbatté a terra. Rotolarono e lui atterrò sopra di lei. La vampira udì un grido, uno strappo e il grugnito di Hunter, seguito dall'odore acuto del sangue nell'aria.

«Cazzo!» sibilò Hunter. «Il dinorso mi ha preso.»

Aylin uscì faticosamente da sotto di lui mentre il dinorso, come l'aveva chiamato Hunter, salì rapidamente verso l'alto, con il sangue che gli gocciolava da un artiglio. Il vampiro si alzò barcollando, reggendosi la cassa toracica con un braccio. Un brutto sfregio profondo gli andava da sotto l'ascella fino alla spina dorsale, mettendo a nudo muscolo e osso.

«Hunter!» Aylin corse verso di lui, che però l'avvertì con un urlo, e lei si girò in tempo per vedere il dinorso che scendeva di nuovo a capofitto verso di loro.

Questa volta, teneva nel becco la colomba selvatica. Oh, merda... Aylin non aveva pensato che gli spiriti guida potessero morire, ma, mentre la osservava, la bestia squarciò a metà l'uccellino. Piovvero piccole piume grigie e goccioline di sangue.

«No» gridò la vampira. «No!» Come se qualcuno le avesse strappato un organo, il dolore la fece barcollare. Ma mentre il dinorso andava verso di lei, lo shock e la sofferenza lasciarono il posto alla rabbia. Con un solo movimento fluido, aprì di scatto il coltello, prese la mira e lo lanciò.

La lama affondò nell'occhio dell'orso-uccello, che gridò e sbandò, andando a sbattere contro una mezza dozzina di tronchi d'albero finendo a testa in giù sulla terra umida. Pelo e piume esplosero nell'aria e, per pochi attimi angosciosi, Aylin trattenne il fiato, sperando tantissimo che la creatura fosse finita.

E poi, come la fenice che rinasce dalle ceneri, il mostro schizzò in alto e prese una corrente d'aria. Si fece trasportare ad ali spiegate e tornò verso di loro con un tuffo agevole.

«Corri» gridò Hunter. «Verso i cespugli.»

Le parole gli erano a malapena uscite di bocca quando l'essere fece uno scatto e attaccò con le zampe. Ma Hunter fu svelto e roteò l'ascia nello stesso momento in cui l'uccello-orso lo colpiva. L'arma affondò nella sua gola pelosa, irrorando di sangue il fogliame spesso come una manichetta antincendio. La creatura precipitò a terra, rimbalzando e rotolando in una palla sanguinosa di pelliccia e piume fino a fermarsi contro un masso grande come un autobus.

«Ce l'hai fatta!» La voce di Aylin era rauca, le ginocchia le tremavano, ma il senso di vittoria risuonava in lei come un canto cerimoniale. «Hunter?»

Si voltò... e il cuore le si bloccò nel petto.

Hunter giaceva immobile su un letto di muschio in una pozza del suo stesso sangue. Aveva il petto squarciato, con gli organi che fuoriuscivano dal taglio che gli andava dall'ombelico alla gola.

«Hunter!» Aylin si precipitò verso di lui. «No» urlò. «No, no, no!»

Mentre lei raggiungeva il suo corpo immobile e si buttava a terra, occhi privi di vita fissavano il cielo senza vederla. «Non morire, bastardo. Hunter!»

Quando lo prese tra le braccia, il vampiro non si mosse. Era pesante, con gli arti flosci e la pelle cinerea, mentre l'istinto diceva a Aylin ciò che il suo cervello non voleva ammettere.

Hunter era morto.

Non poteva essere. Non dopo tutto quello che avevano passato. Non dopo che gli aveva gridato contro perché non aveva scelto lei invece di sua sorella... anche se sapeva che non aveva scelta. E se la rabbia gli avesse impedito di lottare al meglio? E se fosse morto a causa sua?

Singhiozzando, lo tenne stretto, cullandone la figura immobile mentre le lacrime le colavano lungo il viso.

«Ha combattuto bene.» Samnult si materializzò a pochi centimetri di distanza, questa volta apparendo più umano di quanto Aylin l'avesse mai visto, vestito con un completo casual, come se allestire battaglie mortali fosse solo un altro compito d'ufficio.

«Aiutalo» lo pregò Aylin. «Per favore.»

L'espressione di Samnult era stranamente affettuosa, la sua voce gentile. «Adesso puoi aiutarlo solo tu, Aylin.»

Hunter stava già diventando freddo... perfino con quel caldo, in qualche modo stava perdendo calore prezioso. «Come?» gracchiò la vampira. «Farò qualsiasi cosa.»

«Qualsiasi cosa?» chiese il demone in modo minaccioso. La compassione era sparita e al suo posto c'era una crudeltà che Aylin scelse d'ignorare. Se poteva aiutare Hunter, l'avrebbe fatto, a qualsiasi costo. «Ne sei certa?»

Perché le poneva domande così stupide, perdendo tempo?

Stringendosi il viso di Hunter contro il petto, lei lo cullò il più strettamente possibile, come se il suo cuore che batteva all'impazzata avesse potuto trasferire la vita direttamente al vampiro. «Sì.»

Samnult snudò i denti, che comprendevano due zanne da vampiro grosse come il pollice di Aylin. «Voglio i tuoi sogni.»

Lei sbatté le palpebre. «I miei... sogni?» Non sembrava malissimo. Strano, forse, ma che problema c'era se dormiva tutta la notte senza sognare?

«I tuoi sogni di essere normale. Di non essere considerata una disgrazia e uno scherzo della natura.» Il demone lanciò un'occhiata alla gamba della vampira. «Sarai di nuovo storpia.»

Le si rivoltò lo stomaco. Samnult non parlava di sogni... parlava di incubi. Aylin aveva visto di sfuggita cosa significava essere sani e completi e, per ventiquattr'ore, si era vista vivere una vita che aveva scelto lei. Anche se avesse significato vivere nelle fogne di Seattle e a cena mangiare ratti, almeno sarebbe stata libera.

Ma Samnult le stava chiedendo di rinunciarci. Di tornare a essere storpia. Storpia e obbligata a stare con Tseeveyo. Se acconsentiva, sarebbe tornata al punto di partenza, sarebbe stata fondamentalmente... fottuta. Però Hunter sarebbe vissuto.

In definitiva, non aveva scelta.

«Fallo» disse senza riflettere. «Per favore.»

Sam sorrise. «Hunter ha scelto bene.»

Scelto bene? Il vampiro non aveva avuto scelta, e di colpo Aylin si chiese cos'avrebbe fatto Rasha con la vita di Hunter in pericolo.

No, non doveva chiederselo. Rasha avrebbe lasciato che Hunter morisse.

«Vieni, Aylin.» Sam le porse la mano. «Devo mostrarti una cosa.»

24

Hunter aveva fatto un sogno stranissimo.

Cavalcava un cavallo pezzato che aveva avuto da bambino, attraverso pianure che si stendevano a perdita d'occhio. Armato di un arco, era all'inseguimento di una mandria di bisonti, ma inspiegabilmente non si trovava lì per cacciare. Non aveva fame e gli animali di certo non avevano paura di lui.

Il vampiro aveva la strana sensazione che, anche se avesse colpito uno degli animali con una freccia, questo non sarebbe rimasto ferito.

In seguito, si ritrovò a una tavola in un enorme salone chiassoso, a cena con guerrieri che erano morti molto tempo prima. Musica e risate riempivano la stanza, così come gli odori appetitosi di tutti i suoi cibi preferiti.

«Amico mio, è bello vederti» disse un maschio seduto davanti a lui. Soaring Jay, un suo amico d'infanzia umano della tribù degli Umatilla, sollevò una coppa d'argento piena di una sostanza blu. «Ma questo non è il tuo posto.»

«È troppo presto» affermò una femmina dai capelli argentei appartenente allo stesso clan di Hunter. Foglia nel Vento, che tutti chiamavano semplicemente Foglia, era stata uccisa dagli umani un quarto di secolo prima. Era seduta accanto a Soaring Jay, e le loro dita erano intrecciate.

Dove diavolo si trovava?

Confuso, ma stranamente... in pace, Hunter rimase seduto a guardare dozzine, no, centinaia, di amici e familiari del suo passato che cenavano e bevevano, cantavano e ballavano.

Questo è un sogno, pensò. Doveva esserlo per forza. A meno che... a meno che non fosse morto.

Dov'è Hunter?

La voce, molto familiare eppure molto distante, gli risuonò nelle orecchie. «Aylin?» gridò. Lo guardarono tutti con quella che il vampiro avrebbe giurato fosse compassione.

Ancora non capisce.

Hunter ha moltissimo da fare.

È perso, ma troverà la sua strada.

I mormorii delle persone nella stanza per poco non soffocarono la voce di Aylin, ma Hunter non riusciva a capire dove fosse la vampira. Si alzò di scatto e di nuovo gridò: «Aylin! Dove sei?»

Accidenti a te, Samnult. La voce di Aylin arrivò fino a lui, dando l'impressione di essere filtrata attraverso una lattina. *Se non mi fai vedere Hunter nei prossimi cinque secondi, ti sventrerò a mani nude!*

All'improvviso, Hunter non fu più nella strana sala da pranzo. Era in piedi in mezzo a una specie di arena per gladiatori. Intorno a lui s'innalzavano mura di pietra, dietro le quali si trovavano spalti pieni di gente armata fino ai denti e con indosso il tradizionale abito dei nativi americani rappresentante dozzine di tribù. L'arena in stile romano era cosparsa di ossa e teschi umani, così tanti che per contarli sarebbero occorsi giorni, forse settimane.

Sul serio, ma che cazzo...?

Il nitido stridore di dispositivi metallici fece vibrare la sabbia sotto i suoi piedi e il cancello di ferro in fondo all'arena si aprì scorrendo. Hunter si accucciò, in attesa che una bestia di qualche genere o un guerriero armato improvvisamente entrassero dall'apertura per ucciderlo.

Invece gli corse incontro una bionda, e il suo cuore sobbalzò. Aylin? Ma perché stava zoppicando?

Non importava. Non gli importava. Partì a tutta velocità, coprendo la distanza che li separava in tre secondi. Quando lei gli volò tra le braccia, si sentì felicissimo. Gli stava bene anche essere morto. Aveva Aylin, nient'altro aveva importanza.

«Che sia ringraziato il creatore» disse la vampira, ripetutamente mentre lo baciava sulla guancia, sul collo, sul mento e, infine, sulle labbra.

Lui rispose al bacio con altrettanto entusiasmo, e un ringhio basso accompagnò le loro lingue che s'incontravano, mentre lei lo stringeva così forte che Hunter pensò che tra i loro corpi non potesse starci nemmeno una molecola d'aria.

«Vi serve già una stanza.» La voce impassibile di Samnult interruppe il momento, ma non impedì a Hunter di stringersi Aylin vicino e affondarle il naso nei capelli. Inspirò a fondo, rassicurandosi che era lei. Che non era completamente impazzito.

«Avevo paura che Samnult non ti avrebbe mai riportato indietro» sussurrò Aylin.

La vampira si allontanò di un passo, ma continuò a tenergli le mani sulle spalle nude affondandogli le unghie nella pelle così tanto che Hunter sospettò che gli sarebbe uscito il sangue. Non che gliene fregasse qualcosa. Avrebbe portato quei segni con orgoglio.

Passò lo sguardo da Aylin al demone e viceversa. «Cos'è successo? Dove siamo?»

«Sei morto.» Rispose Aylin con voce rotta. «Sei morto e ho pensato che te ne fossi andato per sempre...»

«Ma io ho salvato la tua misera vita» s'intromise Sam. «Be', l'ha fatto Aylin. Occhio per occhio.» Si strinse nelle spalle. «O meglio, in questo caso, gamba per vita.»

Questo non è il tuo posto. È troppo presto. Il suo cervello fu attraversato da tutte quelle voci confuse e poi dalle immagini di uno strano essere gigantesco a forma di orso che lo attaccava.

Di Aylin che lo colpiva nell'occhio con la sua lama e dell'animale che gli squarciava il petto.

Barcollò all'indietro, la sua mente era un guazzabuglio d'immagini e suoni e dolore. La realtà lo colpì con tutta la sua forza e Hunter si rese conto di non aver affatto sognato. Era morto.

E Aylin aveva sacrificato la cosa più importante per lei... per salvargli la vita.

«Oh, Aylin.» La voce del vampiro era devastata, quindi adatta alle circostanze, visto che gli sembrava che lei avesse buttato via l'unica cosa per cui la sua vita forse valeva la pena di essere vissuta.

«Sì, sì.» Samnult alzò gli occhi al cielo. «Il sacrificio è sempre dolce.» Con la mano fece un gesto che racchiudeva tutto. «Hai chiesto dove siamo. Siamo nel mio centro d'addestramento.»

«Centro d'addestramento?»

Samnult annuì. Dietro di lui, un maschio alto e biondo entrò attraverso il cancello che aveva usato Aylin. Era vestito in modo simile a Hunter, tranne che per l'imbracatura di cuoio piena di armi letali. I suoi stivali scricchiolavano sulle ossa sopra cui camminava.

«Cosa credevate che facessi con tutti i primogeniti che prendevo ai vampiri di prima e seconda generazione?» Samnult passò lo sguardo su tutta la folla. «Probabilmente davate per scontato che li torturassi o li mangiassi.»

Hunter non rispose, perché era esattamente quello che aveva pensato.

«Quei bambini sono le persone in tribuna» affermò Sam. «Le ossa appartengono agli umani che hanno oppresso la vostra specie. Che hanno ucciso, maltrattato e schiavizzato i vampiri.»

Aylin osservò la folla con timore reverenziale. «Stai dicendo che hai tolto dei bambini ai loro genitori per... cosa? Perché combattessero come gladiatori con gli umani?»

Samnult rise. «No. Per addestrarli a uccidere gli umani.» Schioccò le dita e le ossa scomparvero. Il biondo fece un passo avanti accanto a Samnult... e snudò le zanne da vampiro in direzione di Hunter. «La guerra sta arrivando e questi bambini che ho preso guideranno la carica.» Diede una pacca sulla spalla sfregiata del nuovo arrivato. «Aylin Redmoon, questo è tuo fratello, Lupo Pallido.»

Fratello?

Aylin fissò il vampiro davanti a sé, aveva gli occhi azzurri, i capelli biondi e la tonalità della pelle identici ai suoi; la mascella squadrata, la bocca crudele e il naso largo erano evidentemente quelli di suo padre. Del loro padre.

Lo sguardo freddo del vampiro la osservò con lo stesso interesse che si potrebbe rivolgere a un grillo in un campo.

«Io... ehm... ciao.» Gli rivolse un sorriso titubante, ma la maschera senza espressione di suo fratello non cambiò. Per niente.

«Ti ho osservato.» La voce roca e profonda del vampiro non assomigliava per niente a quella del loro padre, e Aylin immaginò che fosse un bene. «Durante le prove, ti ho osservato.» Dall'imbracatura per le armi, tirò fuori una lama e gliela offrì, dalla parte dell'impugnatura. «Il tuo spirito è forte, piccola. Il tuo cuore è più grande delle sfide che hai affrontato. Sono onorato di chiamarti sorella.»

Con gli occhi che le pizzicavano, Aylin accettò la lama. L'impugnatura, intagliata da una qualche specie di avorio, si adattava al suo palmo come se fosse stata fatta apposta per lei. «Non so cosa dire.» Non lo sapeva davvero. Cosa si dice a un fratello che non si è mai incontrato ma che evidentemente sa più cose di te di quante tu ne sappia di lui?

«Basta» disse Samnult, e all'improvviso non furono più nell'arena. Aylin, Hunter e Samnult si trovavano dove era cominciato il viaggio dei due vampiri.

Al portale.

Ricordi dolceamari le rimbalzarono nella testa. Avevano fatto l'amore senza un rapporto completo, si erano scambiati il sangue e avevano creato un legame a cui Aylin si sarebbe aggrappata per sempre.

Eppure, nemmeno dopo che aveva salvato la vita di Hunter, sarebbero mai potuti stare insieme.

La vampira si scrollò brutalmente quei pensieri dalla testa e li chiuse a chiave, costringendosi a tornare al presente.

«Dov'è mio fratello?» chiese al demone.

«Lo rivedrai» rispose Samnult. «Presto.»

Aylin non era sicura di come suonasse quella promessa. Per quanto le piacesse conoscere il fratello che era stato preso prima che lei nascesse, aveva la sensazione che la prossima volta non si sarebbero incontrati in circostanze molto felici.

Ma in fondo, nemmeno il loro primo incontro lo era stato.

«Abbiamo finito qui?» Hunter lanciò un'occhiata al cerchio di pietre che determinava il portale e Aylin si chiese se anche lui dovesse reprimere i ricordi di quando l'avevano attraversato la prima volta. «Abbiamo superato le prove? O la mia... morte... ha determinato la nostra sconfitta?»

Gli occhi neri di Samnult divennero vitrei, come se stesse rivivendo il momento... e forse assaporandolo. «Le avete superate. Avete ucciso la creatura. Il fatto che anche lei ti abbia ucciso non ha importanza.»

Aylin immaginò che Hunter non fosse d'accordo. «E ora?»

«Ora?» Il demone inarcò le sopracciglia. «Ora ve ne andate, ma prima potete farmi ciascuno una domanda. Qualsiasi cosa vogliate.» Sollevò una mano. «Ed è meglio che la prossima cosa che vi esce di bocca non sia 'qualsiasi?', perché conterà come una domanda. E non chiedetemi nemmeno delle profezie. Non conosco il futuro.»

Aylin scambiò occhiate con Hunter, domandandosi cos'avrebbe chiesto. Infine lui parlò.

«M'incuriosisce l'imprinting e come avviene. Che scopo ha, specialmente se non è volontario ed è unilaterale?»

«Ah, sì. Bella domanda.» Samnult si appoggiò a un albero che un attimo prima non c'era stato. Aylin non vedeva l'ora di tornare nel mondo reale, dove gli alberi non si spostavano. «L'imprinting è un marchio di compatibilità genetica» spiegò il demone. «Quando un maschio ha l'imprinting con una femmina e ottiene il marchio dell'accoppiamento, per la coppia le probabilità di concepire aumentano grandemente. Il legame stesso assicura che il maschio sia fisicamente attratto dalla femmina, perciò crescono le probabilità che dalla loro unione nascano dei bambini.»

«Questo significa che nel mondo ci sono molteplici femmine a cui un maschio potenzialmente potrebbe legarsi? Non solo una?»

«Questa è un'altra domanda, ma risponderò. Sì, l'idea che in tutto il mondo ci sia una sola femmina con cui un maschio può avere l'imprinting è ridicola. E ti dirò di più: un maschio non riceve sempre l'imprinting con una femmina con cui è compatibile. Il momento è tutto.» Si esaminò le unghie con un'indifferenza esagerata. «E forse ci metto lo zampino io.»

«Quindi stai dicendo che sono già stato con femmine compatibili? Che se il momento fosse stato giusto, avrei potuto avere l'imprinting con loro? Chi?»

«Ho già risposto alla tua unica domanda. Inoltre, sai già la risposta.»

Hunter aggrottò le sopracciglia, poi fulminò il demone con lo sguardo. «Le madri dei miei bambini morti. Se il 'momento' fosse stato giusto, avrei avuto l'imprinting con loro?»

«Non risponderò ad altre domande da parte tua» disse Samnult, mentre le sue parole erano pregne di un chiaro ammonimento. «Ma ricordati che quelle femmine sono morte o se ne sono andate. L'imprinting con una di loro ti avrebbe distrutto, quindi tieni per te la tua rabbia.» Si girò verso Aylin. «Hai una domanda per me?»

C'erano milioni di cose che avrebbe potuto chiedere e, da tutta la vita, le sarebbe piaciuto sapere perché era nata con una gamba storta. Ma i recenti eventi avevano cambiato le cose. Non aveva più importanza, quel che era fatto era fatto.

«Durante la terza sfida, il mio totem è stato ucciso» cominciò Aylin, con la voce roca, e Hunter girò su sé stesso per fissarla.

«È impossibile. I nostri animali sono spiriti. Non possono morire.» Lanciò un'occhiata a Samnult. «Giusto?»

Il demone emise il suono di quando qualcuno perde a un gioco televisivo. «Sbagliato. Nel mio regno qualsiasi cosa può morire.»

«Quindi anche il mio dono è sparito? Avrò un altro animale?»

«Queste erano due domande, ma posso darti una risposta. Tutto è perduto. Mi dispiace. Però gli umani hanno un detto fastidiosamente adatto a proposito di una porta che si chiude e di un'altra che ti sbatte nel culo. O qualcosa del genere.» Sbuffò in modo arrogante. «Il portale si è appena aperto dietro di voi, quindi andate per la vostra strada. Uscirete nello stesso modo in cui siete entrati. Nudi, mentre mangiate. Ci vediamo.»

Con questo, il demone scomparve.

«Mi dispiace» disse Hunter. «Cazzo, non dev'essere facile perdere lo spirito guida.»

Non era facile per niente. Aylin aveva un vuoto dentro che non riusciva a descrivere. «Mi sento vuota» ammise.

«Mi dispiace tanto» ripeté il vampiro. «È tutta colpa mia. Hai perso il tuo spirito guida, e poi la gamba...» Sembrava che volesse toccarla, abbracciarla, forse, ma ora che stavano per tornare nel mondo reale tra loro si era creato uno strano imbarazzo.

Il mondo reale dove Rasha avrebbe fatto parte della sua vita e Aylin sarebbe stata solo una spettatrice.

«Ne abbiamo parlato. Venire con te è stata una mia scelta. Conoscevo i rischi.» Be', perdere la colomba era stato uno shock, ma si era aspettata di morire, quindi il fatto che fosse viva era un vantaggio. «E la mia gamba non doveva nemmeno essere sul piatto della bilancia. Sono venuta ed era così, quindi non ho perso niente.»

Ma doveva ammettere che avere l'uso completo della gamba e non sentire dolore, anche se per poco tempo, era stato un dono.

Come la notte nella grotta con Hunter.

«Accidenti» disse il vampiro, con la voce piena di timore reverenziale. «Sei straordinaria. Il maschio che un giorno avrà l'onore di essere il tuo compagno sarà il vampiro più fortunato della Terra.»

Ed eccola, la realtà. La brutta e schifosa realtà. Ma cos'altro si era aspettata? Che Hunter tornasse in vita rendendosi conto che niente poteva tenerlo lontano da Aylin e che avrebbe messo a rischio l'intero clan per stare con lei? O forse che si buttasse in ginocchio e la pregasse di scappare con lui?

«Lo odio già» ringhiò Hunter, e lei trasalì.

«Chi?»

«Il tuo compagno.» Aprì e chiuse i pugni lungo i fianchi. «Chiunque sia, lo odio.»

Benvenuto nel club. Ma per qualche motivo, le parole di Hunter la fecero arrabbiare. Prima avrebbe minimizzato tutto, ma dopo avere liberato anni di rabbia all'interno della grotta si era sentita più leggera. Contenta. E anche un po' più forte.

Perciò non aveva intenzione di tenere la bocca chiusa. Era stata uno zerbino fin troppo a lungo.

«Non hai alcun diritto di odiarlo.» Indicò il vortice. «Dovremmo andare?» Non che avesse fretta, ma non avevano nemmeno motivo di restare ancora. Non aveva nient'altro da dire a Hunter ed era fermamente convinta che fosse meglio togliersi il dente in fretta.

Hunter esitò, era evidente che preferisse il metodo lento e tortuoso, ma alla fine inalò a fondo e annuì.

Sii forte.

Si spogliarono in un silenzio teso. Aylin non si girò nemmeno in direzione di Hunter. Le faceva troppo male guardarlo. Sapere che dopo quel giorno, non avrebbe mai più assaggiato il suo sangue. Non avrebbe mai più baciato le sue labbra sode. Non avrebbe più provato la sensazione delle sue abili mani che le facevano raggiungere il piacere.

Rasha avrebbe avuto tutto ciò. Hunter poteva giurare che non l'avrebbe mai toccata, ma per legge la coppia sposata doveva consumare il matrimonio entro l'alba del secondo giorno. Quindi non importava quanto Hunter odiasse Rasha, quanto sarebbe passato prima che dividesse di nuovo il letto con lei? E se, durante quella prima notte, aveva l'imprinting con Rasha, non sarebbe assolutamente riuscito a resistere molto a lungo. I suoi istinti e desideri sarebbero stati concentrati interamente su di lei.

Facendo cadere il vestito sull'erba, la vampira si girò verso Hunter, che era già nudo. Magnificamente, deliziosamente, peccaminosamente nudo. La sua pelle di bronzo, che era stata segnata dalle cicatrici – per non parlare del fatto che solo poche ore prima era stato sventrato – era così perfetta che, se le avessero detto che era stata dipinta da un artista, lei ci avrebbe creduto.

Tutta la sua forte determinazione si sciolse mentre lui le si avvicinava, con passo risoluto e la mascella rigida. Aylin sperò che il vampiro stesse lottando strenuamente quanto lei per rimanere distaccato.

Quando lo sguardo le cadde sul suo inguine e sulla dura erezione che si protendeva brutalmente verso l'alto, le fu molto chiaro che esattamente come lei stava fallendo miseramente anche lui.

25

Hunter si sentì un vero idiota. Aylin aveva alzato un muro fra loro e lui cercava di rispettarlo, ma il suo maledetto corpo l'aveva tradito.

Schierando l'ultima goccia di autocontrollo che gli restava, si disse che era come quando si nutriva dagli esseri umani per necessità. L'eccitazione era involontaria, ma era sempre stato facile non assecondarla. Poteva fare lo stesso con Aylin.

Continua a crederci, stupido.

Imprecando fra sé e sé, si fermò davanti alla vampira senza che i loro corpi si toccassero. Aylin evitava di guardarlo e Hunter desiderò di potere distogliere lo sguardo con altrettanta facilità. Era semplicemente troppo bella, troppo eccezionale. Hunter voleva mandare a memoria tutto ciò che la riguardava, perché presto non gli sarebbe rimasto altro.

Lei piegò di lato la testa, mettendo in mostra il collo sottile. Gentilmente, ma con fermezza, il vampiro con una mano la prese per la spalla e con l'altra le sostenne la testa mentre si avvicinava e le appoggiava la bocca sulla vena. Non appena il sangue di Aylin colpì la sua lingua, Hunter gemette per l'estasi.

Aylin sapeva di luce solare e acqua di fonte, con una nota

piccante al momento di inghiottire. Il suo sangue era dolce e speziato, proprio come lei.

Il suo polso gli palpitava contro le zanne e l'aroma infuocato della sua passione riempiva l'aria. Poteva anche fingersi distaccata e professionale, ma il battito del suo cuore e l'odore muschiato della sua eccitazione la tradivano.

Anche lei gli affondò le zanne nell'incurvatura tra la gola e la spalla e Hunter gemette di nuovo mentre il piacere misto al dolore gli si propagava nel corpo. Non era mai stato un fanatico del dolore come lo erano Baddon e Myne, ma la puntura delle zanne nella carne gli aveva sempre provocato uno scoppio di euforia del tutto particolare.

L'euforia crebbe, stringendolo in un vortice di estasi. Tutto il suo corpo divenne eroticamente sensibile a ogni suono, odore, gusto e tocco. Nella sua mente si vide affondare nel sesso liscio della vampira mentre quest'ultima gli avvolgeva le lunghe gambe toniche intorno alla vita. Si aggrappava a lui, affondandogli le unghie nella carne mentre s'inarcava in preda al piacere, accogliendo le sue spinte con selvaggio abbandono.

Ah, maledizione, era perfetta e si adattava a lui come se fossero una cosa sola, un'unica anima. Quel dannato vortice gli stava scombinando la testa, dicendogli che era il suo compagno in ogni senso, perfino per volere del destino.

Mentre si spingeva dentro di lei, Hunter ruggì sia per la frustrazione che per il piacere, perché sapeva che non era reale, eppure in tutta la sua vita non aveva mai provato niente in modo tanto chiaro.

Ti voglio.

Ho bisogno di te.

Avvertì l'orgasmo di Aylin, i suoi forti muscoli interni che si serravano e contraevano intorno al suo membro, e anche lui venne con un'esplosione calda così esageratamente intensa che perse la vista e non capì più niente. Niente aveva importanza tranne il piacere e la femmina con cui lo stava condividendo.

Ti amo.

Sentì le parole, ma erano nella sua testa? Le aveva dette ad alta voce? Era stato proprio lui a pronunciarle?

Mentre l'aria fresca gli accarezzava la pelle accaldata, la consapevolezza prese lentamente il posto della beatitudine. Il rumore di qualcuno che si schiariva la gola parve un po' troppo reale.

E un po' troppo vicino.

Hunter aprì gli occhi di scatto e vide Riker sul terreno coperto di neve, con il viso rosso come una barbabietola che era una maschera d'imbarazzo.

«Ah... capo.» Spostò goffamente il peso da un piede all'altro. «Abbiamo sentito delle grida.» Si girò di scatto e abbaiò un ordine di ritirata agli altri guerrieri MoonBound che, come si rese conto Hunter con una chiarezza umiliante, erano anch'essi lì, a bocca aperta mentre lui stringeva Aylin a sé per cercare di coprirla.

Come se non avessero già visto tutto. Maledettamente tutto.

Aylin gli affondò il viso nel petto mentre i guerrieri si disperdevano nella foresta circostante. «Speravo davvero che questa volta avremmo superato il vortice senza gli extra. E avrei fatto a meno anche degli spettatori.»

Anche Hunter avrebbe fatto a meno dei voyeur che li avevano colti di sorpresa, ma non riusciva a dispiacersi per il resto. Una sua parte segreta e ignobile aveva desiderato di provare ancora una volta quel legame con Aylin, anche se rafforzava quello che già provava per lei.

Meno male che il dolore non ti piaceva, perché sei stato bravissimo a procurartelo.

Sì, era uno stupido.

Riker, che era rimasto al limitare della foresta, di spalle per concedere loro un po' di privacy, parlò ad alta voce. «Non mi piace disturbare, ma, ragazzi, bisogna che vi vestiate. E alla svelta. Il bosco pullula di umani. Ci stanno alle costole.» Indicò uno zaino a terra. «Ho messo i vostri abiti lì dentro per mantenerli asciutti.»

Hunter si staccò da Aylin, la prova appiccicosa del suo orgasmo le ricopriva la pancia e i seni. Il vampiro si affrettò a prendere una maglia dallo zaino e cominciò a ripulire la vampira, ma lei gliela strappò di mano e fece da sola.

Il suo messaggio fu palesemente ovvio. *I momenti intimi sono finiti. Non toccarmi più.*

Giusto. Indossarono alla svelta gli abiti freddi. Proprio mentre Aylin s'infilava il cappotto e Hunter legava il secondo stivale, risuonò uno sparo.

Nella foresta esplose parecchio movimento, seguito da altri spari e dalla confusione. «Hunter! Da questa parte!»

Hunter prese Aylin per mano e corse a tutta velocità verso il grido di Riker. I suoi guerrieri lo circondarono e si ritrovarono tutti a correre nei boschi, inseguiti da uomini a piedi e a cavallo. Se le orecchie di Hunter non lo ingannavano, dovevano esserci cinquanta cavalli e il doppio di umani.

«Non possiamo superarli nella corsa!» urlò Riker. «Non alla velocità di Aylin. Dobbiamo dividerci. Hunter, porta via Aylin il più velocemente possibile. Takis, Aiden, Tena, prendete a destra e tornate sui vostri passi dietro gli umani. Io andrò...» Un'esplosione fece tremare il terreno e un incendio scoppiò davanti a loro.

L'onda d'urto fece cadere Riker e Katina e li mandò a sbattere contro i tronchi degli alberi. Il ruggito di sofferenza di Baddon si unì all'imprecazione di Aiden e a un'altra scarica di colpi d'arma da fuoco. Il dolore attraversò il braccio di Hunter; o gli avevano sparato oppure era stato colpito dalle schegge, ma non importava. Il suo unico pensiero era di portare Aylin via da lì.

«Stai sanguinando!» gridò la vampira mentre lui la trascinava giù per un burrone.

«Sto bene» replicò a denti stretti, ma non poteva essere sicuro di come stessero gli altri. Riusciva a sentire che tutti li seguivano, ma ne percepiva anche l'odore del sangue e del dolore, e il ritmo della loro andatura indicava che almeno due erano stati feriti gravemente.

Merda. Lui e Aylin ce l'avevano fatta a uscire dal regno pieno di pericoli di Samnult e sarebbero morti pochi minuti dopo essere tornati nel mondo reale.

Ma, cazzo, non sarebbe caduto facilmente.

Evocò la rabbia, perché gli serviva il carburante per quello che stava per fare. Prima non era stato del tutto... sincero con Aylin, quando lei gli aveva chiesto dei suoi doni speciali. Nel profondo del petto di Hunter, si creò una tempesta di ghiaccio e, di pari passo, le nuvole si accalcarono sopra le loro teste. Con un ruggito verso il cielo, il vampiro liberò l'energia che riecheggiava attraverso il suo corpo.

Tutto intorno a loro, la grandine cominciò a cadere sotto forma di lance di ghiaccio. Grida strazianti squarciarono l'aria, ma risuonarono altri spari, che rovesciarono schegge di legno addosso a Hunter e al suo gruppo mentre i tronchi degli alberi si spaccavano, vittime delle enormi pallottole che gli umani stavano usando.

E poi dal nulla, davanti a loro si aprì uno scintillante cerchio di luce. Al di là del sipario luminoso, si vedeva l'invitante ingresso di MoonBound.

Era comparso un vortice. Ma come? Non era possibile.

«Porca puttana!» esclamarono Riker e Baddon all'unisono.

«Dev'essere un trucco.» Le parole di Takis erano alterate dai suoi respiri affannati, ma Hunter capì, era d'accordo, ma non gliene importava niente. Se non avessero oltrepassato quel portale, sarebbero morti tutti.

Aylin fece uno scatto e trascinò Hunter verso di esso. «Corri! Prima che si chiuda.»

Poteva trattarsi di una trappola e, se lo era, voleva provarla per primo. Lasciando Aylin, saltò nel portale, ma lei lo seguì dopo una frazione di secondo. La familiare sensazione di essere allungato come del caramello caldo lo attraversò con un'ondata di sollievo. Non era una trappola. Era un portale autentico e, quando atterrarono davanti all'ingresso di MoonBound, Hunter afferrò Aylin e si spostò da una parte mentre subito dopo arrivava Tena, seguita da Katina, che zoppicava e si reggeva le costole. Aiden e Takis balzarono dentro il vortice, sanguinando entrambi da varie ferite.

Ma dov'erano Riker e Baddon? Nel punto in cui si era trovato il vortice, restava solo un'argentea barriera turbinante.

«Forza» sussurrò Aylin.

Hunter le lanciò un'occhiata... e il suo cuore perse un colpo. Anche gli altri la fissavano, con la bocca aperta per la sorpresa.

Mentre la vampira fissava il vortice, la sua pelle era ricoperta di sudore. Aveva i denti e i pugni serrati, e il corpo rigido. E i suoi occhi, di solito di un azzurro penetrante, turbinavano di un argento identico a quello del gigantesco portale.

Aylin aveva creato il vortice.

«Non riesco... a tenerlo... aperto» disse a denti stretti.

Poi Riker uscì all'improvviso, per metà trascinando e per metà trasportando il pesante culo di Baddon. Come se le avessero tolto l'aria dal corpo, Aylin collassò e il portale si accartocciò come una palla di alluminio per imballaggi. Takis e Aiden si precipitarono ad afferrarla, ma c'era già Hunter, che la mise in piedi e l'appoggiò a sé.

«Non... non posso credere di averlo fatto» disse la vampira con voce rauca.

Riker girò di scatto la testa verso Aylin, ma Baddon, che doveva avere preso un bel colpo in testa, si limitò a guardarla stordito.

«Hai creato tu il portale?» domandò Riker.

Takis era ancora a bocca aperta. «Come? Porca puttana, è impossibile.»

Hunter sapeva che non era impossibile, ma raro. Talmente

raro che non aveva mai sentito parlare di nessuno che riuscisse a evocare i portali, tranne uno dei vampiri Originali.

«Credo... credo di essermi sentita in colpa di ritardare tutti con la mia velocità...»

«Cazzo, Aylin» disse Riker. «Scusa, non intendevo in quel senso.»

«Lo so, ma era vero.» La vampira aveva il viso arrossato per l'eccitazione e lo shock, e i capelli biondi che le volavano selvaggiamente intorno alle spalle. «Pensavo solo che avrei disperatamente voluto aiutarvi a tornare tutti a MoonBound e dopo so solo che il vortice si è aperto.» Alzò lo sguardo su Hunter. «L'ho sentito dentro di me. Nel punto dove di solito stava la mia colomba.» Deglutì. «Aveva ragione. Sam aveva ragione a dire che una porta si chiude e un'altra ti sbatte nel culo.»

«Sam?» domandò Katina. «Chi...»

«Una persona che abbiamo incontrato durante il nostro viaggio» rispose Hunter, interrompendola bruscamente. «Non parlatene mai più. Capito?» Guardò negli occhi ciascuno dei suoi guerrieri, odiando di dover essere così severo, ma finché Samnult non revocava il proprio ordine, la sua esistenza e la verità dietro le origini dei vampiri dovevano essere mantenute segrete. Anche se era una cosa stupida.

«Sì, signore» borbottò Katina, a cui si unì un coro di 'sì, signore'.

Soddisfatto, Hunter tornò a girarsi verso Aylin. «Puoi aprire un altro portale?»

«Non lo so. Perché?»

«Voglio assicurarmi che non sia stata una cosa sporadica.» Guardò gli altri. «Portate dentro i feriti.» Nessuno si mosse. Perfino Baddon si era ripreso abbastanza da osservare con interesse, anche se doveva appoggiarsi a Riker per non cadere. Tutti volevano stare a guardare per vedere cosa succedeva e Hunter non poteva biasimarli. «Potete rimanere, ma solo se va bene a Aylin.»

La vampira sembrava registrare a malapena quello che le accadeva intorno. Hunter dubitava che, nei suoi panni, sarebbe stato più bravo a pensare. Riuscire potenzialmente a controllare il teletrasporto, l'abilità più potente e bramata della tradizione vampiresca era un evento clamoroso. Un evento maledettamente clamoroso.

«Per me va bene» replicò lei in modo sommesso. «Ma non penso che funzionerà. Sto pensando a qualche posto dove voglio andare, come ho fatto per portarci qui, ma non si smuove niente.»

«A che posto stai pensando?»

Lei gli sorrise, in quel modo che lo faceva pensare alla luce del sole. «La spiaggia. Una volta ho visto una foto di Haystack Rock sulla costa dell'Oregon e ho sempre desiderato andarci.»

Hunter c'era stato e gli sarebbe piaciuto molto portarcela. Scacciando brutalmente desideri che non l'avrebbero portato da nessuna parte, le propose una destinazione alternativa. «Forse puoi provare ad aprire un passaggio fino alla baita dove abbiamo passato la notte. Forse puoi viaggiare solo in luoghi dove sei stata.»

Waputuxne, l'Anziano che aveva posseduto il dono del teletrasporto, aveva raccontato dei viaggi che aveva fatto, perché ogni nuova destinazione apriva ulteriori possibilità di teletrasportarsi. Hunter, che al tempo aveva solo trent'anni, non aveva afferrato quello che intendeva dire il tipo e non se n'era realmente preoccupato. Era stato suo padre a portarlo all'incontro con gli Anziani, ma lui era stato molto più interessato alle femmine presenti che alla politica tribale.

Aylin chiuse gli occhi e si concentrò. All'inizio non accadde nulla. Ma, quando li aprì, turbinavano d'argento e, dopo una frazione di secondo, un vortice si aprì a una decina di metri di distanza, rivelando sulla sua scintillante superficie trasparente la baita da caccia di MoonBound.

«Cazzo, impressionante.» Lo sguardo di Baddon si spostò

dal portale a Aylin, mentre i suoi occhi scuri venivano illuminati da una nuova scintilla. Una scintilla di ammirazione che a Hunter non piacque per niente.

Brutta la gelosia, vero?

Il vortice si chiuse di scatto e Aylin si accasciò contro un albero, allontanando la mano di Hunter quando quest'ultimo tentò di sorreggerla. Il vampiro cercò d'ignorare il rifiuto, proprio come cercava di fingere che probabilmente Baddon non stesse spogliando Aylin col pensiero.

Non ebbe successo in nessuna delle due cose e, simili ad acido, sia la delusione che il risentimento gli scorsero nelle vene.

«Che nessuno dica una parola di tutto ciò» intimò. «Se si viene a sapere, Aylin diventerà un bersaglio per ogni clan con uno scopo.» Abbassò la voce, deciso a fare capire a tutti la gravità della situazione. «E io darò la caccia ai responsabili e staccherò loro la carne dalle ossa mentre gridano. È chiaro?»

Tutti annuirono. Bene. Perché, sebbene Hunter si fosse sempre considerato un leader giusto e tollerante, sapeva anche di provenire da una stirpe violenta. Suo padre aveva commesso atrocità di cui, fino a quel momento, Hunter non si era ritenuto capace.

Ma quando guardò Aylin, capì la verità su sé stesso.

Tale padre, tale figlio.

26

Mentre entrava nel quartier generale di MoonBound insieme a Hunter e agli altri, Aylin non si era ancora ripresa dalla scoperta – con i benefici e le complicazioni che potevano derivarne – della sua nuova abilità. Una volta all'anno il suo clan festeggiava i propri antenati, uno dei pochi eventi che a Aylin in effetti piacevano. La settimana era piena di festeggiamenti e gare, e la sera tutto il clan si riuniva intorno a un grande falò per raccontarsi storie che riguardavano sia i nativi americani che la tradizione vampiresca.

Storie di come il cervo ottenne le corna ramificate, leggende che spiegavano perché i castori costruiscono le dighe, e uno degli argomenti principali di quelle serate erano i racconti dei vampiri che creavano portali. Aylin aveva assorbito ogni parola come assorbiva quelle scritte nei libri e aveva fantasticato su come sarebbe stato meraviglioso possedere i poteri persi da tempo dei suoi antenati.

Adesso era portatrice di una delle abilità vampiresche più rare e desiderate, e non era sicura di come elaborare il fatto.

E cosa c'era dietro l'abilità di Hunter di fare piovere lance di ghiaccio sul nemico? Il vampiro aveva decisamente minimizzato quello che poteva fare con il tempo. Ma perché?

Mentre attraversavano i corridoi stretti, Aylin era talmente persa nei propri pensieri che, finché non sentì un trambusto, non si accorse che erano arrivati nell'enorme sala comune. Alla fine, il trambusto era Rasha che si era arrabbiata perché nessuno le aveva annunciato l'arrivo di sua sorella e del suo compagno.

Non è ancora il tuo compagno.

Mentre Rasha correva verso di loro, mancò poco che a Aylin uscissero di bocca queste parole meschine. Si morse l'interno della guancia per controllarsi, non perché avesse paura di sua sorella, ma perché per lei era giunto il momento di dimenticare Hunter. Di accettare, infine, che non era suo, che non lo sarebbe mai stato, e desiderare che lo fosse non avrebbe fatto altro che peggiorare le cose per entrambi.

Purtroppo, quando Rasha abbracciò Hunter, il suo discorsetto d'esortazione finì fuori della finestra. Lui rimase rigido, con le mani lungo i fianchi, ma se Rasha notò la sua manifesta reazione, non lo diede a vedere. Sorrise come una compagna premurosa e gli diede il bentornato a casa.

Nel profondo della gola di Aylin si formò un ringhio basso. Sì, era valso a tanto il discorsetto.

Alla fine Rasha si staccò da Hunter e gettò le braccia al collo di Aylin. «Sono contentissima che tu sia tornata. Avevo paura per te.»

«Non era necessario» disse Hunter. «Ha combattuto bene come uno dei miei guerrieri.»

Rasha fece un passo indietro e rivolse a entrambi un sorriso conciliante. «Sì, ne sono certa.» Tanto valeva che parlasse di un bambino ai primi passi che aveva vinto una finta battaglia con una spada di legno.

Hunter posò lo sguardo su Aylin con una tale intensità che lei non riuscì a distogliere il suo. «Se non fosse stato per lei, non sarei qui.»

«In tal caso, sono orgogliosa di mia sorella.» Rasha abbassò la voce fino a un sussurro cospiratorio. «Parleremo più tardi, Aylin. Voglio sapere tutto quello che è successo.» Oh, sarebbe stato proprio divertente! Dandole le spalle, Rasha prese Hunter a braccetto. «Nelle nostre stanze è tutto pronto per festeggiare il tuo ritorno. Vieni. Beviamo alla tua vittoria.»

Lo sguardo del vampiro si soffermò su Aylin, ma la sua espressione s'incupì, diventando quasi disperata. Aylin conosceva quella sensazione. E mentre lui se ne andava con Rasha, un'opprimente malinconia le si concentrò nel petto.

Che schifo.

Qualcuno le appoggiò una mano sulla spalla, sollevandola momentaneamente dal pozzo di depressione in cui stava sprofondando.

«Ehi» disse Riker. «Nicole sta andando in laboratorio con Baddon e Katina. Dovresti farti controllare anche tu. Quanto meno, le farebbe molto piacere un po' di compagnia.»

Riker era stato carino a rendersi conto che in quel momento Aylin aveva bisogno di qualcuno, ma lei non era sicura di essere dell'umore di chiacchierare. Comunque, non le avrebbe fatto male ripulirsi e vedere cosa stava facendo Nicole.

Sarebbe stato molto meglio che stare a ossessionarsi a proposito di ciò che Hunter e Rasha forse stavano facendo nell'intimità dei loro appartamenti.

Una doccia e un cambio d'abiti fecero meraviglie per l'umore di Aylin... finché, recandosi al laboratorio, non passò davanti alla stanza di Hunter. Non sentì nessun rumore provenire dall'interno, ma sapeva che lui era lì dentro con Rasha e le venne l'acidità di stomaco.

Smettila. Lascialo andare.

Prese velocità e praticamente corse fino al laboratorio, dove Nicole aveva appena fatto uscire Katina, coperta di fasce e con una sacca di sangue umano da succhiare.

«Solo attività fisica leggera» gridò dietro a Katina. Quest'ultima le mostrò il dito medio e un sorriso tutto denti, e Nicole alzò gli occhi al cielo. «I vampiri sono impossibili.»

«Odio doverti dare una brutta notizia, ma sei una vampira anche tu» affermò Aylin.

Nicole sbuffò. «Lo sono da poco. Penso che diventino impossibili con l'età.»

Ridendo, Aylin girò per il laboratorio, le attrezzature non finivano mai di affascinarla. A ShadowSpawn non aveva mai visto la tecnologia avanzata e desiderò saperne di più in proposito.

«Com'è stato il vostro viaggio?» domandò Nicole. «Di cosa si è trattato? Tutti parlano di come tu e Hunter siete passati attraverso uno dei vortici. A quanto pare, la gente pensa che siate andati a trovare gli Anziani. È vero?»

Aylin finse di essere molto interessata ad alcune fiale piene di un gel arancione. «Non posso proprio parlarne.»

«Almeno sei contenta di esserci andata?»

Aylin non esitò. «Assolutamente sì.»

Il viaggio era stato pieno di pericoli, ma lei non rimpiangeva niente. Inoltre, adesso possedeva un'abilità preziosissima, che avrebbe potuto cambiarle la vita. Desiderava solo non avere perso la sua colomba. La mite creatura le era stata di conforto, l'unica di cui aveva sempre potuto fidarsi.

«Bene» disse Nicole allegramente. «Quindi... cos'è successo tra te e Hunter?»

Con le guance in fiamme, Aylin si girò. «Cosa vuoi dire?»

Nicole le rivolse un sorriso d'intesa. «Voglio dire che Riker potrebbe aver accennato al fatto che, quando siete tornati, voi due eravate... ah... presi, in un certo senso. Sperava che questo non significasse che le cose sarebbero cambiate con Rasha.»

Magari. «Non può cambiare niente con Rasha» disse Aylin. «A meno che a voi non piaccia davvero molto la guerra.» E da quello che aveva visto, gli abitanti di MoonBound non erano guerrafondai come tutti quelli di ShadowSpawn. «Ma ci sono stati dei nuovi sviluppi di cui volevo parlarti.»

Un sopracciglio ramato s'inarcò. «Davvero? Quali?»

Hunter aveva proibito a tutti di raccontare alle persone del suo dono, ma, visto che Riker lo sapeva, probabilmente presto l'avrebbe saputo anche Nicole. Inoltre, Aylin si fidava ciecamente della vampira. Tuttavia, mentre guardava in giro per la stanza, esitò.

«Aylin? Di cosa si tratta?»

«Ho perso il mio totem.» La cavità nel suo petto si contrasse come se cercasse di riempire lo spazio vuoto al suo interno. «Questo può incidere sulla mia salute? Sai, com'è successo per il fatto di non nutrirmi da un maschio durante la febbre lunare?»

Nicole aggrottò la fronte. «Non che io sappia, ma farò delle indagini.» Infilò le mani nelle tasche del camice. «Mi dispiace molto.»

«Be'» disse Aylin. «Non è del tutto negativo. Ho una nuova abilità, che mi renderà molto preziosa per qualsiasi clan e che potrebbe aiutarmi a scappare se ce ne fosse bisogno.»

«Sul serio? È... fantastico.»

«Ci sono delle limitazioni» ammise Aylin. Come il fatto che potesse spostarsi solo in posti dov'era stata e, al momento, era stata solo a MoonBound, alla baita di Hunter, a ShadowSpawn e nel vortice di Samnult. Forse sarebbe riuscita a raggiungere i vari luoghi nei boschi in cui era stata, ma quanto le sarebbe stato utile? No, perché il suo dono fosse veramente valido, doveva viaggiare. «Ma forse adesso posso trovare un vampiro che non sia in tutto e per tutto uno spettacolo degli orrori.»

Nicole sembrò prendere in considerazione la cosa. «Fammi parlare con Riker. Ha più familiarità di me su come funzionano i clan. Forse può esserti d'aiuto.»

La gratitudine scaldò Aylin, riempiendola con una sensazione di pace che non provava da tempo, se mai l'aveva provata. Non aveva mai avuto dei veri amici in precedenza, ma, nel poco tempo da quando la conosceva, per lei Nicole era diventata importante quanto Rasha.

«Grazie.» Aylin si schiarì la gola per eliminare il groppo di emozioni e lanciò uno sguardo alla pancia di Nicole. «E a te come stanno andando le cose?»

Toccandosi l'addome gonfio, Nicole s'illuminò. «Bene, ma ho una voglia matta di root beer. Odio la root beer, ma per qualche motivo non mi basta mai.»

Si misero a chiacchierare di gravidanze, bambini e infine del recente passato da umana di Nicole, che Aylin trovava incredibilmente interessante. Quando Bastien, il figlio di Riker, entrò nel laboratorio per ricordare a Nicole che era l'ora della loro partita a scacchi, Aylin li lasciò. Aveva passato già quasi due ore con Nicole e aveva visto sul programma fuori della sala comune che il film sulla tv a grande schermo era un vecchio classico, il primo della serie di Harry Potter.

Una strana sensazione rimase con lei mentre attraversava i corridoi, e le occorse un po' per riuscire a identificarla.

Felicità. Anche se fosse durata solo per il resto della giornata, Aylin aveva intenzione di godersela. MoonBound era pieno di vita, risate e persone che non la deridevano perché zoppicava. Aveva un'amica, una biblioteca a sua disposizione, e c'erano anche i film. Era il paradiso e niente gliel'avrebbe rovinato. Non quella sera.

Poi girò l'angolo e per poco non si scontrò con Hunter.

Alla sua vista, l'attraversò uno sgradito fremito d'eccitazione, seguito da una sensazione angosciante quando notò che aveva i jeans e la felpa puliti e i capelli bagnati. Si era fatto la doccia. Forse con Rasha. Un dolore lancinante al petto le rese difficile respirare.

Nessuno dei due proferì una parola e tra loro si creò un silenzio imbarazzante. Aylin non aveva idea di cosa dire, ed evidentemente nemmeno lui. Di una cosa, però, era certa: doveva allontanarsi da lui. Più rimaneva lì a guardarlo, più ricordava le cose che avevano fatto insieme. Quando si erano nutriti. Quando si erano baciati. Gli orgasmi che avevano avuto.

«Devo andare» disse senza riflettere. Lo superò senza guardarlo, e la sua pelle bruciò quando gli sfiorò un braccio.

«Aylin, aspetta.»

Stupidamente, lei si fermò, ma fu orgogliosa di avere la forza di volontà di non girarsi. Continuò a fissare davanti a sé.

«Non è successo niente.» La voce del vampiro era un sussurro rotto, fragile come lei non l'aveva mai sentita. «Con Rasha, voglio dire. Non è successo niente.» Lo sentì fare un passo verso di lei, che s'irrigidì. Hunter si fermò. «Aveva preparato lo champagne e i cioccolatini e... altre stronzate di cui non m'importa niente. Non potevo... Non ho...» Si lasciò sfuggire una pesante imprecazione. «Non è successo niente, Aylin.»

Avrebbe dovuto essere entusiasta, saltare di gioia, e una parte segreta ed egoista di lei lo era. Ma più che altro una cupa disperazione distrusse la sua precedente felicità. Non c'erano vincitori in quella storia. Nemmeno Rasha. Aylin s'immedesimò un po' con sua sorella, perché sapeva come ci si sentiva a non essere desiderati.

«Non mi devi spiegazioni.» La vampira raddrizzò le spalle. «Forse sarebbe stato meglio se qualcosa fosse successo. Alla fine succederà. Tanto vale che ti tolga il pensiero.»

«Non la voglio.»

«Allora fai qualcosa.»

Lui fece un respiro profondo e fremente. «Sai che non posso.»

Sì, lo sapeva, ed era stata egoista a dirglielo. Ma, quando si girò bruscamente, gli occhi le bruciarono comunque. «Allora lasciami in pace. Ti prego. Mi fa troppo male starti vicino. Vai a scopare mia sorella oppure no, ma non avvicinarti di nuovo a me.»

Con questo, Aylin si allontanò. Non si guardò indietro.

E non andò a vedere il film.

27

Come succedeva spesso ultimamente, non era una gran giornata per Hunter. Rasha lo stava facendo impazzire.

Anche Aylin, ma per motivi diversi.

Ogni volta che era con Rasha, il desiderio di distruggere qualcosa – vale a dire, lei – gli irrigidiva tutto il corpo. Anche il solo vedere Aylin in lontananza gli irrigidiva il corpo, ma non per la violenza. Per la lussuria.

Lei gli smuoveva qualcosa dentro, come non gli era mai successo in precedenza.

La sua parte razionale gli diceva che Aylin doveva andarsene, e prima lo faceva meglio era, ma al solo pensiero il resto di lui ringhiava come un orso arrabbiato.

Vai a scopare mia sorella oppure no, ma non avvicinarti di nuovo a me.

Le parole che Aylin aveva pronunciato due giorni prima l'avevano quasi ucciso. Hunter non sapeva cos'aveva avuto in testa quando le aveva confessato che con Rasha non era successo niente, però sapeva cos'aveva provato.

Gli era sembrato di tradire Aylin mentre era seduto nelle sue stanze con Rasha che gli versava del vino frizzante e cercava di fargli mangiare fragole e cioccolato. Mentre cercava di sedurlo, si era spogliata fino a restare con soltanto un paio di slip trasparenti e uno scialle di pelliccia, ma a parte la pelle d'oca Hunter non aveva sentito niente. Il suo corpo si era irrigidito solo quando gli era montata in grembo e lui aveva chiuso gli occhi e pensato a Aylin. Naturalmente, Rasha aveva dato per scontato che la sua erezione fosse per lei.

Non appena gli aveva messo la mano sul cavallo dei pantaloni, il vampiro era schizzato su dalla sedia, facendola cadere sul sedere. Rasha era finita sul pavimento in modo scomposto come una cerva su uno stagno gelato, mentre Hunter si precipitava in bagno, dicendo che aveva bisogno di una doccia.

Lei aveva tentato di raggiungerlo.

Santo creatore, altro che cerva, sembrava una gatta in calore. Hunter era scappato ancora una volta, da allora aveva evitato le sue occhiate provocanti, ma stava diventando uno strazio per entrambi. Lui era esausto e scontroso e lei, con i suoi accessi d'ira, aveva distrutto quasi del tutto le proprie stanze.

Al mondo non c'era abbastanza alcol per sopportarla. E per rendere le cose ancora peggiori il giorno dopo ci sarebbe stata la luna piena, e questo significava che Hunter non avrebbe potuto continuare a evitarla.

Ma non riusciva a smettere d'immaginarsi Aylin che nutriva un altro vampiro.

Bussarono alla porta e lo fecero uscire dal luogo buio nella sua testa. Poi il pensiero che potesse trattarsi di Rasha ce lo riportò. Finché non si ricordò che la vampira usava la porta tra le loro camere invece di quella principale. E non bussava.

«Avanti» gridò mentre si versava un bourbon.

Riker entrò a grandi passi. «Ehi, capo, hai un minuto?»

Hunter gli indicò di sedersi e porse al guerriero un bicchierino della sua tequila preferita. «Cosa c'è? Si tratta degli umani?»

«Niente di nuovo. Continuano a infestare i boschi come mosche e, da quel che possiamo dire, i dossier che Nicole ha fatto trapelare ai media non sono ancora arrivati al pubblico.» Riker scolò la bevuta e sprofondò nella poltrona di pelle. «Sono qui per Aylin.»

Il cuore di Hunter perse un colpo. Si riprese con una sorsata di whisky e sperò che Riker non notasse che gli tremava la mano. «Cosa c'è?»

«Ha bisogno di aiuto.»

Hunter si bloccò con il bicchiere alle labbra. «Cosa c'è che non va? Sta bene?»

«Se non facciamo qualcosa, non starà bene.» Riker sospirò, mentre Hunter per poco non usciva di testa per l'impazienza. «Sai che il mese prossimo si sposerà?»

Una sensazione di sollievo colpì Hunter con violenza, il sollievo che presto non l'avrebbe più vista, che non sarebbe più stato distratto e tentato dal suo dolce profumo. Dalla sua pelle morbida. Dalle sue zanne sexy. No, un altro vampiro avrebbe avuto il piacere di portarla a letto.

Per poco non emise un ringhio che l'avrebbe fatto sembrare uno stupido, quindi l'affogò con una sorsata di alcol.

«Quindi?» riuscì a dire con calma, mentre in realtà avrebbe voluto fare come Rasha e distruggere la stanza.

«Quindi... il suo compagno sarà Tseeveyo di NightShade.»

Questa volta il ringhio si fece strada con gli artigli attraverso il bruciore del whisky. «Cosa?» Hunter fissò il suo vice, certo che lo stesse prendendo in giro. Ma no, Riker non era il tipo che punzecchiava gli orsi per divertimento. Era serio, e Hunter sentì il grizzly dentro di sé che prendeva vita ruggendo. *Buono, amico. Stai calmo.* «Tseeveyo è un maledetto mostro. Gli piacciono le ragazzine, e ha un harem, cazzo.» Aylin non lo meritava. Non lo meritava nessuno.

Be', forse Rasha sì.

«È per questo che dobbiamo aiutarla.»

«Potremmo uccidere Tseeveyo» ringhiò Hunter. «Aiuterebbe.»

Riker gli rivolse uno sguardo della serie 'siamo seri', ma

Hunter era serio. Avrebbe sconfitto quel maledetto in un batter d'occhio.

E così avrebbe portato MoonBound alla guerra.

Cazzo. Forse avrebbe potuto farlo sembrare un incidente. O forse Tseeveyo avrebbe potuto imbattersi in un gruppo di bracconieri umani. Di sicuro Nicole aveva delle conoscenze...

«Hunt? Ehi, Hunt.» Riker schioccò le dita davanti al suo viso, trascinandolo fuori dalle sue fantasie omicide. «Nicole e io ne abbiamo parlato. Pensiamo di poterle trovare un compagno qui.»

Hunter inspirò aspramente. All'idea di vedere Aylin tutti i giorni con uno dei suoi guerrieri, di sapere cosa facevano nei loro appartamenti, il vampiro strinse le dita sul bicchiere che aveva in mano. Riusciva a malapena a trattenersi ora, quando lei parlava con i maschi al tavolo da pranzo o nella sala comune. Vedere qualcuno che la toccava, la baciava, le sussurrava cose sexy all'orecchio... Hunter ringhiò abbastanza forte da indurre Riker a posare il bicchiere e mettersi in posizione di difesa.

Costringendosi a rilassarsi, Hunter fece girare il whisky nel bicchiere e moderò il tono. «Kars non sarà mai d'accordo. Tseeveyo è un capoclan. Per sua figlia non vorrà un compagno meno importante.»

«E se troviamo un vampiro che lo è fin dalla nascita all'interno del nostro clan? Potremmo offrire anche qualcos'altro. Soldi, terre, un camion pieno di sangue se Baddon riesce ad appropriarsi di uno...»

«E con chi proponete di farla sposare?» lo interruppe Hunter. «Myne?» Sbuffò. «Nei suoi giorni migliori, è un bastardo. Baddon? Le femmine gli piacciono vestite di pelle e in catene.»

Adesso Hunter riusciva a immaginarsi Aylin, con la pelle danneggiata dai giocattoli e dalle zanne di Baddon e con i begli occhi nascosti dietro una benda.

Il bicchiere che aveva in mano s'incrinò.

«Qualsiasi cosa è meglio di Tseeveyo» asserì Riker con calma.

Simile a sangue, una goccia di liquore si fece strada dalla frattura nel bicchiere e corse lungo il dito di Hunter. «E cosa pensate che direbbero Myne e Baddon di tutto ciò?»

«La stessa cosa che io ho detto quando ho sposato Terese. La stessa cosa che hai detto quando hai acconsentito a sposare Rasha. È per il clan.»

A parte che non sarebbe stato così. Sarebbe stato per Aylin. Hunter sapeva già che Myne non l'avrebbe fatto. Baddon sì e, stando al modo in cui l'aveva guardata quando erano tornati attraverso il portale di Samnult, sarebbe stato entusiasta di averla.

Bastardo.

«Kars non vorrà.» Hunter sbatté il bicchiere sul tavolino da caffè e si crogiolò nel rumore che fece andando in pezzi. Si chiese se il cranio di Tseeveyo avrebbe emesso lo stesso suono. «Non abbiamo niente che lui voglia.»

«C'è un'altra possibilità per far uscire di scena Tseeveyo.»

Questo attrasse l'attenzione del capoclan, che a quel punto era disposto a provare qualsiasi cosa tranne fare sposare Aylin con qualcuno che non voleva o che non la voleva.

«Cosa suggerisci?»

Riker esitò e Hunter si mise istantaneamente in guardia. L'altro vampiro di solito andava dritto al punto, quindi questo significava che Hunter non avrebbe accettato quello che Riker aveva da dire.

«Potrebbe perdere la verginità.»

Hunter afferrò la bottiglia di bourbon dal bancone e bevve direttamente da lì, ma nessun bruciore di alcol avrebbe cambiato indirizzo alla conversazione.

«A meno che... non abbia perso la verginità di recente.» Riker gli lanciò uno sguardo eloquente e Hunter capì che stava pensando a ciò che aveva visto al vortice.

«Fanculo.»

Riker continuò come se Hunter non avesse parlato. «Stando a quello che ha detto a Nicole, la sua verginità era alla base dell'accordo con Tseeveyo. Senza di essa, forse la lascerebbe andare.»

Hunter sbuffò. «E suo padre la ucciderebbe.»

«Non se chiede asilo.»

«Questo non vale per i parenti e i coniugi dei capi.»

«Maledizione, Hunt» abbaiò Riker. «Dobbiamo fare *qualcosa*. Lei ci ha aiutato. Ha aiutato Nicole a scappare da ShadowSpawn. Potrebbe perfino averle salvato la vita.»

Sicuramente aveva salvato quella di Hunter. «Fidati,» disse «darei l'anima per lei. Non la lascerò andare da Tseeveyo nemmeno se, in cambio, dovessi offrire la mia testa.»

«Ma?» lo incitò Riker. «So che c'è un ma in tutto questo.»

Ma non voleva pensare a Aylin che faceva sesso con un altro, figuriamoci prendere parte a organizzare la cosa. «Ma dobbiamo essere astuti. Valutare tutte le opzioni *e* le loro conseguenze.» Sprofondò sulla sedia di pelle logora dietro la sua scrivania e sollevò i piedi. «La sua nuova abilità cambia le carte in tavola.»

«Non se non lo sa nessuno e lei non può dirlo a nessuno. T'immagini cosa ne farebbe Kars se lo scoprisse?»

Sì, Hunter lo immaginava. Probabilmente Kars l'avrebbe tenuta a ShadowSpawn e, con il suo passato di fughe, avrebbe dovuto incatenarla per impedirle di aprire un portale e scappare. Sarebbe stata costretta a viaggiare per memorizzare i posti, poi Kars avrebbe potuto usarla per trasportare tutto il clan ovunque volesse nel giro di pochi minuti. Avrebbe potuto attaccare i clan nemici ancora prima che capissero cosa stava succedendo, e poi avrebbe potuto usare un portale per andarsene con la stessa rapidità con cui erano arrivati.

Con il dono di Aylin avrebbe potuto cambiare gli equilibri di potere, e nessuno sarebbe riuscito a fermarlo.

«L'hai aiutata a esplorare la sua abilità?» La domanda suonò aspra in bocca a Hunter. Avrebbe voluto essere lui ad aiutare Aylin a esplorare l'estensione e i limiti del suo potere, ma non si fidava a starle intorno. E non voleva ferirla più di quanto avesse già fatto.

Riker bevve un sorso. «Sta provando la grandezza del portale e per quanto tempo riesce a tenerlo aperto. Finora abbiamo imparato che non può aprirli al chiuso e che, più è lontana la destinazione, più è difficile aprirne uno e tenerlo aperto. Penso che ci vorrà un po' prima che riesca a farne funzionare uno per più di pochi secondi. Inoltre, qualsiasi cosa resti presa nel portale mentre si sta chiudendo viene affettata. È successo a un melone. Diciamo solo che nessuno vorrebbe che succedesse a una parte del suo corpo.»

«Quando si dice un mal di testa che ti taglia in due, eh?»

«Divertente.» Riker picchiettò le dita sul bordo del bicchiere. «Quindi? Cosa ne pensi?»

Hunter non aveva pensato, e questo era il problema. Quantomeno non aveva pensato come un capoclan. In un modo o nell'altro doveva proteggere sia la sua gente che Aylin.

«Drizza le antenne con i vampiri di cui ti fidi» si affrettò a dire, prima di cambiare idea. O prima di vomitare. «Forse uno di loro vorrebbe...»

Riker rise. «Uno? Essenzialmente ogni maschio libero di questo posto mi ha già domandato se domani Aylin nutrirà qualcuno. Coglierebbero tutti al volo l'opportunità di fare un ulteriore passo avanti.»

Hunter fu abbastanza sicuro che l'alcol che aveva consumato si fosse trasformato in vapore e gli stesse uscendo dalle orecchie.

La porta che dava nelle camere adiacenti si aprì e Rasha entrò impetuosamente. «Salve, ragazzi.»

Riker snudò i denti nella sua direzione, senza provare nemmeno a essere gentile. «Me ne vado. Hunt, fammi sapere.» Uscì di corsa mentre Rasha si versava da bere e sprofondava nella sedia davanti a Hunter.

«Di cosa stavate parlando?» domandò, mentre la curiosità le illuminava gli occhi che erano dello stesso colore di quelli di Aylin, ma diversi in ogni altro senso.

Il suo primo impulso fu di dirle che non erano affari suoi, ma tanto valeva che le carpisse qualche informazione. «Il compagno di Aylin.»

Rasha inarcò un sopracciglio. «Tseeveyo. Cosa c'è?»

«Non ti disturba la cosa?»

«Si unirà a un capoclan.» Le parole di Rasha erano attente, misurate, come se recitasse da un libro. «È un onore, specialmente per una persona come lei. È molto fortunata.»

«Fortunata?» le domandò Hunter incredulo.

«È debole e storpia. Non è buon materiale da riproduzione. Chi altro la vorrebbe? Di certo nessun capoclan.»

Hunter rimase seduto, scioccato. Rasha credeva davvero a quello che stava dicendo e considerava sinceramente quell'unione una grande opportunità per sua sorella.

«Aylin non è debole. È tra i guerrieri più forti che abbia mai conosciuto» sbottò Hunter. «Nel regno di Samnult, ha fatto il suo e si merita qualcuno molto meglio di Tseeveyo.»

«Lo so.» Deglutendo con forza, Rasha si girò. Quando incrociò di nuovo lo sguardo del vampiro, aveva gli occhi velati da una paura autentica. «È la sua unica occasione di andarsene da ShadowSpawn, Hunter.» Adesso la sua voce era forzata, quasi supplichevole, come se stesse cercando di convincere entrambi che l'unione con Tseeveyo era la cosa migliore. «Senza di me là... non credo che sopravvivrà.»

«E credi che se la passerà meglio con Tseeveyo?»

«Non la ucciderà» disse con urgenza. «Sarebbe uno stupido ad affrontare l'ira di mio padre.»

Hunter dubitava che Kars si sarebbe adirato, ma era uguale. «E se venisse offerta a un maschio purosangue di un altro clan?»

Rasha scosse la testa. «Niente smuoverà mio padre. Ho

provato. In cambio di Aylin, avremo un'altra levatrice per rimpiazzare quella che vi siete fatti uccidere.» Sì, il vampiro apprezzò molto che glielo avesse ricordato. «Cosa ancora più importante, NightShade prometterà lealtà a mio padre.»

Se Rasha avesse tirato fuori una pistola e gli avesse sparato al petto, Hunter non sarebbe rimasto altrettanto scioccato. I leader dei clan firmavano trattati e stringevano alleanze, ma non si giuravano mai fedeltà l'un l'altro.

Mai.

Farlo significava rinunciare all'autorità e perdere indipendenza. Quindi perché diamine Tseeveyo, il leader del terzo clan più grande della Costa occidentale, avrebbe giurato di seguire Kars?

«Sicuramente capisci l'importanza di questo patto.» Rasha picchiettò sulla scrivania con le lunghe dita. «La guerra con gli umani è solo questione di tempo e i vampiri devono unire le forze.»

Il grande piano cominciava a diventare chiaro e Hunter doveva concederglielo, Kars non era uno stupido. Stava mettendo in riga i clan piazzando in modo strategico le sue figlie. Aveva piani alternativi per portare gli altri clan sotto il suo controllo? Al momento Kars era pericoloso, ma se aveva più di un clan al suo fianco, nessuno al mondo l'avrebbe sfidato.

Adesso più che mai Hunter doveva impedire un'alleanza tra ShadowSpawn e NightShade. «E se la cosa per cui Tseeveyo vuole Aylin le venisse portata via?»

«La verginità?» Rasha scosse la testa. «E chi se la scoperebbe?»

Io. E secondo Riker, anche tutti gli altri del clan. Un altro ringhio gli ribollì in gola. «Mettiamo che succeda.»

Lei scrollò una spalla con aria scettica. «Mio padre chiederebbe la testa del maschio che l'ha deflorata. Tseeveyo potrebbe annullare l'accordo, ma vuoi davvero affrontare la furia di mio padre? E ad ogni modo, cosa te ne frega di tutto questo?» gli domandò. «Un giorno dovremo fare accordi matrimoniali per i nostri figli e le nostre figlie. Dovremo prendere decisioni politiche in base a ciò che è meglio per il clan.»

Fanculo. Il vampiro appoggiò gli avambracci sulla scrivania, piegandosi in avanti in modo che Rasha capisse molto bene cosa provava riguardo quell'argomento. «Non manderò mai uno dei miei figli a sposare qualcuno che non gli piace solo per ottenere amici e alleati.»

Un sopracciglio biondo s'inarcò. «E questo è il motivo per cui mio padre ti considera un leader debole.»

«E io lo considero un dittatore brutale. Non un leader.» Le lanciò uno sguardo truce. «Dimmi, mi consideri un leader mediocre? Ti vergogni a prendermi come compagno? Preferiresti forse Tseeveyo?»

«Non essere ridicolo. Lui ha un harem. Non tollererei altre spose.» Gli rivolse uno sguardo caustico. «O amanti.»

No, Hunter non aveva intenzione di farsi delle amanti. Aveva visto quello che sua madre aveva fatto ad alcune delle compagne di letto di suo padre, e aveva la sensazione che Rasha avrebbe fatto sembrare insulsi quei bagni di sangue. Eppure, non poté resistere all'impulso di stuzzicarla.

«Conosci la legge» disse con lentezza e con l'indifferenza di qualcuno che sta pianificando di trarre vantaggio dalla suddetta legge.

«Certo» replicò lei con tono seccato. «Dopo la cerimonia di unione, un capoclan può annunciare l'intenzione di prendere altre spose o di dormire con un'amante. La vampira a cui si è appena unito può accettare la sua decisione o combattere contro di lui.» Il bicchiere le sbatté contro le zanne mentre Rasha tracannava un drink e si piegava verso il suo futuro compagno con gli occhi scintillanti di una furia omicida. «Combatterò finché non mi sarò rotta tutte le ossa e non riuscirò più ad alzare la testa da terra. Se vuoi farti delle amanti, ti è andata male, perché distruggerò qualsiasi femmina che solo penserò che desideri.»

E questo, Hunter lo sapeva, includeva anche Aylin.

28

La sensazione della febbre lunare era diversa a MoonBound rispetto a ShadowSpawn e, anche se non era ancora notte e le cose potevano cambiare, Aylin non poteva che meravigliarsi di quanto fossero più civili queste persone.

Certo, la tensione era alta e gli animi si scaldavano. A metà pomeriggio, la vampira aveva già visto scoppiare quattro liti, tre fra maschi e una fra tre femmine. Però non c'erano stati né feriti gravi né, il che era anche meglio, eventi sportivi cruenti che l'avevano sempre tormentata.

Forse Rasha aveva ragione quando le diceva che era la peggiore vampira di sempre.

Mentre finiva di asciugare i piatti nel lavello di Rasha, quest'ultima uscì dal bagno con un abito di pelle attillato che non lasciava molto all'immaginazione. Una scollatura profonda avrebbe permesso a Hunter di nutrirsi da qualsiasi punto volesse, dall'incavo dei seni in su, e il cortissimo orlo del vestito gli avrebbe permesso di nutrirsi dall'arteria femorale – oppure di mettere la bocca ovunque volesse – senza preoccuparsi minimamente dell'abito.

A Aylin venne la nausea.

Altre due settimane, si disse. Altre due settimane e poi sarò fuori di qui. Se il piano di Riker e Nicole funzionava, non ci si sarebbe più aspettati che sposasse Tseeveyo. Ma questo avrebbe solo significato che doveva tornare a casa a ShadowSpawn.

A parte che non l'avrebbe mai fatto. Non le importava di dovere passare il resto della vita a saltare attraverso i portali e a scroccare il cibo dove poteva. Non sarebbe tornata a casa e non avrebbe sposato una canaglia come Tseeveyo.

Rasha corse verso di lei e le prese un bicchiere bagnato dalle mani. «Ti ho detto di non pulire il mio appartamento. Hai già fatto abbastanza per me prendendo parte con Hunter alla prova di Samnult.»

Aylin le strappò di nuovo il bicchiere di mano. «Non ho nient'altro da fare.»

Frustrata, Rasha emise un'imprecazione, ma cedette. «Ad ogni modo, cos'è successo durante le prove di Samnult? So che non dovresti parlarne, ma Hunter ha detto che hai combattuto bene.»

Afferrando uno strofinaccio, Aylin si mise ad asciugare il bicchiere con colpi brevi e rapidi. *Ho visto Hunter nudo. L'ho praticamente pregato di fare sesso con me. Ma non preoccuparti, mi ha respinto.*

Si accontentò di uno smozzicato: «Ho fatto quello che andava fatto.»

«Be',» disse Rasha sommessamente «qualsiasi cosa sia, ti sono grata.»

Se sapessi tutto, non lo saresti.

Cambiando marcia, Rasha raggiunse impettita lo specchio a figura intera sulla porta del bagno e assunse alcune pose ambigue. «Che programmi hai per stasera?»

Oh, probabilmente farò sesso a casaccio con qualcuno che non conosco. «Niente.»

«Perché non ti unisci alle altre che non nutriranno un maschio? Ho sentito dire che vedranno qualche commedia sdolcinata nella sala comune.»

Nel clan c'erano più femmine che maschi, quindi non tutte dovevano prendere parte alla febbre lunare, ma per come lo diceva Rasha sembrava che le vampire in più fossero tutte delle perdenti che nessuno voleva. Aylin era molto tentata di dirle che Riker stava prendendo accordi per trovarle un partner, ma conoscendo sua sorella, sapeva che avrebbe sabotato i loro piani.

Per il suo bene, naturalmente.

A volte Aylin non era sicura di cosa pensare.

Scrollò le spalle in modo distratto. «Forse.» Alzò lo sguardo sull'orologio alla parete. Il turno di Nicole in laboratorio sarebbe finito dopo pochi minuti e la vampira voleva prelevarle un campione di sangue 'prima del pasto' in modo da confrontarlo con uno 'dopo il pasto'. Gli esami avrebbero stabilito se la difficoltà di coagulazione del sangue di Aylin era davvero dovuta al fatto di non nutrire i maschi. «Devo andare. Ti serve nient'altro?»

«No.» Rasha aggrottò la fronte con un'espressione accigliata che probabilmente faceva uscire di testa i maschi. «Immagino che tu non abbia visto Myne in giro.»

«Myne? No. Perché?» Quello sì che era un vampiro terrificante. Stava nell'ombra e sembrava avere due stati d'animo: incazzato e ancora più incazzato. Poi c'erano le sue zanne. Di titanio, era stata la risposta di Nicole quando Aylin gliel'aveva chiesto.

La vampira rabbrividì.

«Così.» Rasha la congedò con un cenno della mano, ma proprio mentre Aylin se ne stava andando, sua sorella le gridò dietro: «Aspetta.»

Sospirando, Aylin si voltò in tempo perché Rasha le sbattesse addosso con un grosso abbraccio. Stupita, Aylin poté solo restare lì a chiedersi se la sua vera sorella fosse stata rapita dagli alieni.

«Non dire niente,» le mormorò Rasha all'orecchio «ma ho un piano per salvarti.»

Aylin si tirò indietro di scatto. «Scusami?»

Gli occhi di Rasha erano illuminati da un affetto sincero. «Stavo parlando con Hunter ieri e mi ha fatto riflettere. L'unione con Tseeveyo è sbagliata. Cioè, è buona per ShadowSpawn, ma il pensiero di te e lui...» Afferrò Aylin per le spalle con una presa che per poco non le lasciò i lividi e lei si sorprese molto che a sua sorella tremassero le mani. «Non puoi farne parola con nessuno, ma, se tutto va secondo i miei piani, domani sarò incinta. Sto prendendo la pozione di Nicole.»

Aylin fece un malfermo passo indietro, sentendosi come se le avessero sparato al cuore. Ma allo stesso tempo, il fatto che Rasha fosse così preoccupata per lei la lasciò senza parole, grata e con un senso di colpa ancora maggiore riguardo quello che era successo con Hunter nel regno di Samnult.

«Rasha» squittì. «I... io non so cosa dire. Grazie, ma... perché? Non puoi aspettare finché tu e Hunter non sarete ufficialmente sposati?»

Scosse la testa. «Se resto incinta, posso dire a papà che ho bisogno del tuo aiuto. Così potrai rimanere qui.»

Chissà come, Rasha era appena riuscita a farle sembrare la permanenza a MoonBound peggiore dell'unione con Tseeveyo. «Non accetterà mai.»

«Fidati» grugnì Rasha. «Lo farà.»

Aylin ne dubitava, ma anche se Rasha avesse avuto ragione, le avrebbe fatto guadagnare solo nove mesi. «E cosa succederà dopo che il bambino sarà nato? Sarò spedita da Tseeveyo.»

«Ma avremo il tempo di farci venire in mente un piano.» Lasciando andare Aylin, Rasha si avvolse una ciocca di capelli intorno al dito, cosa che faceva solo in rarissime occasioni quando era stressata. Era davvero così preoccupata della sua notte con Hunter? Oppure la turbava il futuro di Aylin? In entrambi i casi era bello vedere il cuore di Rasha che batteva come quello di una persona normale.

«Non farlo, Rasha.» Aylin appoggiò il bicchiere, ormai asciuttissimo, sullo scolapiatti e si girò verso sua sorella, desiderando disperatamente di fermare il suo folle piano di restare incinta. «Mi sto occupando di Tseeveyo a modo mio.»

Rasha aggrottò le sopracciglia. «Come?» Poi capì e spalancò gli occhi. «Tu... hai intenzione di dormire con qualcuno stanotte, vero?»

Aylin non confermò né negò, sapendo che Rasha avrebbe capito una bugia e sarebbe arrivata subito alla verità.

«Limitati... a stare attenta, Aylin» disse Rasha in modo calmo. «Non posso fare più di tanto per proteggerti. Posso occuparmi di papà, ma qualsiasi altra cosa è un rischio.»

Aylin non aveva idea di come rispondere a questo. Diamine, l'intera conversazione era stata strana, come se avessero discusso entrambe dello stesso libro, ma Aylin ne avesse letto solo il Bignami.

Aveva bisogno di andarsene da lì. Le girava la testa e le sue emozioni erano ruvide e ingarbugliate, e all'improvviso non sapeva più cosa pensare.

Scusandosi, si recò al laboratorio, ma Nicole se n'era già andata. Al suo posto, fu il vampiro con i capelli brizzolati di nome Grant a prendere il sangue di Aylin. Proprio mentre stava finendo, entrò Hunter.

Forse fu il prelievo di sangue. Forse a pranzo non aveva mangiato abbastanza. O forse fu la sola vista di Hunter a farla oscillare come un'ubriaca. Il vampiro le stava andando incontro con lo sguardo scuro inchiodato nel suo, le spalle larghe che si muovevano sotto un'imbracatura per le armi e la giacca di pelle lunga fino alla coscia che ondeggiava a ogni passo.

Mentre si avvicinava, mostrò rapidamente le zanne a Grant. «Vattene.» Quell'unica parola fece precipitare il vampiro fuori dal laboratorio e così Aylin rimase da sola con il leader di MoonBound.

«Sei stato scortese.»

«Si riprenderà.» Hunter si fermò davanti a lei. «Sarò breve. Perché non mi hai detto che sei promessa a Tseeveyo?»

Ah, merda. Aveva dato a Riker e Nicole il permesso di trovarle un maschio per quella notte, ma non aveva pensato che Hunter sarebbe stato coinvolto.

«Perché non sono affari tuoi» dichiarò.

«Stronzate. Perché non volevi che sapessi cos'ha promesso Tseeveyo a tuo padre?»

Aylin sbatté le palpebre. «Cosa? Non ho idea di cosa tu stia parlando.»

Il vampiro ridusse gli occhi a due fessure nella sua direzione. «Allora perché non me l'hai detto? L'hai detto a Nicole e non erano nemmeno affari suoi. Quindi che cosa sta succedendo?»

All'improvviso la rabbia le ribollì nelle vene. Era buffa la facilità con cui adesso le emozioni si accendevano in lei, e quanto fosse liberatorio. «Mi vergognavo, va bene?» sbottò. «Mio padre ha così poca considerazione di me da svendermi a un demone. Come potrebbe non umiliarmi?» Guardò la porta oltre le spalle del vampiro. «Ora posso andare?»

Hunter si passò la mano sul viso. «Merda. Mi dispiace.» Abbassò il braccio. «Sai che genere di alleanze ha stretto recentemente tuo padre con altri clan?»

«No, perché?»

«Credo che abbia in mente qualcosa. Forse sta cercando di unire i clan.»

«Non sarebbe una cosa positiva? Samnult ha detto che la guerra con gli umani è vicina.»

«Sì, e credo che tuo padre stia cercando di anticiparla. Non si limita a volere i clan uniti. Li vuole sotto il suo controllo.»

«Come un re? È pazzesco.» Ma lo era davvero? Kars era sempre stato affamato di potere e Aylin si era sempre chiesta perché passasse tanto tempo a scavare negli affari dei clan rivali. «Sai, ora che ci penso... ricordi quando ti ho raccontato delle gare che si sono tenute a ShadowSpawn? Ne abbiamo fatte più del solito e i clan sono arrivati da più lontano che mai. JaggedSky dal Montana e BoneSworn dal New Mexico. In precedenza non avevano mai partecipato a nessuna delle gare di mio padre, ma sono venuti entrambi due volte negli ultimi tre anni. Ha anche stabilito delle tregue con i nemici giurati. Come voi.»

«Accidenti» sussurrò Hunter.

Per qualche motivo, la vampira se l'immaginò che le diceva la stessa cosa, altrettanto sommessamente, contro la pelle della gola. I seni. L'interno coscia.

Come se lo sapesse, lo sguardo scuro del vampiro s'illuminò. Imprecò di nuovo e inspirò in modo irregolare. «Stai bene? Come sei stata ultimamente?»

«Vuoi davvero chiacchierare del più e del meno?»

Un basso ringhio pulsante fece vibrare l'aria. «Quello che voglio fare è spogliarti, buttarti sul bancone, allargarti le cosce e leccarti fino a farti urlare. È questo che voglio fare. Voglio essere io il maschio che ti prende per la prima volta. E ogni volta dopo quella. Il pensiero che tu stia con qualcun altro stanotte mi uccide, a tal punto che sono tentato di farmi rinchiudere da Riker così non farò qualcosa di stupido. Non lo capisco e francamente mi fa incazzare. Ma è così.»

Le luccicarono gli occhi. «Oh, Hunter.» Allungò una mano verso di lui, che però indietreggiò con un sibilo e le zanne enormi snudate.

«Se mi tocchi, sono perduto.» Mentre continuava a indietreggiare, il suo grosso corpo tremava. Respirava in modo irregolare e aveva gli occhi selvaggi come quelli di un puma messo all'angolo. «Devo... andare.»

«Hunter, aspetta.» Aylin si mosse verso di lui, che si fermò, ed ebbe la sensazione che nel profondo stesse combattendo con sé stesso. Bene. Ora sapeva come si sentiva lei ogni volta che lo vedeva. «Non fare sesso con lei. Non stanotte.»

Il vampiro abbaiò una risata. «Davvero? Proprio ieri mi hai detto di togliermi il pensiero. Ora sei diventata gelosa?»

«Non si tratta di gelosia» disse. D'accordo, c'era anche quella, ma soprattutto il fatto che Rasha aveva detto di volere restare incinta. «Non puoi...» *Fidarti di Rasha.* Aylin non lo disse. Non poteva. Per quanto fosse vero, non avrebbe tradito sua sorella in quel modo.

«Non posso cosa?»

La vampira chiuse le palpebre. «Niente. Limitati a fidarti del tuo istinto.»

«Ho una notizia da darti» replicò Hunter brutalmente. «In questo preciso momento è proprio di me stesso che non posso fidarmi.»

Se ne andò di corsa e qualcosa le disse che stava andando direttamente da Rasha.

Hunter era sempre stato uno che giocava con il fuoco, non si era mai preoccupato di bruciarsi. Ma Aylin bruciava più di qualsiasi fiamma e, se non se ne fosse andato in quel momento, si sarebbe trasformato in cenere.

Santo Spirito, lei metteva alla prova il suo autocontrollo. Le prove di Samnult erano state una passeggiata in confronto alla sfida di tenere le mani lontano da Aylin.

Hunter scappò lungo i corridoi, con la febbre lunare alle calcagna. Non era sicuro di dove andare e non gliene importava. Fintanto che si allontanava da Aylin prima che il bisogno di sangue e sesso diventasse troppo forte, non gliene fregava un cazzo di dove finiva.

A parte che, chissà come, scoprì di avere girato in tondo e di essere tornato al laboratorio, dove dentro persisteva l'odore di Aylin. Sbirciò all'interno come un idiota, ma lei non c'era.

Alzando la testa, inspirò, colse l'aroma di erba e luce solare della vampira, e cominciò a seguirne le tracce.

Maledizione! Ansimando, si fermò. Si piegò in due e appoggiò le mani sulle cosce nel tentativo disperato di riprendere il controllo di sé stesso. Non funzionò. Ne sentiva l'odore. La vedeva nella sua testa. E praticamente ne sentiva il sapore in fondo alla gola.

Le zanne gli pulsavano per il desiderio di sangue... del sangue di Aylin. Forse quello di Rasha sarebbe stato uguale. Forse non avrebbe saputo di soluzione acida come aveva immaginato.

Devi provare. Non puoi avere Aylin. A breve sarà con un altro maschio, se non c'è già.

Si drizzò con un ringhio. Si appuntò mentalmente di dire a Riker di non rivelargli il nome del vampiro che passava la notte con Aylin. Per quanto gli piacesse affermare di essere obiettivo e razionale... be', quando si trattava di lei, il suo lato equilibrato era praticamente inesistente.

Il bisogno di sangue cominciava ad annebbiargli i pensieri con una foschia rossa. Era il momento e non poteva rimandare. Quasi tutti i vampiri potevano saltare un pasto della luna... perfino due se era proprio necessario. Ma, siccome era un vampiro di seconda generazione, il suo istinto era troppo forte e aveva imparato per esperienza che saltare un pasto durante la luna piena aveva come conseguenza un mese di brutalità che a volte non riusciva a controllare. Erano passati quattordici anni dall'ultima volta che Riker era stato costretto a incatenarlo nella stanza delle prede e Hunter non voleva finire di nuovo in quel modo.

Suo padre, che era un vampiro di prima generazione e discendeva dagli Originali, era anche peggio. Quando saltava un pasto, diventava la personificazione della parola 'mostro'. Si trasformava anche fisicamente in una raccapricciante creatura scheletrica con le fauci spalancate piene di denti affilati e gli artigli seghettati che potevano fendere l'acciaio. Era stato terrificante, una bestia così irrazionale e assetata di sangue che una volta aveva cercato di mangiare il proprio figlio neonato.

Talora Hunter si chiedeva se, una volta tornato alla normalità, gli sarebbe dispiaciuto aver ucciso suo figlio. E per quanto disprezzasse sua madre, doveva riconoscerle che, durante la successiva luna piena, era stata disposta ad andare dalla creatura per farsi usare.

Dubitava che Rasha l'avrebbe fatto, ma non aveva dubbi su Aylin.

Con una brutta imprecazione, si diresse verso le proprie stanze. Rasha non lo aspettava ancora, ma non gliene importava un cazzo di scomodarla. Doveva togliersi il pensiero mentre possedeva ancora un filo di autocontrollo. Avrebbe preso il sangue della vampira, ma nient'altro.

E se, durante la pazzia dovuta alla febbre, pensava che fosse Aylin? E se la sete di sangue l'aveva già mandato troppo fuori di testa perché riuscisse a controllarsi? Di nuovo, i vampiri normali erano più bravi nell'autocontrollo, ma durante la febbre lunare Hunter era poco più di un animale che soddisfaceva i propri desideri più basilari.

Perfino in quel momento, i suoi sensi erano concentrati su quello di cui aveva bisogno e identificavano la posizione delle femmine nelle vicinanze con l'accuratezza di un radar. Ce n'era una nella stanza che aveva appena superato. Sei riunite nella sala comune. Due – con un maschio – nel ripostiglio davanti a sé. Il profumo di sangue e sesso si levava da esso come vapore, aumentando la sua eccitazione di un'altra dozzina di tacche. Il sudore sbocciò sulla sua pelle calda, gli venne l'acquolina in bocca e il membro gli fece terribilmente male.

Aylin.

No.

Aprì violentemente la porta della sua camera. E si mise istantaneamente in allerta.

L'odore del sangue e dell'eccitazione proveniva dal retro dei suoi appartamenti.

Il presentimento gli provocò un brivido lungo la schiena mentre attraversava piano il suo ufficio e il salotto verso la camera da letto. Mentre apriva la porta con una spinta ed entrava, mise istintivamente una mano sull'elsa di un pugnale.

Superò la soglia e si fermò all'improvviso, scioccato.

Rasha era bloccata contro il muro e ansimava in modo sommesso sulla soglia di quello che Hunter era abbastanza sicuro fosse un orgasmo, il suo corpo vestito a malapena oscillava contro il grosso maschio che aveva i denti affondati nella sua gola.

Denti di titanio.

Hunter non riusciva a credere a quello che vedeva. La sua vista si velò di ebano e rosso, come una parete nera su cui cola il sangue, e la rabbia risvegliò la bestia primitiva dentro di lui. Un vampiro, che Hunter nei giorni buoni odiava e in quelli cattivi voleva uccidere, aveva invaso il suo rifugio e si stava nutrendo dalla sua femmina. Non importava che Hunter non desiderasse quella femmina. Era sua, che gli piacesse o no, ed essendo il capoclan, quello che era suo era sacro.

Con un ruggito, afferrò Myne per la nuca e lo strappò via da Rasha. Il sangue schizzò dalla ferita lacerata nella gola della vampira, ma Hunter non vi prestò quasi attenzione.

Sarebbe guarita. Purtroppo.

Quando Hunter gli colpì la mascella con un pugno e poi, prima ancora che potesse riprendersi, lo sbatté contro la parete, la sorpresa balenò negli occhi color carbone di Myne. «Bastardo.» Il capoclan gli avvolse la mano intorno alla gola e continuò a picchiarlo sul viso, assaporando il rumore del naso che si rompeva.

Myne si buttò di lato per evitare un altro colpo. «Non è come pensi.»

Crac. Pugno in faccia. «Ti stavi nutrendo da lei?»

Myne sputò sangue, di Rasha e suo. «Sì, ma...»

Crac. Myne avrebbe avuto bisogno di un bravo dentista. Magari lo stesso che gli aveva messo le zanne di titanio. «Allora è esattamente quello che penso!»

«Mi... mi ha costretto» disse Rasha alle spalle di Hunter. Myne girò di scatto la testa verso di lei, il suo sguardo incredulo rivelò a Hunter tutto quello che aveva bisogno di sapere.

Rasha mentiva. Myne era un bastardo, ma non era uno stupratore.

«Hai idea di quello che dici?» domandò Hunter a denti stretti. «Se Myne ti ha costretto, va condannato a morte.»

Lei sollevò il mento. «Sono la primogenita di un vampiro di seconda generazione, che è anche un capoclan.»

In altre parole lo sfidava a darle della bugiarda. Gli mise una mano sulla spalla e lui si scrollò dal suo tocco.

«Resta qui» le disse mentre scagliava Myne fuori dalla camera e si sbatteva la porta alle spalle.

Myne finì sul divano e il suo corpo pesante ne spezzò la struttura. «Maledizione, Hunter, ascoltami.»

«Ti stavi nutrendo dalla mia compagna!» Ringhiando, Hunter si tuffò, colpendo Myne con un placcaggio completo. Finirono in un groviglio sul pavimento. Myne provò ad alzarsi, ma Hunter fu più veloce, girò il vampiro sulla schiena e gli diede due colpi forti nelle costole.

«Non è la tua compagna» ansimò. «Non la vuoi nemmeno.»

La verità di tutto ciò lo fece sia infuriare che sentire piccolo. Per non parlare del fatto che era stato proprio l'unico maschio del clan che Hunter odiava di più a esprimerlo ad alta voce. Con una mossa rapida e fluida, Hunter si mise a cavalcioni di Myne e lo ricoprì di colpi così forti che sentì un osso rompersi.

«Cazzo, mi hai mancato di rispetto nella mia stessa camera! Ti abbiamo accolto quando eri distrutto. Mi sono fidato di te. Ed è così che mi ripaghi?» Afferrando la maglietta di Myne, lo scosse abbastanza forte da sbattergli la testa sul pavimento. «L'hai scopata?» *Di' di sì e sei morto.* E perché diavolo Myne non stava contrattaccando?

«No.»

«Questo me l'hai già detto in precedenza. Te lo ricordi,

stronzo?» Hunter fece scivolare un pugnale fuori dall'imbracatura, mentre il sibilo sommesso del metallo che si liberava dal cuoio ospitava il suono della morte imminente. «Quella volta mi hai mentito, quindi perché ora dovrei crederti?»

Gli occhi neri di Myne si spensero. «Non dovresti.»

Hunter inclinò la lama verso la giugulare di Myne. Nello sguardo di quest'ultimo non c'era paura, né resistenza nel suo corpo. Si aspettava di morire ed era pronto ad andarsene come un guerriero.

E nonostante tutti i suoi difetti, Myne era un guerriero. Un guerriero maledettamente bravo. Una sua immagine di quando era un ragazzo si mosse a scatti ai bordi della rabbia di Hunter. Un ragazzo di soli pochi anni più grande del decenne Hunter, ai margini della foresta con suo fratello, entrambi in attesa di una decisione che avrebbe avuto conseguenze sul resto della loro vita.

Era stato Hunter a dovere prendere quella decisione e da allora si era chiesto se avesse preso quella giusta, e fu questo dubbio a fermare la sua mano.

Rinfoderando la lama, balzò in piedi e abbassò lo sguardo su Myne. «Vattene, non voglio più vederti, cazzo, perché non so per quanto riuscirò a trattenermi dallo sventrarti.»

Myne non guardò Hunter mentre si metteva faticosamente in piedi e usciva dalla stanza.

La porta della camera da letto si aprì con un fruscio e un delicato rumore di passi lo raggiunse. Hunter sentì l'odore della paura.

«Ti prego non ucciderlo.» Nella voce instabile di Rasha risuonò la preoccupazione. «E ti prego non lasciare che questo abbia ripercussioni sulla nostra unione. Mio padre si limiterà a biasimare te.»

«Be', queste sì che sono delle belle scuse» sbottò il vampiro. «E perché mai dovrebbe biasimare me?»

Lei ebbe la decenza di distogliere lo sguardo mentre giustificava il suo comportamento. «Perché hai ignorato i miei bisogni. Sono stata costretta a fare ciò che dovevo...»

«Costretta? Continui a usare questa parola, ma non penso che significhi ciò che credi» affermò, imitando il personaggio di uno dei suoi film classici preferiti. La storia fantastica *dovrebbe piacerti. Così tante belle battute, così tanti bei modi di morire.*

Rasha abbassò le finissime spalline del vestito. «Lascia che rimedi.»

«Rimediare?» borbottò Hunter. «Mi hai fatto sembrare uno stupido in casa mia!»

«Non è detto che si debba sapere.» Gli slip striminziti le scivolarono giù dal corpo tutto curve e si raccolsero ai suoi piedi, lasciandola nuda e nient'affatto bella come sua sorella.

«Io lo saprò.» Non poteva gestire tutto ciò. Al momento, Hunter non poteva gestire niente e andò verso la porta.

«Dove vai?»

«A mangiare.» Lanciandosi uno sguardo alle spalle, le rivolse il suo sorriso più freddo e crudele, quello che suo padre aveva perfezionato. «Ero venuto per stare con te, ma a quanto pare ti hanno già usato.»

29

Il tremore cominciò in modo così impercettibile che Riker non lo notò finché i quadri alla parete della sala comune non cominciarono a sbatacchiare. Alzò lo sguardo dal tavolo da biliardo, dove stava per finire una partita con Jaggar, Bastien e Baddon prima che se ne andassero ognuno per conto proprio a nutrirsi.

Be', non Bastien. Lui non aveva ancora sanguinato, un triste evento nella vita di un giovane vampiro quello durante il quale sentiva per la prima volta la smania della febbre lunare.

Jaggar mandò in buca la palla nera. «Il terremoto?»

La terra tremò sotto i piedi di Riker. Baddon alzò di scatto la testa. «Non credo.»

«Hunter» sussurrò Riker. «Merda.»

Uscì di corsa dalla stanza e si avviò lungo il corridoio in direzione degli alloggi di Hunter. Myne, che sanguinava e si reggeva le costole, sbucò da dietro un angolo e sbatté contro di lui. Ringhiò e spinse Riker contro il muro.

«Cosa cazzo è successo?» Riker tenne i pugni lungo i fianchi, ma solo perché l'altro vampiro era già stato picchiato a sangue.

Myne lo fissò, con lo stesso sguardo vuoto di quando era arrivato al clan la prima volta. Per molto tempo si limitò a restare con un'espressione tormentata e il viso pallido.

«Myne? Amico?»

Myne lasciò andare Riker e indietreggiò con passo malfermo. «Scusa» disse con voce stridula. «Io...» Scosse la testa. «Scusa.» Se ne andò, lasciando Riker confuso a fissare il corridoio.

Riker fu spronato a correre più veloce da un improvviso e cupo sospetto, ma dovette fermarsi di colpo quando la porta della camera di Hunter si aprì sbattendo. Il capoclan uscì dai suoi alloggi come una furia, con le nocche ferite e gli occhi scuri che irradiavano un bagliore cremisi. Il sospetto di Riker fu confermato all'istante. Hunter e Myne si erano scontrati.

Ma questa volta era stata diversa dalle altre, quando sia Hunter che Myne se n'erano andati con ferite simili. Questo scontro era stato impari e, mentre Myne aveva emanato odore di vergogna, Hunter odorava di strage.

«Hunt.» Riker afferrò il braccio del vampiro, bloccandolo di colpo. «Evidentemente sei arrabbiato...»

«Non sai quanto» ringhiò Hunter.

Oh, Riker ne aveva una vaga idea. «Cos'è successo?»

Un brontolio ribollì dal profondo del petto di Hunter. «Si è nutrito da Rasha.»

Riker fece un respiro brusco, mentre i suoi pensieri andavano immediatamente a ciò che sapeva di Rasha, cioè che era malvagia. Forse aveva mentito a Hunter. «Chi te l'ha detto?»

«Li ho visti» ruggì l'altro. «Cazzo, erano nella mia camera.»

Porca puttana. Allora era vero? E Hunter aveva lasciato che Myne vivesse? «Hunt, ascoltami. Myne non intendeva mancarti di rispetto.»

«Mi ha tradito!» L'espressione di Hunter era minacciosa, mentre i suoi occhi balenavano come fulmini durante un temporale estivo.

«Lo so, ma ti garantisco che in questo momento si sta punendo più duramente di quanto tu possa mai fare.»

«Ne dubito.» Hunter si passò una mano tra i capelli. «Cos'aveva in testa?»

«Che aveva fame.»

«E fra tutte le femmine che poteva scegliere, ha scelto la mia?»

Riker maledisse la situazione, perché non voleva tradire Myne in questo modo, ma non voleva nemmeno che Hunter lo distruggesse. «Non ha deciso all'ultimo minuto di fregarti. Sono anni che si nutre da Rasha.»

«Cosa?» La voce di Hunter fremette in segno d'avvertimento. Non era contento che gli fosse stato tenuto nascosto e Riker non poteva biasimarlo. «Perché?»

«Non lo vuole nessun'altra» disse Riker con cautela. Non voleva finire con la faccia rifatta e le costole rotte come Myne. «Il morso di Myne è troppo doloroso per le altre vampire. Nessuna nel nostro clan vuole nutrirlo. Non sono sicuro di come abbia agganciato Rasha, ma è l'unico modo in cui è riuscito a nutrirsi.»

Hunter si passò una mano sul volto. «Perché, quando Rasha è arrivata qui, lui – o tu – non avete detto niente?»

«Perché aveva preso accordi con una vampira di Velvet Fang. Una che non sapeva quanto fosse doloroso il suo morso. Ma quando oggi è andato in città, ha scoperto che è stata uccisa da un cacciatore. È tornato un'ora fa.» Myne era stato brusco e nervoso, e Riker desiderò essergli stato più addosso. «Stava cercando di trovare un'altra femmina. Voleva stare lontano da Rasha, ma aveva saltato un paio di pasti. Stava morendo di fame. Avrei dovuto immaginare che non sarebbe riuscito a resistere.» Riker strinse il bicipite di Hunter. «Hunt, devi sapere che non si sarebbe avvicinato a Rasha. Dev'essere stata lei ad andare da lui.»

Un muscolo della mascella di Hunter si contrasse. «Ha mentito dicendo di non averla scopata?»

Riker scosse la testa. «Sapeva che suo padre avrebbe riversato l'inferno sul nostro clan. Si è rifiutato di metterci in pericolo.»

Hunter chiuse le palpebre e respirò a fondo. Quando riaprì gli occhi, non bruciavano più di rabbia, ma Riker non era sicuro che la compostezza glaciale fosse meglio. «Tienilo lontano da me, Riker. Tienilo lontano, altrimenti lo ucciderò.»

Cazzo.

L'unica cosa peggiore del nutrirsi dalla compagna di un capo sarebbe stato dormire con lei. Il fatto che Hunter e Rasha non fossero formalmente sposati non aveva importanza. Stando alla legge vampiresca, toccare la potenziale compagna del leader di un clan senza il suo esplicito permesso era una grave trasgressione.

Uccidere Myne per quello che aveva fatto rientrava tra i diritti di Hunter come capoclan. Probabilmente avrebbe dovuto farlo. Molti l'avrebbero semplicemente considerato l'abbattimento di un cagnaccio solitario, e nessuno l'avrebbe messo in discussione. Diamine, con l'uccisione di Myne il messaggio che il tradimento non sarebbe stato tollerato sarebbe arrivato forte e chiaro al clan.

Myne era proprio un pezzo di merda. Non importava che la sua faida con Hunter risalisse a talmente tanto tempo indietro che nessuno nel clan era minimamente consapevole che lui e Hunter si erano scontrati molto prima che quest'ultimo diventasse capo di MoonBound.

Myne era dilaniato dalla vergogna. Aveva tradito un capo purosangue, il clan che l'aveva accolto quando era quasi morto. Non poteva definirsi un guerriero. Non meritava quel titolo. L'onore gli dava una sola possibilità: andarsene.

Be', poteva uccidersi, ma non sarebbe successo. Myne aveva imparato molto tempo prima che il suo senso di autoconservazione era estremo.

Infilò gli ultimi abiti dentro un borsone e guardò in giro per i suoi appartamenti. Non c'era niente che gli appartenesse. Non c'era mai stato, immaginò. Hunter si era limitato a dargli il permesso di stare lì, ma Myne non ci aveva mai vissuto.

Il che, in effetti, era colpa di Hunter. Se tanti decenni prima, avesse preso una decisione diversa, le cose sarebbero state differenti. Il fratello di Myne sarebbe stato ancora vivo e lui non sarebbe stato il mostro con i denti di titanio che era adesso.

Quindi in realtà poteva dare la colpa di tutto quanto a Hunter. Sì, avrebbe fatto così.

Bussarono lievemente alla porta, che poi si aprì con un fruscio e Rasha scivolò dentro. Porca. Puttana. Ma davvero? Perlomeno si era messa una tenuta molto più modesta, costituita da jeans e un morbido golf azzurro che s'intonava ai suoi occhi.

«Esci» ringhiò il vampiro. Se Hunter scopriva che lei era lì, Myne non avrebbe avuto una seconda occasione.

Il contegno della vampira era insolitamente sottomesso, aveva lo sguardo distolto e l'andatura incerta. «Mi serve solo un minuto.»

«Giusto il tempo per assicurarti che Hunter mi uccida?»

«Mi dispiace per quello.» Si mosse in avanti, con lo sguardo supplichevole, che doveva essere una messa in scena. «Sono andata nel panico.»

«Quindi gli hai detto che ti ho costretta» replicò l'altro in tono piatto. «E che cazzo.»

«Ho detto che mi dispiace» sbottò Rasha, il suo momento di rammarico era finito. «Mi sono spaventata...»

«E hai ammesso di avere mentito? Hai detto a Hunter la verità?» Le labbra increspate e il silenzio di Rasha furono una risposta sufficiente. E non era la risposta che Myne avrebbe voluto. «Quindi proprio in questo momento Hunter potrebbe stare raccogliendo una squadra di guerrieri per trascinarmi al patibolo.» Doveva andarsene da lì. Subito.

Rasha scosse la testa. «Se avesse voluto ucciderti, l'avrebbe fatto in camera sua come qualsiasi altro capo. E anche se ci stesse ancora pensando, non credi che a quest'ora ti avrebbe incatenato nella fossa?»

Forse. O forse stava cercando di fare sudare un po' Myne prima di trascinarlo sul ceppo per la decapitazione.

«Perché sei qui, Rasha?» Il vampiro chiuse la cerniera del borsone e lo lanciò sulla sedia accanto alla porta. «Per scusarti di essere una stronza bugiarda? Missione compiuta, quindi vattene.»

Le guance di Rasha s'infiammarono di rosso. «Come osi?» ringhiò. «Sono la figlia di un capo, presto sarò la Prima Femmina di un clan. Non parlarmi in questo modo.» Dimostrò tutto il suo disprezzo, passando da incazzata nera a calma in una frazione di secondo. «Sono venuta qui per scusarmi, ma non posso lasciare che rovini il mio futuro. Devi andartene.»

Non si era accorta che stava facendo i bagagli proprio con quell'intento? Ma il suo ordine bruciava e Myne si scoprì a tirarsi indietro.

«E se dico di no?»

Un angolo della bocca della vampira s'incurvò in un sorrisetto malvagio mentre lei afferrava il collo del golf e lo strappava abbastanza da mettere in mostra l'incavo dei seni. «Dirò a tutti che mi hai attaccato.»

«Stronza!» In un attimo la prese per la gola e la sbatté contro il muro. «Disprezzo Hunter fin nel midollo, ma sai cosa? In realtà, in questo momento mi dispiace per lui. Sei veleno, Rasha, uno scorpione che non può cambiare la sua natura, e nemmeno Hunter merita di unirsi a te.»

Lei sibilò, allungando le zanne mentre i suoi occhi luccicavano di macchie cremisi. «Vattene ora, *wenputi*, o farò in modo che tu venga giustiziato prima dell'alba.»

Rasha non gli era mai piaciuta. Myne l'aveva tollerata solo perché le piaceva il dolore, e lui ne provocava in abbondanza quando si nutriva. Ma qualsiasi piccola parte di lui gli avesse consentito di tollerarla morì nell'attimo in cui lei lo chiamò *wenputi*, una parola dei Nasi Forati vampirizzati che combinava svariati insulti. Orfano. Bastardo. Reietto. Mendicante. Parassita. Fardello. Sleale. Mostro.

Gli erano occorsi anni per farsi accettare a MoonBound e, sebbene fosse sempre rimasto distaccato dagli altri membri del clan – con l'eccezione di Riker, che considerava un amico –, recentemente aveva cominciato ad ambientarsi. A partecipare alle cerimonie del clan. In questo Riker aveva giocato un ruolo molto importante, ma lo aveva fatto anche Bastien. Myne era diventato il mentore del ragazzo e gli aveva insegnato a combattere, a cacciare e a lanciare sguardi alle femmine senza farsi beccare. In compenso, Bastien aveva insegnato a Myne a ridere di nuovo.

Per la prima volta in vita sua, Myne aveva cominciato a sentire di avere una casa.

Ora gli avevano fatto mancare il terreno sotto i piedi e, proprio com'era successo per più di due secoli, sarebbe stato un senzatetto e solo.

Ecco come autocommiserarsi, wenputi.

Un vuoto gelido gli scavò il petto, raschiando via senza pietà tutto il calore che aveva riempito gli spazi vuoti dentro di lui. Con una spinta violenta, si scostò da Rasha e si mise il borsone sulla spalla.

Non si guardò indietro quando aprì la porta e uscì dalle sue stanze. Non si guardò indietro quando uscì dal quartier generale del clan e mise piede nella fredda aria della notte. Non si guardò indietro quando qualcuno lo chiamò.

Perché la verità era che solo nei suoi sogni qualcuno l'avrebbe chiamato.

30

Quando bussarono alla porta, Aylin per poco non scoppiò in lacrime. Qualcuno era venuto a nutrirsi da lei e la gioia era quasi travolgente.

Ma lo era anche l'ansia. E se il vampiro dall'altra parte della porta si trovava lì solo perché così gli era stato ordinato? Riker aveva promesso che avrebbe trovato un partner disponibile, ma se questo maschio 'disponibile' non sapeva del suo difetto genetico? Lei l'avrebbe percepito emanare disgusto mentre si attaccava alla sua vena? Avrebbe potuto sopportare l'umiliazione?

E se, per qualche miracolo, lui avesse acconsentito a spingersi oltre lo scambio di sangue? La febbre lunare non riguardava solo il nutrimento; riguardava la procreazione. Il sesso. Mettere da parte ogni pretesto di civiltà per placare appetiti carnali che non potevano essere frenati.

Aylin lo desiderava moltissimo.

Con Hunter.

Scacciò il suo nome dalla testa. In quel preciso momento forse si stava rotolando nel suo letto sfarzoso insieme a Rasha, con le zanne nella gola della vampira e il corpo nudo che si muoveva insieme a quello di lei.

La nausea le ribollì dallo stomaco e le lacrime che prima avevano minacciato di uscire le pizzicarono gli occhi.

Smettila. Non è tuo. Non lo è mai stato. Non lo sarà mai.

Bussarono di nuovo, questa volta più forte. Più energicamente. In modo più pressante. Qualcuno era affamato.

Inspirando a fondo, Aylin aprì la porta.

Dietro c'era Baddon, con i lucenti capelli neri pettinati in onde selvagge, gli occhi color caffè che brillavano di una fame a malapena contenuta, le zanne che scintillavano attraverso le labbra separate. Emanava una vibrante energia erotica in ondate che Aylin riusciva a percepire sulla pelle e più a fondo, fino nell'anima, con un'intensità per cui la vampira per poco non barcollò.

È così che appariva un vampiro alle prese con la febbre lunare.

Ovviamente era stata intorno ai maschi nelle notti di luna piena, ma non ne era mai stata l'oggetto dell'attenzione. Non aveva mai saputo cosa si era persa.

Maledizione, si era persa tanto!

«Ciao» disse Baddon. Una parola così breve e semplice, che racchiudeva un sacco di promesse. «Posso entrare?»

Lei deglutì. Lo sguardo di Baddon scattò all'istante sulla sua gola e le zanne del vampiro si allungarono ancora di più, fino a bucargli il labbro inferiore.

«Ehm, s... sì» balbettò Aylin sentendosi una stupida.

Il vampiro avanzò lentamente, con un'aria tracotante e disinvolta che mascherava l'intensità della sua espressione. Quando fu a pochi centimetri di distanza, le mise un dito sotto il mento. Stava per... certo che no...

Abbassando la testa, Baddon premette le labbra contro le sue. Aylin rimase a lungo troppo turbata e scioccata, ma alla fine tornò in sé e il calore delle labbra del vampiro penetrò nel suo cervello stordito. Il bacio fu deciso, non gentile, ma nemmeno brutale. Non che Aylin avesse molti metri di paragone.

Solo Hunter.

E che i Grandi Spiriti avessero pietà, Hunter sapeva baciare bene!

La bocca di Baddon si mosse sulla sua, mentre la appoggiava contro il muro e le copriva il corpo con il suo. «Non avere paura» mormorò, con la voce roca che la attraversò come le prime ondate di un orgasmo. «Non ti farò del male.»

L'hai già fatto. Desidero che tu sia un'altra persona.

Baddon non poteva sapere quello che lei stava pensando, ma si tirò indietro e la guardò dall'alto con un'espressione accigliata. «Se non lo vuoi, dimmelo subito. La febbre lunare sta crescendo e fra non molto io...»

«Non riuscirai a controllarti?» Aylin aveva visto i maschi a ShadowSpawn trasformarsi in poco più che animali durante la febbre lunare.

Il vampiro sollevò un angolo della bocca in un sorrisetto indolente. «Stavo per dire che diventerò scontroso, ma è lo stesso.»

Incantata, la vampira si rilassò abbastanza da annuire. «Lo voglio.»

«E cosa mi dici di Hunter?»

Lei sobbalzò. «In che senso?»

«È il mio capo, quindi se questo causerà dei problemi, ho bisogno di saperlo adesso.»

Oh, che cosa sapeva Baddon? «Perché dovrebbe causare dei problemi?»

«Vi ho visto al portale. Vedo il modo in cui ti guarda.» Le mise un dito sotto il mento e la costrinse a incrociare il suo sguardo. «Cosa ancora più importante, vedo come tu guardi lui.»

Aylin trattenne un lamento. Quante persone sapevano di loro? Ovviamente tutti quelli che erano andati al vortice, ma qualcun altro all'interno del clan aveva notato questi 'sguardi'? «Sta per unirsi a mia sorella.»

«Questo non risponde alla mia domanda.»

Lei sbuffò. «Non c'è risposta, perché non c'è nessun Hunter. Tu hai bisogno di sangue e io sono disposta a dartelo. Fine della storia.»

Baddon inarcò un sopracciglio. «E cosa mi dici dei tuoi bisogni?»

Il problema della verginità. Giusto. Aylin si sentì avvampare. «Limitiamoci... a vedere come vanno le cose. E non parliamo più di Hunter.» Scostò i capelli dal collo e, come se avesse acceso un interruttore, Baddon fece delle fusa sommesse, dirigendo lo sguardo sulla sua giugulare.

«Hunter?» Il caldo respiro di Baddon le percorse la gola, facendole venire i brividi sulla pelle. «Hunter, fottiti.»

Magari potessi fotterlo io, pensò Aylin, mentre con le braccia tatuate Baddon la tirava a sé.

Hunter attraversò i corridoi infuriato, con la neve sciolta che, mentre camminava, gli gocciolava dalla pelle nuda. Indossava solo un perizoma di pelle di cervo e, anche se i corridoi avessero brulicato di gente, nessuno gli avrebbe rivolto una seconda occhiata.

Erano duecento anni che correndo sfogava la rabbia, l'ansia... e qualsiasi emozione che diventava troppo intensa per poterla contenere. Di solito correva nudo, quindi il perizoma non avrebbe minimamente attirato l'attenzione. I membri del clan avevano fin troppa familiarità con le sue corse sfrenate nella foresta.

La differenza fra tutte le altre volte e questa era che prima una corsa alla massima velocità fino a sfinirsi lo calmava, qualsiasi cosa lo turbasse. Quella sera, invece, era come se non avesse corso affatto. Come se non si fosse imbattuto in un gruppo di bracconieri, facendoli a pezzi.

Ciò che stava davvero crollando a pezzi era la sua vita.

Stava per unirsi a una femmina che odiava. Un vampiro

che copriva un grado elevato all'interno del clan l'aveva tradito. La foresta brulicava di umani che volevano massacrare i vampiri. Sospettava che all'interno del clan ci fosse una spia. E non poteva avere la femmina che desiderava...

Emise un ringhio violento e, infuriato, si diresse verso le sue stanze, sperando, per il suo bene, che Rasha non ci fosse. I suoi passi echeggiarono nel corridoio vuoto di persone ma carico della tensione erotica dovuta alla febbre lunare. La sua pelle si tese, come a formare una protezione contro l'esasperante lussuria nell'aria.

Aveva bisogno di nutrirsi, ma Rasha era già stata usata. All'interno del clan c'erano più femmine che maschi, quindi avrebbe facilmente trovato una partner, ma, accidenti, non voleva nessun'altra femmina all'infuori di Aylin.

Con un'imprecazione, sbatté il pugno contro la parete e continuò ad avanzare. E ancora. Fino a ritrovarsi diretto verso gli alloggi di Aylin. La foga gli inondò le vene e il cuore prese a battergli più velocemente. Inspirò a fondo, seguendo le tracce della vampira come un lupo.

Era nella sua stanza.

Alzando il viso, inspirò di nuovo, cercando il suo odore mano a mano che si avvicinava. Lo colse, più forte adesso, un miscuglio d'erba, luce solare e rugiada che gli fece pizzicare le narici e indurire il membro. Maledizione, qualcosa nel modo in cui odorava lo indusse a immaginare di prenderla in un prato illuminato dal sole, con il rumore di un fiume in corsa a smorzare le sue grida appassionate.

A circa cinque metri di distanza, si costrinse a fermarsi. La cosa che più desiderava al mondo era bussare alla sua porta. Lo sferzante desiderio di toccarla, di baciarla, di nutrirsi da lei lo attraversò rapidamente come benzina in fiamme.

Resisti.

Avanzò di poco.

Forza, stronzo, sei più forte di così.

Un altro passo. La sua porta era a portata di mano.

Sei... più forte... di... così.

Il sudore gli si raccolse sulla fronte in piccole gocce, ma Hunter riuscì a non fare un altro passo. Né ad afferrare la maniglia, strappandola dalla porta per l'urgenza di raggiungere Aylin. Non poteva renderle le cose ancora peggiori.

Mentre girava i tacchi, Hunter avrebbe giurato che nel profondo della sua anima il suo orso ruggisse. Poi ammutolì del tutto quando l'odore di Baddon riempì l'aria. E con esso, l'inconfondibile aroma dell'eccitazione.

Proveniva dalla stanza di Aylin.

Fu sopraffatto da una rabbia istantanea e soffocante.

Avrebbe fracassato la porta se fosse stato necessario. Il pensiero razionale lo abbandonò, lasciandosi dietro solo il primitivo desiderio di fare sua la vampira e distruggere qualsiasi cosa – o persona – si trovasse in mezzo.

31

Baddon premette il corpo magro e muscoloso contro quello di Aylin e, mentre si faceva strada a forza di baci lungo la sua gola e la sua mascella, le accarezzava i fianchi in modo sfacciato. Le aveva intaccato la pelle con i denti invece di preferire fin da subito un pasto completo e, mentre il suo corpo reagiva alla spudorata seduzione del vampiro, nelle vene di Aylin il battito aveva assunto un ritmo forte e doloroso.

Ma sebbene la sua pelle si riscaldasse e i suoi seni cominciassero a fremere, con il pensiero la vampira cercava il modo di uscirne. Era tutto sbagliato. Era una cosa che aveva desiderato per molto tempo e forse, se non si fosse innamorata di Hunter, sarebbe potuta andare fino in fondo. Ma adesso non avrebbe assolutamente potuto darsi a un altro. Non mentre si trovava sotto lo stesso tetto di Hunter.

Era bizzarro, ma si sentiva come se lo stesse tradendo.

Una risata isterica minacciò di riversarsi direttamente nella bocca di Baddon. Come poteva tradire un vampiro che stava per unirsi a sua sorella? Che probabilmente, in quel preciso momento, era a letto con lei?

Aylin era una sciocca, ma non poteva controllare come si sentiva. Quando una mano le scivolò sotto la felpa, gridò sia per il piacere che per il senso di colpa. «Baddon» ansimò. «Io...»

All'improvviso l'atmosfera divenne fredda e immobile, come se su di loro fosse scesa una massa d'aria antartica. Baddon alzò la testa ed ebbe a malapena il tempo di mormorare un aspro 'cazzo' che la porta si aprì di schianto in un'esplosione di pezzi di legno.

Il vampiro si voltò, tenendo il corpo tra Aylin e... *Hunter?*

Il cuore di lei si fermò di botto. Le ampie spalle di Hunter riempivano tutta la cornice della porta, aveva le labbra ritratte a scoprire le zanne aguzze grandi quanto il mignolo della vampira e, mentre si dirigeva verso Baddon, tutto il suo corpo emanava un senso di minaccia mortale.

Tutto il suo corpo *quasi nudo*. Che gli spiriti avessero pietà, lo striminzito perizoma non faceva che peggiorare le cose. Aylin sapeva cosa nascondeva il risvolto di pelle di daino e desiderò strapparglielo dai fianchi con i denti.

In previsione di tutto ciò, le formicolarono le zanne.

«Vattene, guerriero.» La voce roca di Hunter era così profonda e potente che le vibrazioni fecero ripartire il cuore della vampira... ma a un ritmo irregolare e impaurito. «Subito.»

Baddon fece un unico passo pesante in direzione di Hunter. «Non è tua.»

Oh, merda. Non sarebbe andata a finire bene. Nei giorni migliori uno scontro fra due vampiri alfa arrabbiati poteva finire in un disastro, ma quando ci si metteva anche la febbre lunare e tutti erano eccitati per il bisogno di nutrirsi e accoppiarsi, poteva scapparci il morto.

«Va tutto bene» si affrettò a dire Aylin, ma come se non avesse nemmeno aperto bocca, i due maschi ringhiarono come bestie uscite dall'inferno e s'incontrarono in mezzo alla stanza, naso contro naso e petto contro petto.

Erano entrambi vampiri fin dalla nascita, ma Hunter era più alto e probabilmente pesava dieci chili più di Baddon.

Però Aylin aveva visto Baddon che combatteva. Era veloce e, stando a quel che si diceva, era a capo di una banda di motociclisti tristemente nota per torturare e uccidere i rivali. Era decisamente un tipo che giocava sporco.

«Esci» Hunter serrò le mani a pugno. «Ultimo avvertimento.»

Il ringhio con cui Baddon rispose la spronò a entrare in azione. Volendo disperatamente evitare uno spargimento di sangue, anche se una piccola parte di lei godeva del fatto di essere contesa tra due maschi – be', per il suo sangue, quantomeno –, Aylin appoggiò leggermente la mano sul bicipite di Baddon.

«Credo che sia meglio che te ne vada» disse sommessamente. «Per favore. Grazie di essere passato.»

Ci volle un'eternità e mezzo affinché Baddon facesse un passo indietro. Scagliò un ultimo sguardo di sfida in direzione di Hunter e poi si rivolse a Aylin.

«La mia porta sarà sempre aperta per te.» Uscì infuriato dalla stanza e si sbatté la porta distrutta alle spalle.

Ancora prima che il rumore svanisse nelle orecchie della vampira, Hunter la aggredì. «L'hai nutrito? Hai nutrito qualcuno dei miei guerrieri stanotte?»

Infastidita dall'arroganza del vampiro e dall'intrusione nella sua vita privata... anche se a una parte di lei segretamente era piaciuta molto... Aylin incrociò le braccia sul petto e lo guardò con sguardo furioso. «Ci hai interrotto prima che potesse accadere.»

Lui la scrutò. «Hai scopato con qualcuno di loro?»

Una rabbia improvvisa spense il calore che la vampira aveva provato per il fatto di essere contesa. «Non sono affari tuoi. E se avessi partecipato a un'orgia con una dozzina dei tuoi guerrieri, non lo sarebbero comunque.»

Il viso di Hunter divenne inespressivo. Freddo. «Sei mia.»

«Tua?» Lo guardò a bocca aperta, incredula. Credeva sul serio di potersi limitare a prendere ciò che voleva, quando lo voleva? Come capoclan, a quanto pareva non era diverso dagli altri. «Dov'è Rasha?» lo schernì. «Sai, la tua compagna? La gemella che è tua.»

«Ha nutrito un altro stanotte.»

Aylin inspirò bruscamente. Anche se Rasha e Hunter non erano ufficialmente sposati, sua sorella aveva fatto una scelta stupida. Aylin si chiese quale vampiro fosse stato abbastanza sciocco da rischiare la collera di Hunter. Si chiese anche cosa fosse successo a quel vampiro.

«Be',» disse Aylin «sono sempre stata seconda a lei in tutto. Non lo sarò anche in questo.» Indicò la porta. «Ora è giunto il momento che te ne vada. Non sarò il tuo premio di consolazione.»

Se non fosse stata così arrabbiata, probabilmente sarebbe stata felice di essere il premio di consolazione di Hunter. Quanto era triste tutto ciò? Ma, accidenti, lei voleva solo sbarazzarsi della sua scocciante verginità con qualcuno con cui aveva scelto di stare. Qualcuno che amava. Voleva potersi aggrappare a quei ricordi quando fosse stata infelice nel letto freddo di un altro capoclan.

«Il premio di consolazione?» Hunter spalancò gli occhi. Poi li ridusse a due fessure e, in un battito di quegli occhi color ebano, la portò sul letto, coprendole il corpo con il suo, e le sigillò le labbra con la bocca. «Non potresti mai essere un premio di consolazione.» La sua voce era intensa, mentre la forza della sua dichiarazione le risuonava dentro. «Io voglio te, Aylin Redmoon.»

Le lacrime le bruciarono gli occhi. Anche lei lo voleva, ma a parte il fatto che Rasha era stata una stupida di prim'ordine, non era cambiato niente. Il cuore di Aylin era completamente preso, ma il suo cervello le urlava di fare attenzione.

Facendosi strada tra i loro corpi, gli appoggiò le mani sul petto e spinse. «È la febbre lunare a parlare.»

Hunter abbassò lo sguardo su di lei, aveva gli occhi incandescenti e la mascella irrigidita in una linea aggressiva. «Non era la febbre lunare a parlare quando eravamo al vortice. E di certo non era la maledetta febbre lunare a esprimersi quando ieri ti ho detto che volevo spogliarti, leccarti ed essere il primo a fare l'amore con te.» Lo sguardo gli cadde sulla gola di Aylin, dove la piccola incisione che aveva fatto Baddon stava continuando a sanguinare, e imprecò. «Non so come andrà a finire, ma so che non ti lascerò andare.» Abbassò la testa sulla gola della vampira e passò la lingua sul piccolo taglio. «Sento il sapore di lui. Voglio che sparisca.» Abbassò una mano sul fianco di Aylin e, mentre chiudeva la bocca sulla ferita e poi vi affondava le zanne, la tirò con forza contro la sua erezione.

L'ansito di dolore della vampira si ridusse a un gemito di piacere. Hunter succhiò a fondo e la sensazione erotica si diffuse in tutto il corpo di Aylin fino al centro della sua anima. Era come al vortice, quando aveva sentito l'orgasmo che si formava dal nulla. Rasha aveva sempre detto che con il maschio giusto, i pasti della luna erano sesso senza spogliarsi.

Già.

Hunter oscillò contro di lei, strusciando l'erezione contro il suo sesso, e Aylin fu attraversata da una scossa di pura eccitazione. Qualsiasi dubbio avesse avuto un attimo prima fu zittito. Il futuro era una cosa di cui si sarebbe preoccupata dopo. Aveva bisogno di nutrire un maschio per motivi di salute e di perdere la verginità per non esercitare più nessuna attrattiva su Tseeveyo.

Cosa ancora più importante, moriva dalla voglia di fare quell'esperienza. Non aveva dubbi che ci sarebbero state delle conseguenze, sia per il suo cuore che per Hunter, ma in quel preciso momento, mentre la mano del vampiro le scivolava sotto la maglia e accarezzandola si faceva strada verso l'alto, non le importava.

Hunter non era mai stato così eccitato. Oh, aveva passato

tante notti selvagge con tante femmine e, a essere sinceri, le due occasioni in cui era stato con Aylin al vortice e quella volta nella grotta avevano eclissato tutte le altre notti con altre vampire.

Ma questa... questa volta avrebbe spazzato via tutto.

Il sangue dolce di Aylin gli si riversò in gola, soddisfacendo l'esigenza biologica di nutrimento e, mentre la fame calava, sbocciò un bisogno più profondo e cupo. C'era altro da assaggiare di lei e Hunter non voleva sprecare un altro secondo.

Liberando le zanne, succhiò con gentilezza le ferite che aveva lasciato. In risposta, Aylin gemette e s'inarcò contro di lui, attorcigliando le gambe intorno a quelle del vampiro mentre oscillava i fianchi verso l'alto. Il membro di Hunter scivolò fuori dal perizoma allentato che lo copriva e la piccola volpe lo trovò con la mano.

Fu il turno del vampiro di gemere, mentre le dita inesperte di Aylin sperimentavano con colpi leggeri. «Va bene così?» Sembrava senza fiato e nervosa, e così dolce che lui non resistette e rise contro la pelle setosa del suo collo.

«Più che bene.» Si fece strada a suon di baci lungo la sua gola, mordendole la clavicola per poi lenire il punto con la lingua.

«Mmm... è piacevole.»

«Piccola, non hai ancora sentito niente.» Si tirò su abbastanza da toglierle la felpa, lasciandole la parte superiore del corpo magnificamente nuda. Adorava che non indossasse il reggiseno. E che arrossisse mentre la ammirava. Abbassò la testa per baciarle entrambi i capezzoli, lasciando che le labbra indugiassero sulle punte indurite.

Aylin emise un suono di sorpresa e stupore, alzando entrambe le mani per reggergli la testa, mentre Hunter rendeva il bacio più intenso succhiando una sommità rigonfia. Le piaceva tutto ciò e, mentre lui lavorava con la patta dei suoi jeans, lei inarcò la schiena per cercare un ulteriore contatto.

Ridacchiando sommessamente, il vampiro aprì ancora di più la bocca e fece turbinare la lingua in cerchi indolenti. Il suo corpo ronzava, eccitato dal sangue e dalla reazione di lei. Non capiva come potesse eccitarsi ulteriormente, ma quando fece scivolare una mano nei jeans di Aylin e scoprì che aveva gli slip bagnati, gli sembrò di essere entrato in una presa di corrente.

«Aylin» sussurrò. «Ho bisogno di assaggiarti.»

Non l'avvertì. Balzò su e con un'unica mossa rapida le abbassò i pantaloni fino alle caviglie. Quei maledetti le s'impigliarono nei piedi, ma lei li scalciò via, apparentemente impaziente quanto lui. Le sue mutandine umide, di semplice cotone bianco, erano quasi trasparenti e mostravano due colline piene e una profonda valle ombreggiata che Hunter non vedeva l'ora di separare con la lingua.

Con l'acquolina in bocca, il vampiro salì sul materasso e s'inginocchiò tra le gambe di Aylin, che lo osservava con gli occhi spalancati e le labbra scintillanti per il bacio, mentre lui le accarezzava i polpacci. L'odore dell'eccitazione della vampira riempiva la stanza e Hunter fece le fusa in segno di approvazione.

Leggero come una piuma, le accarezzò la pelle della coscia, proseguendo con piccoli morsi e leccate sempre più lente mano a mano che andava verso l'alto. Aylin si contorse sul materasso, ansimando e rendendo chiara la sua impazienza.

«Se qualcosa di quello che faccio ti mette a disagio, mi fermerò» disse Hunter con dolcezza.

«Se ti fermerai, ti ucciderò.»

«Ho preso nota.» Avrebbe dovuto sapere che si sarebbe buttata senza paura. Questa era la femmina che si era offerta volontaria per un viaggio nel regno di un pericoloso demone per un combattimento all'ultimo sangue. Il sesso di certo non l'avrebbe spaventata.

Più impaziente che mai, le allargò ulteriormente le gambe e aprì la bocca sopra il suo centro. Mentre la leccava attraverso il tessuto degli slip, tracciando il contorno del suo sesso con la punta della lingua, lei respirava in modo irregolare. Quando Hunter esplorò la sua fenditura, Aylin affondò i calcagni nel materasso e si spinse contro di lui, in cerca di altro.

Altro? Nessun problema. Lui era un gentiluomo in questo senso.

Facendo le fusa in modo gutturale, le strappò le mutandine con le zanne. Adesso era libera per lui, con il centro rosa e gonfio, e bagnato per l'eccitazione. Avidamente le fece scivolare le braccia sotto i fianchi per sorreggerla mentre la baciava a fondo. Al passaggio della sua lingua, le labbra carnose della vampira si separarono dal centro fino al clitoride. Lei emise un lamento sommesso mentre lui le sfregava una zanna sulla protuberanza sensibile.

Sapeva di pioggia e mele, di zucchero e peccato, e Hunter sapeva che non ne avrebbe mai avuto abbastanza. Sostituendo la zanna con il dito, affondò la lingua dentro di lei, adorando il modo in cui s'inarcò e gridò il suo nome.

«Proprio così» mormorò contro la carne succulenta e tenera della vampira. «Prendi ciò che vuoi.» La penetrò nuovamente con la lingua, più a fondo questa volta, e fu ricompensato con un altro grido di piacere.

Continuando a penetrarla con la lingua, le passò il polpastrello del pollice sul clitoride, alternativamente leccando e succhiando finché lei non ansimò in modo incontrollato. Hunter sentiva che era al limite e il suo corpo reagì serrandosi e desiderando ardentemente entrare dentro di lei e portare entrambi oltre il limite.

Ma avrebbe dovuto aspettare. Voleva che lei venisse, che fosse completamente aperta per lui quando avesse rotto la sua barriera.

«Hunter» disse Aylin con voce stridula. «Io... oh, sì.»

Si sgroppò e si contorse, con il bel viso stravolto dal dolce supplizio mentre l'orgasmo la prendeva. Mentre si tirava su e si posizionava al suo ingresso, Hunter ebbe la sensazione che il suo membro esplodesse. Esitò solo una frazione di secondo, poi oscillò i fianchi e affondò completamente dentro di lei.

Digrignando i denti, si controllò mentre lei pulsava intorno a lui, con le pareti interne che si contraevano mentre l'orgasmo montava. Come cominciò a calmarsi, lui prese a muoversi, all'inizio lentamente, ma era troppo eccitato, il suo corpo era talmente pronto che il vampiro dubitò che sarebbe durato trenta secondi prima di mettersi a muovere i fianchi su e giù in modo selvaggio.

«Aylin,» gemette «sai... talmente... di buono.»

Abbassò il viso sulla sua gola e morse, non abbastanza da intaccare la pelle, ma abbastanza da tenerla ferma per le sue spinte frenetiche. Ogni parte del suo corpo era infiammata di passione per questa femmina, così tanto che non riusciva a pensare ad altro che non fosse il modo in cui lo faceva sentire e quanto disperatamente desiderasse sentirsi così ogni giorno.

I sensuali rumori emessi dalla vampira mentre oscillava il bacino per andare incontro ai fianchi di Hunter che s'immergevano in lei aumentarono il fervore crescente del vampiro, finché lui non ne poté più. L'ondata di estasi gli si riversò addosso e il vampiro si svuotò dentro di lei. Lo stretto fodero di Aylin si contrasse per il suo secondo orgasmo, spremendolo fino all'ultima goccia.

Quando fu tutto finito, Hunter collassò sopra di lei, spostandosi leggermente di lato per evitare di schiacciarla. La stanza, con l'aria carica degli odori terrestri del loro rapporto, si riempì del rumore dei loro respiri affaticati.

Niente avrebbe potuto essere più perfetto.

«Mi sei entrata nel sangue, Aylin. Letteralmente.» Le sfiorò le labbra con le sue, poi vi si soffermò per dimostrarle con un bacio quanto fosse serio. «Non ho intenzione di lasciarti andare. Troveremo un modo.» Se avesse dovuto rinunciare a tutto, compreso il suo clan, l'avrebbe fatto.

Fu allora che lo percepì. Il bruciore localizzato che tutti i vampiri desiderano e temono.

Alzò il braccio e sul dorso della mano c'era un segno rosso lungo un paio di centimetri, che, mentre Hunter lo osservava, assunse la forma di una foglia. Il suo cuore cominciò a battere forte e le sue pulsazioni aumentarono e... porca puttana, aveva ricevuto l'imprinting.

Ora gran parte di tutto ciò che era successo assumeva un senso; l'intensa attrazione che provava per Aylin, il suo essere possessivo, la sua gelosia. Samnult aveva detto che era un fatto genetico, quindi aveva senso che avesse una reazione estrema a una femmina geneticamente compatibile.

All'improvviso gli vennero i sudori freddi. Aveva avuto una reazione estrema anche nei confronti di Rasha. Certo, era stata opposta rispetto a quella per Aylin, ma dato che erano gemelle, il vampiro era abbastanza sicuro che anche Rasha fosse geneticamente compatibile.

Questo significava che, se avesse dormito con Rasha, forse avrebbe avuto l'imprinting con lei.

Aveva scansato un proiettile. Un grosso proiettile. Di cinquanta millimetri. A punta cava.

«Hunter?» La voce di Aylin era intontita e rauca, una gradita interruzione. «E adesso?»

Già, e adesso? Le accarezzò i capelli, mentre concentrava lo sguardo sulla foglia che aveva sul dorso della mano. «Adesso affrontiamo le conseguenze.»

Dimenandosi, Aylin si scostò da lui e si appoggiò su un gomito. «Affrontiamo le conseguenze?»

«Lo diciamo a Rasha. E poi lo diciamo a tuo padre.»

La vampira sbiancò. «Non possiamo. Devi unirti a lei e...»

Lui la zittì con un dito sulle labbra. «Ti ho detto che sei mia. Dicevo sul serio. Non m'importa se dovremo scappare e vivere in mezzo al nulla. Non rinuncerò a te.»

«In mezzo a nulla? Tipo?»

Hunter si strinse nelle spalle. «Non so. Canada?»

Lei inarcò le sopracciglia bionde. «Non è da lì che viene Baddon?»

«Ecco perché è buffo.»

Lei rise, con la punta delle zanne che luccicava e gli occhi azzurrissimi che scintillavano. Gli piaceva tutto ciò. Voleva vederla così felice tutti i giorni. Aylin aveva conosciuto troppi pochi giorni allegri nella sua vita e Hunter voleva assicurarsi che da ora in poi ogni giorno compensasse lo schifoso passato che aveva avuto.

«Promettimi che non gli farai niente di... meschino.»

Il vampiro dovette trattenere il ringhio di gelosia che gli si condensò nel petto. Se non fosse arrivato quando era arrivato... Ecco il ringhio. «Non farò niente di meschino.»

Lei sbuffò con aria dubbiosa. «Perché non ti credo?» Gli conficcò un dito nello sterno. «Promettimelo. È stato un vero gentiluomo. Sai, per quanto potesse esserlo mentre era preso dalla febbre lunare. Ed era venuto ad aiutarmi.»

Toccò a Hunter sbuffare. «Col cazzo. Non era un sacrificio per lui.» Di fronte all'occhiata severa di Aylin, sospirò. «Va bene. Ti giuro sul mio onore di capoclan e vampiro purosangue che non gli causerò problemi.»

«Grazie.»

«Ma se si azzarda a guardarti nel modo sbagliato, lo stenderò.» Le rivolse il suo migliore sguardo innocente. «Che c'è? Si aspetta questo da un maschio che ha ricevuto l'imprinting. Non posso deludere la mia gente.»

«Immagino di no. Ma...» Aylin inspirò in modo violento. «Cos'hai appena detto?»

Lui finse di non capire. «Ho detto che non posso deludere la mia gente.»

«A proposito dell'imprinting.» Aylin si tirò a sedere, con tutto il corpo tremante, e lui non poté più prenderla in giro.

Prendendo la mano della vampira nella sua, le baciò le dita, concedendole un primo piano del dorso della sua mano e della foglia che lo contrassegnava. «Visto?» disse sommessamente. «Sei mia. Da un certo punto di vista, credo di averlo saputo fin dal primo momento che ti ho incontrato.»

«Non so cosa dire» sussurrò Aylin con voce rotta. «Ti senti bene?»

Hunter rise. «Se sto bene? Lo dici come se mi fossi rotto qualcosa o mi avesse centrato un proiettile.» La prese tra le braccia e la tenne stretta. I suoi capelli odoravano di mele, ma il resto di lui. «Sei la cosa migliore che mi sia mai successa. Sono onorato di portare questo marchio.»

«Ne sei sicuro?»

S'inarcò contro di lei, premendole il membro nella pancia. «Ne sono sicuro.» Facendole scivolare la mano sulla rotondità carnosa del sedere, le affondò le dita tra le gambe. «E adesso ti mostrerò quanto.»

32

«Hunter?»

«Mmh?» Il vampiro baciò la fronte di Aylin, che era sdraiata contro di lui con la testa sulla sua spalla e la mano appoggiata sul suo petto umido di sudore.

«Abbiamo fatto un grosso errore?»

Hunter si spostò in modo che lei fosse sdraiata sul guanciale e lui appoggiato su un gomito, e la guardò dritto negli occhi stupendi. «Ho fatto molti errori in vita mia, ma questo non lo è.»

«Ma avrà delle ripercussioni enormi.»

Sì, era vero. «Non voglio che te ne preoccupi. Me la cavo sempre.»

Aylin emise un sospiro scettico. «Questa cosa è enorme. T-seeveyo... mio padre... mia sorella.» Chiudendo gli occhi, gemette.

«Ehi.» Le mise la mano sulla guancia morbida finché lei non aprì di nuovo gli occhi. «Troveremo una soluzione. Tutto accade per un motivo.»

Lei inarcò le sopracciglia. «E qual è il motivo per ciò che abbiamo appena fatto?»

Hunter emise un lungo sospiro. «Ricordi quando ti ho detto

che ho dovuto prendere la decisione di non far entrare i miei cugini a MoonBound?» Quando Aylin annuì, lui continuò. «In un certo senso, quella decisione è il motivo per cui è successo tutto questo.»

La vampira sbatté le palpebre. «Non ti seguo.»

Sorridendo, lui le scostò i capelli dalla fronte madida di sudore. «Un paio di decenni dopo che se ne furono andati, portai una femmina nella foresta a caccia. E sai com'è?»

La vampira alzò gli occhi al cielo. «Ho capito bene. Fin troppo.»

«Be', a quanto pare i miei cugini avevano deciso che era giunto il momento di farmela pagare perché non li avevo fatti entrare nel clan. Mia madre aveva continuato a comunicare con loro e tutti insieme pensarono che fosse giunto il momento di portarmi via il clan. Mi tesero un agguato mentre ero a caccia e mi pestarono a sangue. Se non fossero stati interrotti da una pattuglia di MoonBound, mi avrebbero ucciso. Fatto sta che presero la vampira. Cercammo quei bastardi dietro ogni maledetto albero e sotto ogni roccia, ma non li trovammo mai. Ancora non so dove andarono né cosa fecero per un secolo intero, però so che, quando gli umani ci scoprirono e cominciarono a schiavizzarci, furono catturati.»

«Uccisi?»

«Peggio.»

Aylin imprecò sommessamente. «Anche la vampira?»

«Fu trasformata in una schiava di piacere e spedita oltreoceano.»

Le lenzuola frusciarono mentre Aylin si spostava per guardarlo meglio. «Aspetta... come fai a sapere tutto questo?»

«Perché uno dei miei cugini scappò. Riker lo trovò e lo riportò qui.»

«E glielo permettesti? Dopo quello che aveva fatto alla tua femmina?»

«Credimi, non c'è affetto tra di noi.»

«Si trova ancora qui?»

«Sì. Però non lo chiamiamo più né con il nome che gli fu dato, né con quello che scelse. Lo chiamiamo con il suo nome da schiavo.»

«Che sarebbe?»

Hunter esitò, sentendo tutto il peso del fatto che tra loro non scorresse buon sangue. «Myne» disse infine. «Il guerriero che si è nutrito da tua sorella.»

33

Myne?

Rasha era impazzita? Aylin non poté fare a meno di chiederselo mentre scendeva dal letto. Erano anni che sapeva che nelle notti di luna piena sua sorella incontrava segretamente un guerriero MoonBound, ma aveva presunto che fosse stata abbastanza intelligente da chiudere la relazione una volta promessa a Hunter.

Quando avrebbe imparato che ogni azione ha delle conseguenze?

«Ho intenzione di andare a dire a Rasha di noi» dichiarò Hunter. «Voglio che tu resti qui.»

«Assolutamente no.» Aylin si diresse verso la doccia. «Ho bisogno di dirglielo io.»

«Non mi fido di lei» annunciò Hunter.

Disse qualcos'altro, ma Aylin aprì l'acqua, che coprì la voce del vampiro. Su questo non avrebbe fatto marcia indietro. Rasha era sua sorella e meritava di sapere quello che era successo dalla sua bocca.

Si lavò, lasciando che l'acqua fredda lenisse la sua pelle infiammata. Hunter non era stato rude, ma lei non era abituata a tante sollecitazioni così intime. Non che si lamentasse. Sarebbe stata contenta di provare quel tipo di dolore ogni giorno.

Dopo la doccia, trovò Hunter in jeans e maglietta bordeaux, con lo sguardo incollato alla tv. «Rike mi ha portato dei vestiti» dichiarò. «E l'avviso che abbiamo fatto notizia. Il video di Nicole che abbiamo fatto trapelare è su tutti gli schermi.»

Alla televisione passarono brutte immagini di una struttura disordinata simile a una prigione, e a Aylin venne la nausea mentre passavano le orribili immagini di vampiri morti o morenti dentro alle celle e sui tavoli per le autopsie, commentate da una bella telegiornalista bruna.

«Non ce la faccio a guardarlo» dichiarò. «Andrò a parlare con Rasha.»

Hunter si girò verso di lei. «L'idea continua a non piacermi.»

«Sono sopravvissuta per più di cento anni insieme a lei» gli ricordò. «Posso affrontare questa cosa. Devo farlo.»

Chiudendo gli occhi, il vampiro inspirò a fondo e in modo irregolare. Quando li riaprì, l'ammirazione che Aylin vi vide le fece infiammare i suoi. «Devo incontrare Riker a proposito degli sviluppi nel mondo umano... e tra di noi. Fammi sapere non appena avrai finito di parlare con lei. Non importa quanto sono occupato. Capito?»

Aylin annuì. Hunter abbassò la testa e le diede un bacio. Fu breve, ma denso di significato e lei lo percepì fin nel profondo dell'anima. Hunter aveva ricevuto l'imprinting, ma l'aveva anche segnata in un modo che la vampira non riusciva a spiegare. Sapeva solo che, qualsiasi cosa fosse successa da quel momento in poi, lui sarebbe sempre appartenuto a lei.

«A proposito» disse, allontanandosi dal vampiro. «Perché mi hai mentito riguardo quello che sai fare con la tua abilità? È perché non ti fidavi di me?»

«No.» Hunter allungò una mano e gliel'appoggiò sulla guancia, rassicurandola con il suo tocco. «Quello che ti ho detto è vero al novanta percento. Posso piegare il tempo secondo la mia volontà solo in alcune circostanze. Nell'atmosfera dev'esserci già una certa energia. Non posso creare la pioggia quando il cielo è azzurro, né la neve in una giornata estiva. Ma se esistono già le condizioni per una grandinata, per un temporale o per una bufera di neve posso favorirle, ma solo per un breve lasso di tempo.» Allontanò la mano. «E una volta che ho usato il mio dono, non posso più farlo fino alla luna piena successiva.»

«Tutto ha un prezzo, vero?» mormorò Aylin, pensando che quello del suo dono era il silenzio. Doveva solo pregare che chiunque era al corrente del suo segreto lo mantenesse.

«Alcune cose non hanno prezzo» replicò Hunter sommessamente, con gli occhi scintillanti del tipo di affetto di cui Aylin aveva letto solo nei libri. Era molto fortunata!

Il telefono del vampiro suonò, così lei lo lasciò a occuparsi degli affari mentre andava a occuparsi di sua sorella. Era sia spaventata che impaziente, pronta a cominciare un nuovo percorso della sua vita... ma non a spese di Rasha.

Non si preoccupò di bussare alla porta di sua sorella. Trovò Rasha seduta sul pavimento, con accanto una bottiglia di vodka vuota e tutto intorno dei pezzi di vetro.

«Ho mandato tutto a puttane.» Gli occhi di Rasha iniettati di sangue si concentrarono su Aylin.

Basta cazzate. Rasha aveva spinto Hunter direttamente tra le braccia di Aylin. «Perché hai permesso a un altro vampiro di nutrirsi da te negli alloggi di Hunter?»

«È una lunga storia.» Rasha spostò rapidamente i capelli dietro le spalle, passando in una frazione di secondo dal disgusto per sé stessa a un'arroganza alimentata dall'alcol. «Ma, accidenti, avresti dovuto vedere Hunter. Era talmente geloso. Sono stupita che Myne sia ancora vivo.»

«Non era geloso» affermò Aylin a denti stretti. «Nessun maschio vorrebbe che un altro gli mancasse di rispetto in quel modo.»

«Non è tutto.» Le parole di Rasha erano imbevute di alcol

quanto il suo umore. «Riusciva a malapena a trattenere l'invidia.»

Sebbene sapesse che sua sorella stava mentendo, forse a sé stessa più che a lei, Aylin non riuscì a reprimere la fitta di dubbio e la sferzata di dolore. Perché il fatto era che Hunter era andato da Rasha prima che da lei. La vampira sapeva per quale ragione, ma la logica non aveva voce in capitolo quando si trattava di ciò che provava.

«Ay?» Il tono di Rasha passò dall'altezzoso a quello sommesso che riservava solo a sua sorella. «Cosa c'è che non va?» Nonostante tutti i suoi difetti, Rasha sapeva leggere Aylin come un libro aperto e non voleva mai vederla turbata. A meno che, naturalmente, non fosse per causa sua.

A Aylin si serrò lo stomaco. Aveva la sensazione che non sarebbe andata bene, forse Hunter avrebbe fatto meglio ad andare con lei.

«Devo dirti una cosa.» Deglutì, ma non servì ad alleviare l'aridità che all'improvviso aveva in bocca. «Ho passato molto tempo con Hunter. Sai, la baita... e le sfide del demone...»

Rasha aggrottò la fronte e spalancò gli occhi. «Che mi venga un colpo» disse. «Hai una cotta per lui.»

«Non è una cotta.»

Rasha sbuffò e si alzò in piedi, perdendo un po' l'equilibrio. «Pensi di amarlo?»

«Sì. E lui ama me.»

Divertimento e compassione guizzarono sul viso di Rasha. «E cosa te lo fa credere?»

Non c'era un modo facile per dirlo. Aylin dubitava che fosse una buona idea dirlo a Rasha mentre era ubriaca, ma con il simbolo dell'imprinting così lampante addosso a Hunter, non era possibile rinviare.

«Ha ricevuto l'imprinting» le spiattellò. «Con me. Stanotte.»

Rasha abbaiò una risata. «Non ho mai capito il tuo senso dell'umorismo, ma questa era divertente.»

«Non è una barzelletta.»

Sua sorella rise più forte e l'ansia che Aylin aveva provato un attimo prima si trasformò in una rabbia cocente.

«Rasha!» Aylin diede un calcio alla bottiglia. «Per una volta, puoi guardarmi come se non fossi solo una gamba storta? Come una vampira nata dalla tua stessa madre?»

La risata di Rasha languì, lasciandola con un'espressione confusa. «Dici sul serio.» Scosse la testa. «Non può essere. Non è possibile che Hunter abbia fatto sesso con... te.»

Ora Aylin era arrabbiata. Veramente furiosa e fece un passo avanti verso sua sorella. «Forse se non ti avesse beccato insieme a Myne, non sarebbe mai venuto nelle mie stanze. Ma l'ha fatto e non ne rimpiango un solo secondo.» Spostò i capelli dal collo in modo che sua sorella vedesse bene i segni dei fori. «Si è nutrito da me. Ha bevuto il mio 'sangue di storpia'.» Provò un piacere perverso nel guardare l'espressione di Rasha incupirsi mentre la verità faceva presa sul suo cervello annebbiato dall'alcol. «È successo, Rasha. Chiedilo a lui. 'Chiedilo al segno dell'imprinting che ha sul dorso della mano.'»

L'ultima parte era fuori luogo, ma la fece sentire bene. La fece sentire bene solo finché Rasha non le tirò un pugno sul viso.

Aylin si girò all'indietro e, quando perse l'equilibrio, la gamba malata non la resse e lei rotolò sopra lo schienale del divano. Colpì violentemente il pavimento e il fiato le uscì tutto insieme dai polmoni.

«Puttana traditrice.» Il grido acuto di Rasha attraversò il martellio nelle orecchie di Aylin, che lottava per riprendere fiato. All'improvviso, con uno strattone fu tirata su da terra e sbattuta forte contro il tavolino. Sentì uno scricchiolio e un dolore lancinante le attraversò il torace.

Il sangue le sgorgò dalla bocca e poi avvertì quello che fu abbastanza sicura fosse un calcio nello stomaco. Cercò di respirare, ma fu soffocata dal sangue mentre si piegava in due per bloccare il dolore. In lontananza sentì la voce di sua sorella, un ronzio tra la nebbia nel suo cervello.

Aylin? Aylin! Merda, mi dispiace... Oh, Ay, mi dispiace tanto...

Aylin provò a parlare, ma non uscì alcun suono. Aveva il campo visivo pieno di puntini neri, che si espandevano mentre lei lottava in cerca d'aria. Poi non ci fu più niente.

Aylin stava male. Hunter lo sentiva come se provasse lui dolore. Per la maggior parte dei maschi l'imprinting non funzionava in questo modo, ma più erano vicini all'originale discendenza vampiresca più era intenso il legame con la femmina che l'aveva provocato.

Quindi sì, mentre attraversava i corridoi di corsa ed entrava a tutta velocità negli alloggi di Rasha, Hunter percepiva la sofferenza di Aylin. La porta si staccò dai cardini quando il vampiro entrò di botto.

Rasha gridò di sorpresa, ma poi, vedendo il volto di Hunter, assunse una posizione di combattimento.

Non fece bene. Il vampiro le strinse la mano intorno alla gola e la sollevò in aria. Gli occorse ogni grammo di autocontrollo per non stringere finché Rasha non avesse smesso di respirare.

«Dov'è Aylin?» gracchiò Hunter.

«L... l'ho portata in laboratorio. Sta bene» si affrettò a rispondere la vampira.

Lui la scosse. Forte. «Cosa le hai fatto?»

Rasha snudò le zanne, ma fu una mossa difensiva, non aggressiva. Era spaventata. E aveva ragione. «Lei... lei mi ha tradito.»

«Come tu hai tradito me con Myne?» ringhiò il vampiro.

«Ascoltami, Hunter...»

Lui le andò dritto in faccia, la sua rabbia stava per esplodere. «Ha rischiato la vita per il bene del *tuo* primogenito!»

«Lo so» replicò Rasha con voce stridula. «Ho sbagliato. Pensavo che fosse in debito con me per il fatto che l'ho protetta per decenni, che mi sono assicurata che avesse abbastanza cibo e vestiti. Mi sono assicurata che le percosse non la uccidessero. D'inverno le permettevo di avere un posto vicino al fuoco. E lei si è presa te... e io ho perso le staffe.»

«Sul serio pensavi che ti fosse debitrice per questo? Se ti avesse ucciso per tutto ciò, nessuno ne sarebbe rimasto sorpreso.» Tremava quasi per la rabbia. «Tu e il tuo clan l'avete trattata come un cane randagio, gettandole gli scarti e relegandola ai margini della società. Ha mai avuto qualcosa che la rendesse felice?»

Il vampiro sentì la gola di Rasha che si muoveva sotto la sua mano. «Una volta aveva un coniglio.»

Hunter sbatté le palpebre per la sorpresa e alla fine lasciò andare Rasha. «Kars le ha permesso di tenerlo?»

«Quando l'ha scoperto, gliel'ha fatto mangiare.»

E. Che. Cazzo. Hunter fece un passo indietro per evitare di fare pagare a Rasha quello che aveva fatto Kars. «Tuo padre è un maledetto demonio. Non posso credere che Aylin abbia mangiato spontaneamente il suo animale da compagnia.»

«La tenne ferma e glielo spinse giù per la gola.»

Il vampiro chiuse gli occhi. Che esistenza da incubo aveva sopportato Aylin. «Quindi, dopo che ha passato tutto questo, stanotte hai cercato di distruggerla.»

«Ti ho avvisato» disse sommessamente Rasha. «Ti ho detto che non avrei tollerato un'altra femmina.»

«No, Rasha, non capisci.» Veloce come un lampo, le afferrò il mento e la costrinse a guardarlo negli occhi. «La amo. Tu sei l'altra femmina. Dimenticalo a tuo rischio e pericolo.»

Lasciò Rasha a ribollire nel suo brodo e corse al laboratorio. Sorprese Nicole mentre usciva.

«Come sta?»

La vampira infilò le mani nelle tasche del camice. «Avrebbe potuto essere grave, dato il suo problema sanguigno, ma...»

«Quale problema sanguigno?»

«Il suo sangue non coagulava nel modo giusto. È un problema dei vampiri da cui nessuno si nutre durante le appropriate fasi lunari. Le ho detto che aveva bisogno di prendervi parte.» Nicole si strinse nelle spalle. «A quanto pare l'ha fatto, perché la sua emorragia interna si è arrestata molto più rapidamente di quanto avrebbe fatto soltanto ieri.»

«Quindi starà bene?»

Nicole annuì. «È una dura.»

«Lo so.» Hunter lanciò un'occhiata impaziente alla porta. «Posso vederla?»

«Dorme, ma dovrebbe svegliarsi da un momento all'altro» rispose Nicole.

«Dorme?»

«Le ho dato un sedativo.» La vampira sollevò una mano. «Non preoccuparti, è stata più che altro una precauzione. Volevo aiutare la sua capacità di coagulazione e i vampiri guariscono meglio quando sono svenuti.»

Hunter si rilassò, ma non troppo. «Sei sicura che stia bene?»

Sorridendo, Nicole gli diede una pacca sul braccio. «Te lo prometto. Vai a trovarla. E se quel segno che hai sulla mano significa ciò che penso...» S'interruppe, la sua espressione divenne feroce. «Butta Rasha fuori di qui.»

Hunter sfidava chiunque a cercare di fermarlo.

Lasciando Nicole da sola, il vampiro trovò Aylin che riposava su uno dei lettini, con i morbidi capelli sparsi sul cuscino e la pelle color avorio sciupata dalla lieve ombra di un livido sullo zigomo. Stava guarendo, ma vederla in quel modo lo fece comunque infuriare.

Quando le si avvicinò, Aylin si svegliò e aprì gli occhi intontiti con un sorriso. «Ciao.»

Il vampiro non perse tempo con i convenevoli. «Avrei dovuto esserci quando gliel'hai detto.»

Lei allungò un braccio per dargli una pacca sulla mano.

«Non credevo che avrebbe reagito in modo così violento. Prima non mi aveva mai fatto del male. Non così. Ma non la biasimo. Avrei reagito nello stesso modo se ti avessi perso.»

«Non permetterò mai più a nessuno di farti del male.» Il vampiro si portò la mano di Aylin alle labbra e le diede dei baci dolcissimi su ogni dito, poi si soffermò con la bocca sul suo palmo facendole sapere senza parole che quello che aveva in mano non era solo un bacio.

Aylin possedeva il suo cuore e la sua anima.

34

Come avrebbero detto gli antenati di Hunter, era giunto il momento di guardare il lupo negli occhi.

Nonostante la sua autorità e tutti gli anni di una leadership di successo, Hunter continuava a non essere sicuro di come avrebbero reagito alla notizia i suoi guerrieri di grado più elevato. Gli sviluppi tra lui e Aylin avrebbero avuto serie ripercussioni sul clan. Aveva bisogno che la sua gente fosse con lui.

Quando arrivò nella sala riunioni, Jaggar, Takis, Katina, Riker e Baddon erano già seduti. Mentre a grandi passi raggiungeva il suo posto a capotavola, Baddon gli lanciò un'occhiata truce. Hunter gliela restituì, reggendo lo sguardo dell'altro maschio finché Baddon infine non distolse il suo.

Comunque, ci aveva messo un'eternità.

«Dov'è Aiden?» Hunter si sedette.

«Di pattuglia» fu la risposta di Takis.

Maledizione. Hunter aveva voluto davvero che ci fossero tutti. Takis, come se gli avesse letto nel pensiero, aggiunse: «Mi ha detto di parlare a nome suo.»

I pensieri dei due erano stati sincronizzati fin da quando si erano conosciuti e pochi anni dopo erano diventati una coppia. Hunter era contento; Takis era stato da solo per troppo tempo.

«Va bene, andiamo al sodo.» Il capoclan guardò negli occhi ognuno dei suoi guerrieri, soffermandosi un po' su Baddon mentre il ricordo del grosso vampiro nelle stanze di Aylin gli passava rapidamente in testa. «Non c'è modo di addolcirvi la pillola, quindi ve lo dirò e basta.» Sollevò la mano, mostrando il simbolo a forma di penna di cornacchia che aveva sulla pelle. «Ho ricevuto l'imprinting con Aylin.»

Tre paia di sopracciglia schizzarono verso l'alto.

Riker sospirò.

Baddon mormorò: «Cazzo.»

È così, amico. È mia.

«E adesso?» domandò Riker. «Non fraintendermi... Sono contento per te, amico. Ma, wow, Kars e Tseeveyo scateneranno un putiferio.»

«Tseeveyo?» Katina aggrottò le sopracciglia. «Il capo di NightShade? Cos'ha a che fare con tutto questo?»

Quando Hunter si appoggiò allo schienale della sedia, questa scricchiolò. «Aylin dovrebbe unirsi a lui il mese prossimo.»

Un coro d'imprecazioni e grugniti si fece strada intorno al tavolo. «Immagino che adesso non accadrà» osservò Jaggar. «E immagino anche che sarà un grosso problema.»

«Ed è per questo che vi ho fatto venire qui» replicò Hunter. «Tra due settimane dovrei unirmi a Rasha, ma non ho intenzione di rinunciare a Aylin.»

«Quindi fondamentalmente hai due alternative» disse Riker. «Unirti a Rasha e tenere Aylin, cosa che non farà piacere a nessuno degli altri due clan. Oppure rifiutare Rasha e tenere Aylin, cosa che farà ancora meno piacere perché violerai il contratto con Kars.»

«Più o meno è così.»

Baddon piegò le dita sul ripiano del tavolo, lasciando solchi sulla superficie. «Quindi hai fottuto Aylin *e* noi.»

Hunter non ricordava nemmeno di essersi alzato in piedi. Non ricordava di essersi lanciato dalla parte opposta del tavolo e di avere gettato Baddon a terra in un ammasso di corpi e sedie. Però ricordava di avere sbattuto il pugno contro il viso del vampiro. Parecchie volte.

E per qualche tempo avrebbe ricordato la ginocchiata nello stomaco che gli diede Baddon.

«Smettetela!» L'urlo di Riker risuonò nella stanza mentre lui e gli altri tiravano Hunter via da Baddon.

Con il sangue infiammato dalla rabbia, il capoclan si dimenò per assestare qualche altro pugno. Riuscì a tirare due colpi forti e un calcio che a un maschio più piccolo avrebbe fracassato l'osso della coscia, poi fu atterrato e tenuto fermo da Katina, Takis e Jaggar. Riker placcò Baddon, sbattendolo contro il muro.

«Stupido figlio di puttana» gli gridò. «Dovresti essere contento per lui.»

«Avrei potuto essere io.» Il tono infuriato di Baddon conteneva una nota di dolore che Hunter sapeva che non era fisica, e la sua rabbia si placò.

Molto tempo prima, Baddon aveva perso la vampira che amava e, dopo decenni di lutto, si era rimesso in gioco in modo aggressivo. Desiderava disperatamente trovare una compagna, desiderava disperatamente ricevere l'imprinting con una vampira, ma all'interno di MoonBound aveva già dormito quasi con tutte. Fuori del clan non era facile trovare delle femmine.

«Sai che è improbabile» disse Riker. «Quindi lascia perdere.» Quando Baddon digrignò i molari e non disse nulla, Riker lo scosse leggermente. «Ehi. Ho detto di lasciare perdere. Questo è il primo avvertimento. Non ce ne sarà un secondo. Andrai direttamente nella fossa. Mi hai capito?»

Baddon inclinò la testa, annuendo una sola volta in modo brusco. Riker lo lasciò andare e si girò verso Hunter. «Mettiamoci a cercare una soluzione.»

Sebbene gli ribollisse ancora il sangue, il capoclan non era un completo idiota. Baddon aveva ragione e probabilmente aveva dato voce a quello che avevano pensato anche tutti gli altri.

«Grazie, Rike, ma Baddon non ha torto. Ho messo il clan in una posizione pericolosa. Intendo prendermene la totale responsabilità, anche se questo significa dimettermi da capo.» Inghiottendo l'orgoglio, e fu come se avesse avuto la punta di una freccia di selce piantata in gola, in tono grave dichiarò: «Mi dispiace. Vi ho deluso tutti.»

Baddon imprecò e Hunter si preparò al fatto che gli altri lo criticassero aspramente. Se fosse stato in loro, si sarebbe arrabbiato da morire e non li avrebbe biasimati se l'avessero trascinato davanti all'ingresso del clan e costretto ad andarsene.

«Col cazzo» disse sommessamente Riker. «Ci hai condotto attraverso guerre con gli altri clan, battaglie con gli umani e hai fatto il necessario per la nostra sopravvivenza. Meriti di stare con la femmina che ami.» Guardò a turno gli altri guerrieri. «Io lo appoggio.»

Katina fece un passo avanti. «Idem.»

«Non andrai da nessuna parte, amico» disse Jaggar. «Hai salvato questo clan più di una volta. Ci siamo dentro insieme.»

Takis abbassò profondamente la testa. «La mia fedeltà è sempre stata per te.»

Hunter non si disturbò a guardare Baddon. Sarebbe stato il voto in disaccordo e lui sentiva di meritarselo.

«Porca. Puttana» borbottò Bad. «Sì, hai fatto un casino, ma l'avrei fatto anch'io. Non andrai da nessuna parte, capo.»

Figlio di puttana. Accidenti, la loro lealtà lo commosse, lo fece sentire piccolo, lo onorò. In passato c'erano state delle occasioni – non tante, ma alcune – in cui si era chiesto se i suoi metodi di guidare il clan gli avessero fatto guadagnare meno rispetto in confronto a quelli di suo padre, ma non se lo sarebbe chiesto mai più.

Suo padre avrebbe preteso devozione; questi guerrieri gliel'avevano data spontaneamente.

«Grazie» disse con voce rauca. «Prometto...»

La porta della stanza si aprì di colpo e Aiden irruppe dentro, ansimando e con i capelli biondi madidi di sudore. «Abbiamo un problema» disse bruscamente. «Tena e io ci siamo scontrati con dei guerrieri ShadowSpawn...»

«ShadowSpawn?» lo interruppe Hunter. «Qui? Nel nostro territorio?»

Aiden abbassò la voce in modo minaccioso. «Ce ne sono a dozzine. Si sono accampati non lontano. Kars è con loro.»

«E perché diamine sarebbero qui?» chiese Katina, dando voce a quello che stavano pensando tutti. «La cerimonia non si terrà prima di due settimane.»

«C'è di peggio.» Aiden si passò una mano tra i capelli. «C'è anche NightShade. E Tseeveyo pretende Aylin.»

A Hunter non piacevano le visite a sorpresa. Specialmente non quelle da parte di visitatori stronzi. E adesso doveva scegliere quale dei visitatori stronzi tra i suoi nemici affrontare per primo.

Mentre lui assegnava una sorveglianza permanente a Rasha – non l'avrebbe mai e poi mai lasciata andare liberamente in giro per l'edificio dopo quello che aveva fatto a Aylin –, Riker e Baddon andarono in perlustrazione negli accampamenti nemici per determinare il livello della minaccia. Meno di mezz'ora dopo tornarono con un messaggio da parte di Kars.

A quanto pareva, il capo di ShadowSpawn voleva che s'incontrassero immediatamente.

Ora che si erano nuovamente radunati intorno al grosso tavolo delle battaglie, Riker si rivolse a Hunter e agli altri: «Entrambi i clan sono accampati a mezzo chilometro da qui. Ci sono approssimativamente trenta guerrieri nemici nell'accampamento ShadowSpawn e quaranta in quello di NightShade.»

«Sono un numero maledettamente grosso di vampiri tutti in un unico posto» asserì Katina. «Come fanno a nascondersi dagli umani?»

«ShadowSpawn ha portato un mistico per sfruttare le nostre difese.»

«Bastardi» ringhiò Baddon. «Sarebbe nostro diritto esigere un pagamento.»

Sì, era vero. Però finché Hunter non capiva cos'aveva in mente ShadowSpawn, non aveva senso provocarli. Inoltre, il loro mistico non poteva che rafforzare le difese di MoonBound, che erano progettate per repellere gli umani così impercettibilmente che non capivano nemmeno perché sentissero il bisogno di girarsi e andare nella direzione opposta.

«NightShade sta facendo lo stesso?»

Riker scosse la testa. «Hanno occultato l'accampamento agli occhi degli umani. Sembra che uno dei compagni di Tseeveyo sia uno sciamano delle tenebre.»

Hunter inspirò bruscamente, e così fecero quasi tutti gli altri. Il mistico di MoonBound si affidava all'energia naturale positiva per creare le difese e attivare l'incantesimo che nascondeva gli ingressi al quartier generale del clan, e mantenere le difese e l'incantesimo gli prosciugava ogni goccia di forza. Gli sciamani delle tenebre usavano l'energia naturale negativa per creare la loro magia, e perfino i più deboli tra loro erano generalmente più potenti dei mistici più forti.

Ma affinché uno sciamano delle tenebre nascondesse un intero accampamento agli umani, perfino se questi erano proprio accanto a una tenda, occorreva più potere di quanto Hunter sapeva che esistesse.

«Entrambi i capi chiedono un'udienza con te» lo informò Riker. «Aspettano una scorta.»

Hunter si alzò. «Non ci sarà nessuna scorta. Andrò io da loro.»

«Signore,» dichiarò Riker «te lo sconsiglio fortemente. Portiamoli qui, dove abbiamo i numeri dalla nostra parte e la comodità di essere a casa nostra.»

«Sono già in casa nostra» sottolineò Hunter, pensando a Rasha. «Ora sono sui nostri terreni, e non mi acquatterò dietro le mura.»

La brutta imprecazione di Riker risuonò nella stanza. «Allora dammi un'ora per posizionare gruppi di guerrieri intorno ai loro accampamenti. Non si accorgeranno nemmeno che ci sono.»

Hunter indicò una citazione dakota incorniciata alla parete e scosse la testa. «La forza, non importa quanto nascosta, genera resistenza» disse. «No, andrò accompagnato da non più di due guerrieri. E questo non si discute.» Attraversò la stanza diretto allo stipo dove teneva l'attrezzatura da combattimento e afferrò l'imbracatura per le armi. Dov'è Myne?» Poteva anche disprezzare il vampiro, ma era uno dei migliori combattenti del clan.

La pausa di Riker rimase pesantemente sospesa nell'aria e Hunter capì che la risposta non gli sarebbe piaciuta. «Se n'è andato.»

«Cosa vuol dire che se n'è andato?»

«La sua stanza è vuota.» La preoccupazione negli occhi di Riker era molto eloquente. Myne non era uscito come faceva di solito quando spariva da solo senza alcun preavviso.

La prima reazione di Hunter fu di pensare: Che liberazione! Però, accidenti, il clan aveva bisogno di quello stronzo. «Quando tutto questo sarà finito, trovatelo.» Si allacciò l'imbracatura al petto. «Ora andiamo a vedere perché questi bastardi sono qui.»

35

Hunter incontrò per primo Tseeveyo.

Strategicamente aveva più senso. NightShade costituiva la minaccia minore per MoonBound e, se Hunter giocava bene le sue carte, poteva ottenere informazioni vitali da usare contro ShadowSpawn.

Ma il fatto che il bastardo fosse sui terreni di MoonBound lo faceva comunque incazzare molto.

NightShade aveva eretto parecchi rudimentali ripari simili a capannoni intorno a un fuoco all'aperto, ma quello di Tseeveyo era il più grande e il più riservato. Quando Hunter entrò, sul pavimento trovò svariati sacchi a pelo di pelliccia, alcuni dei quali contenevano femmine addormentate.

In un angolo della tenda, una vampira giovanissima che non sembrava avere più di diciotto anni si prendeva cura di una bambina ai primi passi con dei nastri rosa tra i capelli neri come l'ebano.

Hunter aveva sentito dire che Tseeveyo non viaggiava mai senza almeno cinque delle sue compagne e, a quanto pareva, quel pettegolezzo poteva essere confermato.

Tseeveyo, un nato vampiro con gli occhi marrone scuro e i lunghi capelli neri che stavano cominciando a ingrigire sulle tempie, prese posto su una delle due sedie pieghevoli. Sul tavolo che avevano di fronte c'erano una ciotola di noci e bacche, un otre di quello che Hunter immaginò fosse sangue e un piatto di frittelle di mais fumanti.

«Puoi sederti o no.» Tseeveyo spremette il contenuto dell'otre in una tazza di legno. «Non me ne frega un cazzo.»

Che tipo simpatico! Hunter rimase in piedi, orientando il corpo in modo da tenere d'occhio i movimenti fuori della tenda. «Dimmi perché sei accampato sulla mia terra senza permesso.»

«Ho il permesso.»

«Non fino a dopo la luna nuova.»

Tseeveyo sbuffò e prese un sorso dalla tazza. «Ho cambiato idea. Voglio la mia sposa adesso.»

Hunter spostò la mano verso il pugnale che aveva al fianco mentre accarezzava l'idea di spingerlo nel cuore di quel bastardo. «Hai modificato il tuo accordo con Kars?»

«Che vada a fanculo.» Tseeveyo si asciugò la bocca con la manica. «Mi ha promesso quella stronza vergine e la voglio.»

Le dita di Hunter si chiusero sull'elsa. «E se non fosse più vergine?» Tseeveyo non avrebbe comunque ottenuto Aylin, ma quel casino si sarebbe sistemato molto più facilmente se rinunciava a lei spontaneamente.

L'altro capo sibilò. Sibilò come se Hunter gli avesse gettato in faccia un serpente velenoso. «La voglio comunque. La picchierò fino a ridurla in fin di vita, ma la voglio.»

Hunter avrebbe davvero voluto moltissimo spaccare tutti i denti a Tseeveyo e poi pugnalarlo. «Se ottenessimo sempre ciò che vogliamo, avresti una lama conficcata nel cuore.»

«E il tuo clan sarebbe estinto» replicò Tseeveyo, quasi affabilmente. «Ma come hai sottolineato, non sempre otteniamo quello che vogliamo. Ora consegnami Aylin. Il mio clan si sta mettendo in moto e voglio che lei venga con noi.»

«Il tuo accordo era con Kars. Devi parlare con lui.»

«Quel bastardo esigerà un pagamento esorbitante.»

«Non è un problema mio.»

Il sorriso mellifluo di Tseeveyo fece drizzare i capelli in testa a Hunter. «Che ne dici di un incentivo?» Con il dito, fece segno alla giovane vampira nell'angolo e lei si avvicinò, con la bambina al seguito. «Ti offrirò mia figlia.» Prese la bambina e la offrì a Hunter mentre la madre cadeva in ginocchio e singhiozzava. «La serbavo per me, ma lo scambio con Aylin varrà la perdita.»

Una furia selvaggia bruciò la gola di Hunter. Quel bastardo malato aveva intenzione di unirsi alla sua stessa figlia? Ed era disposto a consegnare una bambina innocente a uno sconosciuto che poteva farne chissà cosa?

Hunter aveva visto abbastanza. Anche se non si fosse innamorato di Aylin e la promessa di unione con Rasha fosse stata ancora valida, non avrebbe mai consegnato Aylin a quel mostro. E se Tseeveyo non avesse avuto in braccio una bambina, Hunter gli avrebbe spaccato i denti come aveva desiderato fare un attimo prima.

«Sei un perverso abominio» ringhiò Hunter. «Ti do fino al calare della notte per andartene dalla mia terra.»

«Non minacciarmi, idiota. Il mio sciamano delle tenebre può fare di più che difendere il nostro accampamento.»

«Se è morto, no.» Hunter girò i tacchi e andò verso l'uscita. «Se quando il sole sarà calato sarai ancora qui, vedrai.» Tutti i maschi e le femmine di MoonBound si sarebbero uniti volentieri alla battaglia per liberare il loro territorio dall'infestazione di NightShade.

Il ruggito di rabbia di Tseeveyo seguì Hunter fuori della tenda e fino al limitare dell'accampamento, dove Riker e Aiden lo stavano aspettando. Quando sentì la bambina piagnucolare e una delle vampire piangere, si girò, con il pugnale sguainato, e Aiden e Riker dovettero trattenerlo in due.

«Calmati, capo» disse Riker. «Tornare là dentro sarebbe un suicidio.»

Aiden annuì. «Arriverà il suo giorno.»
Sì, era così. E avrebbe avuto Hunter davanti.

Hunter era seduto a gambe incrociate su un'elegante pelliccia d'orso sopra il pavimento del teepee di Kars. I clan moderni, tipo MoonBound, avevano scoperto da molto tempo che l'attrezzatura da campeggio fatta dagli umani era superiore a – o, quantomeno, più trasportabile di – quella dei nativi americani, ma alcuni clan, tipo ShadowSpawn, non si aggiornavano mai.

Seduto di fronte a Hunter, Kars gli offrì una tazza di legno piena di liquore di agrifoglio. Facendo attenzione a tenere nascosto il simbolo dell'imprinting che aveva sulla mano, Hunter accettò la tazza per gentilezza, ma non bevve. Correva voce che in passato Kars avesse avvelenato i suoi rivali e Hunter non aveva intenzione di correre alcun rischio.

«Che sorpresa, Kars.» Hunter studiò l'espressione dell'altro capo in cerca di un indizio qualsiasi di ciò che stava pensando, ma era piatta. Come la sua personalità.

Kars si strinse nelle spalle. «Sentivo la mancanza delle mie figlie e volevo assicurarmi che le stessi trattando bene.»

Bugiardo. «È così.»

«Mmm.» La risposta evasiva di Kars indusse Hunter a digrignare i denti. «Come va con Rasha?»

«Non bene» replicò Hunter, immaginando che, quando poteva, tanto valeva che fosse sincero.

Kars sorrise teneramente. «A volte fa la difficile.»

Difficile? Rasha era sboccata, psicotica, insensibile e violenta. «È più che difficile.»

Un'altra scrollata di spalle. «Imparerai ad apprezzarla.»

Solo se lei si trovava a migliaia di chilometri di distanza. Questo avrebbe apprezzato. «Non hai fatto tutta questa strada solo per assicurarti che le tue figlie siano felici. Quindi qual è il vero motivo per cui sei qui? E contemporaneamente a NightShade.»

Il sorriso sparì dal volto di Kars. «Tseeveyo non avrebbe dovuto trovarsi qui fino a dopo la luna nuova. Erano questi i patti.»

La situazione stava diventando strana. Quante erano le probabilità che entrambi i clan si presentassero contemporaneamente per la stessa vampira se non si erano messi d'accordo?

Hunter si portò la tazza alle labbra, ma non bevve. «Perché credi che sia qui?»

«Per Aylin, è ovvio.» Kars fece un gesto sprezzante con la mano. «Non importa. Ho intenzione di portarla a casa.»

La mano di Hunter si contrasse così forte che il vampiro si rovesciò addosso il liquore rosso come il sangue. «Si presuppone che Aylin si occupi di Rasha fino alla cerimonia di unione.» Che ovviamente non sarebbe avvenuta, ma lui aveva bisogno di tempo per escogitare il modo di evitare una guerra aperta.

«Ho cambiato idea. Lei appartiene a ShadowSpawn.»

Hunter inspirò a fondo e in modo controllato. *Mantieni la calma.* «Tseeveyo non la prenderà bene.» No, a quanto pareva il tipo voleva fortemente Aylin.

«Mi occuperò io di Tseeveyo.»

«Avresti dovuto farlo molto tempo fa.»

Kars s'irrigidì. «Cosa intendi dire?»

«Intendo dire che Tseeveyo è un cane rabbioso.» Hunter si piegò in avanti, perché voleva che l'altro vampiro vedesse ogni minima emozione che gli passava sul viso. «E tu gli hai promesso tua figlia, questo ti rende perfino peggiore di lui.»

Kars ringhiò, sputando il liquore e mostrando le zanne macchiate. Non aveva mai sentito parlare degli spazzolini da denti? «Le ho promesso una vita! Senza Tseeveyo, non avrebbe niente e nessuno. Se morissi, gli altri membri del clan la farebbero a pezzi.»

Credeva davvero che quello che aveva fatto fosse stato nell'interesse di Aylin? Che consegnarla a un demonio fosse la cosa migliore?

Se le cose stavano così, c'era qualcosa che non tornava. «Se la vita a ShadowSpawn è così brutta per Aylin, perché la rivuoi? E non rifilarmi una storia strappalacrime sul fatto che ti manca. Sappiamo entrambi che sono un mucchio di stronzate.»

Kars fissò Hunter con un'espressione sospettosa, come se cercasse di decidere se dire la verità o no. Alla fine scolò rumorosamente il liquore e si gettò la tazza alle spalle. «Le ho trovato un altro compagno.»

Il brusco annuncio di Kars fu come un ghiacciolo nel petto. «Chi?»

«Uno dei miei guerrieri» rispose Kars. «Facendola unire a Fane, garantirò la sua sicurezza e mi assicurerò che, quando me ne sarò andato, il mio clan sarà guidato da un vampiro meritevole.»

«Fane?» Hunter scosse la testa incredulo. «Vuoi farla unire a quell'idiota?»

«È forte. Coraggioso. Aylin è deforme e debole. La proteggerà e, con l'aiuto della cornacchia, i loro figli erediteranno la forza di carattere di Fane invece di quella di lei.»

Hunter desiderò superare con un balzo lo spazio che li separava e picchiare a sangue Kars, maledizione. Ma c'era qualcosa che non tornava e, finché non capiva cos'era, doveva procedere con cautela e con meno pensieri omicidi.

Standо a Riker, si chiamava diplomazia. 'Di-plo-ma-zia' aveva detto il sapientone.

«Andiamo, Kars. Sappiamo entrambi che non c'è nessuna maledetta cornacchia magica.»

Kars si spostò a disagio e parlò a bassa voce. «Non si parla di certe cose.»

«Non sei tu a farlo. Lo faccio io.» Si piegò in avanti, appoggiando i gomiti sulle ginocchia. «Ho affrontato le prove. Ho superato quei test del cazzo.»

Kars balzò in piedi, con le zanne snudate. «E facendolo hai

disonorato Rasha! Come hai osato portarci la sua indegna sorella?»

«Disonorato Rasha?» domandò Hunter incredulo mentre anche lui si alzava. «Ha disonorato sé stessa rifiutando.»

«Era una scelta sua.»

«Ed era una scelta che non potevo accettare» ringhiò Hunter. «Non cederei mai il mio bambino a un demone. Aylin era disposta a combattere per quello per cui non era disposta a combattere Rasha. Ed è stata magnifica.»

Kars gli conficcò un dito nello sterno. «Hai corso un rischio stupido.»

«Io... Aspetta.» Hunter aggrottò la fronte. «Come facevi a sapere che ho portato Aylin invece di Rasha?»

Gli occhi di Kars s'incendiarono, ma dopo un attimo fece un gesto sprezzante con la mano. «Hai viaggiato fuori del tuo territorio. Credi che non abbia esploratori ovunque?»

Plausibile, ma il lieve bagliore negli occhi di Kars non era andato giù a Hunter. C'era qualcosa di molto sbagliato in tutta quella situazione, dai due clan che arrivavano contemporaneamente e pretendevano Aylin, ai motivi che adducevano per volerla.

Né Kars né Tseeveyo avevano alcun rispetto per Aylin, quindi quell'intenso interesse per lei significava che era successo qualcosa che li aveva spronati.

Oh... *oh, cazzo*. C'era una sola risposta logica.

In un modo o nell'altro avevano scoperto la nuova abilità di Aylin. Sapevano che adesso era una dei più potenti vampiri al mondo.

E questo significava che nessuno dei due clan avrebbe rinunciato a lei.

36

Aylin era stata convocata in camera di Hunter.

A quanto pareva, il vampiro era andato a cercarla in laboratorio, ma lei si era spostata in biblioteca. C'era qualcosa di estremamente tranquillizzante in una stanza piena di libri e in quel preciso momento lei aveva bisogno di calma. Non era pronta a rivedere Rasha... non sapeva come avrebbe reagito quando l'avesse vista. E la notizia che suo padre e Tseeveyo erano entrambi accampati a solo mezzo chilometro di distanza l'aveva innervosita.

Ora, con Hunter che le chiedeva di recarsi nei suoi appartamenti, Aylin non poteva fare a meno di domandarsi se il vampiro avesse deciso di consegnarla per il bene del suo clan.

Bussò timidamente alla porta e, dopo una frazione di secondo, comparve Hunter. Accidenti, era stupendo, con i capelli tenuti indietro da una striscia di cuoio che mostrava le superfici spigolose del suo viso, la maglia nera tesa sopra strati di muscoli e i pantaloni di pelle nera che gli si adattavano come un guanto.

L'ansia la tormentava... finché lui non la strinse fra le braccia. Con la bocca trovò quella di lei in un bacio quasi disperato che non lasciava dubbi su quanto fosse contento di vederla.

Quando Hunter fece un passo indietro, Aylin si sentì stordita, sia dall'eccitazione che il vampiro risvegliava tanto facilmente in lei che per il sollievo che tra loro non fosse cambiato niente dopo l'incontro con i due clan nemici.

«Unisciti a me» disse Hunter. «Sto giocando ai videogiochi.»

Sconcertata, lei lo seguì dentro, dove lui si lasciò cadere rumorosamente su un divano e prese in mano un controller. «Videogiochi? Mio padre e Tseeveyo se ne sono andati?»

L'espressione del vampiro s'incupì, ma, per quanto possa sembrare strano, si buttò furiosamente nel gioco. «No.»

Bussarono alla porta e Aylin sobbalzò prima di chiedergli ulteriori dettagli.

«Entra» annunciò Hunter.

La porta si aprì e Bastien fece irruzione con un grosso vassoio di qualcosa ricoperto di formaggio e una roba rossa tagliata a pezzetti.

«Grazie, ragazzo» disse il capoclan. «Lascialo pure sul tavolino da caffè.»

Bastien annuì timidamente e, quando notò Aylin, il suo volto divenne rosso come un peperone. Uscì da lì come se avesse i piedi in fiamme.

«Bastien ha appena scoperto le femmine» dichiarò Hunter, con un certo divertimento nella voce.

«Solo ora? Quanti anni ha?»

«Ha vent'anni, ma fino a tre mesi fa viveva in una gabbia dentro uno dei laboratori della Daedalus.»

Una gabbia? In un laboratorio degli umani? Aylin non si sarebbe mai più lamentata della sua vita. «Come ha fatto a liberarsi?»

«L'hanno salvato Riker e Nicole.» Hunter tolse i piedi dal tavolo e con un colpetto indicò il cuscino accanto a sé. «Mettiti comoda e prendi un po' di *totchos*.»

«Un po' di cosa?»

Indicò il piatto con la roba che aveva portato Bastien. «*Tot-*

chos. Crocchette di patate con una guarnizione di nachos. Fantastici.»

Aylin non aveva idea di cosa fosse una guarnizione di nachos, ma l'odore le faceva venire l'acquolina in bocca. Si lasciò cadere su un cuscino accanto a Hunter... ma non troppo vicino, cosa che lo indusse a fare un mezzo sorriso. Il vampiro allungò una mano, prese una crocchetta dal piatto e se la ficcò in bocca. Lei lo osservò masticare per un attimo, osservò il modo in cui i muscoli della sua gola lavoravano ogni volta che inghiottiva. Accidenti, anche quando stava solo mangiando, era la cosa più sexy su cui lei avesse mai posato gli occhi.

Con lo stomaco che brontolava, seguì l'esempio di Hunter e mangiò una di quelle cosine. Un'esplosione di sapori le esplose sulla lingua... morbido, piccante, acidulo. Cipolle, pomodori, formaggio e altri gusti che lei non riusciva a identificare la fecero gemere deliziata.

«Buoni, eh?» domandò Hunter, e Aylin poté solo annuire e ficcarsene in bocca un altro.

Ne mangiò una dozzina, masticando lentamente, ma stava solo rimandando l'inevitabile. Alla fine si pulì le mani su un tovagliolo e si rivolse a Hunter. «Dunque cosa sta succedendo?»

Il vampiro fece qualcosa sullo schermo che provocò un'esplosione. «Ovviamente sai che ShadowSpawn e NightShade sono qui.»

«È quello di cui parlano tutti.» All'improvviso, i *totchos* non le sembrarono più una buona idea. «Perché sono qui?»

Ti prego non dirmi che Tseeveyo è qui per me.

«Sono qui per te.»

Aylin fu sul punto di vomitare. «Aspetta... entrambi? Perché mio padre sarebbe qui per me?»

Hunter mise il gioco in pausa. «Credo che sappiano della tua abilità. A chi l'hai detto?»

«A nessuno.»

«Nemmeno a Rasha?»

«Non mi fido di lei» ammise Aylin, mentre il dolore di quell'affermazione la divorava come un tradimento. «Lei è fedele a ShadowSpawn, non a me.»

La sconcia imprecazione di Hunter le infiammò le orecchie. «Ero sicuro che fosse stata lei a far uscire la notizia.»

Aylin non poteva biasimarlo per averlo pensato, ma dubitava anche che Rasha avesse fatto una soffiata a Tseeveyo a proposito del nuovissimo dono di sua sorella. «Dov'è? Non l'ho vista.»

Immaginava che Hunter l'avesse buttata nella fossa o nella prigione sotterranea... era quello che avrebbe fatto suo padre in una situazione simile, ma nel profondo Aylin non poteva fare a meno di sperare che Hunter avesse avuto pietà. Rasha aveva il cuore di pietra, ma vista la sua educazione, come sarebbe potuta diventare diversa?

Hunter la osservò, con un'espressione severa ma anche con una sfumatura di compassione nello sguardo. «È confinata nei suoi alloggi, con Katina che le fa da guardia.»

Aylin si sentì invadere dal sollievo. «Grazie» disse, consapevole del fatto che la clemenza di Hunter era per riguardo nei suoi confronti. «Cos'hai intenzione di fare con Kars e Tseeveyo? Hai intenzione di consegnarmi a loro, non è vero?»

«Cazzo, no.» Il vampiro posò il controller e le prese le mani tra le sue. Erano così calde e forti, così capaci sia di combattere che di dare piacere. E se l'avesse trovato solo per perderlo di nuovo per colpa di quello che stava accadendo fuori dalle mura di MoonBound? «Se dovessi passare MoonBound a Riker e farti fare il giro di mezzo mondo per tenerti lontana da quei bastardi, lo farei.»

Il cuore di Aylin palpitò e un calore le attraversò le vene. Hunter era disposto a rinunciare a tutto per lei. A tutto.

E questo era il motivo per cui lei non avrebbe lasciato che succedesse, anche se significava che doveva scappare da sola. Il posto del vampiro era nel suo clan, non a nascondersi sia dagli umani che dai vampiri mentre cercava di proteggerla.

Però Aylin sapeva anche che un maschio che aveva ricevuto l'imprinting non avrebbe mai lasciato che la sua femmina se ne andasse senza di lui. E un maschio come Hunter le avrebbe dato la caccia fino in cima al mondo. Era ovvio che scappare, insieme o separatamente, era l'ultima spiaggia. Hunter doveva avere un altro piano.

Gli sfiorò le nocche con i pollici, ancora stupita che avesse scelto lei. Non l'aveva solo scelta, ma le si era dedicato completamente. «Allora cosa faremo?»

«Tu» disse «ti eserciterai a usare i portali. Io andrò a spiegare tutto a Kars e Tseeveyo. Dovrebbero arrivare da un minuto all'altro.»

Aylin lo fissò. «Mi sembra un po'... avventato.»

Il sorriso di Hunter fu da infarto. «Riker ha detto la stessa cosa. Lui fa programmi. Io mi trovo meglio quando devo pensare su due piedi.» Lasciandole le mani, riprese il controller dal divano e fece ripartire il gioco. «E quando prendo a calci qualche culo virtuale.»

La vampira lanciò uno sguardo allo schermo della televisione. «A cosa stai giocando?»

«*Grand Theft Auto: Vampire Clans*. Devi scegliere se essere un umano o un vampiro.»

«E tu sei...?»

Le strizzò l'occhio in modo birichino. «Un vampiro.»

«Devi uccidere gli umani?»

«Sì.»

Aylin prese un controller. «Mi faresti vedere?»

Dopo un breve momento di sorpresa, Hunter fece un altro grande sorriso. «Puoi scommetterci. Forza, rubiamo qualche auto e picchiamo un po' di umani.»

Nei miei alloggi. Subito.

Hunter diede un'occhiata al messaggio di Riker... e poi, reagendo a scoppio ritardato, lo fissò con attenzione. Cosa diavolo poteva esserci di tanto urgente?

«Resta qui» disse a Aylin, che era seduta sul suo divano con il controller per i videogiochi ancora tra le mani delicate. «Tornerò il prima possibile.»

Infilandosi il telefono nella tasca della giacca, il vampiro si diresse a grande velocità nell'appartamento che Riker e Nicole condividevano dalla parte opposta del complesso.

La porta era aperta, quindi entrò bruscamente, senza annunci, né un minimo di saluto. No, era tutto preso dal 'Cosa cazzo sta succedendo?'

Nel salotto in mezzo a pile di carte, stampe al computer, chiavette USB e schedari, Riker aveva un'espressione torva. Assolutamente sinistra.

«La situazione è brutta.» Riker indicò la confusione. «Questa è la roba che Nicole ha rubato alla Daedalus. L'ha beccata in cerca di qualcosa da far trapelare ai media a proposito delle pratiche della compagnia.»

«E?» lo spronò Hunter, mentre l'adrenalina continuava ad animarlo per via dell'urgenza del messaggio di Riker.

«E sono mesi che è qui.» Prese un raccoglitore e lo aprì. «Ti ricordi quando ho detto che Rasha aveva raccolto informazioni sui nostri guerrieri? Ricordi che ti ho detto che sapeva cose di Myne che non avrebbe potuto sapere?»

«Sì» replicò con esitazione Hunter, timoroso di sapere dove l'altro sarebbe andato a parare, e non era niente di buono. Anzi, non sarebbe potuto andare peggio.

Riker gli spinse il raccoglitore tra le mani. «È tutto qui. Le operazioni. Gli esperimenti, la tortura.» La voce di Riker divenne tesa. «Gli umani gli hanno tolto un rene mentre era ancora cosciente.»

A Hunter si rivoltò lo stomaco, mentre scorreva il resoconto. Lo schifo che gli umani avevano fatto... Grande Spirito, c'era da meravigliarsi che il tipo fosse ancora sano di mente.

«Hunt, noi non chiudiamo la porta a chiave. Chiunque potrebbe essere entrato qui dentro e avere sfogliato questi incartamenti. Abbiamo davvero una spia all'interno del clan.»

Lo stomaco di Hunter smise di rivoltarsi, ma solo per finirgli ai piedi. «Figlio di puttana» ringhiò. «Figlio di una grandissima puttana!»

Riker strinse i pugni lungo i fianchi e ritrasse le labbra per mostrare le zanne lunghissime. «Non penso che si possa continuare a negarlo. Qualcuno ha passato questo schifo a ShadowSpawn. E possiamo scommettere tranquillamente che abbia anche raccontato sia a ShadowSpawn che a NightShade del dono di Aylin.»

Simile a lava, una rabbia, densa e rovente, attraversò le vene di Hunter. «Allora possiamo restringere i sospetti a quelli che erano con noi quando siamo tornati dal portale.»

Riker annuì. «Il che significa...»

«Non sei un sospettato» si lasciò sfuggire Hunter. Impossibile. Quale spia avrebbe svelato dove aveva ottenuto le sue informazioni?

«Ma parecchi altri lo sono.»

«Katina, Takis, Aiden, Tena, Jaggar e Baddon» asserì Hunter con aria attonita. «Uno di loro ci ha tradito.»

Un rapido rumore sordo di stivali martellò nelle orecchie di Hunter, facendolo uscire dallo stato di shock. Baddon si fermò di colpo nel vano della porta, con il volto arrossato e una vena che gli pulsava alla tempia.

«Cosa c'è?» abbaiò Hunter, con i nervi già a fior di pelle e una voglia matta di uccidere qualcuno. La spia sarebbe stata un'ottima scelta.

Mentre fissava Baddon, gli venne la nausea e sperò di non doverlo sopprimere. L'avrebbe fatto, ma, accidenti, non gli sarebbe affatto piaciuto perdere quel combattente.

Baddon sollevò le mani, che erano coperte di sangue. «Ho trovato Katina svenuta negli alloggi di Rasha. Qualcuno l'ha picchiata. Di brutto.»

«E Rasha?» chiese Hunter a denti stretti.

«Sparita.» Baddon strinse i pugni. «È scappata.»

37

«Dove vai, guerriero?»

Myne era appena arrivato al confine orientale di Moon-Bound quando una freccia d'argento si piantò nel terreno davanti a lui. Avvolgendo la mano intorno all'asta, con uno strattone la tirò fuori dalla terra e alzò lo sguardo sulla femmina accucciata tra i rami dell'albero sopra di lui. Ragazzi, quanto lo faceva incazzare che non percepisse mai la sua presenza. Non la sentiva mai, non coglieva mai il suo odore. Avrebbe potuto piantargli la freccia nella testa e lui sarebbe morto prima che sopraggiungesse il dolore.

«Mi sto prendendo una maledetta vacanza.»

Sabbat, una cacciatrice dei vampiri che avevano una taglia sulla testa, inarcò un sopracciglio biondo chiaro. «Con tutti questi umani che si muovono a frotte nei boschi?»

«Forse sto dando loro la caccia.» Myne lanciò la freccia verso l'alto e lei con destrezza l'afferrò al volo.

«Forse stai dicendo un mucchio di stronzate.» La donna rivolse un'occhiata caustica al borsone del vampiro, che se ne accorse nonostante lei indossasse degli occhiali da sole molto grandi.

«E forse non sono affari tuoi» le suggerì. «Quindi, a meno

che non ti abbiano ingaggiato per farmi fuori, perché non mi lasci passare?»

Le labbra rosse di Sabbat s'incurvarono in un sorriso sinistro. «Oggi sei al sicuro. Sto dando la caccia a un vampiro di città che è impazzito per la sete di sangue.» Imprecò e il sorriso svanì dal suo volto. «Sempre che quei maledetti bracconieri non arrivino prima di me.»

In entrambi i casi, a Myne non importava affatto. Ma se un bracconiere lo avesse ostacolato, l'avrebbe fatto fuori. Sabbat... poteva vivere. Quando si trattava di cacciatori umani, lei non era male. Dava la caccia alle canaglie che attiravano troppa attenzione sugli altri vampiri, in particolare sul clan, quindi la lasciavano tutti in pace. Ma se avesse cominciato a fare le stesse stronzate dei cacciatori di trofei e dei bracconieri, qualcuno a MoonBound l'avrebbe uccisa.

Non sarai tu, stronzo. Quello non è più il tuo posto.

Immaginò che non lo fosse mai stato.

«Buona fortuna» le disse.

«Sì, anche a te.» Sabbat si alzò sul ramo che sembrava fin troppo sottile per reggerla, con le scarpe nere a forma di piede che vi aderivano come se fossero state ricoperte di colla. Mentre lei si spostava tranquillamente lungo il ramo con una grazia innaturale, il suo stretto body mimetico cambiava colore per intonarsi con lo sfondo. Era come il predatore del vecchio film, praticamente invisibile e estremamente letale.

All'improvviso Sabbat s'immobilizzò e Myne, fidandosi dell'istinto della donna, si girò. L'odore lo colpì all'istante.

Rasha.

La vampira scivolò silenziosamente tra gli alberi, con i vestiti scuri che la nascondevano mentre si spostava tra le ombre.

«Cosa cazzo ci fai qui?» ringhiò Myne.

Aggrottando la fronte, lei alzò lo sguardo, che il vampiro seguì aspettandosi di vedere Sabbat con un'arma puntata su Rasha. Ma la cacciatrice era andata via. Quella stronza bizzarramente silenziosa era scomparsa come un fantasma, senza lasciare nessuna traccia del suo passaggio.

«Voglio venire con te» disse Rasha. «E avrei giurato che ci fosse qualcuno lassù.»

«Non è così e non puoi. E perché cazzo dovrei portarti con me?»

Lei lo guardò dall'alto in basso e fu un'impresa, visto che era venti centimetri più bassa di lui. «Hai bisogno di me per la febbre lunare.»

Sbuffando, il vampiro girò i tacchi. «Torna da Hunter. Non ho bisogno che venga a darmi la caccia.»

«Non lo farà.» Rasha lo prese per un braccio e lo fece girare di nuovo. «Ha intenzione di prendere Aylin come compagna.»

Myne sbatté le palpebre. Porca puttana. E porca puttana di nuovo. «E l'accordo con ShadowSpawn?»

«Guerra, probabilmente. Adesso sono accampati fuori MoonBound, insieme a NightShade.»

L'adrenalina gli si riversò nelle vene. «Cosa? Perché? Perché Hunter ti ha buttato fuori a calci nel culo?»

«Non lo so» ammise Rasha. «Ma se torno indietro... potrei finire sposata con Tseeveyo.»

Myne rise. «Quindi quel bastardo andava abbastanza bene per tua sorella, ma non per te?»

«Non è così» rispose la vampira a denti stretti.

«No? Perché ecco come stanno le cose: solo una stronza lascia la sua famiglia in pericolo, ed è quello che stai facendo, tu con Aylin. La stai lasciando a morire in una guerra che MoonBound non ha nessuna possibilità di vincere.»

Rasha aprì la bocca. La chiuse. La riaprì.

«Come pensavo.» Myne imprecò. «Andiamo. Ho cambiato idea. Verrai con me.» Snudò le zanne. «Volente o nolente.»

Da una perlustrazione del complesso non uscì nemmeno una prova che Rasha fosse ancora all'interno. Stando a Katina, che parlava ancora in modo sconnesso, qualcuno, presumibilmente Rasha, l'aveva colpita in testa con qualcosa prima di conficcarle una lama nelle costole. Poi la vampira ricordava solo di essersi svegliata nel laboratorio, con Nicole e Grant che lavoravano freneticamente per fermare l'emorragia.

Non importava che fosse la sorella di Aylin, se Hunter le metteva le mani addosso, Rasha sarebbe stata la prima dopo secoli a sentire tutta la violenza della sua rabbia. In quel preciso momento, il vampiro era troppo su di giri per preoccuparsi che l'influenza di suo padre venisse a galla, agitandosi dentro di lui in un miscuglio caustico di furia e tradimento.

Ma per quanto fosse arrabbiato con Rasha, lei almeno aveva una scusante per il suo comportamento: era il nemico e lo era sempre stata.

Da qualche parte tra le mura di MoonBound, c'era un altro nemico, che si era finto un amico.

Tra di loro c'era una maledetta spia e Hunter avrebbe voluto avere il tempo di scavare più a fondo per scoprirne l'identità. Purtroppo, era arrivato il momento d'incontrare gli altri capiclan e Hunter sperava dannatamente di non stare commettendo un grosso errore. Riker avrebbe voluto che trattasse con Kars in privato, specialmente visto che Rasha era scomparsa, ma Hunter aveva un altro piano.

Il caos.

«La debolezza del nostro nemico costituisce la nostra forza» aveva detto a Riker. Se tutto andava bene, il vecchio detto cherokee sarebbe stato ancora valido.

Gli altri due clan erano instabili, i loro capi arroganti e troppo sicuri di sé. Era una scommessa rischiosa, ma se Hunter riusciva a sfruttare quelle caratteristiche e a mettere gli altri due clan uno contro l'altro, forse MoonBound ne sarebbe uscito senza spargimenti di sangue.

Kars, con a fianco Fane pettinato alla moicana e un altro guerriero che Hunter non conosceva, emerse dai boschi, arrivando puntuale nel luogo d'incontro davanti al quartier generale di MoonBound. Ma dov'era Rasha? Non era andata da suo padre? O forse era rimasta all'accampamento mentre Kars faceva finta di non sapere niente?

Tseeveyo arrivò dalla parte opposta, anche lui accompagnato da due grossi vampiri. E di nuovo, niente Rasha.

Hunter non aveva dubbi che, non lontano, ciascun capo avesse un contingente di guerrieri pronti a intervenire... proprio come ce li aveva lui. Accanto a quest'ultimo, Riker s'irrigidì. Jaggar lanciò un coltello per aria, con un atteggiamento spensierato che però era ingannevole. Quando era umano, era stato un agente della CIA e aveva un sacco di assi nella manica.

Come la bomba attrezzata per esplodere dietro gli altri due capi, che in caso di necessità poteva essere innescata con un solo lancio del pugnale.

Hunter però sperava che la sua formazione da spia della CIA al momento non avesse ricadute a danno di MoonBound.

«Dov'è mia figlia?» abbaiò Kars, e Hunter si chiese di quale stesse parlando.

Tseeveyo, con due trecce che gli ricadevano sul petto, aggrottò le sopracciglia. «Intendi dire la mia compagna.»

«L'accordo è annullato.» Kars fece un passo in direzione di Hunter, fu molto chiaro che quest'ultimo aveva già preso posizione. Almeno adesso sapeva che parlavano di Aylin. Per il momento.

«Non puoi farlo.» Tseeveyo fece un mezzo sorriso. «Hai bisogno della mia alleanza.»

Quindi Hunter aveva avuto ragione. Kars stava tentando di schierare le tribù sotto di sé. Quante ne aveva già?

«Cosa posso dire» replicò Kars con una scrollata di spalle. «L'amore di una figlia è più importante delle alleanze.»

Per poco Hunter non rise. Nemmeno Tseeveyo si sarebbe bevuto una stronzata del genere.

Il capo di NightShade si rivolse a Hunter. «Darai Aylin a

me. Consegnamela subito e ti assicurerò il mio sostegno contro ShadowSpawn.»

«Mmm» rifletté Hunter. «Lascia che ci pensi. Oh, aspetta. Cazzo, no.»

Mentre Tseeveyo diventava paonazzo dalla rabbia, Kars fece un largo sorriso. «Hai fatto la scelta giusta, Hunter.»

«Quindi sei disposto a rompere il patto con Tseeveyo?» Il capo di MoonBound allestì la trappola, adesso Kars doveva solo finirci dentro.

«Romperei qualsiasi patto per mantenere mia figlia al sicuro e felice.»

Fu come se Hunter riuscisse a sentire la trappola che scattava all'improvviso. «Sono contento che tu lo dica» dichiarò. «Perché Aylin sarà più al sicuro e felice qui con me. Puoi prendere Rasha, visto che senti il bisogno di avere una figlia con te.»

Hunter osservò Kars da vicino in cerca di un qualche segno che indicasse che sapeva che Rasha era scappata da MoonBound, ma il capo di ShadowSpawn era interessato a Aylin e il suo colorito aumentò per intonarsi a quello di Tseeveyo.

«A... avevamo un accordo!» farfugliò Kars.

«Tseeveyo non ha forse appena detto la stessa cosa?»

La bocca del capo di NightShade si contrasse per il divertimento, ma la sua soddisfazione fu breve. «Quella vampira è stata promessa a me.»

«È mia figlia» ruggì Kars. Accanto a lui, Fane strinse la presa sull'arco e Jaggar allentò i lacci del coltello, aumentando la concentrazione.

«E sarà la mia compagna.» Hunter mostrò rapidamente il simbolo dell'imprinting che aveva sulla mano.

Kars e Tseeveyo imprecarono all'unisono, perché sapevano maledettamente bene che nessun maschio che aveva ricevuto l'imprinting avrebbe permesso che gli fosse sottratta la compagna.

Anche Riker imprecò, ma per un motivo diverso. I due capiclan adesso avevano capito che prendere Aylin non sarebbe stata una questione di negoziazioni; era diventata questione di uccidere Hunter.

«È inaccettabile» ringhiò Kars. Mise un dito davanti a Hunter. «Ti ucciderò prima di permetterti di sposarla. Rasha è una compagna molto più meritevole...»

«Allora riprenditela e lascia che abbia la figlia 'meno meritevole'» ribatté Hunter in modo conciliante. «Il nostro accordo di pace rimarrà intatto e avrai un'altra occasione di organizzare un matrimonio politicamente perfino migliore per Rasha. Ci guadagniamo entrambi.»

Ci guadagnavano entrambi, a meno che Hunter non avesse ragione e i due capi fossero a conoscenza dell'abilità di Aylin. E su questo il vampiro non si sbagliava.

La voglia di fare una carneficina avvampò negli occhi di Kars. «Distruggerò te e il tuo clan fino all'ultimo bambino» giurò. «Hai ventiquattr'ore per consegnarmi Aylin, oppure il tuo clan brucerà.»

«E io sarò lì per cavare le tue ossa dalla cenere» disse Tseeveyo, con l'odio che gli colava dalla voce simile a sangue. Si girò verso Kars. «E anche le tue.»

Kars snudò le zanne e, con un violento colpo del polso, conficcò una lama nella neve fra loro. Quella di Tseeveyo finì accanto a essa e a Hunter si seccò la gola.

I due clan nemici avevano appena dichiarato guerra.

Tra loro... e a MoonBound.

A MoonBound l'atmosfera era passata da calda e accogliente a tesa e fredda, con una sfumatura di paura che danzava al limite dell'attrito.

Aylin aveva aspettato con ansia negli alloggi di Hunter che il vampiro tornasse dall'incontro, e le notizie che aveva portato erano state devastanti. Adesso erano seduti nella stanza delle battaglie, con i guerrieri più anziani e quelli di livello intermedio.

Hunter aveva insistito che prendesse posto accanto a lui, ma per quanto ci provasse, a Aylin continuava a sembrare tutta colpa sua. Nessuno l'aveva fatta coscientemente sentire in quel modo, ma lei percepiva addosso gli occhi di chi faceva congetture e, mentre venivano discussi i piani di battaglia, il suo senso di colpa aumentava sempre di più.

Specialmente dato che sua sorella aveva gravemente ferito una guerriera MoonBound e l'aveva lasciata a morire dissanguata sul pavimento prima di fuggire come una codarda. E stando a Hunter, c'erano grosse probabilità che Rasha non fosse tornata a ShadowSpawn, quindi dove si trovava?

Hunter prese la mano di Aylin nella sua e si rivolse ai membri del clan. «Abbiamo ventiquattr'ore per consegnare Aylin a ShadowSpawn, o a NightShade, altrimenti dovremo affrontare una battaglia. Voglio qualche proposta, non importa quanto sia folle.» Poi li ammonì con voce più grave e, forse fu l'immaginazione della vampira, ma il capoclan le sembrò più teso del solito, come se la rabbia gli ribollisse fin nel midollo. «Ma se qualcuno suggerisce di consegnare Aylin, se ne pentirà amaramente.»

Tutti si scambiarono delle occhiate e infine Takis si strinse nelle spalle. «E se portassimo di nascosto Aylin fuori dal clan? Se lei non è qui, NightShade e ShadowSpawn la cercheranno invece di attaccarci.»

Era una buona idea, ma Hunter diede voce a quello che Aylin stava pensando. «Non crederanno che se ne sia andata. Anche se così fosse, sarà tutto inutile se non fanno pressioni su di noi per indurci a rivelare la sua posizione. E con fare pressioni intendo attaccarci. In entrambi i casi, non ci lasceranno in pace.»

«Questo è il nostro territorio» disse Jaggar. «Lo conosciamo meglio di loro. Possiamo andare là fuori e sistemare delle trappole. Non ci farà vincere una guerra, ma potrà riequilibrare le disparità.»

«Fallo» ordinò Hunter. «Prendi tutti quelli di cui hai bisogno e fallo.» Guardò in giro per la stanza. «Nessun altro?»

Buttarono giù altre idee, alcune delle quali furono approvate da Hunter. Altre, come la proposta di barricare tutti dentro il complesso, furono tenute come ultima spiaggia.

Alla fine, con poche linee d'azione utili, Aylin parlò ad alta voce. «Ho un'idea.»

Abituata a essere presa in giro o congedata su due piedi, la vampira rimase scioccata quando tutti si limitarono a guardarla, incuriositi.

Hunter annuì bruscamente. «Parla.»

Lei aprì la bocca, ma all'ultimo secondo si ricordò di quello che aveva detto Hunter a proposito di una spia. «Possiamo parlare da soli?»

Il vampiro annuì e la allontanò dal gruppo, lasciando tutti con l'ordine di continuare a buttare giù idee. «Cosa c'è?» le domandò, girando la schiena agli altri e bloccando loro la visuale di Aylin.

«E se usassi la mia abilità per aiutarvi? Non vedo come possa essere utile in combattimento, però, se fosse necessario, potrei sfruttarla per fare fuggire tutti al sicuro.»

«È un piano eccellente» rifletté Hunter, ma il cipiglio sul suo volto non diceva altrettanto.

«Cosa c'è?» gli domandò Aylin. «Qual è il problema?»

«Niente. Anzi, credo che tu abbia trovato qualcosa.» Fece segno a Nicole, che era entrata un attimo prima. «Pensi di potere far recapitare un messaggio a tuo fratello?»

Se Aylin non ricordava male, il fratello di Nicole era il direttore generale della Daedalus... quindi cos'aveva in mente Hunter?

Nicole sbatté le palpebre. A quanto pareva era perplessa quanto Aylin. «Chuck? Perché diavolo dovrei farlo?»

Un sorriso macabro sollevò gli angoli della bocca di Hunter, mettendo in mostra le punte sexy delle sue zanne. «Per una volta gli umani ci faranno un grosso favore. Noi siamo i predatori alfa su questo pianeta,» disse cupamente «ed è giunto il momento di dimostrarlo.»

38

Hunter decise di attaccare ShadowSpawn e NightShade prima dell'ultimatum. Era inutile aspettare e un attacco a sorpresa non poteva che avvantaggiare MoonBound. Erano in una terribile inferiorità numerica e di armi, quindi avevano bisogno di tutto l'aiuto possibile.

Jaggar aveva posizionato gli inneschi di alcuni esplosivi piccoli ma letali, tutti attentamente indicati ai residenti di MoonBound. Hunter sperava solo che la loro misteriosa spia non avvisasse uno o entrambi i clan nemici.

Ma perfino se fosse accaduto il peggio, Jaggar aveva sistemato anche delle trappole speciali che rilasciavano una dose letale di acido borico. Nessuno al di fuori di Jaggar, Riker e Hunter ne conosceva la posizione e, nel caso in cui alcuni membri di MoonBound ne rimanessero vittime, loro avevano con sé alcune fiale dell'antidoto fabbricato da Nicole.

NightShade e ShadowSpawn avrebbero dovuto arrangiarsi.

Tutti i maschi in età da combattimento e tutte le femmine addestrate erano stati riforniti di armi e, riparati dall'oscurità del primo mattino, scivolavano furtivamente nel bosco. Quando arrivò il momento di uscire, Hunter esitò, trattenuto dalla paura per Aylin. Lei costituiva l'arma segreta di quel folle piano e, prima o poi, l'avrebbe messa in pericolo.

«Qualsiasi cosa accada, non lasciare l'edificio» disse. «Resta qui finché Riker o io non veniamo a chiamarti.»

«Fai attenzione» sussurrò Aylin. «Diversamente da Rasha, mi piacerebbe che rimanessi nei paraggi per un po'.»

Ridendo, Hunter la baciò. Però non indugiò. Quello non era un addio. E non era necessario che Aylin sapesse che solo pochi minuti prima si era incontrato con i guerrieri di grado più elevato per assicurarsi che, qualunque cosa gli succedesse, lei avrebbe sempre avuto un posto all'interno del clan. Aylin sarebbe stata sempre e comunque al sicuro.

Prima di cambiare idea a proposito del rapido bacio e trasformarlo in qualcosa da cui non sarebbe riuscito a staccarsi, il capoclan uscì a grandi passi dall'edificio e raggiunse Riker.

«Rike.» Parlò in tono sommesso e i due si avviarono verso l'accampamento di NightShade. Metà della squadra di MoonBound avrebbe affrontato ShadowSpawn, ma Hunter e Riker avevano voluto entrambi un pezzo di NightShade. Hunter disprezzava Kars, ma Tseeveyo si era guadagnato un posto speciale sulla lista di coloro che secondo lui dovevano morire.

Mentre si avvicinavano all'accampamento, Riker estrasse il pugnale che aveva al fianco. «Cosa c'è?»

«Quando sei lontano da Nicole, non provi... non so. Dolore?» Si massaggiò lo sterno, ma non servì a liberarlo dalla strana tensione che si faceva sempre più insistente mano a mano che si allontanavano da MoonBound.

«Sì» borbottò Riker irritato, ma Hunter sapeva che era uno sfoggio di testosterone. Lui era completamente pazzo della sua compagna. «E la cosa peggiore è che lei non prova lo stesso dolore. Questa storia dell'imprinting a senso unico fa schifo.»

«Però non cambieresti niente, vero?»

Riker sorrise. «Diamine, no. Io...» Un'esplosione fece oscillare la foresta e in un attimo si scatenò l'inferno.

Risuonarono grida di guerra, seguite da urla, grugniti di dolore e strilli. Il bosco si animò di guerrieri nemici e, all'improvviso, Hunter e Riker si ritrovarono a combattere per la propria vita.

Cinque grossi maschi NightShade uscirono dal nulla, lanciando asce da guerra e pugnali. Una freccia colpì Hunter al bicipite sinistro, ma lui la ignorò per squarciare la gola al guerriero più vicino. Un altro vampiro lo colpì da dietro, buttandolo a terra. Lui rotolò, perse di vista Riker e scalciò per colpire il suo assalitore alle ginocchia, che cadde a terra con un grugnito ma mantenne la presa sull'ascia e, mentre finiva nella neve, la tirò contro la testa di Hunter.

Quest'ultimo si scansò, evitando di poco un taglio di capelli molto ravvicinato. Rimettendosi faticosamente in piedi, ruppe la freccia che gli sporgeva dalla carne. Con un'altra rotazione dell'arma, il tipo dell'ascia si avvicinò un po' troppo e Hunter si accucciò, saltò e piantò l'asta della freccia nell'occhio destro di quel bastardo.

Mentre il nemico cadeva, Hunter si acquattò e si preparò a un altro assalto, ma mentre Takis saltava fuori da uno degli alberi per ficcare il coltello da combattimento nel cranio del quinto guerriero, Riker ebbe la meglio sull'ultimo vampiro.

«Merda» sussurrò Hunter. «Sapevano che stavamo arrivando?»

«A quanto pare» sbottò Takis, incazzato come Hunter non l'aveva mai visto. «Penso che qualcuno abbia innescato l'esplosione intenzionalmente per avvisare gli accampamenti. Accanto al luogo dov'è avvenuta non c'è nessuno, ma vicino alla fila degli inneschi c'è una freccia.»

«Quando prenderò quel figlio di puttana, gli strapperò le zanne e lo sventrerò con i suoi denti.» Hunter aveva visto fare esattamente la stessa cosa a suo padre e, in quel momento, sentiva l'influenza del genitore sempre più forte per via della rabbia dovuta al tradimento.

«Ricordami di non tradirti mai» borbottò Riker, proprio mentre un'altra esplosione, questa volta vicina, squarciava l'aria.

Qualcosa colpì l'albero accanto a Hunter, che si girò aspettandosi un'arma, ma invece, in una pozza di sangue, vide un braccio staccato con il simbolo dell'edera velenosa di NightShade.

«A me ricorda di dare una promozione a Jaggar.» Hunter indicò a Takis e a Riker di seguirlo. Dovevano raggiungere l'accampamento di NightShade. Se riuscivano a togliere di mezzo Tseeveyo, forse il resto del clan si sarebbe ritirato. E se non lo faceva... be', almeno quel folle bastardo sarebbe morto.

Mentre si avvicinavano, il rumore della lotta divenne più forte e il tanfo della paura, del dolore e della morte quasi insopportabile.

«Porca puttana» imprecò Riker. «È un massacro.»

La carneficina superava qualsiasi cosa Hunter avesse visto in almeno un secolo. I combattenti di NightShade stavano stracciando i guerrieri di MoonBound, tra le cui file nessuno si era aspettato che gli altri fossero tanto più numerosi.

Furibondo, Hunter partì all'attacco verso lo scontro, ma prima che raggiungesse la radura, risuonò uno sparo. Il vampiro si fermò bruscamente mentre colpi in rapida successione riempivano l'aria. All'improvviso, i guerrieri NightShade interruppero la battaglia con i combattenti di MoonBound per affrontare la nuova e più letale minaccia.

Nicole ce l'aveva fatta. Erano arrivati gli umani.

«Rike!» gridò Hunter. «Hai detto ai nostri guerrieri di tornare rapidamente al clan se si presentavano gli umani, giusto?»

Riker urlò una risposta affermativa, ma proprio mentre la sua voce si spegneva, Hunter vide che i suoi guerrieri sopravvissuti correvano a tutta velocità verso il complesso.

«Andatevene da qui» disse a Riker e a Takis, ma nessuno dei due si mosse.

«Noi restiamo con te» affermò Takis. «E non discutere, cazzo.»

«Penso che farò passare a entrambi un po' di tempo nella fossa» ringhiò il capoclan. Poi si girò, pronto a tornare di corsa al clan da Aylin, ma con la coda dell'occhio vide qualcosa che non poteva lasciar perdere.

Riker lo prese per un braccio. «Andiamo, capo...»

«Andate voi» disse. «È un ordine. Prendete Aylin. Io devo fare una cosa.»

Lasciandosi Riker e Takis alle spalle, Hunter si lanciò a tutta corsa nella foresta diretto alla tenda di Tseeveyo.

Il capo di NightShade stava per capire che Hunter era il degno figlio di suo padre.

Qualsiasi cosa succeda, non lasciare l'edificio. Resta qui finché Riker o io non veniamo a prenderti.

Quando Takis si presentò all'ingresso di MoonBound per portare Aylin da Hunter, la vampira pensò di rifiutarsi. Si fidava del suo istinto, e Takis non risvegliava nessun allarme in lei, però si fidava anche di Hunter. E se il vampiro le aveva detto di spostarsi solo con lui o con Riker, lei gli avrebbe ubbidito.

Per fortuna, subito dietro Takis c'era Riker, con in mano l'arco, e Aylin non aveva dubbi che fosse pronto a fare fuori qualsiasi minaccia, anche se si fosse trattato di un altro membro di MoonBound.

Insieme, i due maschi portarono Aylin in salvo ai margini della battaglia, dov'era necessario che si trovasse perché il piano funzionasse. Nella foresta risuonavano i rumori del combattimento lontano; le urla, gli spari e le sporadiche esplosioni le serrarono lo stomaco. Il panico la rese irrequieta, ma grazie all'esperienza nel regno del demone, Aylin aveva imparato a controllare la paura. E aveva anche guadagnato un sacco di autostima. La sua gamba cedette due volte, ma per la prima volta in vita sua la vampira non si vergognò della propria disabilità. Faceva parte di lei, che però sapeva di non essere solo un arto storto.

Ansiosa di raggiungere Hunter, Aylin protestò quando Riker li fece fermare al riparo di un mucchio di alberi caduti.

«Perché ci fermiamo?» La vampira afferrò la lama che le aveva dato suo fratello con una fermezza che le fece diventare le nocche bianche, la sua unica preoccupazione era trovare Hunter. «Dobbiamo trovarlo.»

«Arriverà» la rassicurò Riker.

Per quanto le piacesse Riker e rispettasse le sue abilità di guerriero, Aylin non poté fare a meno di sbottare: «Non avreste dovuto lasciarlo solo. Potrebbe essere ferito. O peggio.»

Riker si passò una mano tra i capelli, lasciando delle pieghe appuntite che in qualche modo gli diedero un'aria scocciata. «Lo so, ma ci ha dato un ordine.» Si acquattò ulteriormente, con lo sguardo fisso verso il luogo da cui provenivano i rumori del combattimento. «La tua sicurezza è la priorità, solo tu puoi affrontare gli umani.»

Quello che aveva detto Riker aveva senso, ma non limitò la preoccupazione di Aylin. «Dove sono gli umani?»

Gentilmente, Takis le mise la mano sulla spalla e la spinse dietro un tronco caduto che era spesso quasi quanto lei era alta. «Baddon e Aiden li stanno attirando da questa parte.»

La vampira imprecò. «Ci vorrà un'eternità, sempre che funzioni.» Scivolò via ai due vampiri senza che nessuno dei due riuscisse ad afferrarla. «Andrò io da loro.»

«Col cavolo.»

Riker la seguì, ma Aylin non aveva intenzione di restare seduta con le mani in mano quando poteva essere d'aiuto. La loro unica possibilità di sopravvivere a una guerra su tre fronti era di fare una soffiata agli umani circa la posizione dei due clan nemici.

Ma la posta in gioco era alta. Una volta che gli umani avessero demolito i clan, avrebbero dato la caccia a qualsiasi altro vampiro nella zona. Ogni membro di MoonBound allo scoperto o ferito sarebbe stato ucciso o catturato. Peggio, se gli umani uccidevano i mistici di NightShade e ShadowSpawn mentre la loro magia era ancora collegata a quella del mistico di MoonBound, le difese che proteggevano MoonBound sarebbero state distrutte e il clan lasciato esposto.

«Aylin» disse Riker, mentre lui e Takis affiancavano la vampira. «Hunter ci ucciderà per questo.»

Lei scivolò su un pezzo di ghiaccio e, anche se non cadde, lo sforzo sulla gamba malata la indusse a serrare i denti per il dolore. «Mi prenderò tutta la responsabilità.»

«Grandioso» borbottò Takis. «Allora ci ucciderà sapendo che non siamo responsabili. In ogni caso, siamo morti.»

«Non se funziona.» Certo, era un grosso 'se', ma non avevano scelta. Se riusciva ad aprire un portale nel posto e nel momento giusto, Aylin avrebbe potuto rovesciare gli esiti della battaglia.

Si mossero il più rapidamente possibile, vista la velocità ridotta di Aylin e la necessità di mantenersi ben lontani dal centro della battaglia, ma anche così Riker e Takis fecero fuori un paio di cecchini umani che si erano nascosti ai margini della battaglia.

Mentre finiva un umano corpulento, Riker si bloccò e fissò tra gli alberi.

«Cosa c'è?» sussurrò Aylin.

«Giurerei di avere visto Myne.» Indicò oltre un mucchietto di arbusti diradati da un incendio boschivo. «Laggiù, accanto a quei tizi morti.»

Porca... puttana. Non solo tizi morti, ma tanti tizi morti. O, più precisamente, tante parti di tizi morti.

E tutto intorno, avanzando rapidamente, dozzine di vampiri erano impegnati nella battaglia con centinaia di umani. In una situazione normale, i vampiri sarebbero stati superiori, ma lì, con addosso indumenti ed elmetti militari e con più armi di quante Aylin riusciva a contare, figuriamoci a identificare, gli umani erano in vantaggio, non solo in fatto di armi, ma anche per quanto riguardava i numeri.

Riker l'afferrò e la buttò a terra proprio mentre una dozzina di uomini si avviava dalla loro parte. «Cazzo. Credo che ci abbiano visto.»

Takis si accucciò accanto a loro e sollevò l'arco. Non che avesse molte speranze contro uomini provvisti di armi automatiche.

«No.» Aylin lo afferrò per un braccio. «Ci penso io.»

Respirando a fondo, come Riker le aveva insegnato a fare durante le loro sessioni di pratica, la vampira raggiunse il centro di sé stessa, dov'era solita appollaiarsi la sua colomba, riempito adesso da una nuova energia che, richiamata all'esterno, si contorceva come un essere vivente. In precedenza la vampira aveva dovuto concentrarsi. Questa volta la emanò con una ventata che per poco non fece cadere Riker e Takis.

Aylin si sbrigò a immaginare una destinazione... e di colpo il portale si aprì pochi centimetri davanti agli uomini che andavano verso di loro.

Sei umani, che non riuscirono a invertire la rotta a causa dello slancio, caddero nell'apertura e rimasero intrappolati quando Aylin di botto richiuse il portale. Un coro d'imprecazioni, grida scioccate e confusione immobilizzò gli uomini rimasti sul posto, la cui incapacità di credere ai propri occhi diede a Aylin la possibilità di riaprire violentemente il portale, questa volta sopra di loro. Scomparvero rapidamente quanto gli altri e, ancora una volta, la vampira lo richiuse prima che potessero fuggire.

«Gesù» sussurrò Takis. «Maledizione, è spaventoso.» Si girò verso di lei, con la pelle di solito abbronzata di una tonalità più bianca. «Dove li stai mandando?»

Aylin fece un largo sorriso. «In un posto dove avranno il combattimento che vogliono.»

Riaprì il portale, questa volta proprio al centro del gruppo massiccio. Quando fu al massimo dell'apertura, Aylin si chiese se qualcun altro vedesse l'arena dalla parte opposta del vortice. Quella nel regno di Samnult, dove alcuni vampiri cantavano slogan dalle tribune mentre altri circondavano gli umani terrorizzati che lei vi aveva appena mandato.

Al di là del vortice, un vampiro biondo dal volto familiare sollevò una mano e, anche se Aylin non poteva sentirlo, riuscì a leggerne il labiale.

Ben fatto, sorellina. Ben fatto.

Hunter tagliò attraverso le guardie di Tseeveyo con una facilità che l'avrebbe stupito, se avesse avuto il tempo di preoccuparsene. Ma, mentre si avvicinava all'accampamento del capo di NightShade, aveva la mente offuscata da un solo pensiero.

Uccidere.

Tutto intorno a lui, si alzavano le grida dei feriti e i gemiti dei moribondi – umani e vampiri –, che lo riempivano di forza. Era ciò che Hunter aveva sia temuto che desiderato, la forza simile a quella di un berserker, la velocità e la follia che provenivano dal fatto di essere un vampiro di seconda generazione il cui DNA era stato forgiato da un'energia demoniaca.

Suo padre vi si era beato. Hunter l'aveva negato. Ora, mentre si concentrava su Tseeveyo, che stava conficcando l'estremità affilata di un'ascia tra le scapole di un umano, Hunter l'abbracciò.

«Tseeveyo.»

L'altro capo si girò, con i vestiti da amerindio che gocciolavano di sangue fresco e rappreso, le zanne coperte di rosso e gli occhi neri che bruciava per la sete di sangue.

Anche lui era stato preso dall'ancestrale crudeltà vampiresca e, con un ghigno che mise in mostra una boccata di denti più affilati del normale, attaccò Hunter.

Si scontrarono con la potenza di due tori e la forza d'urto fece tremare la terra intorno a loro. Tseeveyo colpì Hunter per primo, con un pugno che andò a schiantarsi contro la sua mascella, ma il dolore fu passeggero. Diamine, fu il benvenuto.

Spronato dalle pulsazioni, Hunter stese il bastardo con due rapidi colpi in faccia, un altro alla gola e uno nello stomaco. Tseeveyo finì a terra con un grugnito, ma in un baleno fu di nuovo in piedi, con le mani strette intorno a un machete che doveva essersi levato dal culo, perché un attimo prima non c'era.

Il vampiro più vecchio si girò in una massa indistinta, sferzando la lama in basso per colpire profondamente Hunter al fianco. Mentre la gamba si piegava sotto di lui, un dolore atroce attraversò il capo di MoonBound. Un lampo argenteo fu l'unico avvertimento che il machete stava di nuovo scendendo verso il basso, colpendolo cinque centimetri sotto il primo taglio. Il sangue schizzò sul terreno, sugli alberi, sulle foglie morte attaccate ai rami moribondi.

Hunter rotolò di lato con un grugnito, mentre Tseeveyo abbandonava la lama per riempirlo di calci. Lo stivale di quest'ultimo gli sfondò le costole, la spalla e il collo.

Merda, quel bastardo era forte, e i due secoli in più d'esperienza si vedevano in ogni colpo. Ma Hunter non aveva intenzione di arrendersi facilmente, non ora che aveva un clan da gestire e una femmina da proteggere. La penna di cornacchia che aveva sulla mano bruciava perfino in quel momento, ricordandogli che adesso aveva una vita piena più di quanto avesse mai ritenuto possibile nemmeno nei suoi sogni.

Vaffanculo.

Quando la suola dello stivale di Tseeveyo gli riempì la visuale con un colpo mortale che gli avrebbe frantumato il cranio, Hunter rotolò. Allungò rapidamente una mano e afferrò la caviglia di Tseeveyo con uno strattone che fece finire quel figlio di puttana nella neve, sporca del loro sangue mescolato.

Ma, mentre Hunter si metteva in ginocchio, la gamba ferita cedette di nuovo sotto il suo peso e il ghiaccio sotto al ginocchio lo fece scivolare in un burrone, con il capo di NightShade che precipitava dietro di lui. Tseeveyo strinse la mano intorno alla gola di Hunter, mentre lo teneva bloccato sul terreno ghiacciato.

«Marmocchio del cazzo» ringhiò. «Conoscevo Bear Roar. Era potente. Forte.» Diede un pugno in testa a Hunter così forte da fargli vedere le stelle. «Si vergognerebbe di te.»

Invocare il nome del padre di Hunter fu come evocare un demone, e nel profondo del petto del capo di MoonBound un'ombra maligna prese vita tremolando. Proprio mentre Tseeveyo lo tirava in piedi stringendolo per la gola, Hunter sorrise, sentendo che una tempesta di ghiaccio si stava addensando sopra le loro teste.

All'improvviso, furono avvolti in una bufera di neve ciclonica così violenta che sulle sopracciglia, sulle ciglia e perfino sulle labbra dell'altro vampiro si formò il ghiaccio. Le labbra gli diventarono blu, mentre lui cercava di far uscire tutto il fiato dal corpo di Hunter.

«La vergogna... di mio padre... m'inorgoglisce.»

Facendo appello al suo ultimo, disperato respiro e attingendo direttamente dal libro di suo padre sui trucchi peggiori, Hunter tirò fuori una lama dal fodero che aveva sulla schiena e la conficcò a fondo nell'inguine di Tseeveyo.

Quest'ultimo gridò, poi lo fece di nuovo quando Hunter spinse con forza il coltello verso l'alto, tagliando gli attributi di quel bastardo come se stesse togliendo il torsolo a una mela.

«Questo è per ciascuna delle tue spose bambine» ringhiò Hunter.

Tseeveyo si buttò all'indietro, afferrandosi l'inforcatura mentre il sangue gli zampillava tra le dita. Con gli occhi spalancati per il dolore e l'orrore, si allontanò da Hunter goffamente, incespicando. Il bastardo poteva anche provare a scappare, ma adesso Hunter era un predatore che aveva assaggiato il sangue della sua preda. La sua paura.

E sentiva l'odore della morte imminente.

Hunter afferrò il coltello, scivoloso a causa del sangue, come un'amante che non avrebbe mai lasciato andare.

Come Aylin.

Avvicinandosi con ogni passo a Tseeveyo, provò piacere nel vedere il terrore del vampiro. Sapeva che la sua sete di sangue avrebbe dovuto inorridirlo, ma Tseeveyo era un mostro che meritava di morire di una morte molto peggiore di quella che Hunter stava per riservargli.

Il capo di NightShade inciampò su un ramo spezzato e cadde a terra in modo scomposto, con la pelle che diventava livida mentre la perdita di sangue esigeva il suo tributo.

Tutto intorno, umani e vampiri stavano combattendo, ma Hunter li ignorò, concedendo solo a una minuscola porzione dei suoi sensi di avvisarlo se qualcuno gli si avvicinava troppo mentre si accucciava sopra al capo caduto.

Con la coda dell'occhio, Hunter vide qualcosa. Era una delle compagne di Tseeveyo, una ragazza con un occhio nero e una guancia gonfia, che sbirciava da dietro il risvolto di una tenda, guardandoli con lo sguardo pieno di odio per il bastardo a terra.

Hunter la osservò per un attimo, aspettando di vedere se avrebbe combattuto per il suo compagno, ma lei lo guardò negli occhi e il capo di MoonBound vi vide incoraggiamento e vittoria.

«Mi piacerebbe staccarti l'uccello e fartelo ingoiare, pazzo idiota,» ringhiò «ma è quello che avrebbe fatto mio padre e io non sono affatto come lui.» Con ciò, passò rapidamente la lama sulla gola di Tseeveyo, aprendola da un orecchio all'altro.

Dietro il risvolto della tenda, la vampira salutò Hunter con un solenne cenno del capo.

Con la gamba che gli pulsava, la testa che gli faceva male e le costole in fiamme, Hunter si alzò. Il vento intorno a lui calò e il vampiro udì vagamente qualcuno che lo chiamava.

«Hunter... capo... Hunter!» Una guerriera MoonBound di nome Trish lo raggiunse con una corsa leggera, affiancata da un'altra vampira e da un giovane maschio che aveva finito l'addestramento militare solo un mese prima.

«Gli umani stanno scappando» disse, con le labbra spaccate e la mascella gonfia. «ShadowSpawn è in rotta.» S'interruppe per scoccare una freccia alla sua destra e Hunter sentì un grugnito e il tonfo di un corpo che colpiva il terreno.

«Aylin» abbaiò. «Dov'è?»

«Non lo so» rispose la vampira. «Ma ho visto Riker verso sud.»

Raccogliendo le armi, il capoclan zoppicò verso di loro. «Occupatevi delle femmine e dei bambini di NightShade. Non dovranno subire danni.» Con un'ultima occhiata a Tseeveyo, che stava esalando gli ultimi respiri, Hunter si diresse verso sud.

Il mostro era morto.

E lui sapeva che adesso lo era anche quello dentro di sé. Suo padre se n'era andato e non avrebbe mai più avuto influenza su di lui.

39

Hunter era nel panico. Si era fatto strada fino al luogo designato per l'appuntamento, ma Aylin non c'era. Riusciva a percepirla, ma era stato gravemente ferito e, con il proprio dolore, non riusciva a sentire quello di lei. Se stava soffrendo, lui non aveva modo di saperlo.

Inspirò a fondo e colse il suo odore. Era con Riker e Takis, ma c'erano così tanti altri odori nell'aria che localizzarli non era facile.

Si mosse con la rapidità che gli consentivano le sue ferite, ma che non era minimamente sufficiente. Non mentre vedeva altri vampiri che correvano velocemente nella foresta, ignorandolo del tutto invece che cercare di ucciderlo. Dovevano avere gli umani proprio alle costole.

A ogni passo e a ogni respiro con cui affrontava il terreno accidentato, il dolore lo trafiggeva come una lama. Ma quando arrivò dalla parte opposta di una collina, il motivo per cui i vampiri erano scappati per salvarsi la vita stava mulinando in un cerchio enorme tra due alberi. E mentre lo osservava, il portale scintillante si mosse. Cazzo, inseguiva veramente gli umani che cercavano di sfuggirgli. Era come un gigantesco aspirapolvere che inghiottiva la gente al proprio passaggio.

Alla fine si chiuse. A parte le urla dei feriti e il suono sporadico di qualche scaramuccia isolata, nel bosco cadde il silenzio.

«Hunter!» La bella voce di Aylin proveniva da una trentina di metri di distanza. Il vampiro la raggiunse il più velocemente possibile e la prese tra le braccia. «Ce l'abbiamo fatta» sussurrò la vampira. «Non riesco a crederci.»

«Non ne ho mai dubitato.» Hunter guardò la devastazione lasciata dalla battaglia. Tantissimi erano morti e ancora di più erano stati feriti. Avevano vinto, ma il prezzo da pagare non era mai basso.

Aggrottando le sopracciglia, la vampira si scostò da lui. «Sei ferito. Dobbiamo portarti da Nicole.»

«Non prima che abbia localizzato tutti i miei guerrieri e abbiamo messo al sicuro tutte le femmine e i bambini di NightShade.» Con un cenno del capo, ringraziò Riker e Takis, che avevano cominciato a perlustrare il campo di battaglia in cerca di membri di MoonBound caduti. Gli umani sopravvissuti sarebbero diventati donatori di sangue e ai membri dei clan nemici ancora in vita sarebbe stata data la possibilità di scegliere. Potevano unirsi a MoonBound o morire. Semplice. «Però voglio riportarti al clan.»

Lei scosse la testa. «Resterò con te. Posso essere d'aiuto. Oltre a cucinare, una cosa che mi hanno fatto fare molto a ShadowSpawn è stata medicare le ferite. E posso aiutarvi con le femmine e i bambini.» Hunter era sul punto di rifiutare l'offerta quando lei mise i pugni sui fianchi. «Senti, posso fare comparire un portale e occuparmi di chiunque cerchi di attaccarci. Oppure posso attraversarlo io stessa per scappare. Non trattarmi come un'invalida.»

Aveva ragione. Lui voleva proteggerla, ma in questo senso Aylin stava facendo un ottimo lavoro da sola. «Hai vinto.» Le diede un bacio nei capelli. «Ma non aspettarti di vincere spesso. Io odio perdere.»

Lei fece un largo sorriso. «Imparerai a fartelo piacere.»

Il sottobosco frusciò e Hunter si voltò per vedere emergerne Tena. Aveva Rasha con sé, con le mani legate dietro la schiena e i piedi leggermente impediti dal filo metallico. E l'aria incazzata come quella di un gatto bagnato.

«Scusami, capo» disse Tena. «Ma l'ho trovata legata a un albero. Questa stronza ha detto che vuole dirti una cosa importante.»

Rasha sogghignò in direzione di Tena, ma quando si girò verso Hunter e Aylin, la sua espressione divenne contrita. «Kars è morto?»

«Purtroppo, no.» Hunter strinse Aylin ancora più saldamente. «Però Tseeveyo non farà mai più del male a nessuno.»

Aylin gli strinse la mano. «Se mio padre è ancora vivo, non smetterà mai di darti la caccia.»

Rasha chiuse gli occhi e, quando li riaprì, vi fluttuava quella che Hunter avrebbe giurato fosse sconfitta. «Lasciate che tratti io con nostro padre. Il tuo contratto sarà annullato.»

«Penso che sia molto più probabile che lo aiuterai a tramare contro di noi» affermò Hunter.

«Significa che hai intenzione di tenermi prigioniera?»

Era allettante, ma ora che entrambi i clan erano stati sonoramente sconfitti, era inutile. Trattenere Rasha non avrebbe fatto altro che rendere Kars ancora più volubile e incline alla vendetta. Aylin aveva ragione; Kars non avrebbe mai lasciato perdere e, anche se non poteva più lanciare un attacco in larga scala contro MoonBound, poteva comunque provocare un sacco di danni. Un orso ferito era molto più pericoloso di uno sano.

Si girò verso Aylin. «Cosa ne pensi? È tua sorella. Devi essere tu a decidere.»

Aylin fissò a lungo la sua gemella, ma fu solo quando Rasha, una volta la più forte delle due, distolse lo sguardo che lei annuì. «Lasciala andare. Ma Rasha? Dopo tutta questa storia, nostro padre per me è morto e, se ci tradisci, lo sarai anche tu.»

***

MoonBound aveva vinto. E, cosa altrettanto importante, nessuno aveva visto Myne che li aiutava ai margini della battaglia, massacrando allo stesso modo gli umani e i membri del clan nemico. Probabilmente Rasha l'avrebbe odiato più che mai perché l'aveva legata a un albero affinché Tena la trovasse, ma a lui non poteva importare di meno.

Quello di cui gli importava era che lei mantenesse la parola e aiutato sia Aylin che MoonBound.

Il vampiro la seguì da lontano, rimanendo parecchio indietro finché Rasha alla fine non localizzò suo padre. Kars era a parecchi chilometri dalla battaglia, con una mano gravemente danneggiata e una testa umana stretta nell'altra.

Facendo molta attenzione, Myne si avvicinò ai due mentre Kars alzava la testa. «Questa avrebbe dovuto essere di Hunter. Sarà di Hunter.»

«Padre,» disse Rasha, sembrando più sana di mente di quanto fosse mai stata «devi lasciare perdere.»

«Lasciare perdere?» urlò il capoclan. «Hunter non ha onore! Si è rimangiato la parola. Ha umiliato tutto il nostro clan e screditato te. Ti giuro che distruggerò tutti i maschi di MoonBound e lo costringerò a guardare mentre le sue femmine e i suoi bambini vengono trascinati a ShadowSpawn in catene. Poi scuoierò quel bastardo vivo e lo indosserò come un mantello in ogni battaglia dal giorno della sua morte in poi.» Ringhiò. «E Aylin, quella puttana traditrice. La picchierò tutti i giorni per il resto della sua misera vita. Non vedrà più un giorno di sole finché vive.»

«No, padre» replicò Rasha, e con un colpo gli tolse di mano il macabro trofeo. «Non farai niente di tutto ciò. Lascerai Aylin e MoonBound in pace.»

Lui la fissò, attonito, poi arrossì in volto e nei suoi occhi balenò la collera. Colpì Rasha con uno schiaffo così forte che lei oscillò all'indietro. Che bravo padre. A Myne ricordava un po' il suo ultimo padrone.

«Non parlarmi mai più in questo modo.» Si piegò in avanti in modo aggressivo e parlò con tono rabbioso. «Nessuna femmina parla mai a un capoclan con una tale mancanza di rispetto, nemmeno sua figlia.»

Rasha sputò sangue sul terreno, spruzzando gocce rosa su un piccolo cumulo di neve. «Vedi, è qui che ti sbagli. Tu mi ascolterai e accetterai l'unione di Aylin e Hunter.» Sorrise, in un modo astuto e scaltro che indusse Myne a chiedersi quali carte avesse da giocare. «Altrimenti dirò a Aylin che le hai mentito fin dal giorno della sua nascita.»

Mentito? Su cosa? Dovevano essere carte maledettamente buone.

Kars sbuffò. «Non lo faresti.»

«Lo farei e lo farò. Ti prometto che dirò a Aylin che è lei la primogenita, non io. Saprà che, quando hai visto la sua gamba storta, hai preso in considerazione l'idea di affogarla nel secchio che avevi preparato per la secondogenita. Ma uccidere un gemello primogenito porta sfortuna, quindi dovevi tenerla. Quando sono nata io, hai detto a tutti che ero la prima e che hai deciso di non uccidere la seconda, Aylin, perché è comparsa una cornacchia e ti ha detto di non farlo.» Rasha sorrise, mettendo in mostra i denti malvagi. «E quegli stolti che pendono dalle tue labbra ti hanno creduto. Be', a parte la levatrice, che sapeva tutto. Strano che sia stata uccisa dagli umani pochi giorni dopo, non è vero?»

Ogni goccia di sangue sparì dal volto di Kars. Quella storia stava diventando sempre più interessante.

«Bugie» disse con voce stridula il capoclan.

«Me l'hai detto tu stesso. Una sera mentre eri ubriaco e desideravi tanto la mamma, hai confessato tutto. Io sono stata zitta per tutti questi anni perché, come tutti gli altri stolti a ShadowSpawn credevo che facessi sempre la cosa giusta per il clan. Così ho lasciato credere a Aylin che fosse una maledizione per la nostra gente, come avevi detto tu. Le ho lasciato credere che fosse il motivo per cui nostra madre è morta. L'ho trattata di merda per farti felice. Ma ho visto che le cose possono essere diverse e adesso so che hai comandato il nostro clan molto male.»

Il vampiro sibilò. «Hunter ti ha fatto il lavaggio del cervello. Ti ha riempito la testa di follia...»

«Hunter non ha niente a che fare con tutto questo. È troppo tenero con la sua gente e gestisce MoonBound come se fosse un grosso parco dei divertimenti. Ma il suo clan è messo molto meglio del nostro e i suoi lo amano, cosa che non si può certo dire di te.»

Un po' di colore tornò sulle guance di Kars, lasciandole macchiate di rabbia. Il vampiro alzò la mano per colpirla di nuovo e Rasha lo sfidò con lo sguardo. Anche se Myne disprezzava quella stronza, doveva ammettere che non si tirava indietro di fronte a uno scontro. Era la sua unica caratteristica ammirevole.

Chissà perché, gli ricordò Sabbat, la cui unica caratteristica negativa era di essere umana. Be', quello e il fatto che uccidesse i vampiri per denaro.

«Fallo» disse tranquillamente la vampira. «Fallo e ti giuro che sarà l'ultima volta in assoluto che mi tocchi.»

«Piccola stronza ingrata e viziata. Avrei dovuto affogarti. Avrei dovuto affogarvi entrambe.»

Un lampo di dolore passò rapidamente sul viso di Rasha, ma dopo una frazione di secondo sparì, sostituito dalla familiare e onnipresente gelida maschera d'indifferenza.

«E io avrei dovuto tenerti testa molto tempo fa» ribatté lei. «Per me e per Aylin. Ma non importa. Lo faccio adesso, quindi la situazione è questa: d'ora in poi le cose saranno un po' diverse a ShadowSpawn e tu lascerai che Aylin e Hunter vivano in pace.»

La collera oscurò lo sguardo di Kars. «Oppure le dirai la verità.»

«Oh, farò di più. Dirò la verità a tutti all'interno del clan. Dirò loro come hai mentito per un secolo, che hai nominato erede una gemella secondogenita e che hai ucciso la levatrice del clan per mantenere il segreto. Nell'ipotesi migliore, alcuni lasceranno ShadowSpawn e quelli che resteranno non si fideranno mai più di te. Probabilmente non ti ascolteranno e dovrai giustificare ogni decisione che prenderai. Nell'ipotesi peggiore, insorgeranno e ti esilieranno.»

Lui deglutì. Amaramente. «Con te faranno lo stesso. Forse peggio.»

«Forse. Ma ho delle opzioni. Là fuori non c'è un clan che non mi prenderebbe, la figlia nata vampira da uno di seconda generazione.» Oh, a Myne veniva in mente un clan che non l'avrebbe presa. Stringendosi nelle spalle, Rasha studiò il padre, che all'improvviso parve molto vecchio e molto stanco. «Allora lascerai in pace Aylin e Hunter o no?»

Per parecchio tempo, una nuvola temporalesca attraversò il viso di Kars e Myne pensò che il capoclan avrebbe rifiutato. Ma alla fine, il vampiro emise una rauca imprecazione. «Accetterò le tue condizioni» dichiarò. «Ma sei una grossa delusione.»

«Allora non guardarti allo specchio, padre, perché sono diventata proprio come te.» Girando i tacchi, Rasha si allontanò verso il territorio di ShadowSpawn. Myne colpì leggermente le zanne di titanio con la lingua, mentre il suo cervello elaborava tutto quello che aveva appena sentito. Aylin era la primogenita e la vera erede di ShadowSpawn. Era una rivelazione che, in mano a Hunter, poteva distruggere Kars.

Oppure Myne poteva usarla a proprio vantaggio. Ma come? E a che scopo?

Premendo la lingua contro la punta di una zanna, si fece uscire il sangue, la piccola bucatura gli provocò una dose di dolore misto a piacere che lo fece rabbrividire. Dolore e piacere. Due lati della stessa medaglia. Era ciò che gli dava gioia e che lo rendeva infelice.

Era bizzarro.

Un movimento lo distolse dal suo passatempo, e Myne lanciò un'occhiata per vedere Kars che con un calcio buttava la testa umana dalla parte opposta della radura prima di zoppicare dietro a Rasha. Il vampiro immaginò che fosse il suo segnale.

Era giunto il momento di andarsene dal territorio di MoonBound. Da Washington. Forse dal Pacifico nordoccidentale.

O forse si sarebbe limitato ad andare a divertirsi in città, a vedere cos'aveva da offrire Seattle. Perché una cosa era certa: il posto di Myne non era all'interno di un clan. Non lo era mai stato e, ripensando a quel giorno di tanti anni prima quando Hunter mandò via lui e suo fratello, si rese conto che il capoclan forse gli aveva fatto un favore.

Perché in definitiva, il piacere e il dolore erano l'unica famiglia di cui aveva bisogno.

40

Due settimane dopo la battaglia che distrusse NightShade e decimò ShadowSpawn, Aylin continuava a stupirsi di appartenere a un clan tanto incredibile.

Hunter era stato contento di accogliere i sopravvissuti di NightShade, soprattutto femmine e bambini, perciò l'edificio era pieno da scoppiare, ma non sembrava che dispiacesse a nessuno. Baddon stava ancora organizzando l'approvvigionamento delle attrezzature necessarie per allargare gli alloggi e le zone comuni. L'impresa più difficile sarebbe stata portarle a MoonBound senza che gli umani se ne accorgessero.

Ed ecco che entrava in gioco Aylin.

I rifornimenti sarebbero stati inviati alla baita dove lei e Hunter erano rimasti la prima notte che si erano conosciuti e, da lì, i membri di MoonBound avrebbero trasportato le provviste e i materiali da costruzione al complesso del clan attraverso un portale creato dalla vampira. Aylin si era esercitata quotidianamente per ore per imparare a tenere aperto un portale e adesso riusciva a tenerlo spalancato per quasi dieci minuti prima di doverlo chiudere e riposarsi. Anche il tempo di cui aveva bisogno per riprendersi stava diminuendo, e poteva riaprire i portali all'incirca dopo un'ora.

Era piuttosto fico.

Ma una cosa ancora migliore era che la minaccia umana aveva subito un significativo cambiamento. Le informazioni che Nicole aveva fatto trapelare ai media avevano provocato uno scandalo politico, e non solo le pratiche della Daedalus erano state aspramente criticate, ma ogni caccia ai vampiri era stata temporaneamente vietata.

La perdita di centinaia di umani aveva provocato proteste ovunque e, mentre alcuni contestatori chiedevano la distruzione immediata dei vampiri, la maggioranza voleva che tutte le violenze avessero fine. Giornali e riviste avevano cominciato a intervistare vampiri anonimi e il leader di un clan di città segreto si era fatto avanti con la richiesta d'iniziare un dialogo pacifico tra le due razze.

Purtroppo un paio di giorni prima fu trovato inchiodato a una croce nel centro della città e questo aveva acceso reazioni violente da entrambe le parti. Eppure Nicole nutriva la speranza che fosse l'inizio di un cambiamento.

Ad ogni modo, i cambiamenti di certo non mancavano tra i vampiri. Gli sviluppi in assoluto più sbalorditivi che seguirono la battaglia erano ancora in corso.

Quattro clan da tutto il Pacifico nordoccidentale avevano mandato i propri rappresentanti da Hunter. Si era sparsa la voce della battaglia e MoonBound stava diventando una specie di leggenda. Kars aveva visto giusto quando aveva cercato di radunare i clan sotto di sé; i vampiri erano pronti per avere un leader, solo che non sarebbe stato lui. Adesso i clan si stavano schierando con Hunter e Aylin, spronati dal desiderio di costituire un'unica nazione dei vampiri.

Ma la situazione con ShadowSpawn era la cosa che Aylin trovava più straordinaria. Kars aveva mandato un'offerta di pace, una colomba bianca che doveva essere stata un'idea di Rasha. E con essa, un messaggio.

'Io, Karshawnuski Redmoon del clan ShadowSpawn, fintanto che avrò vita, dichiaro pace e lealtà eterne al clan Moon-Bound.'

Porca. Puttana.

Rasha era stata fedele alla parola data, ma come avesse compiuto una tale impresa era un mistero. E Aylin immaginò che così sarebbero rimaste le cose.

L'unica nuvola nera che incombeva sul clan era la presenza di qualcuno che ne aveva svelato i segreti mettendolo in pericolo. Ma lei, Hunter e Riker avevano convenuto che in quel preciso momento il rischio di un sabotaggio fosse basso, data la pace che stava prosperando tra i clan. Quindi, per il momento, pensarono che fosse meglio restare calmi e dare alla persona in questione la possibilità di sentire di essersela cavata. Prima o poi avrebbe fatto qualche passo falso e, nel frattempo, Hunter e Riker potevano concepire una trappola. Avrebbero preso la spia; è solo che volevano farlo senza che nessun altro si facesse male.

All'orario previsto bussarono alla porta della camera di Aylin e, quando la vampira aprì, si trovò davanti Nicole con un abito di pizzo verde lungo fino al ginocchio. Quando la vide, fece un largo sorriso.

«Sei stupenda» disse. «Hunter resterà di sasso.»

Aylin lo sperava. Era rimasta affascinata dalle origini Cherokee di Hunter, così aveva fatto una ricerca sulle tradizioni e sul vestiario di quella tribù e, con solo pochi giorni a disposizione e l'aiuto di parecchi membri del clan, aveva messo insieme un completo adatto alla cerimonia di unione con un capo.

Era difficile credere che, soltanto un mese prima, Aylin avesse pensato di non avere futuro. Adesso stava per sposare ufficialmente il capo del clan più grande del Pacifico nordoccidentale. Un capo che adesso suscitava il rispetto di molteplici clan. Un capo che stava per sposarla non per ragioni politiche.

L'amava.

Aylin non vedeva l'ora di rendere la cosa ufficiale. Specialmente perché aveva insistito per dormire in camere separate fino alla cerimonia e quella sarebbe stata la prima notte che lei e Hunter passavano insieme dopo quella della luna piena.

Quella sera ci sarebbe stata la luna nuova e avrebbe dominato la febbre lunare delle vampire; Aylin ne sentiva già l'influenza.

Lanciò un'ultima occhiata allo specchio e si chiese se il copricapo di pelle e colori turchesi non fosse troppo. Lo sistemò. Se lo tolse. Se lo rimise.

Alla fine una profonda voce maschile prese la decisione al suo posto. «Se lo indosserai,» affermò Hunter sul vano della porta «non arriveremo fino in fondo alla cerimonia.»

Sorridendo, la vampira si girò a guardarlo. Nicole era opportunamente sparita, lasciandola da sola con il vampiro con cui si sarebbe unita.

E se in precedenza aveva avuto qualche dubbio, la vista di Hunter con lo sguardo scuro che brillava di eccitazione e ammirazione lo demolì. I capelli color ebano gli ricadevano in una cortina scintillante sulle spalle e sul petto, che era nudo tranne che per una collana ambra e argento con un pendente a forma di una mezzaluna circondata da un serpente, simbolo di MoonBound. Dalla tempia destra gli pendeva un'unica treccia unita a una striscia di cuoio e ad alcune piume d'aquila, fermata da una versione in miniatura del pendente di MoonBound.

E un paio di pantaloni elasticizzati di pelle di daino bassi sui fianchi gli stringevano le cosce muscolose come se fossero stati dipinti.

Allungando un braccio, Aylin gli mise la mano sul petto. «Non dobbiamo aspettare fino a dopo la cerimonia.»

«Faremo tardi.» Hunter si avvicinò e le premette le labbra sulla gola nel punto in cui pulsava una vena. «Ma sono sicuro che tutti se l'aspettano.»

La vampira sentì il calore riversarsi nelle vene e, sotto la sua mano, il battito cardiaco di Hunter accelerò. «Allora non deludiamoli.»

Lui le circondò i fianchi e, come se non pesasse niente, la sollevò in modo che lei potesse avvolgergli le gambe intorno alla vita. «Grazie, Aylin» le sussurrò all'orecchio.

Lei si aggrappò a lui, roteando i fianchi contro la durezza della sua erezione. «Per cosa?»

«Per avermi salvato la vita.»

«Mi hai già ringraziato.»

«Per avermi riportato indietro dal mondo dei morti, sì.» Le mordicchiò il lobo, eccitandola fin nel profondo. «Ma non per avermi salvato. Avevo intrapreso una strada che non mi avrebbe portato da nessuna parte. Poi è arrivata Rasha e, se l'avessi sposata, la mia strada sarebbe diventata... orribile. Non mi hai solo riportato indietro dal mondo dei morti, Aylin. Mi hai resuscitato.»

L'emozione le serrò la gola. «Tu hai fatto lo stesso con me. Non sarei sopravvissuta se mi avessero mandato a NightShade.»

«Penso» le disse con voce roca mentre scivolava dentro di lei, riempiendola, completandola «che te la saresti cavata benissimo. Sei forte, Aylin, e la tua forza mi ha salvato. Ci ha salvato entrambi.»

Lei gemette per il fatto di essere posseduta in modo così delizioso. «Mi hai liberato dalle catene di ShadowSpawn e mi hai dato la libertà di essere forte» sussurrò. «Non pensavo di poter appartenere a un clan e sentirmi comunque libera, ma eccomi qui.»

Lui l'appoggiò tra il suo grosso corpo e il muro e si mosse contro di lei, spingendo lentamente i fianchi, in modo sensuale. «Non t'incatenerei mai, tesoro.» Le rivolse un sorriso birichino. «A meno che tu non voglia che lo faccia.»

«Mmm... forse più tardi.»

Piegandosi in avanti, Hunter le sfregò le zanne sulla clavicola e lei rabbrividì di piacere. «Sogno di farlo» dichiarò, con la voce che stillava di promesse erotiche. «Di averti alla mia mercé.»

«Prima che arrivassi tu, i sogni erano tutto ciò che avevo. E li hai realizzati tutti quanti.» Ci ripensò. «Be', quasi tutti.»

Lui si bloccò. Si ritrasse. Abbassò lo sguardo su di lei con una preoccupazione straziante. «Quale sogno non ho realizzato?»

Alzando una mano, lei gliela mise sulla guancia. «Solo uno. Ma accadrà.»

Hunter aggrottò le sopracciglia. «Qual è?»

«Dei bambini» sussurrò. «Per tutta la vita mi hanno detto che non mi sarebbe stato permesso averne. E in un certo senso, era una benedizione. Non potevo crescere un bambino in un clan come ShadowSpawn o NightShade. Ma non mi viene in mente un posto migliore per farlo che qui, con te come padre.»

Gli occhi scuri di Hunter s'inumidirono e la sua gola lavorò ripetutamente mentre deglutiva. Quando infine parlò, le sue parole erano bordate di emozione.

«Ti amo, Aylin. Samnult è un bastardo, ma su una cosa aveva ragione.» Abbassò la testa e le sfiorò le labbra con le sue. «Ho fatto una scelta saggia.»

Sì, era vero.

L'avevano fatta entrambi.

Ringraziamenti

Un grande, sincero ringraziamento va a tutta la squadra di Pocket Books, che ha contribuito a far arrivare questo libro alle stampe in circostanze tutt'altro che ottimali.

La vostra pazienza e la vostra comprensione mi hanno mantenuto lucida, e vi apprezzo più di quanto possa dire. Un abbraccio extra per Laure McKenna e Elana Cohen per il vostro duro lavoro.

Avete fatto quel passo in più per me, e non potrò mai ringraziarvi abbastanza.

Dal catalogo Leggereditore

Ménage proibito di Lora Leigh
Il bacio del risveglio di Lara Adrian
Dark Passion di Kresley Cole
I love you, goodbye di Cynthia Rogerson
Legami pericolosi di Kate Brady
Letto di rose di Nora Roberts
La ragazza del libro dei fuochi di Jane Borodale
Intime promesse di Sherry Thomas
Il buongiorno del mattino di Diana Peterfreund
Passione contro il tempo di Suzanne Brockmann
Brivido eterno di Larissa Ione
Oogy di Larry Levin
Il profumo dell'oscurità di Emma Holly
Un'ombra dal passato di Nora Roberts
Lezioni di seduzione di Emma Wildes
Highlander: amori nel tempo di Karen Marie Moning
Passione Vintage di Isabel Wolff
Il bacio svelato di Lara Adrian
La confessione di Julie Garwood
Una scommessa per amore di Jennifer Crusie
Dark Night di Kresley Cole
L'anello di ferro di Ornella Albanese
Un cuore nelle tenebre di Roberta Ciuffi
Le streghe di East End di Melissa de la Cruz
Tentazioni deliziose di Sherry Thomas
La regina dei diamanti di Linda Howard
La concubina russa di Kate Furnivall
Desiderio eterno di Larissa Ione
Il bacio del demone di Eve Silver
Grida per me di Karen Rose
La cacciatrice di anime di Darinda Jones
Il bacio eterno di Lara Adrian
Il sapore della felicità di Nora Roberts
Corinna. La regina dei mari di Kathleen McGregor
La meraviglia delle piccole cose di Dawn French
L'ultima volta che ho visto Parigi di Lynn Sheene
Torna da me di Karen Marie Moning
Melodia al crepuscolo di Christine Feehan
Il richiamo dell'oscurità di Emma Holly
Dark Forever di Kresley Cole
Innamorarsi a Manhattan di Kate Parker
Proposta indecente di Emma Wildes
Venti d'amore e di guerra di Paola Picasso
Dark Desire di Kresley Cole
Il fuoco della tentazione di Lora Leigh
Il segreto del libro proibito di Karen Marie Moning

Il bacio oscuro di Lara Adrian
Passione eterna di Larissa Ione
Dark Dream di Kresley Cole
Il gioco della seduzione di Susan Elizabeth Phillips
Un amore per sempre di Nora Roberts
Le ombre del demone di Eve Silver
Il mistero del talismano perduto di Karen Marie Moning
Istinto animale di Lora Leigh
Amanti pericolosi di Lisa Marie Rice
Una donna indimenticabile di J.R. Ward
Temptation di Jennifer Crusie
La cacciatrice di anime. Il fascino del male di Darynda Jones
Uccidi per me di Karen Rose
La notte degli Angeli caduti di Heather Killough-Walden
Il bacio di fuoco di Lara Adrian
La pittrice di anime di Isabel Wolff
L'inganno dell'oscurità di Emma Holly
Roma 40 d.C. Destino d'amore di Adele Vieri Castellano
Highlander. L'ultimo dei Templari di Karen Marie Moning
Estasi eterna di Larissa Ione
I ricordi della casa sul lago di Rosie Thomas
Segreto inconfessabile di Shayla Black
Dark Whisper di Kresley Cole e Gena Showalter
La musica delle parole di Emily St. John Mandel
Un segno nelle tenebre di Roberta Ciuffi
La sposa spagnola di Kathleen McGregor
La maledizione della luna nera di Karen Marie Moning
Heaven, Texas, un posto nel tuo cuore di Susan Elizabeth Phillips
Il giardino dei nuovi inizi di Nora Roberts
La notte del vento e delle rose di Anna Bulgaris
Ladra di cioccolato di Laura Florand
Il bacio immortale di Lara Adrian
Peccato eterno di Larissa Ione
Danzando sui vetri rotti di Ka Hancock
Il patto di Julie Garwood
Il signore della vendetta di Lara Adrian
L'oscuro mosaico di Ornella Albanese
Il messaggero dell'angelo di Heather Killough-Walden
Il bacio dell'Highlander di Karen Marie Moning
Il bacio rubato di Lara Adrian
Segreti pericolosi di Lisa Marie Rice
Dark Prince di Kresley Cole
Piacere malizioso di Lora Leigh
Il bacio ribelle di Lara Adrian
Colpevole di amare di J.R. Ward
Il profumo dell'amore ritrovato di Eliselle
Roma 42 d.C. Cuore nemico di Adele Vieri Castellano
Dark Demon di Kresley Cole
Alla ricerca dell'ultima verità di Karen Marie Moning

E se fosse lui quello giusto? di Susan Elizabeth Phillips
Desiderio inconfessabile di Shayla Black
Un oscuro risveglio di Gena Showalter
Pazza di te di Jennifer Crusie
Easy di Tammara Webber
La signora della tentazione di Lara Adrian
Dimmi che ti dispiace di Dawn French
Poison Princess di Kresley Cole
La casa dei grandi incontri di Nora Roberts
A fior di pelle di Lauren Dane
L'angelo della morte di Heather Killough-Walden
Cuore pirata di Kathleen McGregor
La magia del cioccolato di Laura Florand
Un cuore d'oro di J.R. Ward
La fiamma della passione di Jessica Andersen
Sottomessa di Lora Leigh
Tuo per sempre di Lisa Kleypas
Amore eterno di Larissa Ione
Il bacio rivale di Lara Adrian
Roma 39 d.C. Marco Quinto Rufo di Adele Vieri Castellano
Dark Warrior di Kresley Cole
Una dolce scoperta di Nora Roberts
La rivelazione dell'antica carta di Karen Marie Moning
Il bacio della strega di Melissa de la Cruz
Un solo piacere di Lora Leigh
Un piccolo sogno di Susan Elizabeth Phillips
Segreti di una notte d'estate di Lisa Kleypas
Accadde in autunno di Lisa Kleypas
Un amore su misura di Sugar Jamison
Una passione pericolosa di Lisa Marie Rice
Un dono prezioso di Nora Roberts
Estasi infinita di Maya Banks
Appuntamento con l'amore di Jules Stanbridge
Il gioco dell'inganno di Adele Vieri Castellano
Le coincidenze dell'amore di Colleen Hoover
Il mistero del lago di Nora Roberts
Due vite in gioco di Nora Roberts
Il lago dei desideri di Susan Elizabeth Phillips
Beautiful Bastard di Christina Lauren
La sfida del cuore di J.R. Ward
Passione inconfessabile di Shayla Black
Un regalo d'amore di Lisa Kleypas
Una promessa d'amore di Mary Balogh
You & Me di Valentina F.
Il frutto proibito di S.C. Stephens
Piacere colpevole di Lora Leigh
Peccati d'inverno di Lisa Kleypas
Lothaire di Kresley Cole
L'ora della verità di Maya Banks

Seduzione deliziosa di Tara Sivec
La signora della passione di Lara Adrian
Il fuoco della notte di Larissa Ione
Piacere estremo di Georgia Cates
Rischio letale di Pamela Clare
Scandalo in primavera di Lisa Kleypas
Beautiful Stranger di Christina Lauren
Piacere pericoloso di Lora Leigh
Lady Cupido di Susan Elizabeth Phillips
L'eroe dimenticato di Suzanne Brockmann
Il richiamo dell'ombra di Kresley Cole
Tutti pazzi per Gaia di Stefania Nascimbeni
Nove regole da ignorare per farlo innamorare di Sarah MacLean
L'amore è come un film di Victoria Van Tiem
Brivido inconfessabile di Shayla Black
Prigioniera del tuo amore di J.C. Reed
L'irlandese di Kathleen McGregor
Nessuna via di fuga di Maya Banks
Un amore pericoloso di Nora Roberts
L'amore che viene di Lisa Kleypas
Sogno impossibile di Georgia Cates
Le sintonie dell'amore di Colleen Hoover
L'eroe ribelle di Suzanne Brockmann
Il gioco perfetto di Jaci Burton
Intrigo delizioso di Tara Sivec
La signora del coraggio di Lara Adrian
MacRieve di Kresley Cole
Angeli ribelli di Sylvia Day
Seduttore dalla nascita di Susan Elizabeth Phillips
Brucio d'amore di Darynda Jones
Dieci cose da seguire per non farselo sfuggire di Sarah MacLean
Magia di un amore di Lisa Kleypas
Il conte di Glencrae di Stephanie Laurens
La prova d'amore di S.C. Stephens
Il regalo più grande di Jenny Hale
Obiettivo pericoloso di Pamela Clare
Le parole infinite di Nora Roberts
Il desiderio della notte di Lara Adrian
Beautiful Player di Christina Lauren
Il canto del deserto di Adele Vieri Castellano
Ghiaccio nero di Anne Stuart
Odio quindi amo di Susan Elizabeth Phillips
Felicità perduta di Georgia Cates
Undici sfide da affrontare per domare il suo cuore di Sarah MacLean
Sublime di Christina Lauren
Gioco senza regole di Jaci Burton
Forse un giorno di Colleen Hoover
Cuori selvaggi di Sylvia Day
Stregata alla notte di Larissa Ione

Finito di stampare nel marzo 2015 presso il
Nuovo Istituto Italiano d'Arti Grafiche – Bergamo
Printed in Italy